ullstein

SUSANNE MATTHIESSEN, Jahrgang 1963, ist gebürtige Sylterin. Als Journalistin verarbeitet sie gesellschaftspolitische Entwicklungen zu Programmideen für Radio, Fernsehen und Internet. Fünfzehn Jahre lang war sie Kolumnenschreiberin für die *Sylter Rundschau*. Ihr Debüt *Ozelot und Friesennerz. Roman einer Sylter Kindheit* wurde auf Anhieb ein Bestseller. Susanne Matthiessen lebt gern in Berlin, lebt aber nur am Meer richtig auf.

Von Susanne Matthiessen sind in unserem Hause bereits erschienen:

Ozelot und Friesennerz

Diese eine Liebe wird nie zu Ende gehn

susanne
matthiessen

lass uns noch mal los

roman

ullstein

Besuchen Sie uns im Internet:
www.ullstein.de

Ungekürzte Ausgabe im Ullstein Taschenbuch
1. Auflage August 2025

Bei Fragen zur Produktsicherheit wenden Sie sich bitte an produktsicherheit@ullstein.de.
Umschlaggestaltung: zero-media.net, München nach einer Vorlage von Sabine Wimmer, Berlin
Titelabbildung: *Nicole Nagl, Wien*, 1987 / Courtesy Studio Semotan / © Elfie Semotan
Satz und Repro: LVD GmbH, Berlin
Gesetzt aus der Minion Pro
Druck und Bindearbeiten: ScandBook, Litauen
ISBN 978-3-548-07051-3

bildet banden

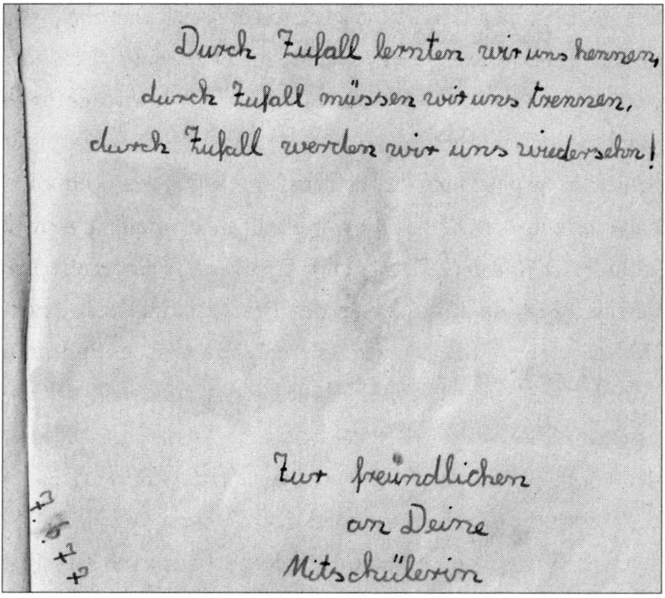

Durch Zufall lernten wir uns kennen,
durch Zufall müssen wir uns trennen,
durch Zufall werden wir uns wiedersehn!

Zur freündlichen
an Deine
Mitschülerin

prolog
zufall

Die Fahrt auf der Transitstrecke durch die DDR war öde. Alles grau in grau. Der Himmel voller Asche. Die Straßendecke sah aus wie alter Senf. Die paar Häuser und Gehöfte in weiter Ferne machten den Eindruck, als hätte man sie einfach nur mit Schlamm verputzt. Auf den Feldern lag Staub. Ganz so eintönig hatte ich mir die DDR nicht vorgestellt. Aber man hatte wohl kaum extra für meine Durchfahrt die Szenerie eingerußt. Die einzigen Farbtupfer hingen an den Brücken, die wir in regelmäßigen Abständen in unserem Auto passierten. Es waren Werbeschilder wie aus einer Filmkulisse. »Freiheit und Sozialismus« stand da. Und »Je stärker der Sozialismus, desto stärker der Frieden«. »Textilkombinat« irgendwas. Der Rest war nicht mehr lesbar. Der Rest war ein Festival aus Grautönen.

Guido und ich waren relativ spät losgekommen in Kiel. Erst gegen fünf am Abend hielt sein Golf GTI mit Krawall vor der Haustür. Er war der Sohn meiner Nachbarin, wohnte immer noch in seinem Kinderzimmer und arbeitete in einer Autowerkstatt. Seine Mutter hatte ihn dazu überredet, mich durch die Zone zu eskortieren und nach West-Berlin mitzunehmen. Ich wollte erst nicht, weil mir dieser Mann in seinem ölverschmierten Blaumann, den er niemals auszuziehen schien, schon immer unheimlich war. Er war viel älter als ich, bestimmt schon dreißig. Guido war eine massige Erscheinung mit eng stehenden Augen und enorm großen Zähnen wie weiße Legosteine. Er bekam deshalb seinen Mund nicht zu und sah immer so aus, als wollte er etwas sagen. Doch da war nie ein Wort.

»Nimm doch die liebe Susanne bitte mit«, setzte sich seine Mutter für mich ein. »Hörst du? Nimm sie bitte in deinem Wagen mit.« Ich zweifelte kurz daran, ob ich mich in ein Auto setzen sollte, das jemand fuhr, der von seiner Mutter wie ein Kleinkind behandelt wurde. Aber für mich bot sich eine kostenlose Mitfahrgelegenheit.

»Guido«, sagte seine Mutter mit warnender Stimme, »muss ich erst …« Guido sah uns beide an, die Augen voller Schrecken. Er hob seine schmutzigen Hände, als würde er beten, und trat zwei Schritte zurück. Seine Mutter und ich werteten das als Zustimmung. Guido wollte nach West-Berlin, um sich Ersatzteile für seinen alten Käfer Baujahr 65 zu besorgen, und ich hatte dort einen Job zu erledigen, einen Spezialauftrag, ich hatte einen Test zu bestehen. Man konnte es auch meine letzte Chance nennen.

Ich hatte vor ein paar Wochen vor der Auswahlkommission des Norddeutschen Rundfunks versagt. Die letzte Möglichkeit, noch einen Ausbildungsplatz als Volontärin beim NDR zu ergattern, um Radiojournalistin zu werden, war diese Berlinreise. Ich sollte zeigen, dass ich als Reporterin etwas besonders Eindrucksvolles zuwege brachte. Ich sollte Talent beweisen und so den schlechten Eindruck, den die Kommission von mir gewonnen hatte, korrigieren.

Das lange Wochenende zum 1. Mai stand bevor. Außerdem fanden dieses Jahr anlässlich des glanzvollen Stadtjubiläums »750 Jahre Berlin« viele verschiedene Festivitäten und unterschiedliche Veranstaltungen statt, und der NDR schickte mich in die Frontstadt, genauer in die Messehallen am Funkturm, um von einem ganz besonderen Ereignis zu berichten: der Internationalen Rassehundeschau, der größten ihrer Art. Da auch viele norddeutsche Züchter dabei waren, galt es für mich jetzt, sie – und ihre Hunde – zu porträtieren.

Der Auftrag war, wie gesagt, meine letzte Chance. Mein Bewerbungsgespräch für den Ausbildungsplatz war schiefgegangen. Hunderte hatten sich beworben, ich gehörte zu den wenigen Prozent, die es bis in die letzte Runde geschafft hatten. Aber dann ... Jedes Mal, wenn ich an dieses Tribunal dachte, kamen mir die Tränen. Tränen der Scham.

»Junge Dame, setzen Sie sich doch«, hatte der Ausschussvorsitzende gesagt. Mit blonder Föhnwelle frisch vom Friseur grüßte ich höflich und nahm den einzigen leeren Stuhl. Vor mir ein Resopaltisch. Mir gegenüber in einiger Entfernung drei Männer in dunklen Anzügen an einer langen Tafel. Sie blätterten in Unterlagen. Der Raum war rundum mit schwarzem Holz vertäfelt. Wäre keine Klinke an der Tür gewesen, man hätte nie wieder herausgefunden.

»Soso. Sie wollen also eine Redakteursausbildung durchlaufen beim Norddeutschen Rundfunk.«

»Ja, sehr gerne«, sagte ich. »Das ist auf jeden Fall, was ich will.« Seitdem ich mich als Zwölfjährige für Wolf-Dieter Stubels »NDR 2 Plattenkiste« beworben hatte und dann auch eingeladen worden war und ganz Norddeutschland eine Stunde lang meine Musik vorspielen durfte, wollte ich zum Radio, unbedingt. Einfach alles hatte mir gefallen. Die Technik, die Leute, die Büros, die Kantine, die lockere Atmosphäre, das Studio …

Doch das Gespräch mit den Männern in der Kommission fühlte sich alles andere als locker an. Nach den üblichen Fragen zu Schulausbildung, Studienabschluss, praktischen Erfahrungen, Elternhaus und Lebenszielen folgten »ein paar Fragen zur Persönlichkeitsstruktur«, wie der Vorsitzende ankündigte.

»Sie sind jetzt vierundzwanzig. Wollen Sie Kinder?«

»Weiß ich noch nicht.«

»Leben Sie in einer festen Beziehung?«

»Nein.«

»Wo müssen wir Sie politisch einordnen?«

»Ich bin in keiner Partei, wenn Sie das meinen.«

Der Mann ganz links mit der dicken Brille schaltete sich ein. »Sie treten hier sehr burschikos auf, junge Dame. Als Hobby geben Sie Motorradfahren an. Tragen Sie eigentlich auch mal Kleider und Röcke? Sie haben doch eine ganz passable Figur. Nagellack? Lippenstift?«

Und der Vorsitzende ergänzte: »Als NDR-Mitarbeiterin sind Sie immerhin ein Aushängeschild des Senders.«

Ich fühlte mich unwohl und starrte auf meine Hände, die vor mir auf dem Tisch lagen. Wie könnte ich jetzt noch den Eindruck verwischen, ich sei keine richtige Frau? Mein grauer Hosenanzug war wohl nicht die beste Wahl.

»Manchmal trage ich ein Kleid«, sagte ich nicht wahrheitsgemäß.

»Keine Sorge, wir sind pluralistisch«, sagte dann der Vorsitzende, lachte laut auf und nickte links und rechts den anderen Herren zu, »wir haben hier auch ein paar Paradiesvögel im Haus, nicht wahr?« Die Männer schnarrten amüsiert, und einer kicherte sogar.

»Aber zurück zu Ihnen, junge Dame. Wir machen hier natürlich auch Frauenförderung. Wir sind fortschrittlich.« Die anderen nickten beflissen.

Der mit der dicken Brille hielt eine Arbeitsprobe hoch, die ich vorher eingereicht hatte, einen Artikel in einem Stadtmagazin über Bodybuilderinnen. »Sie suchen sich ja merkwürdige Themen aus. Haben Sie den Artikel selbst geschrieben?«

»Ja, natürlich. Irgendwas nicht in Ordnung?«, fragte ich verunsichert. Ich fühlte mich zunehmend unwohl. »Machen Sie sich über mich lustig?«

»Oh nein, natürlich nicht«, sagte der Ausschussvorsitzende. »Sind Sie etwa empfindlich? Sie wirken so selbstbewusst.«

Dann wurde mir ein Leserbrief der linksalternativen Zeitung *taz* aus dem November 1986 vorgelesen. Das war drei, vier Monate her. Darin schrieb jemand, dass der Mord an Gerold von Braunmühl konsequent gewesen sei. Im Sinne des Systemwiderstands. Der Schlusssatz lautete: »Die Jagdsaison ist noch nicht vorbei.«

Der Vorsitzende räusperte sich und wurde ernst: »Was sagen Sie dazu? Darf man so etwas veröffentlichen?«

Darauf wusste ich erst mal keine Antwort. Gerold von Braunmühl, ein enger Berater von Außenminister Genscher, war beim Aussteigen aus seinem Auto erschossen worden. Dazu bekannt hatte sich das »Kommando Ingrid Schubert«, offenbar aus dem Umfeld der RAF. Die Zeitungen waren immer noch voll davon.

Ich kniff die Augen zusammen, und mir wurde heiß. Vollkommen klar, dass hier meine Staatstreue abgefragt werden sollte. Aber so simpel konnte es ja nicht sein. Ich dachte an meine Politikkurse in der Uni, erinnerte mich an mein Seminar in Medientheorie.

»Das berührt das Grundrecht auf Meinungsfreiheit«, sagte ich dann leicht stotternd, »und die Informationsfreiheit, also dass man sich von überallher informieren darf«, hängte ich noch schnell dran. Dann versuchte ich, alles in einen sinnvollen Zusammenhang zu bringen. »Und andererseits gilt bei uns die Pressefreiheit wegen des Pluralismus. Sie erwähnten es bereits«, bemühte ich mich um eine einigermaßen stabile Einordnung. »Also kurz gesagt: Auch extremere Ansichten sind von Pressefreiheit und Meinungsfreiheit gedeckt. Und die *taz* ist ja nun extra dafür gegründet worden, auch extremere Meinungen zu veröffentlichen, die nicht so auf Linie liegen.«

Es war auf einmal sehr still im Raum. Die Männer wirkten, als hätte das »Kommando Ingrid Schubert« soeben höchstpersönlich den Raum gestürmt, sie saßen schockiert auf ihren Sesseln, und ich wusste sofort, dass das mit meiner Bewerbung schiefgegangen war. Mir wurde schlecht. In beiden Ohren setzte ein Pfeifton ein, den ich vom Fernsehen her kannte: Sendeschluss. Ich bildete mir sogar ein, das dadaistische Testbild zu sehen. Es war vorbei für mich, das musste mir niemand mehr sagen. Ich war nicht mal bis zur Ziellinie gekommen. Ich wurde schon vorher disqualifiziert. In meiner Argumentationskette musste irgendwas nicht gestimmt haben, aber ich wusste nicht, was.

Die Verabschiedung erfolgte schnell und fiel frostig aus,

wenige Tage später hatte ich die Absage im Briefkasten. Ohne Begründung. Meine Familie war entsetzt. Abgelehnt! »Was hast du bloß wieder falsch gemacht?«, fragte mein Vater, der Geschäftsmann, der Entscheider, der Mann der kurzen Prozesse. »Das darf doch wohl nicht wahr sein. Warst du zu blöd? Oder zu unverschämt? Kannst du dich nicht einfach mal ganz normal verhalten? Einfach mal ganz normal. Du bist doch eigentlich begabt. Was für eine Enttäuschung!« Ein Gefühl von brennender Scham legte mein Nervensystem lahm. Eine katastrophale Ungeheuerlichkeit war geschehen. Bloß welche? Da streikte mein Gehirn. Wie nach einem schweren Autounfall lief ich im Schock orientierungslos auf der Fahrbahn herum, wusste, dass etwas Schlimmes passiert war, konnte aber nicht sagen, was. Mich drückte eine Schuld. Aber ich wusste nicht, worin die bestand. Am ehesten fühlte ich mich schuldig, einfach nur versagt zu haben und weil mein Status innerhalb der Familie von »Hoffnung« auf »Enttäuschung« abgesackt war.

Es war dann mein Onkel aus Hamburg, der jemanden kannte, der jemanden kannte, der Dagmar Berghoff fragen konnte. Und die hatte sich tatsächlich darum gekümmert und nachgeforscht. Eigentlich wollte ich inzwischen gar nicht mehr wissen, welche Fehler genau ich gemacht hatte. Ich war zu dem Schluss gekommen, dass ich selbst der Fehler war. Fünf Jahre Studium, unter anderem auch Politikwissenschaft und Psychologie, Praktika, freie Mitarbeit beim Stadtmagazin, und dann war meine Karriere schon zu Ende, bevor sie überhaupt angefangen hatte. Warum? Zuerst wurde mein Onkel ins Bild gesetzt und dann ich.

»Wie konntest du nur so bescheuert antworten?«, regte sich

mein Onkel am Telefon auf. »Das ist extremistisch! Das war doch klar, dass das nicht geht. Hallo! Das ist der NDR. Du kannst doch bei einem RAF-Leserbrief nicht mit der Pressefreiheit kommen. Wo lebst du denn? Dein theoretischer Uni-Scheiß hat da nichts zu suchen. Meinungsfreiheit. Wenn ich das schon höre. Doch nicht bei der RAF! Doch nicht beim NDR!« Er geriet richtig in Rage. »Und dann warst du noch nicht mal richtig angezogen. Viel zu provokativ. In einem Anzug. Was kostet es dich denn, mal ein bisschen nett und freundlich zu sein? Ich fasse es nicht. So eine Riesenchance!« Er tobte weiter, und ich legte einfach auf. Ich wusste es ja schon. Das Auftreten, die Antworten, die Enttäuschung aller Erwartungen, dieses »Schwierigsein«, das mich überallhin begleitete. Immer war irgendetwas zu viel. Ich war zu laut, zu selbstbewusst, zu anstrengend, zu fordernd, zu emotional, zu frech, zu anspruchsvoll. Immer war irgendetwas falsch. Beurteilt haben das aber immer andere, und mir kam dann die kaum lösbare Aufgabe zu, mich entsprechend zu verformen, um ins Schema zu passen. Ich konnte noch so zuvorkommend, fürsorglich und zugewandt sein, das war ja »nur gespielt«, und die Handarbeitslehrerin schob mich in den Werkunterricht ab, weil ich dafür angeblich besser geeignet war.

Nach der Pleite beim NDR zog ich mich erst mal in mich selbst zurück und dachte ernsthaft darüber nach, Sozialhilfeempfängerin zu werden.

Ob es nun meinem Onkel zu verdanken war oder seinen Verbindungen oder der Morgendämmerung der Frauenquote – keine Ahnung, ich habe es nie erfahren. Auf jeden Fall rief vier Wochen später dann doch noch mal jemand vom NDR an. Es war ein Radioredakteur aus dem Landesfunkhaus Kiel, der sich mit Herr Voss vorstellte. »Probieren wir doch mal was«, sagte er am Telefon. »Verstehen Sie etwas von Hunden?« Ich war perplex und verneinte. »Wunderbar. Das ist gut«, sagte er. »Dann sind Sie ja wie ein weißes Blatt Papier.«

Er ließ keinen Zweifel daran, dass das meine letzte Chance war zu beweisen, dass ich für den Reporterberuf geeignet war, und er von mir erwartete, mich »wie ein Terrier« in dieses Projekt zu verbeißen. »Ihre Radiostimme und Ihre Arbeitsproben sind doch sehr gut. Machen Sie uns was Schönes, Buntes. Legen Sie sich ins Zeug, dann sehen wir weiter.« Ich würde also zum ersten Mal Berlin sehen. Und ich würde zum ersten Mal zweitausend Hunde auf einem Haufen sehen. Und ich würde dem NDR mal zeigen, was man aus einer Hundeschau für das norddeutsche Radiopublikum machen kann.

»Berlin wedelt« wäre vielleicht ein ganz schöner Einstieg. Ich dachte schon mal über den ersten Satz meiner Reportage nach. Oder vielleicht eher: »Wau! Ich melde mich hier aus der Hundehaufen-Metropole Europas.« Ich war ganz sicher, mir würde schon etwas Tolles einfallen. Draußen wurde es allmählich dunkel.

Ich saß auf dem Beifahrersitz neben Guido und versuchte, mich wach zu halten, indem ich diesem Einheitsgrau, von dem wir in der Dämmerung langsam aufgefressen wurden, konkrete Farben zuordnete. Delfingrau für das kleine Ostauto, das wir gerade überholt hatten. Gewittergrau für die Uniformen der DDR-Polizisten am Grenzübergang, Schimmelgrau für die Flecken auf meiner Hose, die von dem Kräuterquark-Unfall von vor einer halben Stunde stammten. Ich war müde und wurde vom monotonen Dadong-Dadong-Dadong auf der Transitstrecke in den Schlaf hypnotisiert.

Wir rumpelten über die Schweißnähte der supergleichmäßig verlegten Betonplatten auf der Fahrbahn. Strikt Tempo 100. Da traute sich nicht einmal mein Begleiter Guido Thomsen, stadtweit bekannter Geschwindigkeitsübertreter, aufs Gaspedal zu treten. Aber es ging durch die DDR. Die hätten uns aus dem Verkehr gezogen und eingesperrt beim Schnellerfahren. Jedenfalls hatte ich das immer wieder mal gelesen. Gefühlte zehn Stunden später kamen wir endlich – buchstäblich gerädert – in West-Berlin an. Es war einigermaßen dunkel, wir fuhren über die Stadtautobahn Richtung Schöneberg.

»Warum blinkst du eigentlich nie?«, fragte ich den schweigsamen Guido. »Das ist mir in Kiel schon aufgefallen. Was ist mit deinem Blinker?«

»Es geht niemanden etwas an, wo ich hinfahre«, sagte Guido. Er war schon sehr sonderbar.

Aber er kannte sich gut aus in Berlin. Er wusste, wo er – ohne jemals den Blinker zu setzen – langfahren musste, um mich nach Kreuzberg zu bringen, wo ich mich bei einer Bekannten zur Übernachtung angemeldet hatte. Er würde mich übermorgen, nach meinem Einsatz bei der Rassehundeschau, wieder abholen. An derselben Stelle. Pünktlich um sechs. Dann fuhr er davon.

Ich hatte mich bei Sara einquartiert, die zwei schön vergammelte Zimmer in einem Berliner Altbau in der Zossener Straße bewohnte. Wir waren im Westen, aber auch hier: Die Straße war grau, das Haus war grau, der Hof war grau. Sie nahm zehn Mark pro Nacht. Es gab kein Badezimmer. Es gab nur ein Waschbecken. Und das war in der Küche. Und es war nicht schön. Ich war begeistert. Das war eindeutig das echte Leben. Ehrlich und rau. Und das war noch nicht alles. Die Toilette stand hinter einer zersplitterten Holztür draußen im Treppenhaus. Dafür musste man einige Stufen nach unten gehen. So was hatte ich noch nie gesehen. Auch nicht solche doppelten Fenster, die etwas schief in den verrosteten Angeln hingen.

Es gab kaum Möbel in der Wohnung. Außer einem rollbaren Ständer mit ein paar Klamotten dran war da noch ein altes rotes Sofa und eine Art Couchtisch, der aus Europaletten zusammengesetzt war. Ich sah keine Bücher oder Bilder. Es war erstaunlich leer und doch auf eigentümliche Art wohnlich. In einem Regal lag immerhin eine Stange Gitanes-Zigaretten. Und daneben – kaum zu sehen – ein altes Poesiealbum. Der Klassiker. Glanzbilder, Buntstiftzeichnungen und belanglose Sinnsprüche, lauter leere Phrasen, was man so vor sich hin geplappert hat. Damals. »Durch Zufall lernten wir uns kennen. Durch Zufall mussten wir uns trennen. Durch Zufall werden wir uns wiedersehen.« Stimmte. Jetzt.

Sara kannte ich eigentlich gar nicht. Ich hatte sie vor ein paar Monaten zufällig auf einer Studentenparty getroffen, in Kiel. Sara war mir auf diesem Fest aufgefallen, weil ich sie nirgends einordnen konnte. Sie passte da einfach nicht hin. Sie sprach nicht, lächelte nicht, sie ignorierte alle Rituale, die uns beigebracht worden waren. Sie verzichtete auf das In-kleinen-Gruppen-miteinander-Rumstehen. Sie erzählte nichts und hörte nirgends zu. Sie schien sich selbst genug zu sein und hielt dadurch alle auf Abstand. Sie verzichtete einfach auf alles, was normalerweise üblich war, selbst aufs Fußwippen zur Musik, und das irritierte mich. Im Vergleich zu ihr fühlte ich mich dermaßen provinziell, dass es mir schon peinlich war.

Ich versuchte, mich in sie hineinzuversetzen und meine Welt mit ihren Augen zu sehen. Ich sah: Kiel. Diese nette, überschaubare und aufgeräumte Stadt, wo ich über einer gepflegten Pizzeria eine nette Wohnung hatte und sehr nette Freundinnen und Freunde, mit denen ich am Wochenende an den Strand fuhr. Unser Leben war »Wham!«: poppig, harmlos, fluffig. Kiel, wo man »Elefantenbier« trank, scandinavian extra strong, samstags shoppen ging und sich immer dasselbe kaufte: gebleichte Jeans und Fruit-of-the-Loom-T-Shirts in Bonbonfarben. Dieses Kiel eben. Wo man sich noch die Haare föhnte.

Sara trug Leopardenstiefel und eine Batterie von silbernen Ringen im linken Ohr. Sie trank kein Bier, sondern etwas Buntes aus einem echten Glas und rauchte Kette. Aufgefallen war mir auch ihre Stimme. Rau und laut. Es stellte sich heraus, dass sie als Fotoassistentin arbeitete. Ihr Chef und Kollege hatte einen Auftrag in der Stadt, für den sie das Licht aufbauen und in den Kameras die Filmpatronen wechseln musste. Sie langweilte sich in Kiel. Das erzählte sie mir widerwillig, als ich mich neben sie stellte und ein Gespräch anfing. »Ist aber nichts Neues. Ich langweile mich überall außer in Berlin«, röhrte sie aus tiefer Brust und schnippte ihre Asche auf den Wohnzimmerteppich. Bevor sie den Rest der Zigarette hinterherwarf, holte ich schnell einen Aschenbecher und hielt ihn in Stellung. Ich kam mir ungemein progressiv vor, als ich fragte: »Wie machst du dir eigentlich deine Haare?«

Ich wollte einfach nur was Pfiffiges sagen. So von Cool zu

Cool. Aber Sara schloss sichtlich genervt die Augen und legte den Kopf in den Nacken, als langweilte sie sich jetzt erst richtig.

Dann sagte sie: »Penatencreme, machen alle in Berlin«, drehte sich um und verschwand mit ihren orangefarbenen Stachelhaaren Richtung Küche.

Berlin. Die große Stadt. Ich lief ihr nach, fasste mir ein Herz und sprach Sara noch einmal an. Sie lud mich schließlich ein. Gegen Geld. »Falls du mal was erleben willst.« Es klang ein bisschen gefährlich. Ich nahm mir vor, diese Einladung anzunehmen, und kurz darauf kam tatsächlich auch schon die Gelegenheit mit der großen Rassehundeschau, die mich doch noch ins Ziel tragen sollte, nach Berlin und in das Volontariat beim Norddeutschen Rundfunk.

Als ich dann endlich vor ihrer Wohnungstür stand, war Sara nicht da. Sie hatte einen Job im Irgendwo. Sie würde nicht zurückkommen, bis ich wieder fuhr. Mir rutschte das Herz in die Hose. Was jetzt? Ich hatte versucht, mich darauf einzustellen, auf alles eingestellt zu sein. Aber ausgerechnet darauf war ich nicht eingestellt. Ich fing an zu schwitzen. Tagelang hatte ich mir Gedanken gemacht, welches Mitbringsel Sara gefallen könnte, und mich dann für die neueste Single von The Cure entschieden. »Why Can't I Be You?«, ganz frisch auf dem Markt.

Nach dem Kauf hatten mich Zweifel überfallen, ob sie dieses Mitbringsel möglicherweise als eine Botschaft verstehen könnte und das Ganze in einer einzigen Peinlichkeit enden würde. Für diesen Fall hatte ich mir vorgenommen, schnell ganz viel Alkohol zu trinken. Im Grunde hatte ich ihr sogar noch lieber die neueste The-Cure-LP kaufen wollen. Aber »Kiss Me Kiss Me

Kiss Me« war noch nicht erschienen. Ein Glück, dachte ich dann aber, das wäre ja noch viel missverständlicher gewesen. Anschließend machte ich mir Gedanken, ob es denn ein anderes Wort für den ausgelutschten Begriff »Mitbringsel« gibt. Mir fiel keins ein.

Und jetzt hing da dieser Zettel an ihrer Tür. Ich sollte den Schlüssel bei der Nachbarin von gegenüber abholen. Ich brauchte einen Moment, um entsprechend Mut zu fassen. Als ich da am späten Donnerstagabend klingelte, öffnete mir ein alter Mann im Bademantel, der aussah wie eine alte Frau mit einer verrutschten Perücke. Er sagte: »Hier, Schätzchen«, drückte mir den Schlüssel in die Hand und schlug die Tür wieder zu. Ich packte meinen Pyjama aus und ging ins Bett.

Am nächsten Tag, dem 1. Mai 1987, zündete morgens um fünf irgendein Idiot im Treppenhaus eine Silvesterrakete und jagte sie alle sechs Stockwerke empor. Ich hatte fest geschlafen und das Zischen nur im Unterbewusstsein wahrgenommen. Aber dann flog durch die bombastische Explosion die Wohnungstür auf, und ich stand senkrecht im Bett. Ein ganzer Jahrmarkt von Blitzen und grellbunten Leuchtkugeln schoss bis in die hintersten Ecken durch die Räume. Dann sah ich nur noch Rauch, atmete Rauch, schluckte Rauch. Es war so weit, ich musste sterben. So dachte ich. Früher Tod mit vierundzwanzig. Für den Bruchteil einer Sekunde kam mir meine Mutter in den Sinn. Ich sah sie vor mir: kopfschüttelnd, die Augen geschlossen, die Hände in die Hüften gestemmt, mit der typischen »Du wolltest ja nicht hören«-Attitüde. Ausgerechnet Berlin, das musste ja schiefgehen. Nun würde sicher gleich mein ganzes kurzes Leben an meinem inneren Auge vorbeiziehen. Ich machte mich bereit für den Weltuntergang. Doch da kam nichts. Kein einziges Bild.

Es wurde still. Mein Herzschlag setzte wieder ein. Ich zählte meine Finger nach. Ich stieg von der Matratze, setzte mich auf den einzigen Stuhl im Raum und versuchte, einen klaren Gedanken zu fassen. Es dauerte ein paar Minuten. Dann begriff ich: Das hier war gar nicht mein Ende. Im Gegenteil. Es fing gerade erst an. Der Morgen dämmerte. Der Rauch verzog sich. Das Türschloss war kaputt. Ich war in Kreuzberg. Und es war sogar noch spektakulärer, als ich es mir erhofft hatte.

Wer seine Eltern in Westdeutschland also mal so richtig durchschocken wollte, zog nach Berlin. Ich hatte als Jugendliche natürlich »Christiane F.« gelesen – wenn auch heimlich – und empfand ihre Erlebnisse als Junkie im Teenageralter, die sich mit Prostitution ihre Drogensucht finanzierte, als einen einzigen großen Grusel, der gleichzeitig abschreckend und anziehend war. Als das Buch auf den Markt kam, hatten mich meine Eltern gerade in der Tanzschule angemeldet, und ich mühte mich ab mit Cha-Cha-Cha, Wiener Walzer und Frank Kruse, auf den ich ein Auge geworfen hatte. Aber er hatte null Rhythmus und null Charme. Er wollte einfach immer nur Handball spielen. An Frank Kruse verlor ich schnell das Interesse, denn er war im Vergleich zu den »Kindern vom Bahnhof Zoo« viel zu uncool.

Ich las das Buch auf einem Gartenstuhl in der Garage, den ich mir genau in die Ecke geschoben hatte, wo das Sonnenlicht durch die Glasbausteine fiel. Ich hatte es am Bahnhof gekauft und darauf geachtet, dass mich niemand dabei beobachtete, der mich kannte. Es war die unglaubliche Geschichte von Außerirdischen auf einem fremden Planeten, die genauso alt waren wie ich und ein Abenteuer nach dem anderen erlebten. Im Gegensatz zu den Figuren aus meinem anderen Lieblingsbuch »Per Anhalter durch die Galaxis« waren diese Außerirdischen allerdings echte Menschen, und die Geschichte war wahr, und David Bowie spielte auch mit.

Beim Lesen dachte ich immer: Da ist ein Mädchen genau wie ich, die geht mit ihren dreizehn Jahren ständig ins »Sound«, in die modernste Disco in ganz Europa, die erlebt da die irrsten Sachen, und ich sitze hier in der Provinz fest. Klar, sie nimmt Drogen. Na gut. Okay. Soll man ja nicht. Aber solche coolen Jugendlichen, die eigentlich Erwachsene waren, da muss man schon nach Berlin fahren. Dieses Bild hatte sich in mir festgesetzt. Im Fernsehen sah es immer so aus, als wäre Berlin der einzige Ort in Deutschland, an dem man sich frei bewegen konnte. Also wirklich frei. Im Sinne von frei.

Ein provisorisches Deutschland, von einer Mauer umgeben, in dem zwar die Stadt sehr wohl Grenzen kannte, das Leben dort aber nicht. Was man anderswo gemeinhin unter »Recht und Ordnung« verstand, wurde dort irritierend anders ausgelegt. Die Musik bis drei Uhr morgens volle Pulle aufzudrehen war schließlich vom Grundrecht auf freie Entfaltung der Persönlichkeit gedeckt. Dieses Selbstbestimmungsrecht schloss auch mit ein, auf einer Matratze mitten auf der Straße zu schlafen, wenn man das gerne wollte. Woanders würde die Polizei einschreiten und die öffentliche Ordnung wiederherstellen. Faszinierend. Und nun war ich tatsächlich selbst an Ort und Stelle. Ich prägte mir den Weg zur Oranienstraße ein, lernte die Straßennamen auswendig und merkte mir genau, wo ich rechts oder links abbiegen musste. Den Falk-Plan würde ich nur im absoluten Notfall aus der Hosentasche nehmen. Peinlicher konnte man sich nicht als Berlinanfängerin outen. Aber die Mühe war umsonst. Ich hätte mir auch einen alten Autoreifen umhängen können, niemand nahm von mir auch nur die geringste Notiz.

Das war mir sehr recht, denn die Penatencreme in meinen Haaren war schlecht verteilt. Der Pony hing mir schwer ins Gesicht wie ein zusammengebrochenes Vorzelt auf dem Campingplatz, über den Ohren standen die Haare in Büscheln ab. Ich hatte wahrscheinlich einfach zu viel Creme genommen. Hinten sah es aus, als hätte ich etwas vergessen, obendrauf ging es zwar als einigermaßen punkig durch, aber ich »fühlte« diese Frisur natürlich nicht. Ich wollte so gern, aber ich fühlte sie einfach nicht. Ich hatte keinen Pepp. Die schlampige Zufälligkeit, die die Leute auf der Straße auszeichnete, sah bei mir einfach nur gewollt aus. Ich hätte natürlich auch als gewollt gewollt durchgehen können. Aber dafür fehlte mir die Kreuzberger Lässigkeit.

Am nächsten Tag würde ich mich sowieso in jemanden zurückverwandeln müssen, die als NDR-Mitarbeiterin durchging, in ein Aushängeschild mit fluffiger Mädchenfrisur, da konnte ich an diesem Tag einfach mal etwas wagen. Ich passierte Schuttberge aus alten Hausmauern und Brachen voller Unkraut, kam an einer Art Minibauernhof vorbei mit Hühnern, Schafen und Ziegen, lief durch Straßen mit Häusern, die wie Ruinen aussahen, in denen aber Menschen wohnten. Ich steckte meine Finger in die Einschusslöcher, die noch von den Straßenkämpfen der letzten Kriegstage stammten. An manchen Häusern hingen Bettlaken, »Instandbesetzt«, oder farbige Transparente: »Das ist UNSER Haus«. Einige waren großflächig bunt bemalt mit Seifenblasen, Heißluftballons, fliegenden Hexen. Ich sah zwei Skelette, die sich küssten. Darüber eine Fahne: »Döner macht schöner«. Darunter ein angeklebtes Plakat: »Geht noch schneller mit Dönerteller«.

Auf der Oranienstraße spielten Kinder Fußball. Zwei Punks umkurvten sie auf ihren Skateboards. Sie hatten Strumpfhosen an und darüber Schottenröcke. Es gab einige wenige, kneipenartige Lokale, eine Drogerie, mehrere Änderungsschneidereien, einen türkischen Friseur, ein Tapetengeschäft. Ich sah viele türkische Familien. Die Alten saßen auf Stühlen mitten auf der Straße. Die Männer trugen alle ordentlich Jackett und waren sauber frisiert. Sie tranken Tee aus klitzekleinen Gläsern und aßen klebrige Pralinen dazu. Die Frauen unterhielten sich entspannt. Was für einen fühlbaren Kontrast dieses Bild doch abgab, so viel Biederkeit in dieser abgewrackten Umgebung. Eine in sich geschlossene, intakte Welt existierte inmitten einer schrillen, haltlosen.

Nichts passte hier zusammen. Da waren die letzten alten, echten Berliner und Berlinerinnen, die noch vereinzelt in ihren ansonsten entmieteten Häusern ausharrten, dann die türkischen Großfamilien, die fleißig Zuzug erhielten aus der alten Heimat, und dann waren da die unzähligen Hausbesetzer, Spontis, Aussteiger und Alternativen, die aus Kreuzberg diesen wilden Abenteuerspielplatz machten, der Leute wie mich aus allen Teilen Westdeutschlands anzog. Zusammengehalten wurde dieses schräge Konstrukt durch billige Mieten in abbruchreifen Häusern. Ein Kosmos für sich.

In einem Hinterhof saß ein Mann auf einem Schemel und spielte Schifferklavier, so viel konnte ich von der Straße aus sehen. Da tanzten die unterschiedlichsten Menschen durchs Bild, ein kleines Mädchen in einem Prinzessinnenkleid drehte Pirouetten, und jemand rief pausenlos: »Avanti!« Aber ich traute mich nicht näher heran. Ich hätte durch diese dunkle, tunnelartige Toreinfahrt gehen müssen und nahm an, dass mich feindselige Blicke treffen würden. Es wirkte so privat. Doch auf einmal hakte mich jemand unter und zog mich mit Schwung in die Einfahrt. »Komm, wir schwofen«, sagte der Mann, ich sah nur seinen riesigen Schnurrbart und war viel zu perplex, um mich loszureißen.

Er griff nach meiner Hand, umschlang meine Taille, und dann ging es im Galopp durch den kleinen Tunnel mitten rein ins Getümmel. Wir tanzten Polka oder so was Ähnliches, und in der ausgelassenen Stimmung verlor ich all meine Zurückhaltung. Es war herrlich ungezwungen. Alle meine Befürchtungen waren falsch. Die Umstehenden lachten und klatschten im Takt, ich tanzte mich in einen Rausch. Hätte mich Frank Kruse aus der Tanzschule so gesehen, ihm wären die Augen aus dem Kopf geflogen. Doch in der Sekunde, als der Mann von einem gut gelaunten Bekannten angesprochen wurde und mich kurz losließ, verlor ich meinen Halt und lief einfach davon. Es war ein Reflex, immer schon. Ich floh aus dem Rudel, bevor es mich verschlang. Ich hatte Angst, die Kontrolle zu verlieren. Und gleichzeitig sehnte ich mich danach.

Wieder draußen auf der Straße, fühlte ich mich leicht und sicher. Es war so wunderbar warm, die Sonne schien, ich kaufte mir eine Cola, es war Freitag und Maifeiertag – sogar mit einem großen Straßenfest. Von Weitem schon hörte man dumpfe Bässe, die Leute strömten Richtung Osten. Auf einem Platz vor einer großen Kirche stand eine Bühne, da schlugen Punks auf ihre Gitarren ein. Familien flanierten in bester Stimmung an den riesigen Lautsprechern vorbei und störten sich nicht im Geringsten an den aggressiven, schiefen Tönen. Die Leute waren entspannt und heiter, was auch mit den vielen kleinen Marktständen zu tun hatte, an denen viel Selbstgemachtes angeboten wurde, das absolut kurios war.

Es gab Strickstrümpfe aus Lametta, Kerzenhalter aus Heizungsrohren, Gürtel aus Mercedessternen und jede Menge Ledertaschen. Ich sah mir an den Ständen auch Hefte an, die aus alten *Bravo*-Ausgaben zusammengeklebt waren. Es gab Kerzen, Schmuck und Holzspielzeug. Politische Initiativen verteilten Infomaterial. Kaffee und selbst gebackenen Kuchen konnte man beim »Besetzerkollektiv« kaufen. Der erste Vollkornkuchen meines Lebens schmeckte nach Staub und trockenem Gras. »Garantiert ohne Zucker« war leider total ohne Zucker. Die Frau, die ihn mir verkaufte, trug eine Frisur auf dem Kopf, die wie eine große Nusstorte aussah. Die Haare zu einem dunkelbraunen Wagenrad zusammengeflochten, gespickt mit Muscheln, Holzsplittern oder vielleicht doch tatsächlich Nüssen? Die Frau scherzte mit mir, sie habe Flugblätter geschreddert und in ihren Kuchen eingebacken. Ich lachte über diesen Witz, es schmeckte aber, als ob es stimmen könnte. Ich probierte auch Köfte, unheimlich scharf gewürzte und ziemlich verkohlte längliche Frikadellen. Danach brannte mein Mund wie Feuer, und ich suchte nach einem Stand mit Getränken.

Doch in dieser Sekunde kippte die Stimmung. Kinder rannten kreuz und quer, alles geriet in Bewegung. Ich hörte Geschrei und Gebrüll und dazu ein dumpfes Rauschen, das immer lauter wurde. In Panik flohen die Menschen vom Platz. Tapeziertische kippten um und gingen zu Bruch, alles flog auf die Straße, alte Leute kamen zu Fall, die Punks stürmten von der Bühne, Mütter schrien nach ihren Kindern. Und dann sah ich eine Kette von Polizisten mit weißen Helmen auf mich zurennen. Bestimmt zwanzig in einer Reihe. Wer sich ihnen in den Weg stellte, zu langsam war oder hinfiel, wurde verprügelt.

Ich spurtete in Richtung der großen Kirche, sprang über ein Gebüsch und warf mich auf einem Spielplatz in den Sand. Die Polizei feuerte Tränengasgranaten ab. In Sekunden war alles voller Rauch. Meine Augen brannten wie verrückt. Ich heulte und hustete, ich war vollkommen orientierungslos, wie durch Watte hörte ich Menschen schreien, immer begleitet vom durchgängigen Tatütata der Polizeisirenen.

Dann wurde ich auf einmal hochgerissen. Links und rechts griffen mir zwei kräftige Hände unter die Arme und zogen mich nach vorne. Ich wurde angeschrien und angetrieben: »Los! Lauf!« Und ich lief. Über Bordsteine, kaputte Gehwegplatten, über Straßenpflaster, über Teer. Ich rannte. Ich rannte blind. Ich stolperte, kam aus dem Tritt, konnte aber nicht fallen. Ich wurde festgehalten von zwei kräftigen Frauen, die Taucherbrillen trugen und dicke Tücher über Mund und Nase. Die wilde Hatz endete in der Lausitzer Straße, in einem Abbruchhaus, wo jemand »Die future is female« neben den Eingang gemalt hatte. So viel konnte ich noch erkennen, bevor sie meinen Kopf in einem provisorischen Badezimmer in einen Wassereimer tauchten.

So lernte ich Gabriele und Dorothea kennen.

»Geht's wieder?«, fragte die Größere der beiden, die sich als Gabriele vorstellte. Sie reichte mir ein Handtuch. Ich nahm sie nur verschwommen wahr. Sie sah aus wie Gabriela Sabatini, die Tennisspielerin, die ich sehr verehrte, die vielen Haare gebändigt von einer roten Wollmütze.

Dorothea, die Kleinere, kam mit einem Becher Kaffee ins Bad und wartete geduldig, bis ich in der Lage war, ohne zu zittern, eine Tasse zu halten. »Supertag«, sagte sie, »das kann ja noch was werden.«

Dorothea fehlten an der linken Hand Zeigefinger und Mittelfinger. In ihrem schwarzen Overall sah sie aus wie eine Kampfpilotin. Mehr konnte ich noch nicht erkennen. Meine Augen waren immer noch zugeschwollen.

Von weiter weg hörten wir ohne Pause Sirenen.

»Das geht jetzt stundenlang so weiter.«

»Wo bin ich?«, fragte ich.

»Im Frauenkollektiv«, sagte Gabriele, »im Lilalatzhosenwunderland.« Sie lachte und klopfte mir auf die Schulter. »Komm erst mal mit in die Küche.«

Wir gingen einen dunklen Flur entlang, der am Ende in einen großen Raum mündete. Er war Wohnzimmer, Küche und Gästezimmer in einem. Alles wirkte provisorisch, die abgenutzte Couch musste noch aus Vorkriegszeiten stammen. Ein Doppelstockbett stand neben dem Fenster an der Wand. Vier alte Sessel, die Armlehnen abgebrochen, standen wie zufällig im Raum verstreut. Das Spülbecken hing in einem zurechtgesägten Bettgestell. Der Herd bestand aus einem Blech mit vier Kochflammen, das über einen Schlauch an einen Gasbehälter aus Stahl angeschlossen war. An den Wänden hingen Poster von Patti Smith und Joan Jett und das Plakat einer »Bauarbeiterinnenparty«, auf dem für »Klasse Mucke, Toffe Görls« geworben wurde. Darüber war die vergilbte Tapete mit einem Schriftzug besprüht. »Auf die Dauer Frauenpower«.

Eine einzelne Hängelampe gab ein schummriges Licht ab, das einzig und allein den wuchtigen Esstisch beleuchtete, der mitten im Zimmer stand. Drei Frauen saßen da und unterhielten sich leise. Niemand sagte Hallo.

»Darf ich vorstellen«, sagte Gabriele etwas lauter und schob mich nach vorn an den Tisch, »das sind Veronika, genannt Ronnie, und die gute Linda, und das ist Frau Pahlke aus dem Hinterhaus.« Frau Pahlke streckte müde die Hand nach mir aus. Ihr Gesicht war voller Trauer, wie ich es noch nie im Gesicht eines Menschen gesehen hatte. Sie nahm meine Hand, drückte sie einmal kurz und ließ den Arm wieder auf den Tisch klatschen, wo sie dann ein Tischtuch glatt strich, das es gar nicht gab. Die anderen rührten sich nicht. »Und das ist?« Gabriele gab mir einen kleinen Stoß in den Rücken, sodass ich noch einen Schritt nach vorne machte und gegen den Tisch stieß. »Ich bin Susanne.« Ich war viel zu eingeschüchtert, um nur ein einziges Wort mehr zu sagen.

Ich versuchte, mir die Namen einzuprägen. Veronika-Ronnie war die, die ganz links saß. Sie war die im Schlafanzug. Das konnte ich mir gut merken, denn mein Vater hatte genau den gleichen Pyjama. Schiesser, dunkelblau, mit weißer Paspel und kleiner Brusttasche. Veronika trug als scharfen Kontrast zum stylischen Nachtgewand eine feuerrote Punkfrisur. Sie sagte zu Gabriele: »Wo habt ihr die denn aufgegabelt? Was will die hier?«

Daneben Linda, die aussah wie meine Freundinnen in Kiel: halblanges Haar, sauber gekämmt, adrett in beiger Bluse, mit freundlichem Blick und erschreckend ungepflegten und abgekauten Fingernägeln. Sie sah mich direkt an und sagte: »Wir sind voll.«

Ich wollte mich schon umdrehen, da legte mir Gabriele beschützend eine Hand auf die Schulter und schob mir mit der anderen einen Stuhl in die Kniekehlen, sodass ich mich automatisch setzen musste. »Susanne hat ein bisschen viel Tränengas abgekriegt«, sagte Gabriele, »macht euch locker.« Dann schob sie sich selbst einen Stuhl an den Tisch und sagte etwas leiser zu mir: »Ist hier ein bisschen hart, aber herzlich.«

Dass auch Frauen Häuser besetzt hielten, davon hatte ich noch nie gehört. Ich erfuhr, dass das gesamte Vorderhaus vom Frauenkollektiv bereits wieder instand gesetzt worden war. Der Wohnküche fehlte nun nur noch der neue Anstrich und eine bessere Ausstattung. »Wir machen hier alles selbst. Wir schaffen uns unsere eigene Welt. Harte Arbeit. Alles erlaubt. Nur keine Männer«, sagte Dorothea aus dem Hintergrund. »Verstehen viele nicht. Aber wir machen einfach unser Ding und fertig. Sieht auch gut aus mit einem Mietvertrag.«

Gabriele sprach jetzt leise mit Frau Pahlke. Die schlug die Augen nieder und schüttelte den Kopf. Gabriele drehte sich zu mir um: »Frau Pahlke kommt häufiger zu uns. Immer wenn ihr Mann mal keinen guten Tag hat, stimmt's, Frau Pahlke?«

»Besser man kommt ihm nicht in die Quere«, sagte Frau Pahlke fast ohne Ton und starrte auf ihre gefalteten Hände, die wie zwei Pfund Hackfleisch aussahen.

»Jutta und Manu gehen manchmal rüber, um Herrn Pahlke

ordentlich was zu husten«, sagte Gabriele. »So kann es jedenfalls nicht weitergehen, Frau Pahlke.«

»Nützt ja nischt«, sagte Frau Pahlke und strich mit ihren roten Hackfleischhänden noch einmal das nicht vorhandene Tischtuch glatt.

Dorothea zog einen Sessel zu uns ran. »Frau Pahlke ist 'ne arme Sau. Wenn es ganz schlimm wird, schläft sie da.« Dorothea deutete auf das Stockbett. Nicht nur ich nahm Maß und dachte, wie soll die dicke, alte Frau Pahlke da überhaupt reinpassen? Auch Frau Pahlke drehte ihren Kopf in dieselbe Richtung, und ich sah, dass ihr Ohr keine normale Form mehr hatte, sondern aussah wie eine aufgerollte Socke. Das Blut war getrocknet. Es sah schlimm aus.

Ich beugte mich nach vorne und sagte leise zu Dorothea: »Ein Fall für die Polizei.« Die riss sofort die Augen auf, als hätte ich ihr einen Trommelrevolver in den Mund gesteckt, schubste mich heftig zurück auf den Stuhl und sagte: »Spinnst du? Keine Bullen! Im Leben nicht! Niemals!«

»Wir regeln das schon, wenn es nötig wird«, sagte Veronika ganz ruhig. »Seitdem Herr Pahlke weiß, dass wir kommen, werden die Ausfälle weniger.«

»Der Alkohol«, sagte Linda.

»Ja, der Alkohol! Apropos. Wer möchte ein Bier?«, rief Dorothea, sprang auf die Füße und riss die Kühlschranktür auf.

Sie reichte mir eine Flasche Beck's, und ich malte mir aus, wie wohl Herr Pahlke reagierte, wenn nicht die Polizei, sondern zwei unerschrockene Frauen aus dem Vorderhaus vor der Tür standen. War wahrscheinlich gar nicht so verkehrt.

»Ich würde mal sagen, wir sind da recht effektiv«, sagte Veronika, »jedenfalls effektiver als die Polizei, und vor allem sind wir schneller da.«

»Die Polizei brauchen wir nicht. Der Staat tut nichts für uns und wir nichts für den Staat«, sagte Gabriele und zündete sich eine Zigarette an. Sie war in den Sessel umgezogen und machte es sich bequem. Sie trug eine schwarze Lederhose, die an den Seiten von geflochtenen Bändern zusammengehalten wurde. »Die Bullen schützen nur die Reichen. Und die Reichen sind alles Männer. Reichtum gäbe es gar nicht, wenn es keine Armut geben würde. Männer brauchen Armut. Sonst gäbe es keinen Reichtum.« Ich hörte nicht richtig zu, das war mir echt zu theoretisch, stattdessen überlegte ich, wo man in Kiel eventuell so eine Hose kaufen könnte.

»Verstehst du?«, fragte Gabriele und blies den Rauch in die Luft. »Männer brauchen Polizei. Wegen ihrer Besitzansprüche. Denen gehört einfach alles. Ihre Frauen, ihre Häuser, ihre Autos. Alles ihr Eigentum. Frag mal Frau Pahlke.«

Dorothea lehnte sich zurück: »Du bist doch auch aus Westdeutschland, oder?« Sie sprach in einem komischen Singsang-Dialekt, den ich nicht zuordnen konnte.

»Aus Kiel«, sagte ich trocken und versuchte ein paar Momente lang so zu tun, als wäre ich schon länger in Berlin und nicht nur diesen einen verrauchten Tag lang. »Und ihr?«

Dorothea kam aus einem Dorf in der Eifel mit original altrömischen Vorfahren (»Das sieht man, oder?«). Aber ich hatte keine Ahnung, woran man das hätte sehen können. Die schwarzen Haare? Die Nase? Die Sandalen? Keine Ahnung. Drei ältere Geschwister und ein traumatisierter Vater, der nach der Heimkehr aus dem Krieg kaum noch ein Wort sprach. »Ich wollte einfach leben und nicht nur funktionieren. Gleich nach der Tischlerlehre bin ich weg aus der Eifel und hin nach West-Berlin. Zwei Finger habe ich allerdings in der Tischlerei gelassen.« Sie streckte ihre linke Hand zur Zimmerdecke und lachte. »Fünf Bier für die Frauen vom Sägewerk.«

Gabriele wiederum stammte aus Lübeck und war im letzten Moment vor einer Verlobung mit einem Rechtsanwalt geflohen. »Ich hatte Horror, dass ich mit einer Kiesauffahrt ende.« Stattdessen machte sie jetzt eine Ausbildung zur Krankengymnastin und sanierte nebenbei dieses Haus hier, in dem mittlerweile mehr als fünfundzwanzig Frauen wohnten. Eine genaue Zahl gab es nicht, die Fluktuation war doch ganz schön groß.

»Und was machst du?«

»Ich bin für einen Job in Berlin. Und ich wollte mir Kreuzberg mal ansehen.«

»Was ist eigentlich mit deinen Haaren passiert?«, fragte Gabriele mit besorgtem Gesichtsausdruck.

Ich hatte schon lange nicht mehr in den Spiegel gesehen. Penatencreme, Spielplatzsand, Tränengas, Wassereimer. Wahrscheinlich besser gleich abrasieren.

»Sieht aus, als hätte dir jemand Bauschaum auf den Kopf gespritzt«, sagte Dorothea. Ich fasste mir an den Kopf, fühlte etwas undefinierbar Klumpiges und bat darum, mir noch die Haare waschen zu dürfen.

»Sehr gerne, aber wir haben nur kaltes Wasser«, sagte Dorothea.

»Du kannst heute Nacht hier schlafen.« Gabriele zeigte auf das Stockbett. »Wir können dir einen Schlafsack geben.«

»Nein danke. Ich wohne bei einer Bekannten in der Zossener Straße. Ich muss morgen arbeiten.«

»Hm. Schwierig. Gefährlich. Überall sind Bullen. Du kommst hier heute nicht mehr raus aus diesem Bezirk«, sagte Dorothea und tippte auf ein Flugblatt, das auf dem Tisch lag. Volkszählungsboykott. »Hier ist voll die Randale. Wir wehren uns seit Wochen gegen diese Schnüffelei. Wer will schon vom Staat durchleuchtet werden?«

Volkszählungsboykott. Da kannte ich mich aus. Das war auch in Kiel ein Riesenthema. Sollte jemand klingeln, keinesfalls die Tür öffnen. Das war die Devise überall. Seit Wochen tobte schon der Widerstand. In Berlin war die Situation nun offenbar eskaliert. Dorothea hatte alle aktuellen Infos: »Die Polizei hat heute Nacht das zentrale Boykottbüro gestürmt. Ohne richterlichen Beschluss. Die haben einfach alles mitgenommen. Alle Plakate, alle Flugblätter. Alles. Sind einfach einmarschiert und haben das VoBo-Büro verwüstet. Das gibt Ärger. Da gibt es heute richtig Krawall. Aber so richtig.«

Wie aufs Stichwort wurde es laut im Flur, zwei Mädchen stürzten in die Küche, vielleicht fünfzehn, sechzehn Jahre alt. »Leute, die haben Bolle geknackt. Der Supermarkt ist offen. Kommt! Wir gehen einkaufen!« Mit einem Satz waren alle auf den Beinen.

»Komm mit«, sagte Dorothea und warf mir eine Lederjacke zu. »Zieh das an. Das hält ein bisschen was ab.« Noch mal da raus? Nein danke. Ich lehnte freundlich ab. Das ging mir alles zu schnell. Das war mir zu gefährlich. Das erste Tränengas meines Lebens hatte mir gereicht. Ich hatte immer noch diesen metallischen Geschmack im Mund und spürte dieses fiese

Brennen auf den Augen, als wären die Innenseiten meiner Lider mit Sandpapier ausgekleidet. Ich wollte da nicht noch mal raus.

»Mädchen aus Kiel!«, rief Ronnie. »Das Leben besteht aus Herausforderungen! Wir gehen volles Risiko.«

»Nein. Wirklich. Nein.«

»Du hast echt kein Format«, sagte Ronnie. »Mach mal was für dein Karma! Wo bleibt die Solidarität?« Also griff ich nach der Lederjacke und hängte mich dran an den Pulk. Dieses Mal würde ich besser aufpassen. Zögerlich trat ich auf die Straße. Dort war ordentlich Betrieb. Zwei Rentner in beigen Blousons machten sich mit einem Brecheisen an einem Zigarettenautomaten zu schaffen. Mit einem Ruck hatten sie das Schloss am Stahlriegel aufgeknackt und plünderten, was der Automat hergab.

Der Bolle-Supermarkt an der nächsten Straßenecke sah schon reichlich ramponiert aus. Die Schaufenster waren eingeschlagen, die Glastür existierte nicht mehr. Im Innern stapelten sich die Leute. Es war dunkel. Alles Teure war schon »ausverkauft«, Schnaps und Bier waren weg. Käse, Wurst, Fleisch, Obst, Gemüse – verschwunden. Es waren gar nicht die »Szeneleute«, die hier die Regale plünderten, sondern ganz normale Menschen aus den Wohnhäusern ringsherum. Paare, Rentner, Kinder stopften sich die Taschen voll. Viele schoben Einkaufswagen vollgepackt mit Konserven raus aus dem Laden auf die Straße. Ich sah einen schlaksigen Mann, der einer alten Frau den Beutel mit Schokolade und Keksen vollmachte. »Gibt es auch Marzipan?«, fragte sie. Kinder bewarfen sich gegenseitig mit Eiern, bis der Vater wütend dazwischenging. »Schluss damit! Helft Mutti beim Tragen!«

»Ich kenne Sie doch aus dem Kirchenkreis«, hörte ich eine Frau zu einer anderen sagen. »Sie waren schon lange nicht mehr da. Ist was passiert?« Der Laden war rammelvoll.

Die Frauen aus dem Abbruchhaus hatten einen Einkaufswagen ergattert und waren dabei, teure Marmelade, Nutella und Honig einzusammeln. Dazu Berge von Toastbrot. »Denkt auch an Frau Pahlke, die hat doch nüscht zu beißen.« Von hinten rief jemand: »Die trinkt gerne Jägermeister.« Aber Jägermeister war schon weg, nur vorne neben der Kasse gab es noch ein paar kleine Fläschchen. »Susanne, hol den Jägermeister für Frau Pahlke.« Ich tat so, als hätte ich es nicht gehört. Immerhin bestand die Gefahr, dass mich hier doch jemand erkannte. Was wäre, wenn die Polizei draußen auf mich wartete? Ich wollte etwas ganz anderes, ich wollte zu dieser Rassehundeschau. Ich wollte nicht in etwas hineingezogen werden, das schon wieder »schwierig« war. Ich wollte nicht den nächsten Unfall. Ich sah mich schon zusammen mit Guido im Auto auf der Heimfahrt nach Kiel, und auf der Rückbank saß fett und ranzig: die Enttäuschung.

»Susanne!«, rief Ronnie noch einmal mit Nachdruck aus dem Getümmel. »Der Jägermeister!« Und ich richtete mich auf, spannte die Muskeln an, lief nach vorn zur Kasse, räumte mit einer einzigen ausholenden Bewegung alle Jägermeister-Fläschchen aus dem Regal und ließ sie in einen Karton fallen, den ich im Gang gefunden hatte. Es waren genau elf. Und weil daneben noch eine Miniflasche Chantré stand, drehte ich kurzerhand den Deckel ab und trank den Weinbrand in einem Zug. Mir wurde heiß. Die Enttäuschung nahm nun richtig Fahrt auf und verließ die Spur. Meine Mutter würde von »schiefer Bahn« sprechen.

»Erledigt!«, rief ich nach hinten, da zog plötzlich jemand an meiner Jacke. Als ich mich umdrehte, sah ich einen kleinen Jungen, vielleicht acht Jahre alt. Seine Schuhe waren kaputt, die Hose zu kurz. Er fragte, ob ich ihm oben aus dem Regal ein Paket Kaffee holen könnte. Er sagte, er möchte seiner Mutter etwas mitbringen.

»Welche Sorte?«

»Jacobs Krönung.«

Ich zögerte kurz, gab ihm dann aber den Kaffee. Gleich zwei Pakete. Und dazu eine Schachtel Melitta-Kaffeefilter. Ich tat es einfach. Alle machten es. Der Junge packte alles ein in seine Bolle-Plastiktüte. Dann spannte er sie auf, damit ich reinsehen konnte.

»Kiek ma«, sagte er. »Ich habe zwei Schreibhefte, einen Kugelschreiber, ein Paket Filzstifte und einen Tintenkiller. Und jetzt noch den Kaffee.« Er blieb mit der geöffneten Tüte vor mir stehen und musterte mich von oben bis unten. Ich war irritiert. Wollte er jetzt von mir hören, dass es okay ist, diese Sachen einfach so mitzunehmen? Es war ja immerhin für die Schule. Bevor ich ihm Absolution erteilen konnte, sagte er trocken: »Und du, hol dir mal Shampoo.« Das war frech. Aber ein guter Hinweis. Doch Shampoo war längst alle.

Als wir wieder auf der Straße standen, schoben zwei türkische Frauen in knöchellangen dunklen Mänteln einen Kleiderständer vorbei, voll mit weißen Hochzeitskleidern. Jedes war sorgfältig in Folie eingewickelt. Die Frauen warfen uns misstrauische Blicke zu und hatten es eilig. Ein Kind stolperte hinterher und schleppte sich mit zwei riesigen Teddybären ab, die fast so groß waren wie es selbst. Unter jedem Arm klemmte einer. Man hätte annehmen können, bei einer spektakulären Tombola um die Ecke wurden ausschließlich Hauptgewinne verteilt.

Und auch ich trug am Ende eine Trophäe davon. Es handelte sich um einen außerordentlich schweren und schön geschwungenen einzelnen Buchstaben, ein Schreibschrift-»F«, mindestens so lang wie mein Arm, gegossen oder geschmiedet, keine Ahnung. Eisen, Stahl oder Blech? Ich kannte mich nicht aus. Der Buchstabe lag einfach auf der Straße. Es war das »F« der Fleischerei von nebenan. »leischerei« blieb übrig an der schmutzigen Fassade über dem Schaufenster. Ich nahm ihn mit. Er ließ sich schlecht tragen, deshalb hievten wir ihn nach ein paar Metern gemeinsam auf den Einkaufswagen und eierten damit Richtung Herberge, zum besetzten Haus, in dem die Frauen wohnten. Ich schleppte das »F« dann auf dem Rücken in den dritten Stock, den langen, dunklen Flur entlang und platzierte es in der Wohnküche neben dem Stockbett.

»F wie Frauenpower«, sagte Gabriele und trat ein paar Schritte zurück, um das »F« besser im Raum wirken zu sehen, »das passt hier super rein.«

»F wie Feminismus«, ergänzte Dorothea.

Und ich dachte mir: F wie Flucht. Ich kann nicht länger hierbleiben. Ich muss mich um die Hunde in den Messehallen kümmern. Ich muss mich vorbereiten. Sobald es draußen ruhiger wird, mache ich mich auf den Weg. Dann würde auch die Enttäuschung wieder verschwinden, die mir permanent von der schiefen Bahn aus zuwinkte. Ein paar Minuten gab sie mir noch Zeit.

Ich betrachtete mein Werk. Das »F« hatte seinen Platz. Die

Bude füllte sich. Aus allen Etagen kamen die Bewohnerinnen zusammen, mehr und mehr Frauen fanden sich in dieser Wohnküche ein, und dann begossen alle meinen Fund mit Unmengen von »F« wie Fernet Branca. Und ich fing mit dem Rauchen an und schmiss die Kippen einfach auf den Boden. Es war auf einmal alles so egal und gleichzeitig so wahnsinnig wichtig. Ich war schnell betrunken und doch seltsam klar im Kopf. Es war irre laut, trotzdem verfolgte ich alle Gespräche ganz genau.

Es ging um die Ratten im Hinterhof, die durch die Abflussrohre bis in die oberen Etagen kletterten, und wie man diese Plage loswird. Mit Maschendraht oder Gift. Es ging aber auch um die Freiheit. Der Tiere. Es ging um Motorräder, Yamaha 500 XT und SR und wie man sie am besten ankickt, wenn sie abgesoffen sind. »Also bestimmt den Hebel zehnmal locker durchtreten, so mache ich das immer«, fachsimpelte ich durch die Gegend. »Lieber zehn Minuten stehen lassen und dann noch mal probieren«, hörte ich aus einer Ecke. »Also Kickstarter langsam durchtreten, bis man diesen starken Widerstand fühlt. Dann den Dekohebel ziehen und ein paar Zentimeter weitertreten. Dann den kleinen Hebel kommen lassen und kräftig durchtreten.«

Ich bin voll in meinem Element.

»Aber man muss echt aufpassen, der Kickstarter schlägt echt brutal zurück«, tönte es von woandersher. Es ging um alles Mögliche. Es ging auch um »Die tödliche Doris«, ob sie sich nun endlich auflöst oder nicht. Ich fragte nach. Eine Künstlergruppe. Okay.

Jemand legte eine neue Kassette ein und drehte voll auf. Aus der Stereoanlage brüllte Nina Hagen: »Warum soll ich meine

Pflicht als Frau erfüllen? Für dich nicht. Für mich nicht. Ich hab keine Pflicht!« Es wurde wild getanzt und mitgegrölt, besonders laut bei »Unbeschreiblich weiblich, WEIBLICH!«. Ich ruckte und zuckte und machte große Sprünge Richtung Decke und dachte nicht mehr an den NDR und nicht an die Rassehunde, nicht an die Enttäuschung und nicht an meine Zukunft.

Später hingen wir erschöpft in den Sesseln, ein paar lagen auf dem Fußboden herum, auch das Stockbett war belegt, draußen tobten Straßenschlachten, es war zwei Uhr nachts, es roch nach Feuer, und es gab viel, viel Toastbrot mit Nutella. Ich traute mich nicht einzuschlafen, um nichts zu verpassen. Ich war auf einer fremden Insel, in einer Zone des Gefährlichen, Verwerflichen, Rauschhaften. Ich hatte mich hineinziehen lassen und die Kontrolle verloren. Aber morgen würde alles vorbei sein, und ich hätte in Kiel einiges zu erzählen. Ich sah Gabriele, wie sie mit ihrer Zigarette Luftschlösser in die Schummrigkeit malte. »Morgen machen wir dann weiter«, sagte Gabriele und ließ die Zigarette zu den vielen anderen auf den Boden fallen, wo die Glut sehr langsam immer weniger wurde.

»Womit?«, fragte ich.

Am Ende sah ich nur noch einen winzigen Funken und schlief ein.

Ich bekam nichts mehr mit von den Krawallen, die in dieser Nacht apokalyptische Züge annahmen. Das nach drei Seiten von der Berliner Mauer eingeschlossene Kreuzberg wurde buchstäblich in Schutt und Asche gelegt. Der Bolle-Supermarkt, den wir vorhin noch ausgeraubt hatten, brannte bis auf die Grundmauern nieder. Es brannte am Heinrichplatz, am Moritzplatz, am Kottbusser Tor. Kein einziges Auto blieb heil in diesem Bermudadreieck. Die Oranienstraße sah am nächsten Morgen aus wie ein Trümmerfeld, alle Scheiben zerschlagen, vierunddreißig Geschäfte waren geplündert und zum Teil in Brand gesteckt worden, die U-Bahn-Station Görlitzer Bahnhof verwüstet. Die U-Bahn fuhr nicht mehr, weil die Stromkabel verbrannt waren. Es gab mehr als vierhundert Verletzte.

Eine gigantische Entladung hatte stattgefunden, die schon kurze Zeit später in den Zeitungen als »Geburt eines Mythos« bezeichnet wurde. Ein Moment des Übergangs, sinnbildlich festgehalten in einem Schnappschuss, auf dem alle abgebildet sind, die irgendwie beteiligt waren. Ich bin auch auf dem Foto. Zufälligerweise. Und dann auch noch mit dieser bekloppten Frisur. Dieser 1. Mai wurde zu einem verbindenden Element zwischen Kreuzberg und mir. Und das veränderte mein Leben.

Dieser Tag, die Ereignisse, die Menschen, die Umstände und dann noch ich selbst: Alles verschmolz zur berühmten »Kreuzberger Mischung«. Ob ich wollte oder nicht, ich war einfach dabei. Bis heute hat sich dieser Begriff gehalten – inzwischen sogar als Kaffeesorte – und hat immer noch seine Berechtigung. Auch wenn auf den Straßen das Aroma immer wieder wechselt. In Kreuzberg lebt jede und jeder für sich mit ganz eigenen Vorstellungen und trotzdem zusammen, und gerade deswegen sind alle miteinander verbunden. Man muss nicht einmal dieselbe Sprache sprechen, um Kreuzberg als diesen seltenen Ort zu bestimmen, an dem sich aus lauter Gegensätzen eine eigene Kultur entwickelt hat.

Unzählige Minderheiten bilden die Mehrheit. In einer solchen Mischung stellt sich nie die Machtfrage. Das macht Kreuzberg bis heute so einzigartig, eine Mehrheitsmeinung gibt es nicht. Die Menschen sind daran gewöhnt, nicht regiert zu werden, sondern das für sich selbst zu erledigen. Wenn türkische Familienväter als Dragqueens auftreten oder Kriegswitwen im Alter meiner Oma zum Islam übertreten, dann höchstwahrscheinlich in Berlin-Kreuzberg, wo Minderheiten immer neue Minderheiten schaffen. Die Kreuzberger Mischung besteht aus unzähligen Lebenswelten mit eigenen Moralvorstellungen und eigenen Gesetzen, in die man – obwohl es oft direkte Nachbarn sind – keinen Einblick hat.

Wohl deshalb muss sich diese Insel um stetigen Nachschub bis heute keine Sorgen machen. Jedes Jahr brechen von überall auf der Welt Menschen auf, um dazuzustoßen und an den Ort zu gelangen, an dem sie sein dürfen, was sie sind. Kreuzberg war schon immer unüberschaubar und nicht zu bändigen. Wer kein Leben von der Stange will, setzt sich immer noch in Bewegung. Ganz Berlin wurde von diesem Sog erfasst. Eine Stadt, die niemals fertig ist, sich ständig wandelt. Nichts steht fest, es sei denn, man klebt sich an. Alles ist verhandelbar. Aber inzwischen ist es einfach unheimlich voll geworden. Zu voll. Die Selbstverwirklichung drängt sich auf dichtestem Raum.

Mittlerweile sind die, die am 1. Mai 1987 dabei waren und wie ich bis heute überlebt haben, alte Leute. Wir sind die Boomergeneration und treten langsam in den Schatten, sind herausgealtert aus dem Zentrum des Geschehens. Wir sind die Rebellion von damals. Wir bewegten uns im Laufe der Jahre hinein in Behörden, in Vereine, in Schulen, auf Professorinnenstühle, auf die Chefsessel der kleinen und großen Betriebe, der BVG, der IHK, in die Bildungseinrichtungen hinein, in die Verlage, Parlamente, selbst hinein in die Polizei.

Ich wurde eine erfolgreiche Journalistin und, was noch wichtiger ist, ich sitze immer noch in einem selbst verwalteten, feministischen, hierarchiefreien Wohnhaus der Frauensolidarität zusammen mit all den verrückten und wilden Frauen, die damals den Bolle leer geräumt hatten.

Wir waren sogar mal eine kriminelle Vereinigung. Wir haben uns einfach genommen, was uns zustand, die Hälfte der Welt. Wir sind durchgestartet für mehr Geld, mehr Macht und mehr Einfluss und die schlichte Selbstverständlichkeit der eigenen Entscheidung. Wir wollten ein unabhängiges Leben nach unserem Geschmack. Es sollte die ganz große, unangepasste Freiheit werden. Zusammen wohnen, zusammen leben, zusammen feiern, zusammen alt werden. Nach fast vierzig Jahren darf man wohl mal nachfragen: Hat denn alles geklappt?

»Mighty Mops und frisierte Fußhupe – Rassehunde rasseln durch«. Nach der Krawallnacht hatte es mich einige Mühe gekostet, die richtige Überschrift für meinen Radiobeitrag zu finden. Ich musste mich am nächsten Morgen schwer zusammenreißen, um einigermaßen rechtzeitig in den Messehallen aufzuschlagen. Alle im Haus schliefen noch. Ich wagte nicht, mir einen Kaffee zu machen, was aber in erster Linie daran lag, dass ich nicht wusste, wie das mit der Gasflasche funktionierte, und die Frauen-WG nicht in die Luft sprengen wollte. Meine verklebten Haare sahen furchtbar aus. In der Hektik kämmte ich einfach alle stramm zurück und hatte plötzlich eine Frisur. Fest wie Beton. Made in Berlin. Im Grunde war alles ganz einfach. Nach nur drei Stunden Schlaf sah ich so frisch aus, als wären es mindestens sechs gewesen. Ich fühlte mich kräftig und bereit.

Es fuhr keine U-Bahn, also machte ich mich zu Fuß auf den Weg durch die Kreuzberger Verwüstung, um irgendwo einen Bus in die richtige Richtung zu erwischen. Der Falk-Plan half mir durch das Straßengewirr. Es war mir egal, was die Leute über mich dachten. Ich kam aus der Provinz. Na und? Halb West-Berlin kam aus der Provinz.

Auf dem Weg hielt ich kurz in der Zossener Straße, um meinen Kassettenrecorder mitzunehmen und mir ein frisches Hemd anzuziehen. Am Eingang zur Internationalen Rassehundeschau schenkte mir eine Hostess zwei übergroße Dackelohren aus Kunstfell, die an einem Haarreif befestigt waren. Es war ein Werbegeschenk einer Hundefutter-Firma. Ich setzte sie auf, die Fellohren lagen sanft und braun auf meinen Schultern. Und so kostümiert betrat ich die Messehallen – als Aushängeschild des NDR.

Die Dalmatiner und deutschen Drahthaare ließ ich links liegen und steuerte direkt auf die zwei schwarzen Großpudel zu, deren erhabene Anmut mich geradezu magnetisch anzog. Sie saßen kerzengerade aufgerichtet zwischen zwei billigen Tipizelten aus Flatterplastik, und es wirkte fast so, als hielten sie Hof. Beide waren nahezu kahl am Hinterteil, während die Brustpartie üppig mit Fell ausgestattet war. Die Vorderbeine hatten die Form von Rumbarasseln. Knochenschmal rasiert fast bis zu den Pfoten, dann dicke Puschel. Aus ihren vorwurfsvollen Blicken las ich Langeweile und Unzufriedenheit heraus, als empfänden sie den Rummel in der Messehalle als Zumutung und unwürdig für zwei Edelzuchttiere wie sie. Sie trugen ihre Pudelfrisuren wie Kronen. Und als der linke Pudel gähnte, schien dies dem anderen peinlich zu sein. Gegen diese zur

Schau gestellte Vornehmheit fiel die stolze Besitzerin eindeutig ab. Sie war sehr viel dicker, aber nicht viel größer als ihre Pudel und trug im Kontrast zu deren blauschwarzem Fell einen hautengen feuerroten Ganzkörperanzug. Ihr Rücken war mit weißen Buchstaben beflockt, die als Schriftzug »Von den Hütten am Fluss« ergaben.

Von ihr ließ ich mir erst mal erklären, woran man überhaupt erkennt, ob »sich ein Hund als Ausstellungsstück lohnt«, ihre Worte. Dafür hielt ich ihr mein Mikrofon unter die Nase. Der Hund sollte keine der laut Rassenstandard ausschließenden »Fehler« aufweisen. Keine Farbfehler, Fehlfarbe oder fehlende Hoden zum Beispiel. Nicht zu dick, nicht zu dünn sein. Das Gangwerk muss locker sein, er darf nicht zuschnappen, wenn man sich seine Zähne ansehen will. Ich hörte gar nicht mehr zu. Erst als sie mir ihre beiden Rüden vorstellte, war ich wieder voll da. Der linke hieß »Curly King von den Hütten am Fluss«, der rechte hörte auf »Call it Destiny«.

Wie kommt man auf solche abgefahrenen Namen? Ich war elektrisiert. Auf meinem Streifzug übers Gelände und auf der Suche nach norddeutschen Originalen traf ich noch Bobtail »Orka von den Deichlocken« und Cockerspaniel »I like Chopin vom Losen Dreieck«. Beim Traben durfte ich Lassie zusehen, die sich dann aber als »Sultana of Swing vom Steinberger Haff« entpuppte. Als ich meine Reportage zur Rassehundeschau zur Aufzeichnung am Telefon durchgab und mit meinen Top Five der schrägsten Hundenamen schloss (Platz 1 hatte sich der Deutsche Boxer »El Condor Pasa vom Haselstrauch« erkämpft), griff sich Herr Voss den Hörer und sagte zu mir: »Sehr lustig. Sehr kreativ. Gut gemacht. Ich sehe Sie morgen in Kiel, dann können wir Ihre Interviews vom Band noch in einen zusätzlichen Beitrag einbauen.« Doch da wollte ich schon nicht mehr. Herr Voss konnte es nicht sehen, aber ich schüttelte so heftig den Kopf, dass die Plüschohren nur so flogen. Ich ließ meine letzte Chance sausen und traf in diesem Moment eine Entscheidung, die für alle, die ich kannte, vor allem für meine Eltern, eine Schocknachricht war. Ich würde mein Glück in Berlin versuchen.

Guido fuhr am Abend ohne mich zurück nach Kiel. Aber ganz allein war er nicht. Die Enttäuschung nahm er mit. Zum Abschied umarmte ich ihn fest, als wäre er die letzte Verbindung zu meinem alten Leben. Ich hatte spontan das Bedürfnis. Aber Guido machte sich ganz steif wie ein misstrauischer Hund, der es hasst, umschlungen zu werden. Kurz bevor er anfing zu knurren und zu beißen, ließ ich ihn wieder los. Immerhin sagte er noch: »Hast du meine Nummer?« Die hatte ich nicht, aber da war er schon weg. Meine Zukunft lag in Kreuzberg. Ich wollte ein Leben, das zu mir passte. Ich wollte nicht passend gemacht werden. Ich wollte ein Abenteuer.

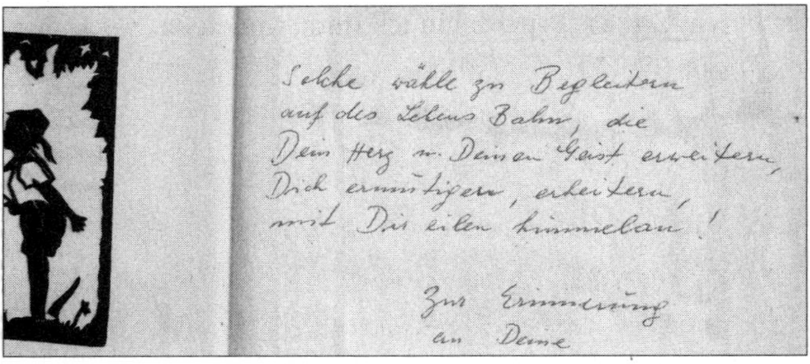
Solche wähle zu Begleitern
auf des Lebens Bahn, die
Dein Herz u. Deinen Geist erweitern,
Dich ermutigen, erheitern,
mit Dir eilen himmelan!
Zur Erinnerung
an Deine

1
herz und geist

Knapp vierzig Jahre später bin ich immer noch da. Sogar fast an derselben Stelle. Wo Bolle brannte, wird heute das Straßenbild von einer riesigen Moschee beherrscht. Es ist immer noch bunt in Kreuzberg. Bunter sogar als jemals zuvor. Noch viel mehr Menschen aller Nationen sind hinzugekommen. Deutsch ist in Kreuzberg mittlerweile eine Fremdsprache unter vielen. Während der Krawalle am 1. Mai wurde 1987 auch der Plus-Supermarkt am Oranienplatz zerstört. Dort befindet sich inzwischen ein Fünf-Sterne-Luxushotel. Eine Übernachtung kostet genauso viel wie die Leute, die drum herum wohnen, im Monat an Bürgergeld bekommen. Gestern wie heute umweht diese Gegend das typische »Krawall-Kreuzberg«-Flair. Und mit etwas Glück bekommen die Geschäftsleute und Touristen, die hier absteigen, den Klassiker geboten. Dann erleben sie das original Überfallkommando, das in unregelmäßigen Abständen Pflastersteine in die Scheiben wirft, um gegen die Gentrifizierung zu protestieren. Manche Hotelgäste halten das für eine ortstypische Inszenierung. Doch das ist nicht gespielt. Die Protestkultur hat sich in Kreuzberg ebenso gehalten wie das Elend.

Mir geht's übrigens gut. Aber natürlich frage ich mich, wo die Jahre geblieben sind.

Heute ist schon Dienstag. Gerade ist meine Mutter wieder abgereist. Ich habe sie zum Hauptbahnhof gefahren und dort abgesetzt. Sie bestand darauf. Sie wollte nicht, dass ich sie zum Zug begleite. »Das kann ich allein«, hat sie gesagt, ist ausgestiegen und im Schneckentempo davongezuckelt, um mich eine halbe Stunde später anzurufen und sich über die »unverschämte« Verspätung zu beklagen. »Schon wieder. Mindestens eine Stunde. Dabei will ich nur nach Hamburg.« Sie klang niedergeschlagen. »Was ist bloß mit Deutschland passiert? Funktioniert noch irgendwas? Wo soll das alles noch enden?«

»Ich könnte dich mit dem Auto fahren«, habe ich ihr gleich angeboten. »Sei nicht albern, du musst arbeiten. Mach dir keine Sorgen. Ich warte hier. Warten ist doch der neueste Sport in diesem Land.«

Es gibt ein Schwarz-Weiß-Foto von uns beiden, das über meinem Schreibtisch hängt. Meine Mutter mit hoch aufgetürmter Frisur und triumphalem Blick am Tag meiner Einschulung. Ich stehe daneben und lächle gequält in einem ärmellosen Kleid mit weißen Kniestrümpfen. Verkrampft halte ich die schlichte Schultüte im Arm, die Haare sind sorgfältig gekämmt, der Pony rahmt meine Stirn halbmondartig ein. Ich erinnere mich an diesen Tag genau. Ich erinnere mich auch an das flaue Gefühl, dass nun etwas auf mich zukommen könnte, was mir nicht gefiel. Wir waren sechsunddreißig Kinder in der ersten Klasse. Und wir waren alle aufs Schönste zurechtgemacht für unsere Berufskarrieren, die an diesem Tag ihren Anfang nehmen sollten. Es ist gar nicht lange her. Nur dreiundfünfzig Jahre.

Meine Mutter kommt nur noch selten nach Berlin, um mich zu besuchen. Sie ist einfach zu alt geworden, die Reise zu beschwerlich. Sie ist vierundachtzig, und die letzte Hüftoperation ist schiefgegangen. Jeder Schritt ein Schmerz. Sie sagt, sie sei außerdem geschrumpft. Von 1,73 auf 1,60 Meter. Dreizehn Zentimeter kleiner in fünfzig Jahren. »Und ich bin nicht die Einzige«, behauptet sie. Alle ihre Freundinnen seien eingelaufen. »Wir werden so klein, bis wir ganz verschwinden.« Selbst für die Zugtoilette sei sie mittlerweile zu kurz und komme mit den Füßen nicht mehr auf den Boden. Sie sagt, sie verzichte deshalb schon zwei Tage vor der Abreise aufs Trinken.

Außerdem gefällt ihr das KaDeWe nach dem Umbau nicht mehr. »Die schöne Delikatessenabteilung ist ja nur noch ein Torso. Alles Shop im Shop. Es gibt nirgendwo Festgirlanden. Jedenfalls habe ich keine gefunden. Früher gab es da mal alles. Alles! Jetzt nicht mehr. Und das ganze Kaufhaus ist voller Chinesen und Amerikaner, und die Verkäuferinnen sprechen nur Englisch. Was war das mal für eine Pracht. Corona hat alles kaputt gemacht«, sagt meine Mutter. »Ich glaube, das war das letzte Mal Berlin. Ich komme nicht wieder.«

Wegen Kreuzberg ist sie nie gekommen. Und auch nicht meinetwegen. Ihre Welt ist der Ku'damm. Traditionell mietet sie sich im Kempinski ein und genießt das Weltstadtflair. Den Osten hat sie noch gar nicht registriert. Berlin ist für sie dreimal »K«: Kempinski, Ku'damm und KaDeWe, und bitte alles so wie früher. Meine Wohnung mag sie nicht. Beim ersten Besuch genügte die nüchterne Feststellung »Hier gibt's ja gar keine Küche«, um ein Urteil für die Ewigkeit zu fällen. Was keine Tür hat, ist keine Küche. Bodentiefe Fenster bieten keine Privatsphäre, Jalousien ersetzen keine Vorhänge, vier Sessel sind kein Sofa, der große Esstisch aus massiver Eiche ist Platzverschwendung in einem Single-Haushalt, ungepolsterte Stühle verursachen Hämorrhoiden, »und wo ist eigentlich der praktische Kleiderschrank, den ich dir mal geschenkt habe?«

Das Haus, in dem ich wohne, ist ihr zutiefst suspekt. Schon der Name »Die BURG« ist ihr ein Gräuel. »Ein Wohnhaus nur für Frauen? Wie soll das funktionieren? Vertragt ihr euch?« Das fragt sie jedes Mal. Selbst wenn wir telefonieren. »Hör mal, das wäre mir viel zu anstrengend. Alle mit ihren Befindlichkeiten. Wie hältst du das aus?« Sie benutzt häufiger das Wort »stutenbissig«, das mich dann immer auf die Palme bringt. Ich könnte ihr erzählen, dass es allemal unterhaltsamer ist, mit so vielen eigensinnigen Frauen in einem Haus zu wohnen, als irgendwo allein in einer Zweizimmerwohnung zu sitzen, wo man die Nachbarn kaum kennt und Jahr für Jahr immer mehr vereinsamt.

Ich könnte ihr auch erzählen, dass so ein gemeinsames Haus eine clevere Überlebensstrategie ist, wenn man wie ich fast sechzig ist, allein lebt und keine eigenen Kinder hat. Dass es praktisch ist, wenn die Freundinnen in unmittelbarer Nähe wohnen, weil es immer irgendwo etwas zu essen oder zu begießen gibt. Dass es zwar nervt, wenn alle registrieren, dass man sich ein neues Fahrrad gekauft hat und auf ein E-Bike umgestiegen ist (»Hast du das schon nötig? Und dann auch noch mit tiefem Einstieg?«), dass das aber immer noch besser ist, als wenn sich niemand dafür interessiert. Oder ich könnte ihr von der wachsenden Sorge berichten, dass ich mich verwirrt und entkräftet irgendwann in diesem Leben nicht mehr zurechtfinden könnte, weil mein Verstand verwässert, sodass ich auf die offene See hinaustriebe und unterginge, wenn ich diesen Anker nicht hätte. Wenn sie mir denn zuhören würde, könnte ich erzählen, dass dieses Haus für mich wie eine Insel in einem Meer voller Ungeheuer ist. Oder wie ein Dorf, in dem alle aufeinander achten, damit niemand verloren geht. Aber an meiner Antwort ist meine Mutter nicht interessiert. Sie redet jedes Mal einfach weiter.

Sie hat ihre Weltanschauung Ende der 1970er-Jahre eingefroren und bis heute nicht aufgetaut. In dem ewigen Eis ihrer Vorstellungen gibt es keine feministischen Frauenprojekte. Was nicht tatkräftig von Männern ins Werk gesetzt wurde, existiert nicht. Es bleibt ohne Bedeutung und ohne Wert. Aus diesem Grund ist ein großer Teil meines Lebens an meiner Mutter unbemerkt vorbeigezogen. Keine Enkelkinder, kein Schwiegersohn, keine Doppelhaushälfte, keine Postkarte aus Disneyland, punkten kann ich bei meiner Mutter immerhin mit einem gut bezahlten Job in der Pressestelle eines Bundesministeriums, wo ich Vorträge ausarbeite und gerade die großen Linien zum Thema »Altern in der Erwerbsarbeit« entwerfe. »Da bist du ja ganz dicht dran am Zentrum der Macht«, sagt meine Mutter mit einem Anflug von Anerkennung, »aber machst du dich da auch wirklich nützlich? Hat Deutschland was davon?«

Leider finden die Telefonate mit ihr immer seltener statt. Sie hört das Klingeln nicht mehr, hebt deswegen nicht ab. Häufig ist aber auch bei ihr das Internet gestört, und ich komme gar nicht durch. Voice over IP will sie nicht verstehen, kann man ihr nicht erklären. Ich habe ihr das Internet eingerichtet, weil die Telekom den Vertrag einseitig gekündigt hatte. Klassische Telefonie gibt es nicht mehr. Viel zu häufig liegt nun das neue schnurlose Telefon neben der Ladestation und ist leer. Es gibt viele Gründe, warum ich sie nicht erreiche. Stromausfall ist auch einer davon. Und manchmal schaltet sie mit einem unbeabsichtigten Tastendruck das Telefon auf »lautlos«. Mittlerweile habe ich das Gefühl, sie will auch gar nicht mehr erreicht werden. Ihr Radius wird immer kleiner. Die Nachrichten, der Krieg, die Umwelt, die Krisen, alles blendet sie aus. Mein Leben in Berlin sowieso. Und Kreuzberg im Besonderen. Bevor sie wieder abgereist ist, waren meine Mutter und ich hier noch in einem tollen klassischen Konzert, außerdem haben wir eine große Ratte gesehen und einen Mann ohne Hose.

Für meine Mutter liegt Kreuzberg schon immer in einem großen Schaufenster, vor dem sie jedes Mal erschrocken stehen bleibt. Das hängt zum Teil mit den Einbauküchen und Sofalandschaften zusammen, die in diesem Bezirk inzwischen das öffentliche Straßenland garnieren. »Ist ja schrecklich«, sagt meine Mutter dann. »Ich könnte hier nicht wohnen. Habt ihr keine Müllabfuhr? Ich will nach Hause.«

Im Kreuzberg meiner Jugend fand man am Straßenrand Charakterstücke. Eine Deckenleuchte aus dem Palast der Republik, ein Kinderkaufmannsladen, ein rostiger Gartenstuhl. Es hatte Tradition, es war eine Art Kreislaufwirtschaft. Kaum hatte man etwas auf die Straße gestellt, war es auch schon wieder verschwunden. Die Stadt hatte es sich sofort einverleibt. Das ging schnell und zuverlässig. Nach heutigen Maßstäben nachhaltig. Aber inzwischen verrotten ganzjährig angefaulte Matratzen auf den Gehwegen. Monatelang steht ein Toilettenbecken an der Bushaltestelle am Oranienplatz. Die Stadt schwitzt auf jedem zweiten Grünstreifen Polstermöbel aus, von mir immer noch tapfer verteidigt als »Lokalkolorit einer geschundenen Stadt«. Aber ja. Okay. Ich gebe zu, es ist hässlich. Entweder es ist schlimmer geworden, oder man möchte es im fortgeschrittenen Alter endlich etwas ordentlicher haben.

Ab und zu mache ich tatsächlich Fotos von den kaputten Kühlschränken und den ranzigen Sofas, die überall rumstehen, und schicke sie mit Ortsangabe an das »Ordnungsamt Online«, den Service von »Berlin.de«, um dann Tage später auf dem Handy eine grüne Ampel zu sehen, Status »erledigt«, ohne dass der Kühlschrank jemals von der Straßenecke verschwunden wäre. Das ist Berlin heute. Man erledigt alles, indem man es einfach für erledigt erklärt. Fertig.

»Halt mal«, sagt Dorothea und drückt mir eine Flasche Spiritus in die Hand. Sie sucht in ihrer Hosentasche nach dem alten Sturmfeuerzeug, mit dem wir uns früher in dem besetzten Haus, als wir noch rauchten, immer die Zigaretten angezündet haben. Mittlerweile ist dieses besondere Feuerzeug eine echte Antiquität, und ich sehe ihr immer noch gern dabei zu, wie sie mit nur drei Fingern und einer einzigen eleganten Handbewegung die Flamme entzündet. »Du kannst mir mal helfen«, sagt sie und zieht mich durch den Laubengang, der am Garten im Innenhof entlangführt, durch die Toreinfahrt ins Freie.

»Muss das sein?«, frage ich. »Aber es ist doch noch gar nicht dunkel.« Als wenn ich eine Wahl hätte. Man sollte Dorothea aus zwei Gründen nichts abschlagen: Sie ist die Hilfsbereitschaft in Person und repariert selbst mitten in der Nacht einen tropfenden Wasserhahn. Und zweitens ist sie extrem nachtragend, falls sie sich ungerecht behandelt fühlt.

Sie hat ihr ganz eigenes System, Dinge zu erledigen. Gegenüber auf dem Alfred-Döblin-Platz steht seit Wochen ein monströses, vergammeltes Sofa. Das hat dort jemand irgendwann nachts einfach abgestellt. Das soll weg, weil Dorotheas Schwester zu Besuch kommt. Dorothea möchte, dass es rund um unser Haus ansprechend aussieht. Das Sofa ist allen schon länger ein Dorn im Auge. Ich hatte es auch mehrfach fotografiert und dem Ordnungsamt über die App gemeldet. Aber es steht hier einfach immer noch, deshalb nimmt Dorothea das jetzt selbst in die Hand. Aber weil sie seit einiger Zeit Arthrose im Knie hat, muss jemand mit anfassen. Und wir sind ein eingespieltes Team.

Ihre Anweisungen sind präzise wie immer: »In die Knie! Runter!« Weisungsgemäß gehe ich in die Hocke. »Und jetzt schieben. Richtung Straße. Wir müssen von den Bäumen weg.« Ich spanne alle Muskeln an und arbeite mit Macht gegen das Seitenteil, aber es bewegt sich nicht. Dorothea versucht es über die andere Seite. Keine Chance. Der Koloss mit dem Brokatbezug in den Farben Gold und Lavendel scheint einbetoniert. »Kannst du das Ding anheben? Wenigstens ein bisschen?« Ich kralle meine Finger in das Möbel, hebe es minimal vom Boden hoch, und auf diese Weise ruckeln wir Zentimeter für Zentimeter voran. Zehn Minuten später steht die Couch tatsächlich auf der kleinen Lichtung, die Dorothea angepeilt hatte, und mir rinnt der Schweiß über den Rücken.

Autos, Häuser und Bäume sind weit genug weg, um keinen weiteren Schaden anzurichten. Nun gießt Dorothea mit

Schwung den Spiritus auf die Polster, und ohne sich noch einmal umzusehen, schnippt sie im Handumdrehen den Deckel ihres Sturmfeuerzeugs zur Seite und setzt das Sofa in Brand. Es dauert nicht lange, da steht die Couch in Flammen. Die Rauchentwicklung ist enorm, weil die Polster so feucht sind. »Komm«, sagt sie, »den Rest gucken wir uns vom Balkon aus an.« Wir haben es nicht eilig, ins Haus zu kommen. Niemand nimmt von uns Notiz. Dorotheas Wohnung ist im Gegensatz zu meiner wie immer picobello aufgeräumt. Sie holt zwei Bier aus dem Kühlschrank, wir machen es uns auf den zwei Terrassenstühlen bequem und warten auf die Feuerwehr. Es dauert nicht lange, da kommt sie angetobt. Vier Feuerwehrleute rollen einen Schlauch aus und setzen die Couch unter Wasser. »So soll's sein«, sagt Dorothea und prostet mir zu. Am nächsten Tag holt die Stadtreinigung die Trümmer ab. »Na bitte«, sagt Dorothea. »Geht doch. Meine Schwester kann kommen.«

Auch wenn es überhaupt nicht zu ihr passt und mir auch vollkommen absurd vorkommt: Dorothea ist tatsächlich inzwischen in Rente. Theoretisch. Praktisch nicht. Weil sie nie etwas eingezahlt hat. Solange ich denken kann, schlägt sie sich irgendwie durch, hat nie fest angestellt gearbeitet. Die Wohnung finanziert ihre Schwester, indem sie seit Jahren jeden Monat den Kredit in kleinen Raten abstottert. Demnächst wird er fällig. Und ob sie da noch mal umschulden kann, nachdem die Zinsen diesen Sprung gemacht haben, frage ich besser nicht. Daran verschwendet Dorothea keinen Gedanken. Sagt sie jedenfalls. Überhaupt ist die Zukunft ein »ganz, ganz schlechtes Thema«. Am besten man lebt einfach in sie hinein und redet nicht viel drüber.

Dorothea bezeichnet sich als Lebenskünstlerin, hat hier und da in Tischlereien ausgeholfen, immer mal wieder ein paar Aufträge angenommen, unter der Hand bei Freundinnen Küchen aufgebaut, Fußböden verlegt, Ladeneinrichtungen zusammengezimmert. Sie trägt immer noch diese praktischen Overalls und denselben Kurzhaarschnitt wie früher, allerdings sind ihre Haare nicht mehr schwarz, sondern weiß. Und sie braucht jetzt eine Brille. Seit ich sie kenne, will sie die Meisterprüfung machen und dann eine eigene Firma gründen. Sie spielt Lotto. Sie will Englisch lernen. Sie will sich ein Boot bauen. Sie will endlich mal nach Italien. Und dann geht es immer von vorne los. Sie will jetzt endlich die Meisterprüfung machen. Sie will Englisch lernen, sie will ein Boot bauen und endlich mal nach Italien. Sie spielt jede Woche Lotto. Aber die Meisterprüfung ist ihr am wichtigsten. »Geht das denn noch in deinem Alter?«, frage ich nach. »Warum nicht. Ich müsste mich einfach mal erkundigen. Aber wahrscheinlich ist das zu teuer.« Sie hat sich vierzig Jahre lang nicht erkundigt.

Alles, was einfach und pragmatisch zu bewerkstelligen ist, lässt sich mit Dorothea jedoch wunderbar machen. Mitten in Kreuzberg eine Polstergarnitur in Brand zu setzen, das ist nach ihrem Geschmack. Vierzig Jahre an diesem Ort zu leben verführt zu radikalen, dafür funktionablen Lösungen. Dorothea liebt ihre Schwester. Sie ist ihr sehr wichtig. Und wenn sie dann schon mal zu Besuch kommt, will ihr Dorothea das Sperrmüll-Ambiente, in dem Kreuzberg zunehmend versinkt, auf keinen Fall zumuten. Sie schämt sich dafür. »Wir sehen das ganze Chaos überhaupt nicht mehr, wir sind viel zu sehr daran gewöhnt. Wir müssen aufmerksam bleiben«, sagt Dorothea. »Hilf dir selbst, die Stadtverwaltung gibt's nicht mehr.« Also erst mal alles abfackeln.

Dorothea stammt aus Büchel in der Eifel. Ihre Schwester natürlich auch. Und während Dorothea und ich Mitte der Achtziger in Berlin in dem besetzten Haus in der Frauen-WG hängen geblieben sind, hat ihre Schwester das Eifelsein kultiviert, inklusive VW-Sharan. Ich finde das ein bisschen erschreckend, dass wir alle immer noch da sind, wo wir schon vor vierzig Jahren waren.

»Stimmt es wirklich, dass man bei euch mit Fahrrädern jetzt Autostellplätze blockieren darf?« So was fragt Dorotheas Schwester am Telefon. Das sind die Themen, die sie interessieren. Vollkommen klar, was sie denkt: Berlin hat endgültig den Verstand verloren. Von der neuen Gendertoilette am Kottbusser Tor mitten im Schlamm, diesem »Missoir«, hat sie glücklicherweise noch nichts gehört oder gelesen. Dabei war es schon überall im Fernsehen. Mit Dorothea ist abgesprochen, dass wir ihr nichts davon erzählen.

Wir wissen selbst nicht, wie man so was erklären soll. Kreuzberg wieder ganz weit vorne mit einer öffentlichen Öko-Toilette, die nicht mehr zwischen Männern und Frauen unterscheidet, als Fanal. Sie soll die Visitenkarte für eine moderne, diverse Gesellschaft sein. Ein zeitgemäßer Lokus, äußerst prominent auf einer Verkehrsinsel platziert. Fünf Jahre Planung, fünfzigtausend Euro Kosten. Und von Anfang an unbenutzbar. Immer extrem verdreckt, man riecht sie schon von Weitem. Touristen halten sich die Nase zu und machen Selfies vor und mit dem »Missoir«, der Toilette für alle Geschlechter. Kreuzbergs neueste Attraktion.

Die ganze Welt schaut auf diese Stadt und besonders auf diese Ecke hier, wo Ost und West zusammenstoßen. Wir haben dieses Haus direkt auf dem Reißverschluss zwischen Russland und Amerika gebaut. Der könnte jederzeit wieder aufgerissen werden. Lange Jahre dachten wir, das Kapitel sei abgeschlossen, aber nun sind da doch einige Fragezeichen, ob wir hier – so weit im Osten – noch immer sicher sind angesichts der neuen Bedrohung aus Russland. Hier stand die Mauer. Hier stand der Klassenfeind. Heute patroullieren hier die Busse auf Stadtrundfahrt. Am Boden verläuft eine Linie aus Pflastersteinen, damit niemand vergisst, wo genau diese Mauer, diese besondere Grenze, war.

Touristen aus der ganzen Welt kommen Tag und Nacht vorbei, in der Hand das Handy mit Navigationssystem, und beäugen unser Haus. »The Berlin Wall – See it here. Leben mit dem Todesstreifen«. In einem Kuppelzelt mit dramatischem Licht und Endzeitstimmung kann jeder am Checkpoint Charlie in 3-D erleben, wie es aussah, als hier noch keine Häuser waren, sondern Wachtürme und Stacheldraht. Dann pilgern sie anschließend an diesen historischen Ort, den sie eben noch als bedrohliche Kulisse im Kuppelzelt gesehen haben. Sie kommen genau an diese Ecke Sebastian-/Luckauer Straße. Und das größte Glück scheint anschließend für sie zu sein: einmal gegen unsere Hausmauer zu pinkeln. Ich rede von Männern. Nicht von Hunden.

Ich habe keine Ahnung, warum das hier ständig passiert. Ist das ein Kult? Ein Ding aus dem Internet, von dem wir noch nichts mitbekommen haben? Eine Challenge bei TikTok oder wie das heißt? Oder ist es tatsächlich die neue rechtsgerichtete

Bürgerlichkeit, die hier vorbeikommt, um den Feminismus anzupinkeln? Vielleicht ist das aber auch so ein Kreuzberg-Ding, einfach laufen lassen, weil man in diesem Bezirk angeblich alles darf. Das steht doch in jedem Reiseführer. Sie kommen zu zweit, zu dritt, zu viert. Männer richten ihren Strahl bewusst auf dieses Gebäude, das in Berlin eine gewisse Berühmtheit erlangt hat, weil es nur von Frauen bewohnt ist. Sie pinkeln uns an. Das kann kein Zufall sein. Mittlerweile kärchert Dorothea jede Woche.

Unser Haus ist direkt auf dem ehemaligen Grenzstreifen entstanden, hier war eine Brache, das ehemalige »Brot und Rosen Gelände«, wo ein paar Frauen nach der Wende ihre Zelte aufschlugen und Bauwagen anschleppten, um die Wiedervereinigung und den damit verbundenen Umbruch abzuwettern. Hier war mal eine typisch Berliner Wagenburg, ein Minidorf bestückt mit Zirkuswagen, bewohnten Baucontainern, schrottreifen Wohnmobilen, ein abgegrenztes Grundstück nur für Frauen – ohne männliche Welterklärer, Holzhacker, Ansager. Sie haben es sich einfach genommen. Kreuzberg hatte eine eigene Frauenbewegung. Alle hingen mit allen zusammen. Bauwagenfrauen und Hausbesetzerinnen. Ich ließ mich mitreißen und wollte dabei sein: ein paar Hundert Quadratmeter Selbstbestimmung und Selbstverwaltung, auf die wir wenige Jahre später dieses Wohnhaus gebaut haben mit achtunddreißig Einheiten, in dessen Teilungserklärung festgeschrieben ist, dass der Erwerb von Eigentum ausschließlich Frauen vorbehalten ist. Als das Haus um die Jahrtausendwende entstand, hat sich keine von uns träumen lassen, dass irgendwann mal infrage stehen könnte, was eine Frau überhaupt ist.

Mittlerweile ist die Lage – auch die zwischenmenschliche – unüberschaubar kompliziert geworden. Immer wieder versuchen Männer, sich in dieses Haus einzuklagen und berufen sich dabei auf das Diskriminierungsverbot. Wieder andere Männer haben von ihren Müttern hier eine Wohnung geerbt, und was jetzt? Es gibt auch Männer, die jetzt Frauen sind und deswegen hier eine Wohnung kaufen wollen, und Frauen, die schon lange hier leben und sich neuerdings als Männer präsentieren, oder Personen, die nichts von beidem sind und sich als genderfluid bezeichnen. Und fast alle pochen darauf, dass das schließlich die DNA von Kreuzberg sei, alle so zu akzeptieren, wie sie sind.

Die Verhältnisse müssen auf den Prüfstand. Das ist klar. E-Mails machen die Runde. Auf den Fluren wird heftig diskutiert. Die Juristinnen im Haus suchen nach Lösungen, wie die ursprüngliche Idee des Frauenwohnens erhalten bleiben kann. Auf den Durchbruch warten wir noch.

Es gibt inzwischen eine Initiative im Haus, die die Teilungserklärung ändern will. Das Wort »Frauen« soll durch den Begriff »Menschen mit Vulva« ersetzt werden. Ob das die Lösung ist? Um die Teilungserklärung zu ändern, müssen alle achtunddreißig Eigentümerinnen zustimmen. Kann ich mir kaum vorstellen, aber im Detail möchte ich mich dazu jetzt nicht äußern, um keinen Shitstorm zu riskieren. Alles echt nervig, teuer und kompliziert. Unsere Hausregeln sind eigentlich ganz okay, aber sie sind mit der modernen Welt nicht mehr in Einklang zu bringen. »LGBTQ A bis Z ist mir zu hoch«, sagt Dorothea, »ich komme da einfach nicht mehr mit. Warum kann nicht alles bleiben, wie es früher war?«

Früher. Da gab es diese Idee, sich gemeinsam einen Traum

zu erfüllen und ein Haus zu bauen. Meine Mutter hatte mir Geld aus ihrer Lebensversicherung gegeben, ein Vorerbe. Es sollte ein »Grundstein für die Altersvorsorge« sein. Sie verband damit die Hoffnung, ich möge »diese revolutionäre Phase als Hausbesetzerin« beenden, denn die hielt mich in ihren Augen vom Erwachsenwerden ab. »Irgendwann musst du doch zur Vernunft kommen und dein Leben in geordnete Bahnen lenken«, womit sie eine seriöse Familienplanung und vermögenswirksame Leistungen meinte. Sie ignorierte völlig, dass ich längst eine Karriere hatte, angekommen war. Sie hatte sich die Karten legen lassen und war seitdem etwas beruhigter, da sie nun davon ausgehen durfte, dass mein fünfunddreißigster Geburtstag die Wende bringen würde. »Die Hoffnung stirbt zuletzt«, sagte sie. Als ich ihr Geld nahm und in das feministische Wohnprojekt investierte, hörte ich lange Zeit nichts mehr von ihr. Ich wusste, sie war mit dem Ermorden ihrer Hoffnung beschäftigt. Währenddessen nahm das Projekt immer mehr Gestalt an.

Wie schön und wie leicht alles war. Mit welcher Kraft und Stärke alles auf die Bahn geschoben wurde. Für jedes Problem gab es eine Fachfrau und deshalb auch immer eine Lösung. Im Grunde war jede von uns schockiert, wie problemlos ein solches Bauprojekt ohne jede Mitwirkung von Männern umgesetzt werden konnte. Allerdings erst im zweiten Schritt. Zuerst mussten der damalige Bürgermeister von Kreuzberg und der Leiter der Sanierungsabteilung überzeugt werden. Fördermittel gab es nicht. Überall saßen nur Männer in den zuständigen Gremien. Es war wie ein Naturgesetz: was nicht von Männern für gut befunden wurde, war nicht gut. Es hat ewig gedauert, bis man da überhaupt mal vorsprechen konnte. Und die Reaktionen waren immer gleich: »Nur Frauen, was soll das? Hatten wir noch nie.« Dann ging Berlin auch noch pleite. Im sogenannten Berliner Bankenskandal musste das Land mehr als zwanzig Milliarden Schulden übernehmen, und das ausgerechnet für waghalsige Immobiliengeschäfte der landeseigenen Bankgesellschaft. Alles ging damals drunter und drüber. Es blieb uns nichts anderes übrig, als voll ins Risiko zu gehen, eine Projektgesellschaft zu gründen und uns enorm zu verschulden.

Handwerklich hatten einige bereits Erfahrung mitgebracht aus den besetzten Häusern oder vom Bauwagenplatz. Es ging natürlich schief, was schiefgehen konnte. In meinem Badezimmer gilt das zum Beispiel für die Fliesenarbeiten. Alles schräg, dafür apart. Aber dann dieses Glücksgefühl, selbstständig etwas so Großes wie ein eigenes Wohnhaus auf die Beine zu stellen, da flossen nicht nur bei mir Tränen des Triumphs. Ganz tief innen drin hatte ich es mir selbst nicht zugetraut. Es hatte etwas Unverschämtes, als stünde es mir nicht zu. Es fühlte sich an wie ein Raubüberfall auf die Schatzkammer der Macht, zu der Frauen keinen Zutritt hatten. Dort einzubrechen und sich der Errungenschaften zu bedienen, die Männern vorbehalten waren, war eine Ungeheuerlichkeit und kam einer Schändung gleich. Jedenfalls fühlte es sich so an. Als würden wir etwas Verbotenes tun. Aber Woche für Woche wurde immer deutlicher: Wir konnten die Welt aus den Angeln heben. Und mussten niemand fragen, ob wir dürfen.

Es dauerte ein Jahr, bis der Rohbau stand. Das Richtfest ging in die Geschichte und die Erbsensuppe in den Estrich ein. Es war ein Tag, an dem einfach alles stimmte. Oder wie meine

Großmutter weitsichtig bereits 1974 für mein Poesiealbum formulierte: »Solche wähle zu Begleitern auf des Lebens Bahn, die Dein Herz und Deinen Geist erweitern, Dich ermutigen, erheitern, mit Dir eilen himmelan!« Wir fühlten uns als Himmelsstürmerinnen. Das Haus war zwar noch ein Rohbau, mindestens die Hälfte der Wohnungen hatte noch keine Käuferin, aber wir hatten es immerhin bis hierhin geschafft. Es war voll auf der Party und laut. Eigentlich wie immer. Die Getränke flossen in Strömen, und die Frauen tanzten wild durch die Gegend.

Gegen Mitternacht saßen wir erschöpft am großen Lagerfeuer im Garten und starrten in die Flammen. Und dann hatte Gabriele diese verrückte Idee mit der BH-Verbrennung. »Alle ausziehen!«, rief sie in die Runde. »Büstenhalter ins Feuer!«

»Runter mit den Dessous!«, schrie Dorothea, und alle kreischten entsetzt durcheinander, unmöglich, nein. »Weg mit allem, was dich einengt! Befreit euch!«

»Wir sind nicht mehr in den Siebzigern«, krakeelte Linda, knöpfte sich dann aber tatsächlich die Bluse auf. »Oha«, entfuhr es mir. Linda trug einen BH aus schwarzer Spitze. Ein Fall für die Feminismuspolente. Es gab zwar keine offiziellen Kleidungsvorschriften, aber eins war ja wohl klar: Reizwäsche war definitiv ein Symbol patriarchaler Unterdrückung und machte Linda verdächtig, auf einem völlig falschen Trip zu sein. Doch der Moment des Zweifelns währte nicht lange, der Argwohn verlor sich im Rausch der Euphorie. »Runter damit, Beate Uhse!«, rief Gabriele, und Linda riss sich mit nur einer Hand diesen Hauch Wäsche vom Leib und warf ihn im hohen Bogen ins Feuer und ihre Bluse gleich hinterher. Es gab eine kurze, heftige Stichflamme, dann war alles nur noch Asche. »Nie wieder BH!«, brüllte Gabriele in die Runde. »Nie wieder BH!«, schallte es zurück. Die Frauen lachten vor Vergnügen.

Nicht alle folgten dem Aufruf, sich auszuziehen, aber viele. Unter Gejohle und Geheul gingen auch Unterhosen und Strümpfe in Flammen auf. Ich selbst zog meinen Sport-BH unter dem T-Shirt aus, warf ihn mit Überzeugung ins Lagerfeuer und sah zu, wie er erst schwarz wurde und dann zu Asche zerfiel. In diesem Moment fühlte ich mich als Teil einer Verschwörung, die sich das Niederreißen aller Mauern in dieser Welt zum Ziel gesetzt hatte. Ich war mir sicher, dass wir das schaffen.

»Was machen wir mit der Asche?«, fragte Gabriele.

»Ich habe noch eine kleine hübsche Kiste aus Zedernholz«, sagte Dorothea. »Das war mein Gesellenstück, da kommt die Asche rein, und dann vergraben wir sie im Eingangsbereich als Glücksbringer und legen Bodenplatten drauf.«

Und so geschah es. Die Kiste liegt dort noch immer. Seit nun schon beinahe dreißig Jahren. Jeden Tag überqueren wir auf dem Weg in die BURG hinein und wieder hinaus die Asche unserer Büstenhalter. Sie wird uns vermutlich alle überdauern, denn einige, die damals dabei waren, sind schon verstorben oder weggezogen. Den Schlachtruf »Nie wieder BH!« habe ich immer noch im Ohr, allerdings blieb er ein uneingelöstes Versprechen. Ließ sich nicht durchhalten. Wurde mit der Zeit zu schwammig.

Zwei Tage nach der rauschenden Party wurde das Haus von Vermummten überfallen. Sie kamen in der Dämmerung auf Fahrrädern und waren zu sechst. Vielleicht waren es auch sieben oder acht. So genau konnte ich es nicht sehen. Blitzschnell warfen sie mit ungeheurer Kraft und Zielgenauigkeit Pflastersteine in die nagelneuen Fenster bis hinauf in die dritte Etage. Die meisten Scheiben gingen zu Bruch, bevor ich ihnen hinterherschreien konnte: »Ihr Arschlöcher, ihr bekämpft die Falschen!« Es war doch auch unser Kreuzberg-Utopia. Aber einige Leute aus der Kreuzberger Szene sahen uns als Verräterinnen, weil wir nun selbst zu Eigentümerinnen geworden waren, zu Handlangerinnen des Kapitals.

Rückblickend kommen mir diese Bauphase und diese unbeschwerten Jahre im eigenen Haus wie der Eintritt ins Paradies vor.

Aber am Tag nachdem meine Mutter abgereist war, kurz nachdem die Berliner Stadtreinigung die Trümmer des Brokatsofas abgeräumt hatte, kam plötzlich all das ins Rutschen, auf das ich mein Leben aufgebaut hatte.

Wieder und wieder sehe ich die Szene vor mir, wie ich meinen letzten Auftraggeber verlor.

»Wir verfolgen eine neue Strategie«, sagte Yannik, mein Ansprechpartner aus dem Pressestab des Ministeriums und goss mir eine Tasse Kaffee ein, »darüber haben wir auf unserer letzten Tagung lang und ausführlich geredet. Mit wissenschaftlicher Unterstützung!«

Er hob den Finger und bohrte ihn anschließend in die Tischplatte.

»Ich will ganz ehrlich zu dir sein. Wir müssen einfach die richtige Zielgruppe erreichen. Und das sind eben nicht die Älteren. Du verstehst schon. Es sind die Jüngeren, die wir mit unserer Politik erreichen müssen. Und natürlich die, die seit mehreren Generationen in Deutschland leben, ihre familiären Wurzeln aber in anderen Ländern haben. Also die Migranten. Die und ihre Lebenswelten, auf die konzentrieren wir uns jetzt. Und du – ich will es mal so formulieren – bist da nicht so richtig zu Hause, nicht wahr?«

Ich versuchte ein ausdrucksloses Gesicht zu machen. So viele Jahre schon schrieb ich Reden, Aufsätze, Presseartikel für den Verein. Seit wann muss man in anderen Lebenswelten zu Hause sein, wenn man sauber recherchiert und gut arbeitet? Yannik versuchte es mit Humor.

»Es ist ja ein bisschen wie eine kulturelle Aneignung, nicht wahr? Jung spielen funktioniert nicht, das muss man schon sein. Und du bist nicht schwarz oder wenigstens ansatzweise südländisch. Du bist so richtig deutsch. Und das ist nicht Deutschlands Zukunft.«

Er lachte laut über seinen merkwürdigen Witz und schob mir eine bunte Grafik zu, auf der Torten- und Säulendiagramme als Argumentationshilfe dienten. Yannik, dachte ich in diesem Moment, Yannik und Jan und Julian und Jonas. Typische Generationsnamen der Neunziger. Karrieristen Mitte dreißig. Noch schlank. Noch keine Lebenskrise. Noch sah er ohne Brille alles scharf.

Ich war wie betäubt und dachte an meine guten Jahre zurück, als ich selbst – noch jung und wagemutig – den damals in meinen Augen uralten Redakteuren nach kurzer Ausbildungsphase in meinem neuen Job als »Ressortleiterin Jugend« vorgesetzt wurde, weil sie laut Chefredaktion kein Gefühl für den »Zeitgeist« mehr hatten, ein Wort, das Ende der Achtziger hoch im Kurs stand und über das diese komischen Gruftis nur abfällige Bemerkungen machten. Ich fand es unbegreiflich, dass sie an ihrer Schreibmaschine festhielten oder ihre Texte immer noch Sekretärinnen diktierten und dass sie grundsätzlich keine Disketten benutzen wollten. Oder dass sie sagten, sie gingen »zu Tisch«. Sogar am Telefon sagten sie: »Rufen Sie später wieder an. Der ist zu Tisch.« Ich konnte nicht fassen, dass jeder, jeder Geburtstag während der Arbeitszeit mit ein paar Flaschen Sekt begossen wurde und man dann nahtlos in den »Feierabend« überging. Und natürlich hatte ich mich immer für Azubis starkgemacht, die aus Gastarbeiterfamilien stammten, für alle Randgruppen, wie man das damals nannte, zu denen übrigens auch immer die Frauen gerechnet wurden. Randgruppenförderung, das war doch das große Thema. Inzwischen ist die Republik aus Millionen Randgruppen zusammengesetzt, und ich bin das Auslaufmodell?

»Keine Frage, du hast einen hervorragenden Job gemacht. Aber ich will ganz ehrlich zu dir sein«, sagte er ein zweites Mal, »zum einen arbeiten wir jetzt verstärkt mit KI, zum anderen tauschen wir unseren Beraterstab und unsere Zuarbeiter und Zuarbeiterinnen aus. Und zwar komplett. Wir gönnen uns eine ganz neue, moderne Organisationsstruktur. Sagt dir der Name Tijen Onaran was? Die und ihr Superteam übernehmen das jetzt.« Sagte mir was. Aber ich sagte nichts. »KI« sagte mir auch was. Künstliche Intelligenz, okay, ja, damit könnte ich mich in der Tat mal beschäftigen.

So wurde ich meinen schönen Job und vor allem mein Einkommen los. Ich wusste, in Kürze würde kein Geld mehr auf mein Konto fließen. Ich hatte noch fast acht Jahre bis zur Rente, wenn dann da überhaupt noch Geld in der Staatskasse ist. Am liebsten hätte ich danach einen unheimlich pointierten und treffend formulierten Fußtritt-Artikel über den Umgang von Parteien und Regierungsorganisationen mit älter werdenden Mitarbeiter*innen geschrieben. Ich hätte gern mein Selbstmitleid auf andere Betroffene verteilt. Aber so ein weinerlicher Hilferuf wäre dann auch das Eingeständnis meines Scheiterns gewesen, und dafür war ich zu stolz. Ich wusste, ich war nicht die Einzige, die in dieses Vakuum stürzte.

Für die Jüngeren, die im Moment überall das Ruder in die Hand nehmen, war ich schon lange »'ne olle Boomer-Kamelle«. Das hatte ich mit eigenen Ohren neben der Kaffeeküche aufgeschnappt, ohne dass die Kolleg*innen wussten, dass ich in der Nähe war. Der Lauf der Zeit hat mich einfach überschrieben. Zu jung für die Rente, aber zu abgestanden für die moderne Welt. Ich war so klassisch langweilig alternd deutsch. Früher hatte es gereicht, dass ich eine Frau war. Bei der Auftragsverteilung wurde ich im Zweifel vorgezogen. Aber jetzt reichte das nicht mehr. Ich war nicht mehr relevant. Die Politiker und Politikerinnen, für die ich Reden geschrieben habe, wollen jetzt was Frischeres, Diverseres, Auffälligeres, Kosmopolitischeres. Jemand, die versteht, wie diese Jugend tickt, die diese neue Sprache spricht und sich mit der Technik auskennt.

Tijen Onaran? Na klar, natürlich kenne ich die. Sie ist die derzeit am meisten gebuchte Unternehmensberaterin und eine Ikone der Selbstvermarktung. Und sie ist fünfunddreißig. Oder so. Und Türkin oder so was. Ironischerweise setzt sie sich für die Sichtbarkeit von Frauen in der Wirtschaft ein. Sie ist voll durchdigitalisiert und hat es wirklich drauf. Die einen blühen auf, die anderen gehen ein. Ich konnte mit dem Strampeln erst mal aufhören. Ich stand für die alten Slogans, die alten Themen, das alte Leben, die alten Weisheiten …

Als ich das Ministerium verließ und auf die Straße trat, war ich eine andere, eine Aussortierte. Ich musste runter vom Spielfeld und auf den Zuschauerrängen Platz nehmen. Ich wusste intuitiv, es würde sehr schwer werden, einen gleichwertigen Job zu finden, wenn nicht sogar unmöglich. Ich fühlte mich auf einmal wie im Film »Die Klapperschlange«, dem Kino-Blockbuster aus den Achtzigern. Ich war eine Verbannte. Ich war plötzlich eine von denen, um die sich die zivilisierte Welt nicht mehr scherte, abgestürzt auf einer Gefängnisinsel, von der es kein Zurück mehr gab. Dass mich der furchtlose, muskelbepackte Held Snake »Die Klapperschlange« Plissken aus diesem Getto der Bedeutungslosigkeit befreien würde, darauf durfte ich nicht hoffen. Ich war schließlich nicht der amerikanische Präsident. Auch wenn ich mich auf dieser Gefängnisinsel genauso falsch fühlte wie er und nach dem Absturz genauso viel Angst hatte, mein Leben zu verlieren. Das war Niemandsland, und da gehörte ich nicht hin. Der Boden unter meinen Füßen war weg. Kurz dachte ich an Dorothea, ob sie mit mir zusammen – als kleines Abschiedsgeschenk – die Fußmatte in der Lobby anzünden würde. Ich war doch immer noch eine Revoluzzerin und nicht die alte, welke Frau, für die Yannik mich ganz offensichtlich hielt. Was war denn mit meiner Expertise? Ich brauchte einen Plan.

Als Erstes musste ich mit meiner Mutter sprechen, denn ich brauchte Geld zur Überbrückung. Wohin ich überbrücken wollte, wusste ich allerdings noch nicht. Ich brauchte ein bisschen Trost, wollte hören, dass bestimmt alles wieder gut wird.

»Mein Kind«, sagte sie, als ich sie endlich erreichte. »Sag noch mal, wie alt bist du jetzt?«

»Fast sechzig.«

»Das ist nicht wahr. Du bist nicht sechzig. Sech-zig?«

»Mama«, sagte ich.

»Du bist tatsächlich sechzig und brauchst Geld? Normalerweise sollte es doch umgekehrt sein, oder?«

»Mama«, sagte ich mit etwas mehr Nachdruck.

»Wenn du deinen Job verloren hast, wird das seinen Grund haben. Das wird dir eine Lehre sein.«

»Mama, ich …«

»Irgendwann bin ich tot, dann könnt ihr alles haben. Du und deine Schwester.«

»Mama!«

Ich war ein neunundfünfzig Jahre altes Kind, das von seiner Mutter zurechtgewiesen wurde. Es war ihr nicht zu erklären, dass wir jetzt in derselben Liga spielten, dass wir schon zu zweit waren im Altengetto. Ich selbst konnte es ja auch nicht fassen. Ich kam nicht weiter. Ich würde ein paar Tage später einen neuen Anruf und einen neuen Anlauf starten.

Ich brauchte also einen Plan, der mich erst mal über die nächsten Wochen, wenn nicht sogar Monate tragen würde, während unterdessen die Inflation mein Erspartes auffressen würde. Die Abschlagzahlungen für Heizung und Strom waren sprunghaft angestiegen. Was das Haus betraf, musste eine neue, klimafreundliche Heizung her. Dafür hatte sich schon eine Arbeitsgruppe gegründet, die E-Mails verschickte mit der Betreffzeile »Das wird teuer«. Zudem war jeden Monat eine saftige Kreditrate fällig, um meine Wohnung abzubezahlen. Es fehlte mir die Fantasie, um mir vorzustellen, wie ich in der Zukunft nennenswert Geld verdienen könnte. Ich beschloss, mir bei YouTube anzusehen, wie man sich eine eigene Homepage einrichtet, und machte mich im »Kommando Gartenpflege« nützlich. Das machte mir aber keinen Spaß, es war mir zu öde, den Plattenweg im Hof von glitschigem Moos zu befreien.

Nachts lag ich wach und überlegte, ob ich mein Auto abschaffen sollte. Das ist sechzehn Jahre alt und mittlerweile ein Teil von mir geworden. Es ist klein, aber es ist schnell. Doch die Versicherung, eine neue Kupplung, die Inspektion, das Benzin, alles inzwischen megateuer. Trotzdem konnte ich mich bis heute nicht davon trennen. Ich weiß, es ist ein Frevel, ein Auto zu besitzen und es regelmäßig und vor allem mit Freude zu fahren. Und dann ist es auch noch ein Verbrenner. Ich sollte unbedingt ein schlechtes Gewissen haben. Es ist mir auch peinlich, dass ich immer noch Spaß am Autofahren habe, und noch mehr, dass ich in dieser Zeit der Orientierungslosigkeit häufiger mal einfach nur so durch die Gegend fahre, allein um mich abzulenken und mich schnittig zu fühlen.

Als mich dann letzten Samstag am späten Abend – ausgerechnet in der superengen Oranienstraße – ein tiefergelegter schwarzer Mercedes mit enormer Geschwindigkeit überholen wollte, fühlte ich mich so richtig herausgefordert. Da bin ich einfach aufs Gas und links rüber, quasi als Erziehungsmaßnahme. Ich weiß nicht, was mich da geritten hat. Beinahe hätte ich noch eine Frau vom Fahrrad geholt. Dann habe ich wieder auf dreißig abgebremst und den Mercedes in die Spur gezwungen. Jeden weiteren Überholversuch habe ich abgeblockt, bis mir der schwarze Schatten so dicht auf der Stoßstange klebte, dass ich dann doch etwas Angst bekam. Abgebogen, noch mal abgebogen, auf mein Haus zugesteuert, und immer noch war dieser wuchtige Wagen dicht hinter mir.

Ich stieß in einem ersten Anfall von Panik schräg vorwärts in die einzige Parklücke, und da sprangen schon zwei sehr junge Männer in Jogginghosen aus dem Mercedes und rannten auf mein Auto zu. Ich verriegelte die Türen und machte mich steif. Da stand der erste bereits an der Seitenscheibe. »Walla«, rief er und stoppte mitten in der Bewegung. »Das ist ja ein Oma!« Der andere schlug sich lachend auf die Oberschenkel, dass seine eingeölten schwarzen Haare durch die Luft flogen. »Ein Oma. Alter. Jida!« Mit ausgestrecktem Zeigefinger verwandelte er seine Hand in eine Pistole und zielte kurz im Scherz auf mich. Dann schlenderten die beiden zurück zu ihrem Wagen und brausten mit quietschenden Reifen davon. »Ein Oma.« Wunderbar. Nach diesem Erlebnis trieb ich durch die Tage, scheuerte im Sitzen die Bodenplatten wie »ein Oma« und dachte an den Tod.

Ich wusste, ich musste jetzt dringend mit Ingetraut sprechen. Sie war so eine Art moralische Instanz im Haus, eine Ersatzmutter mit großer Lebenserfahrung. Sie residierte in der obersten Etage. Ihre Stimme hatte großes Gewicht. Sie war die gewählte Sprecherin und Vorsitzende im Beirat der BURG. Sie war die Finanzierungsexpertin, sie hatte damals den Grundstückseigner überzeugt, das Land herzugeben, damit aus einem Wunsch dann Realität werden konnte. Nichts fürchtete ich mehr, als meine Wohnung zu verlieren, wenn ich meine Kreditraten nicht mehr zahlen könnte. Ich wollte unbedingt in diesem Haus wohnen bleiben, das war doch meine Familie, mein Dorf, mein Schutz, mein Zuhause. Aber die BURG war eben auch kein Sozialverein. Die Risiken des Lebens musste am Ende jede selbst tragen. Durchgeschleppt wurde hier keine, dennoch erhoffte ich mir von Ingetraut eine Art Duldungspakt, vielleicht sogar mit finanzieller Unterstützung.

Ich machte mich auf den Weg in den sechsten Stock, wo sie alle wohnen, die ganzen Trauts. Es ist Zufall. Alle in einer Reihe. Waltraut, Gertraut, Rotraut, Edeltraut, dann Ingetraut und ganz hinten allerdings noch Jennifer, von den meisten Jennitraut genannt.

Ingetrauts Wohnungstür ist mit einem fetten Plakat tapeziert, das ein Schwarz-Weiß-Foto von Simone de Beauvoir zeigt, wie sie an einem Schreibtisch voller Bücherstapel sitzt und Papiere sortiert. Darüber steht in weißen Lettern: »Älter. Weiser. Stärker.« Wo soll ich klopfen? Auf den Kopf von Simone de Beauvoir? Die Klingel hat Ingetraut neuerdings mit zwei Klebestreifen blockiert. Ich klopfe kräftig auf einen abgebildeten Zettelkasten und lausche auf Ingetraut. Nichts. Es dauert lange, bis ich schwere Schritte höre, die sich langsam hinter der Tür auf mich zubewegen.

Ingetrauts Wohnung ist noch muffiger, als ich sie in Erinnerung habe. Schon beim letzten Mal, als ich geholfen hatte, einen Hometrainer in ihrer Wohnung zusammenzubauen, war sie nicht aufgeräumt und reichlich verklebt. Eine Reinigungshilfe lehnt Ingetraut aus Prinzip ab – von wegen Ausbeutung. Ihre Augen sind schlecht. Auf ihrem Laptop hat sie die Schrift so groß eingestellt, dass man die Worte mühelos aus zwanzig Metern Entfernung lesen könnte. Es dauert etwas, bis sie mich erkennt. Dann bittet sie mich herein, und ich darf auf dem Sofa

Platz nehmen, dem wegen ihrer drei Katzen inzwischen ein Fell gewachsen ist und das mal grün gewesen sein muss.

Kaum sitze ich, klopft es schon wieder, und es dauert noch einmal sehr lange, bis Ingetraut ins Wohnzimmer zurückkommt. In den Händen trägt sie einen Teller mit Nudelauflauf. Einmal in der Woche gibt es Suffragettis, da bereiten die Bewohnerinnen im Kasino, in der Gemeinschaftsküche, abwechselnd für alle, die sich angemeldet haben, einen Nudelauflauf zu. Zwei Euro pro Person. Ingetraut wird selbstverständlich kostenlos an ihrer Wohnungstür beliefert.

Sie wirkt müde und quält sich umständlich in einen abgewetzten Sessel, der so aussieht, als hätte er schon existiert, als sie noch in einem alten Zirkuswagen auf diesem Grundstück gelebt hat. Hinter ihr, über dem eingestaubten Klavier, hängen Fotos aus vergangenen Zeiten. Alice Schwarzer mit Megafon, dahinter ein Plakat »Weg mit dem § 218«, ein Durcheinander, viele Frauen in Bewegung, und am Bildrand halb abgeschnitten steht Ingetraut, damals noch mit vollem Lockenkopf. Auf den weißen Bilderrahmen hat sie mit krakeliger Handschrift »1971« geschrieben. Heute hat sie fast keine Haare mehr, es ist eher ein dünner bräunlicher Flaum, der über ihrem Kopf wie eine kleine Wolke zu schweben scheint. Ihre Augen sehen so ausgetrocknet aus, als würde sie niemals schlafen. Immer noch ist auf ihrer zerfurchten Stirn die schwarz eingefärbte Narbe gut zu sehen, die sie sich zugezogen haben soll, als sie bei den Krawallen am 1. Mai 1987 von einem Pflasterstein getroffen wurde.

Ingetrauts Lebensgeschichte ist durch die vielen Fotos an der Wand gut dokumentiert. Da sind sehr alte, sepia getönte

Bilder, die offenbar ihre Familie zeigen, in steifen Posen und steifen Kleidern. Dann gibt es auch Fotos vom Rohbau der BURG. Die Hufeisenform ist gut zu erkennen. Das Grundstück sollte optimal ausgenutzt werden, deshalb hat das Gebäude ein relativ breites Vorderhaus, an das sich links und rechts kurze Seitenflügel anschließen, die den vergleichsweise großen Innenhof begrenzen. Das Papier mit dem Grundriss drauf ist schon leicht vergilbt. Und natürlich gibt es Bilder vom Bauwagenplatz, auf dessen ursprünglicher Fläche dieses Wohnhaus errichtet wurde. Ich sehe ein großes Lagerfeuer, Frauen mit Trommeln, Frauen mit Besen, »Walpurgisnacht 1991«. Da war schwer was los in Berlin. Mit heute gar nicht mehr zu vergleichen.

Die Aktivistin Ingetraut muss mindestens achtzig sein. Wie alt genau, weiß niemand, heißt es. Ihre schweren schwarzen Schnürschuhe hat sie abgelegt. Sie ist schon länger im Team Klettverschluss. Ohne Gehstock kann sie sich kaum bewegen. Von ihrer Langsamkeit und in gewisser Weise auch Gebrechlichkeit sollte man sich jedoch keinesfalls täuschen lassen. In diesem altersschwachen Körper regiert ein widerständiger Geist, dem es mühelos gelingt, in diesem Haus noch alles unter Kontrolle zu behalten. Sie schreibt fast täglich Mails an die Hausgemeinschaft, in denen sie uns nicht nur über alle Angelegenheiten, die das Haus betreffen, auf dem Laufenden hält, gerade erst war der Legionellenausbruch in der sechsten Etage Thema, sondern auch an alle Geburtstage erinnert und regelmäßig die Berliner Landespolitik kommentiert und natürlich alle Ereignisse, die Kreuzberg betreffen, und insbesondere die, die frauenpolitisch ihrer Meinung nach von Bedeutung sind.

Dass sich Kreuzbergs Bezirksbürgermeisterin Monika Herrmann mit vollem Körpereinsatz bei uns um die Ecke auf ein Auto geworfen hat, dessen Fahrer das Durchfahrverbot nicht akzeptieren wollte, das weiß ich von ihr. Die Bürgermeisterin lag mit ausgebreiteten Armen auf der Motorhaube, und Ingetraut kommentierte: »Rauchende Colts.«

Sie schlägt mir ihren Stock gegen das Knie und reißt mich aus meinen Gedanken.

»Mir ist zu Ohren gekommen, dass du deine Arbeit verloren hast.«

Huch! Woher weiß sie das denn? Das hatte ich bislang nur meiner Mutter und natürlich Dorothea erzählt. Ich rutsche verlegen auf dem Fellsofa hin und her.

»Ja, ich muss mir was überlegen«, sage ich gedehnt. »Meine Auftragslage ist nicht gut. Aber ich habe noch Rücklagen.«

»Der Kredit für deine Wohnung läuft noch?«

»Noch ein paar Jahre. Leider. Und jetzt sind ja auch die Nebenkosten so heftig gestiegen.«

»Hast du dir schon überlegt, was du machst?«

»Ehrlich gesagt, bin ich deswegen hier. Ich weiß gerade nicht weiter.«

Ingetraut beugt sich nach vorn und spricht jetzt deutlich leiser.

»Du könntest doch bei Dorothea mit einziehen und deine Wohnung vorübergehend untervermieten.«

»Daran hatte ich natürlich auch schon gedacht. Aber Dorotheas Wohnung ist eine der kleinsten im Haus. Sie hat nur ein einziges Zimmer. Für zwei Wochen wäre das bestimmt okay, aber nicht für länger.«

Ingetraut nickt und schließt die Augen. Sie denkt nach.

»Wie kann ich dir helfen?«, fragt sie.

»Möglicherweise mit einem kleinen Kredit? Zur Überbrückung?« Es war mir ausgesprochen unangenehm, um Geld zu bitten. Aber ich muss es einfach wagen.

Schlagartig ist Ingetraut wieder wach. »Das geht nicht. Das weißt du auch.«

Ja, das weiß ich natürlich. Eins der Prinzipien in der BURG: niemals Geld verleihen. Das bringt beide Seiten in Abhängigkeit, strapaziert jede Beziehung. Aber ein Engpass ist eben ein Engpass. Mittelfristig muss es auch für mich eine neue, vernünftig bezahlte Arbeit geben. Überall werden Leute gesucht, doch mit der Journalismusbranche geht es bergab. Es ist bestimmt nicht hoffnungslos, aber es wird dauern.

»Wir wollen dich hier nicht verlieren«, sagt Ingetraut. »Aber du darfst in deiner ungeklärten Situation auch nicht zur Belastung werden. Ich sage es dir rechtzeitig. In deinem eigenen Interesse. Damit du es noch aktiv beeinflussen kannst.«

»Schon klar.«

Ingetraut greift nach ihrem Stock und hievt sich aus dem Sessel. Audienz vorbei. Ihr Nudelauflauf wird kalt.

»Du machst das schon«, sagt sie. »Wir sprechen uns nächste Woche wieder.«

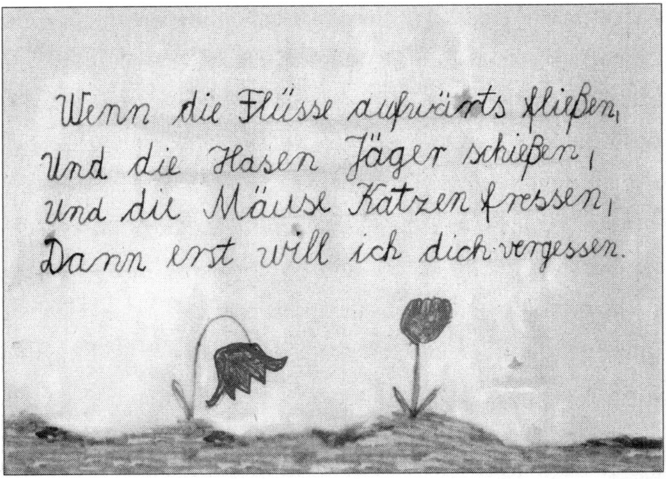
Wenn die Flüsse aufwärts fließen,
Und die Hasen Jäger schießen,
Und die Mäuse Katzen fressen,
Dann erst will ich dich vergessen.

2

flüsse

In unserem Haus ist vor einigen Wochen übrigens eine junge Ukrainerin eingezogen. Sie heißt Irina und spricht kein Deutsch, nur ein bisschen Englisch. Ingetraut hat sie in der Gästewohnung im zweiten Stock untergebracht. Seit 2015 nehmen wir im Haus immer mal wieder vorübergehend geflüchtete Frauen auf. Manchmal mit Kindern. Ingetraut hält Kontakt zu verschiedenen Hilfsorganisationen. Dass die BURG auch immer ein Bett für Frauen in Not hat, verstehe sich von selbst, »das ist gute Tradition. Das war schon zu Bauwagenzeiten so und in allen besetzten Häusern«, steht in einem Protokoll der Hausrunde. Darüber waren sich immer alle einig. »Wir haben viel. Wir geben ab.«

Irina wohnt in einem kleinen Studio mit einem relativ großen Badezimmer. Dort gibt es sogar eine Badewanne. Normalerweise hängt ein Plan aus im Kasino, da kann man sich eintragen, wenn man Besuch bekommt und diese Gästewohnung nutzen möchte. Jede Eigentümerin darf dieses möblierte Apartment reservieren, es kostet 7,50 Euro am Tag. Theoretisch hätte ich auch dort vorübergehend einziehen können. Ich hatte schon darüber nachgedacht. Der Preis ist unschlagbar. Aber jetzt wohnt da Irina und blockiert alles. Bis wann bloß? Niemand weiß es.

Sie kam mit einem pinkfarbenen Schalenkoffer an und mit sonst nichts. Was sie erlebt hat, wo sie genau herkommt, unbekannt. Irina soll Lehrerin sein. Das habe ich über den Flurfunk gehört, denn von Irina selbst erfährt man praktisch nichts. Sie geht allen aus dem Weg. Aber klar, selbstverständlich helfen wir auch Flüchtlingsfrauen aus der Ukraine. Ohne private Initiativen wäre die Flüchtlingskrise nicht beherrschbar. Selbstverständlich leistet die BURG ihren Beitrag.

Es gibt in Kreuzberg überhaupt keine freien Wohnungen mehr, in ganz Berlin ist der Wohnungsmarkt kaputt. Immer mehr Berlinfans, Zuwander*innen, Asylbewerber*innen strömen in diese Stadt, ohne etwas zu finden. Sollte ich meine Wohnung aufgeben müssen, bliebe nur der äußerste Stadtrand von Berlin oder der Umzug zurück in mein früheres Kinderzimmer. Da höre ich dann schon wieder meine Mutter: »Ist das nicht eigentlich andersrum? Ziehen die Alten nicht normalerweise bei ihren Kindern ein? Was ist bloß mit Deutschland passiert?«

Kreuzberg platzt buchstäblich aus allen Nähten. Die Mieten sind explodiert, seit es nach dem Mauerfall von einer Randlage mitten ins Zentrum der großen Stadt aufgerückt ist und es schick wurde, in dieser Mischung aus Elend und Elite zu wohnen. Normalverdiener können sich dieses Quartier heute überhaupt nicht mehr leisten. Es sei denn, man hat noch einen alten Mietvertrag und stemmt sich erfolgreich mit aller Kraft gegen die energetische Sanierung, weil die Wohnungen danach unbezahlbar werden. Es gibt inzwischen viele Rechtsanwaltskanzleien, die sich darauf spezialisiert haben, Modernisierungen in den Kreuzberger Altbauten zu verschleppen, zu blockieren, zu verhindern. Steigende Mieten würde das Schicksal vieler alteingesessener Spontis, die nun alle in die Jahre gekommen sind, besiegeln. Da lebt man lieber noch zwanzig Jahre mit der alten Heizung und verrotteten Fenstern, durch die der Wind pfeift.

Irina hat Glück im Unglück gehabt. Sie hat eine Bleibe in bester Kreuzberger Lage und muss den Rausschmiss nicht fürchten. Es heißt, dass irgendwann noch ihre Mutter nachkommen soll. Man traut sich gar nicht nachzufragen aus Angst, Schreckliches zu erfahren. Folter, Vergewaltigung, Tod und Teufel. Eine hilflose Frau in einer fremden Stadt, in einem neuen Leben, mittellos und allein, den überlasteten Ämtern und Behörden ausgeliefert. Da kann man mitfühlen. Berlin behauptet von sich, eine weltoffene Stadt zu sein. Aber vor allem ist Berlin eine unglaublich bürokratische Stadt, bürokratisch bankrott.

Mit der Berliner Verwaltung möchte man nicht das Geringste zu tun haben. Nichts. Selbst als Einwohnerin ist man verraten und verkauft, wenn man tatsächlich mal aufs Amt muss. Sogar wenn man nur einen neuen Personalausweis braucht. Meiner ist abgelaufen. Schon lange. Der Versuch, ihn zu verlängern, glich einem Krimi.

Zunächst vereitelte ein Cyberangriff meinen Vorstoß, online beim Bürgeramt einen Termin zu ergattern. »berlin.de« war tagelang nicht erreichbar. »Die Russen torpedieren die kritische Infrastruktur«, stand in der Zeitung. Als der Zugriff endlich wieder funktionierte, dachte ich, die Russen hätten bereits die Stadt eingenommen. Die Übersicht zeigte keinen einzigen freien Termin innerhalb der nächsten vier Wochen an.

»Normal«, sagte Dorothea. »Termine im Internet gibt es fast nie. Klingel mal bei der 115 durch. Aber nimm dir am besten einen Tag frei.«

»Für die Terminbuchung?«, fragte ich ungläubig.

»Für jeden einzelnen Schritt auf dem Weg zu einem neuen Personalausweis. Du solltest immer einen ganzen Tag einplanen. Sonst klappt es nicht.«

Das war natürlich ein Scherz. Dachte ich. Aber schon der Anruf bei der Hotline zwang mich in eine Warteschleife, die mich vierunddreißig Minuten an der Strippe hielt. Dann hatte ich zwar jemand dran, aber die Frau sagte: »Termine kann ich für Sie nicht buchen. Wir haben keine. Probieren Sie es mal direkt bei der Bezirksverwaltung.«

Weil ich da telefonisch überhaupt nicht durchkam, bin ich dann direkt zum Amt. Es war brechend voll. Überall in den Gängen drängelten sich Menschen. Auf der Anzeigetafel leuchtete »Terminkunde 365694«. Man konnte Wartenummern ziehen. Aber nicht für die Verlängerung eines Personalausweises. Wofür dann? »Kann ich Ihnen nicht sagen«, beschied mich der Mann von der Security, der neben dem Automaten stand. »Die Wartenummern sind aber auch alle.«

Da löste sich ein junger Mann aus der Menge und kam auf mich zu. Er trug hautenge Stretch-Leggings im Camouflage-Design, und ich dachte: Der ist von der Bundeswehr. Die Haare kurz geschoren, sein kapitaler roter Vollbart reichte bis aufs Brustbein. »Sie brauchen einen Termin beim Bürgeramt?«, fragte er mich. Und ich glaubte mich auf einmal kurz vorm Ziel.

»Können Sie mir einen besorgen?«

»Leider, leider nein«, sagte er mit Bedauern in der Stimme

und gab sich dann verschwörerisch. »Aber ich habe Gras in bester Qualität. Bio. Aus Brandenburg. Oder Apfelsaft von der Streuwiese. Interessiert?«

Einen letzten Versuch, doch noch zu einer Sachbearbeiterin vorzudringen, startete ich vorn beim Pförtner. »Es muss doch eine Möglichkeit geben, auch hier direkt einen Termin zu bekommen …«

»Das geht nur online«, sagte der Mann hinter der Glasscheibe und zuckte mit den Schultern. »Aber im Moment ist schlecht. Die haben alle schon wieder Corona.«

Seit meinem Vor-Ort-Erlebnis habe ich nie wieder versucht, das Bürgeramt zu kontaktieren. Inzwischen ist auch die Frist für den Umtausch meines alten Führerscheins abgelaufen. Bis zum 19. Januar 2023 hätte ich das erledigen müssen. Bis zu diesem Termin bestand für die Jahrgänge 1959 bis 1964 die gesetzliche Pflicht, das Papierdokument in einen fälschungssicheren Scheckkartenführerschein umzuwandeln. In Brandenburg konnte man die Anträge per Post einreichen, in Berlin musste man persönlich beim Bürgeramt vorstellig werden. Keine Chance.

Es gibt keine Termine, kein Personal, keine Beratung. Inzwischen sind die Bürgerämter schon seit Wochen wegen Überlastung komplett geschlossen. Es müssen Altlasten abgearbeitet werden. Dort stapeln sich allein 26 000 Anträge auf Einbürgerung. Und bei den Wohngeldanträgen läuft das in Berlin inzwischen so: Wer drei Monate vom Amt nichts hört und dann wegen aufgelaufener Mietschulden noch nicht aus der Wohnung geflogen ist, dessen Antrag gilt als genehmigt. Egal wie viele Geflüchtete in dieser Stadt noch ankommen, das

Bürgeramt ist einfach zu. Verlängerung des Aufenthaltstitels? Behörde geschlossen. Beantragung des Bürgergelds? Behörde geschlossen. Wenn in den nächsten fünf Jahren vierzigtausend Beschäftigte der Berliner Verwaltung in den Ruhestand gehen, kann man die dann leer stehenden Verwaltungsgebäude im Grunde gleich abreißen oder Wohnungen draus machen. Um allein den Status quo von heute zu erhalten, müsste Berlin sofort damit beginnen, in jedem einzelnen Jahr sechstausend neue Verwaltungsmitarbeiter*innen einzustellen. Das ist unmöglich. Deshalb bye-bye, Personalausweis! Ich frage mich, wie Ingetraut das macht. Jemand wie sie, in diesem Alter mit diesen Beschwerden. Sie kann schlecht gehen und nur noch wenig sehen. Wahrscheinlich muss sie demnächst ihr Recht einklagen, sich legal als Bürgerin dieses Landes ausweisen zu können.

Selbst Wolfgang Ischinger bekommt seinen Ausweis nicht verlängert. Er hat sich ganz öffentlich bei Twitter beschwert und nachgefragt, was er tun muss, um einen Termin beim Bürgeramt zu bekommen. Wolfgang Ischinger war mal deutscher Botschafter in den USA und auch Chef der Münchner Sicherheitskonferenz. Er kennt zwar Obama, Trump, Netanjahu und Putin persönlich, aber niemanden in der Berliner Verwaltung. Man riet ihm bei Twitter, was jetzt »X« heißt, einfach in eine andere Stadt umzuziehen oder besser gleich zu sterben. Doch der Tod ist keine Alternative. Da scheitert man sofort an der nächsten dafür zuständigen Behörde.

Vor ein paar Wochen ist Porkie bei einem schrecklichen Unfall ums Leben gekommen. Sie wurde von einem Lkw am Alexanderplatz überrollt. Sie war noch keine fünfzig und lebte bei uns im Haus sehr zurückgezogen, ich kannte sie nicht gut. Sie hatte einen kleinen Blumenladen in der Adalbertstraße, das war ihr ganzer Stolz. Blumen, die übrig waren und die sie nicht mehr verkaufen konnte, brachte sie mit nach Hause, drapierte sie kunstvoll in einer ihrer handbemalten Vasen und stellte sie im Garten der BURG auf den großen Tisch. Seit dem Unfall gibt es dort keine Blumen mehr. Porkie ist tot. Es war ein Drama und wird jetzt zur Tragödie.

Seit zwei Monaten wartet ihre Mutter nun schon auf die Ausstellung der Sterbeurkunde. Ohne Sterbeurkunde kann ihre Mutter das Geschäft nicht auflösen, kann die Lieferverträge nicht kündigen, kann die Tochter nicht gehen lassen. Ohne Sterbeurkunde kann Porkie nicht beerdigt werden. Sie liegt seit Wochen auf Eis. Die Wartezeiten in den Ämtern sind so lang, darüber sterben dann irgendwann sogar ihre Angehörigen weg, und Porkie ist immer noch nicht unter der Erde. Im *Tagesspiegel* habe ich von einer Person gelesen, die Weihnachten 2021 ums Leben kam und immer noch nicht bestattet werden konnte, weil die notwendigen Formulare fehlen. Kurzum: Stirb nicht in Berlin! Das ist Stress pur.

Falls ich in Kreuzberg mal irgendwann tot umfallen sollte, und darüber denke ich neuerdings tatsächlich häufiger nach, seitdem ich meine Arbeit und unbemerkt auch meine Jugend verloren habe, wird das für meine jüngere Schwester der reinste Spießrutenlauf. Sie und ich sind nicht sehr eng. Waren wir noch nie. Das wird sie mir garantiert übel nehmen, dass sie sich für meine Leiche durch diesen fiesen Berliner Behördendschungel kämpfen muss. Und ich werde ihr nicht mal mehr sagen können, dass das keine Schikane meinerseits war. Vielleicht sollte ich das präventiv in meinem Testament klarstellen. Sie wird mir sonst Absicht unterstellen, weil nicht zu glauben ist, dass eine Stadtverwaltung derartig larifari mit den bedeutsamsten Anliegen ihrer Bürgerinnen und Bürger umgeht. Das gibt's ja nirgends sonst. Das liegt außerhalb jeder Vorstellungskraft. Diese Gemeinheit wird sie mir nie verzeihen. Da wird nicht nur meine Seele Schaden nehmen, sondern auch ihre.

Apropos Schaden. Die Ukrainerin Irina wurde von der Hausgemeinschaft gleich zu Beginn mit dem Notwendigsten ausgestattet. Eine Welle der Hilfsbereitschaft schwappte durch die BURG. Wäscheständer, Badvorleger, Handtücher, ein Kirschkernkissen, Mikrowelle, Konserven. Mechthild aus dem vierten Stock hat einen riesigen Gummi-Hüpfball nach unten gebracht und sogar ein Zimmertrampolin gestiftet. Es soll gegen Depressionen helfen. Niemand weiß, ob Irina es benutzt oder ob sie überhaupt Depressionen hat. Jedenfalls hat sie jetzt keinen Platz mehr in ihrem Mini-Apartment, aber Mechthild ist das Trampolin endlich los.

Gabriele hat im Haus eine Spendenaktion für die bemitleidenswerte Irina gestartet und Geld gesammelt. Sie ist tagelang von Tür zu Tür gegangen. Es gab auch eine Rundmail ans Haus, in der Beiratsvorsitzende Ingetraut an alle appellierte, Irina zu unterstützen, damit sie hier erst mal ankommen kann. Der Aufruf brachte ungefähr dreihundert Euro ein. Manche waren großzügig, andere haben das Geld buchstäblich zusammengekratzt, weil wegen der Inflation einfach alles so verflucht teuer geworden ist. Und dann gibt es ja auch noch diejenigen, die gar nichts gegeben haben, weil sie nicht einsehen, über Irina indirekt diesen Krieg in Europa noch mitzufinanzieren. Ich habe zehn Euro in den Beutel gesteckt und fand das in Ordnung. Vielleicht ist es aber auch zu wenig, wenn man bedenkt, dass Irina wahrscheinlich ausgebombt wurde und ihr buchstäblich nichts geblieben ist. Man hat ja gar keine Vorstellung.

Was ich über diesen Krieg weiß, ist von den Schreckensbildern geprägt, die jeden Abend chronistenpflichtig im Fernsehen laufen: ausgebrannte Wohnblöcke, Trümmer von Krankenhäusern, überschwemmte Dörfer und Städte. Dazwischen ausgemergelte Menschen, die davon berichten, dass sie seit Monaten in Kellern leben. Eingebrannt hat sich das Foto einer verwundeten Hochschwangeren auf einer Trage, über die dann betont neutral berichtet wurde, dass sie und ihr ungeborenes Kind anschließend gestorben seien. Der Tod ist Dauergast in allen Nachrichten, und man sitzt hilflos davor. Ich schäme mich, weil ich so häufig einfach ausschalte. Was ist schon die Qual des Zuschauens gegen die Qual des Erlebens. Und nicht einmal zum Zuschauen bin ich noch bereit.

Irina tut uns allen leid. Ein fremdes Land, eine fremde Sprache, andere Sitten. Wie soll sie sich zurechtfinden? Man will ja helfen. Man hat Fotos im Kopf von Geflüchteten, die mit nichts als ein paar eilig zusammengerafften Klamotten in einer Plastiktüte ihre Heimat verlassen mussten. Irina aber war anders. Sie rauschte perfekt frisiert in butterweichen Wildlederstiefeln mit ihrem Rollkoffer durchs Eingangstor. Sie hatte das, was man vielleicht mit »Grandezza« beschreiben würde. Sie war immer teuer gekleidet, viel farbiger und seidiger als die meisten von uns im Haus, die bereits vor längerer Zeit in die Phase »praktisch, waschbar, bequem« eingetreten sind, weil, ja, wahrscheinlich weil man nichts mehr hermachen oder andere beeindrucken muss oder will. Wenn ich ehrlich bin – und das sagen die anderen auch –, hat man von Irina nach dieser Sammelaktion vielleicht ein bisschen mehr Dankbarkeit, Freundlichkeit und Entgegenkommen erwartet. Irina aber öffnete die Tür, nahm das Geld ungerührt entgegen, das ihr Gabriele in einem hübschen, selbst genähten Säckchen mit Schleife formvollendet überreichte, und fragte dann im selben Moment auf Englisch, warum denn das Internet im Haus so langsam sei und was man da machen könne. Da war Gabriele unvorbereitet. Es war ihr auch noch gar nicht aufgefallen, erstens, weil langsames Internet hierzulande vollkommen normal ist, und zweitens, weil sie als Physiotherapeutin nicht am Computer arbeitet.

Dann wurde im Haus bekannt, dass sich die Ukrainerin von unserem mühsam zusammengebettelten Geld die Lippen hat aufspritzen lassen. Die ganzen dreihundert Euro. Man hätte vielleicht gedacht, dass sie Briefmarken kauft, um nach Hause zu schreiben, oder mal ins Kino geht, um sich abzulenken, oder sich warme Unterwäsche besorgt. Da kam dann einiges ins Rutschen.

Ich allerdings widerstand dem Impuls, dieses Gerücht zu glauben. Wenn man eins über die Jahre gelernt hat, dann ja wohl, dass man erst mal alles überprüft und nicht sofort für bare Münze nimmt. Aber kurz darauf traf ich Irina zufällig im Fahrstuhl, ich vergaß zu grüßen, weil es mir die Sprache verschlug. Irina hatte Lippen, wie ich noch keine sah. Sie waren wie kleine, zarte Kissen in einer Puppenstube. Zur Nase hin perfekt aufgeworfen, die Oberlippe etwas breiter und in Herzform, die Unterlippe das symmetrische Gegenstück. Kraftvoll, aber nicht aufdringlich. Darauf war ein satter und matter Lippenstift in dunklem Rot mit einem Schuss Orange aufgetragen, der meinen Blick magisch anzog. Zusammen bildeten Ober- und Unterlippe ein schwungvolles Duo. Und gerade als ich bemerkte, dass sie auch noch einen Konturenstift benutzt hatte, diesen aber nicht durchgehend, verzog sich ihr Mund, und sie sagte in einem leicht herablassenden Ton:

»Light Tangerine.«

»Excuse me?«, fragte ich und wurde ruckartig in die Gegenwart zurückkatapultiert.

»Light Tangerine. My lipstick color«, antwortete sie und war dann auch schon raus aus dem Fahrstuhl.

Sie hatte es wirklich getan. Und es sah gut aus.

Ich war nicht ganz bei Bewusstsein, als ich mit dem Lift weiterfuhr ins Untergeschoss. Ich schloss die Augen und sah Irinas Lippen vor mir, ihre ganze Erscheinung. Diese kühle Überlegenheit, die sie ausstrahlte, diese Eleganz in ihren Bewegungen. Sie schüchterte mich ein. Sie war geheimnisvoll. Wie konnte sie nur derartig elegant und selbstbewusst auftreten, wenn sie doch ein Kriegsopfer war? Vielleicht gerade deshalb, möglicherweise ihre Weiterlebensstrategie. Im Gegensatz zu ihr kam ich mir wie eine alte, runtergerockte, verbeulte Ledertasche vor. Und jetzt war ich auf einmal im Keller und hatte nach meiner eindrucksvollen Begegnung mit Irina vergessen, was ich hier unten eigentlich wollte. Im fahlen Licht der sparsamen Beleuchtung nahm ich Kurs auf meinen Kellerverschlag. Mir würde schon wieder einfallen, was ich erledigen wollte. Ach ja, ich wollte mein Schlauchboot holen, um ein wenig auf dem Landwehrkanal zu paddeln. Ich wollte meine Lebenssituation überdenken und auf neue Ideen kommen.

Die Sommer in Berlin sind eine Wonne. Ohne Übertreibung kann man wohl sagen: Sommer in Berlin ist das Nonplusultra. Die Sonne flutet dann sogar die abgelegensten Hinterhöfe bis in die Erdgeschosswohnungen hinein, und das bunte Leben spielt sich draußen auf den Straßen ab. Die Stadt scheint sich dann in ein einziges Freiluftcafé zu verwandeln, in dem man keinen einzigen Stuhl mehr bekommt. In einer Opulenz breitet sich die ganze Vielschichtigkeit der unterschiedlichsten Milieus aus, die diese Stadt auszeichnet und die man in dieser Form nicht einmal in New York zu sehen bekommt.

Man kann die ganze Welt erleben, ohne sich vom Fleck bewegen zu müssen. Wäsche hängt an den Fenstern wie in Neapel, Rikschas trudeln durch die Stadt wie in Saigon, Nackte liegen in den Parks wie im Englischen Garten, unter freiem Himmel wird gekocht und gebraten wie in Bangkok, Hausboote dümpeln auf den Gewässern wie in Amsterdam. Die Luft mag staubig sein, die Gullis stinken, aber das ist nichts gegen die exotischen Düfte, die der Berliner Sommer durch die Straßen trägt.

Traditionell spielt zudem Wassersport in Berlin eine große Rolle. Auf dem Wannsee segeln, auf der Spree tuckern, im Schlachtensee schwimmen wird neuerdings ergänzt durch: im Schlauchboot auf dem Landwehrkanal treiben. Ein Berliner Vergnügen, das auch ich für mich entdeckt habe. Man dümpelt durch Kreuzberg und Neukölln und fühlt sich sorgenlos. Das passende Schlauchboot dafür hatte ich bei Ebay-Kleinanzeigen gefunden. Samt Luftpumpe wartete es auf mich in meinem Kellerabteil. Ich wollte es holen.

Da sah ich auf einmal Veronika. Sie lag regungslos auf einem Feldbett. Zuerst hatte ich sie gar nicht wahrgenommen, denn sie war auf ihrer Pritsche hinter der Trennwand, die aus breiten Aluplanken bestand, kaum zu erkennen. Aber klar, das war sie. Sie lag in ihrem Kellerverschlag und schlief. Ihre Sachen hingen ordentlich gefaltet auf verschiedenen Bügeln an einer Querstrebe, die alten Turnschuhe vor dem Bett, und im selben Moment wusste ich, dass alles stimmte, was man sich im Haus erzählte. Veronika hatte sich im Keller einquartiert.

Sie hatte ihre Wohnung untervermietet und lebte schon lange nicht mehr in Berlin, aber wenn sie in der Stadt war, nutzte sie ihren Verschlag für die Übernachtung. »Reiner Geiz«, behauptete Dorothea, als allgemein darüber diskutiert wurde, ob die Hausgemeinschaft so etwas dulden sollte. »Hat sie denn überhaupt schon mal jemand da gesehen?«, entgegnete ich. »Das sind doch alles Gerüchte.« Doch nun war sie hier. Kein Zweifel. Sie schlief in diesem modernen, gepflegten Untergeschoss, das man in Berlin nur in Neubauten findet. Alles topmodern, trocken und sauber. Sechs Quadratmeter sind für Kellerverschläge vorgeschrieben, unsere haben acht. Manche sogar zehn. So etwas gibt es normalerweise nicht in Kreuzberg, wo die Keller in den vielen Altbauten muffig und feucht sind.

Würde die Berliner Mauer noch stehen, sie würde dieses Gebäude in der Mitte durchschneiden. Unter der Erde grenzt ein ehemaliger Fluchttunnel an die Grundmauer. Das ist historisch wertvolles Gelände, »blutgetränkte Erde«, sagt Dorothea immer, und es gab damals zwischen uns Initiatorinnen dieses Wohnprojekts ganz am Anfang schon Streit um die Frage, ob man nicht an der Stelle, wo Menschen aus Ostberlin versucht haben, durch diesen Fluchttunnel aus der DDR rauszukommen, aus Respekt in der Fassade eine Öffnung lässt, quasi als Symbol für das abgrundtiefe Leid, in das so viele Menschen durch Flucht und Vertreibung auf der ganzen Welt gestürzt werden.

In der Bauphase des Hauses gab es die üblichen Diskussionen in endlosen Plenumssitzungen, die schon in den Achtzigern und Neunzigern ermüdend waren, als noch feministische Manifeste geschrieben wurden. »Das Patriarchat dient einer Kultur der Gewalt und des Krieges.« Natürlich war es notwendig, sich politisch eindeutig zu positionieren, aber es dauerte einfach immer zu lange. So war es auch mit dem ehemaligen Fluchttunnel. Die einen wollten diesem unrühmlichen Kapitel der deutschen Geschichte ein Ende setzen und einfach die Wand hochziehen, fertig, die anderen wollten die Geschichte der deutschen Teilung würdigen und in gewisser Weise fortschreiben.

Es fand sich ein Kompromiss: Das rettende Ende des ehemaligen Fluchttunnels hinein in unseren Keller sollte erhalten bleiben, verschlossen allerdings von einer schweren Stahltür, die heute entfernt an den Film *Das Boot* erinnert. Sie ist rund, beige lackiert, und in der Mitte befindet sich ein großes Rad, an dem bis heute noch niemand gedreht hat. Ich schwöre.

Niemand würde sich trauen, diese Luke zu öffnen, rein schon aus Angst, was man hinter dieser Schleuse vorfinden könnte. Skelette? Werkzeug? Da kann man sich vieles vorstellen. Auf jeden Fall klebt diese große, schwere U-Boot-Tür am Ende des Kellerflurs an der Wand. Und ja: Man könnte in unserem Keller wirklich einen Film drehen, so spacig sieht das aus.

Ganz in der Nähe dieser Schleuse schlief nun Ronnie. Mitten am Tag. Und wie sie dalag. Wie eine Tote. Kerzengerade, die

Decke ordentlich und glatt über den Körper gespannt, die Hände über der Brust gefaltet. Die dicken grauschwarzen Haare hingen wie frisch gekämmt über das Kopfteil und berührten den Boden. Sie atmete regelmäßig, fein und leise. Lange, lange ist sie nicht mehr in der BURG gewesen. Oder ich hatte sie übersehen, weil sie sich nur im Keller aufhielt. Oder ich hatte sie ganz einfach verpasst. Sie möchte inzwischen keinen Kontakt mehr, deshalb kann ich nicht davon ausgehen, dass sie bei uns einfach mal klingelt.

Ich wollte sie nicht wecken, aber ich wollte auch ein bisschen näher an sie heran, um sie besser betrachten zu können, also drückte ich meine Nase an das kalte Metall und griff mit den Händen nach den Stangen. Es war, als sähe ich durch die Gitterstäbe eines Gefängnisses hinein in ihre Zelle. Und das erinnerte mich sofort an diese krass harte Episode, die uns bis ans Lebensende verbinden wird. Nichts schweißt Frauen mehr zusammen als gemeinsam begangene Verbrechen.

Da lag sie, die großartige Veronika, genannt Ronnie, die Meisterin der Akkuratesse, die Finanzexpertin, die Triathletin, die Gründlichste der Gründlichen, ohne die es die BURG heute nicht gäbe, wenn sie uns nicht Mut gemacht hätte, uns so heftig zu verschulden, und ohne deren Umsichtigkeit ich mit absoluter Sicherheit vor Gericht gelandet wäre wegen, wie sie damals überschlug, »Hausfriedensbruch, Sachbeschädigung und Körperverletzung, wenn nicht sogar schwere Körperverletzung«. Da wäre Ronnie natürlich auch mit angeklagt worden. Denn sie war ja dabei. Und Gabriele. Und Dorothea. Plus Linda. Wir fünf.

Es war sogar Ronnie, die die Idee gehabt hatte, den Rechtsanwalt zu überfallen und ihm eine Abreibung zu verpassen, die er sein Leben lang nicht vergessen würde. Der Plan war von ihr, und sie hatte an alles gedacht: Gummihandschuhe, Knüppel, Sprühlack, Sturmhauben, Handschellen, Überzieher für die Schuhe. Es sollte genau diesen Strafverteidiger treffen. Seine Spezialgebiete waren Vergewaltigung und sexueller Missbrauch. Er verteidigte die beschuldigten Männer vor Gericht. Und das tat er sehr erfolgreich. Er war dafür bekannt, den betroffenen Frauen auf offener Bühne schwer zuzusetzen und ihnen eine Mitschuld an ihrer eigenen Vergewaltigung nachzuweisen. Oftmals kamen Frauen noch zerschundener aus der Verhandlung, als sie reingegangen waren. Dieser Mann war unser Ziel. Wir waren wütend. Es hatte sich einiges angestaut. Überall in der Stadt. Aber vor allem in Kreuzberg. Und vor allem in dem von Frauen besetzten Haus, in dem ich nach meinem Weggang aus Kiel untergekommen war.

Seit Linda über die Küche herrschte, weil sie zweifellos von allen am besten kochen konnte, hatte sich einiges geändert. Die Wände waren jetzt grasgrün gestrichen. Über dem improvisierten Gasherd stand in großen weißen Lettern: »Selbst schuld, dass ich 'ne Frau bin«. Mit diesem Spruch hatte Dorothea auch einen Stapel großformatiger Pappen beschriftet. Die warteten im Flur auf ihren nächsten Demo-Einsatz. Es kam regelmäßig zu eindrucksvollen Protestmärschen, auf denen Frauen lautstark mehr Schutz und Respekt einforderten. »Es ist Krieg zwischen Männern und Frauen. Ich geh jeden Tag hin!!!« war auf einem Transparent zu lesen. Und »Ihr kriegt uns nicht (klein)«, »Stoppt die Gewalt!«. Die Empörung richtete sich vor allem gegen die sogenannte Männerjustiz in Vergewaltigungsprozessen, die Täter aus unserer Sicht viel zu milde oder überhaupt nicht bestrafte und fast immer den Frauen eine Mitschuld gab, weil sie nachts allein unterwegs waren oder die falsche Kleidung trugen oder sich gegen die Vergewaltigung »nicht klar erkennbar« gewehrt hatten. Dann gingen männliche Richter von einem »stillen Einverständnis« aus und sprachen die Täter frei. Dagegen gingen viele Frauen auf die Barrikaden. Aber es änderte sich praktisch nichts.

Linda hatte gerade Schinkennudeln gemacht, im Aschenbecher qualmten die Kippen, da knallte Ronnie ihre Faust auf den Tisch. »Und hier ist mein Plan«, rief sie aus, »jetzt drehen wir den Spieß um!« Wilde Entschlossenheit lag in ihrem Blick, als sie die Idee in unseren Köpfen ausbreitete. Wir würden an einem späten Abend in die Anwaltskanzlei stürmen, den Mann überwältigen und ihn am eigenen Leib spüren lassen, was Frauen bei Überfällen durchmachen mussten. »Du meinst Vergewaltigung?« Mir rutschte das Herz in die Hose. Ich überlegte ernsthaft, wie wir das anstellen sollten. »Ich meine Erniedrigung! Demütigung! Todesangst!«, gab Ronnie zurück. Dann senkte sie den Blick und sah mir ernst in die Augen: »Bist du dabei? Mädchen aus Kiel?« Ihr Blick verriet mir, dass ich es nicht dabei belassen konnte, die Antwort offenzulassen. »Auf die Fresse!«, haute ich raus und dachte, wenn Ronnie dabei ist, kann gar nichts schiefgehen.

»Auf die Fresse«, sagte Dorothea. Ich sehe sie noch, wie sie den Tennisball, den sie gerade in der Hand hatte, mit ungeheurer Wucht aus dem geöffneten Fenster feuerte, wo er im Nichts verschwand. »Es reicht!«

Als wir exakt eine Woche später zu fünft in Schöneberg ankamen und vor dem prächtigen ockerfarbenen Altbau standen mit der großen Messingtafel neben dem Eingang Sozietät Soundso, musste ich tierisch dringend auf Toilette. Meine Eingeweide spielten verrückt, und ich hatte einen Schweißausbruch der Extraklasse. »Jetzt nicht!«, sagte Gabriele kurz angebunden und drückte auf die Klingel. Wir hatten die Aktion sieben Tage lang bis ins Detail geplant. Niemand außer uns fünf war eingeweiht. Jede wusste ganz genau, was sie zu tun hatte, falls wir in das Gebäude gelangten. So »mannhaft«, wie wir waren, hatte ich keine Sekunde daran gedacht, dass ich außer antrainiertem eisernem Willen auch noch einen Körper hatte, der im Zweifel streiken konnte. Nun war es zu spät.

Wir standen vor der Tür, alle in Schwarz, alle mit Umhängetaschen voller Gerätschaften, und es tat sich nichts. Ich hoffte ein ganz kleines bisschen, dass niemand mehr im Büro war. »Keine Sorge, der ist da. Der ist immer noch sehr spät am Arbeiten«, sagte Ronnie, die die Situation vor Ort schon tagelang ausgekundschaftet hatte.

»Hallo?«, knarrte eine Stimme durch die Sprechanlage.

»Entschuldigung! Es ist spät. Ich weiß. Wir hatten telefoniert. Ich sollte doch vorbeikommen.«

»Ähm. Weiß ich jetzt gerade nicht. Wieso?«

»Bitte«, sagte Ronnie mit leidender Stimme. »Bitte, nur ganz kurz. Sie müssen mir helfen.«

Dann summte es, und Ronnie stieß mit der Schulter die schwere Tür auf.

Im Treppenhaus fummelten wir uns zuerst diese Plastikdinger über die Schuhe, dann zogen wir die Sturmhauben über die Köpfe, die nur einen Schlitz für die Augen offen ließen, danach waren die Gummihandschuhe dran. Wir hatten das geübt. Es ging schnell. Mir war so heiß, mir war so schlecht, ich fürchtete ernsthaft umzukippen. Die anderen stürmten die Treppe hinauf in den ersten Stock, dort war die Tür zur Kanzlei nur angelehnt. Ich ließ mich mitreißen. Wir preschten ins Foyer und dann gleich weiter in den Raum, wo noch Licht war.

»Arschloch!«, rief Gabriele und lief vorneweg. Und Dorothea trat beim Reinlaufen als Erstes mal die Stehlampe um, die krachend in der Ecke zerbrach. Ronnie schrie so was wie »Jetzt bist du dran, du Schwein!«, steuerte auf den Schreibtisch zu und schlug mit dem Knüppel auf das Telefon ein, dass es nur so krachte und beim dritten Mal in tausend Teile zersprang. Der Mann sank augenblicklich geschockt und kraftlos zu Boden. Kurz dachte ich, er hätte einen Herzinfarkt. Aber dann drehte er sich zur Seite, zog die Knie an und machte sich ganz klein wie ein Igel.

Ich war perplex. Das war einfach. Wir hatten anderes erwartet. Nämlich, dass er auf uns zustürmt und uns aus dem Weg rammt, dass er versucht zu entkommen, dass er das Fenster aufreißt und um Hilfe schreit. Aber er krümmte sich einfach auf dem Boden zusammen und fing an zu wimmern. Ich sah seinen Rücken und glatzigen Hinterkopf. Was jetzt? Dorothea, die ja nie lange fackelte, hatte sich die Schreibtischlampe gegriffen, stellte sich breitbeinig über ihn und hob die Leuchte in die Luft, als wollte sie gleich zuschlagen. »Du verteidigst Vergewaltiger. Du bist scheiße!«

»Wir fordern Gerechtigkeit«, deklamierte Gabriele. »Vergewaltigung ist Mord!« Nach diesem martialischen Intro wurde es schlagartig ruhig. Irgendwie wusste keine, wie es jetzt weitergehen sollte. Es herrschte Verwirrung, weil der Mann so klein und ängstlich war. Wir hatten uns diesen hier extra ausgesucht, weil er eigentlich ein »linker« Anwalt war, wie Gabriele zu ihrer besonderen Empörung herausgefunden hatte, und trotzdem Vergewaltiger verteidigte. Ich zog meine Sturmhaube etwas weiter nach unten, um besser sehen zu können. Draußen war es dunkel, und ich fragte mich, ob wir vielleicht aus den Häusern gegenüber beobachtet wurden. Aber da war nirgends Licht, es war kein anderes Haus zu sehen, und vor dem Fenster stand ein großer Baum.

Ich stand immer noch im Türrahmen und kam nicht richtig rein ins Büro, weil es da drin schon so voll war. Dorothea hatte es sich mittlerweile hinter dem Schreibtisch auf dem Ledersessel bequem gemacht und sogar die Füße auf den Tisch gelegt. Hinter ihr stand Linda wie eine Leibwächterin. Gerne hätte ich jetzt ein Foto gemacht zur Erinnerung. In diesem Moment hob Ronnie beide Arme und sagte: »Okay, Mädels! Ihr wisst, was zu tun ist.«

»Hose runter!«, schrie Gabriele den Mann an, und ich erschrak. Das hatten wir zwar alles so besprochen, und ich hatte vorher auch ganz großspurig versichert: »Ich mach das!«, aber jetzt fühlte ich mich wie gelähmt. Ich hatte Puls und spürte einen gewaltigen Druck an den Schläfen. Mir knallten bestimmt gleich die Augen aus dem Kopf.

»Hose runter!«, sagte Gabriele noch mal sehr laut, beugte sich tief und packte den Mann am Arm. »Was soll das?«, schrie das zitternde Bündel mit glockenheller Stimme wie ein Hund, den man aus Versehen getreten hatte. »Seid ihr verrückt?« Er versuchte, sich unter den Schreibtisch zu wälzen, aber Gabriele hielt ihn fest am Arm. Eigentlich hatten wir uns vorgestellt, dass der Mann aufrecht stehen würde und dass Linda, Dorothea und Gabriele ihn dann festhalten. Ronnie sollte ihm die Hose runterziehen und anschließend den Text zur Verurteilung sprechen. Und dann käme mein Einsatz.

Stattdessen musste nun alles auf dem Fußboden stattfinden. Ich warf Ronnie einen ängstlichen Blick zu, die nickte nur kurz, ging dann in die Knie, um den Anwalt in die Mitte des Raums zu ziehen. Dorothea war jetzt in Position, riss mit einem Ruck seine Beine in die Länge und setzte sich auf seine Oberschenkel. Linda hielt die Füße fest.

Ich sah die blanke Angst im Gesicht des Anwalts, seine Augen waren weit aufgerissen, ihm lief Spucke aus dem Mund. Er hatte knallrote Ohren und rief: »Bitte nicht! Bitte tut das nicht!« Dabei wusste er doch gar nicht, was wir tun wollten. »Ich verteidige doch nur die Täter. Ich verteidige doch nicht die Taten! Ich bin doch nur der Rechtsanwalt.«

»Halt die Klappe!«, schrie Ronnie. »Du bist nicht besser als die Vergewaltiger. Du bist sogar spezialisiert auf Vergewaltiger, Arschloch!« Dann zerrte sie an seinen Armen, die er krampfhaft verschränkt hielt. »Mensch, Gabi, jetzt hilf mir doch mal!« Huch, sie hatte einen Namen genannt. Nein. Das sollte auf gar keinen Fall passieren. Zu zweit zogen ihm Gabriele und Ronnie die Handgelenke auseinander und hielten sie fest. Wie gekreuzigt lag der Anwalt nun auf dem Filzfußboden, die blauen Adern an seinem Hals schwollen an und sahen aus wie zwei dicke Stromkabel, die direkt unter seiner Haut verlegt waren.

»Nun mach schon«, sagte Ronnie, und mir war sofort klar, dass sie mich meinte. In einem Anfall von Aktionismus sprang ich in die Szenerie, kniete mich neben den Anwalt und packte seinen Gürtel. Er trug ein himmelblaues Oberhemd mit so einer kleinen, eingestickten schwarzen Rose an der Seite vom Bauch. Ich zögerte kurz. Mein Vater hatte auch viele Oberhemden von dieser Firma. Dann griff ich aber beherzt zu und hatte nicht viel Mühe, erst den Gürtel und dann seine Hose zu öffnen. Diese dann aber runterzuziehen, war nicht so einfach, weil er sich mit schlangenartigen Bewegungen dagegen wehrte.

»Oh bitte«, schnaufte er, »tut das nicht.« Er tat mir leid. Ich spürte seine Panik, und als ich ihn anfasste, rutschte ich ab, weil er vollkommen nass geschwitzt war. Ich dachte an die unzähligen Frauen, denen es genauso ergangen und deren Leben anschließend nicht mehr dasselbe war. Vielleicht konnte er das jetzt nachempfinden. Wenigstens einer. Ronnie kam dazu und griff nach dem Hosenbund. Mit vereinten Kräften zogen wir die Anzughose – gleich mit Slip – über seinen Hintern nach unten und legten ihn untenrum frei. Nun lag er also da. Entblößt. Er bewegte sich nicht mehr, hatte aufgegeben. Keiner von uns war nach Feiern zumute. Keine johlte, machte Witze oder kommentierte seine Auslage. Ich glaube, uns allen war in dem Moment klar, was wir da gemacht hatten, und da wir bereits so weit gegangen waren, war der Rest nun auch schon egal.

Ronnie stand auf, nahm Haltung an und sagte in feierlichem Ton: »Im Namen aller Opfer, denen auf grausame Weise Gewalt angetan wurde. Sie wurden nur deshalb zu Opfern, weil sie das Pech hatten, eine Frau zu sein. Wir verurteilen dich zu hundert Jahren Scham.«

Das war mein Stichwort. Ich riss meine Umhängetasche auf und kramte die Sprühdose heraus. Ich ploppte den Deckel ab und setzte an. Mit lila Lackfarbe sprühte ich seinen Unterleib ein mit allem Drum und Dran, erwischte auch Hemd und Hose, ein bisschen Teppich und die rechte Gummischuhhand von Dorothea. Am Ende war sein Gehänge so megalila und glänzend, prunkvoller ging es nicht. Dann packte ich die Sprühdose wieder ein und hängte mir den Beutel um den Hals. Ich vergaß den Deckel.

Der Anwalt blieb auf dem Boden liegen und rührte sich auch nicht, als wir sein Büro verließen. Er hatte nur den Kopf zur Seite gedreht und sah uns stumm hinterher. Beim Rausgehen riss ich mir eine Sekunde zu früh die Sturmhaube vom Kopf und registrierte, dass er mich gesehen hatte. Ein paar Wochen lang fürchtete ich, dass irgendwann die Polizei vor der Tür stehen würde. Aber bis heute ist das nicht der Fall gewesen. Ist nun mittlerweile bestimmt auch verjährt. Nach dem Überfall lud uns Ronnie auf ein Bier in den Elefanten am Kreuzberger Heinrichplatz ein.

Ich war wie ausgewechselt. Die Beklommenheit war einer penetranten, geradezu euphorischen Aufgekratztheit gewichen. Ganz hemmungslos sprudelte ich über vor Selbstbewusstsein. Konnte es sein, dass sich Männer auch so fühlten nach einer erfolgreichen Machtdemonstration? »Und wie er sich gewunden hat«, sagte Linda, die im Grunde am wenigsten beigetragen hatte. Ihr Gesicht war noch ganz rot von der Aufregung. »Das war mal nötig«, sagte Ronnie trocken und bestellte lautlos, indem sie einfach nur der Bedienung zunickte, eine Runde Jägermeister.

»Dass so was überhaupt nötig ist.« Gabriele blieb seltsam still an diesem Abend. Im Gegensatz zu ihr war Dorothea kaum zu bändigen. »Wer ist der Nächste?«, lachte sie und streckte mir die Hand entgegen, an der die Finger fehlten. Den Zeigefinger hatte sie schon eingeklappt. Blieben also noch Nummer zwei und Nummer drei. Als der Jägermeister auf dem Tisch stand, hob Ronnie ihr Glas: »Frauen …« Sie nickte jeder einzelnen zu, und wir alle griffen nach dem Schnaps. »… Frauen, ihr habt der Welt heute einen Dienst erwiesen.«

Ich war so vollgepumpt mit Adrenalin, mir wurde erst am nächsten Morgen bewusst, dass wir tatsächlich getan hatten, was wir getan hatten. Es blieb bei diesem einen Mal. Der Überfall wurde nie publik. Wenn ich heute daran denke, sehe ich als Erstes die eingestickte schwarze Rose im Hemd des Mannes vor mir. Und danach spüre ich fast körperlich seine Angst, weggedrückt vom Etikett »ausgleichende Gerechtigkeit«, das ich der ganzen Geschichte später irgendwann aufgeklebt hatte, um sie einigermaßen loszuwerden.

Ronnie zog wenige Jahre später natürlich mit ein in die BURG. Sie war eine der treibenden Kräfte dieses Projekts, zuständig für die Finanzierung und dafür, den überwiegend alleinstehenden Frauen zu Eigentum und Sicherheit zu verhelfen. Sie ging zum Beispiel mit uns Ahnungslosen zur Bank, um Kreditkonditionen zu verhandeln. Es gibt noch ein Plakat aus dieser Zeit, das im Kasino hängt und auch Veronika zeigt. Jemand hat eine Sprechblase über ihren Kopf gemalt, darin steht: »Nur acht Prozent des deutschen Grundeigentums gehören Frauen. Nur acht Prozent!!!« Das war ihr großes Thema. Wer Eigentum hat, bestimmt das Geschäft. »Die Machtlosigkeit von Frauen speist sich aus ihrer Besitzlosigkeit«, sagte sie immer. »Bildet Eigentum! Wer nichts hat, ist abhängig.«

Aber dann hat sie uns vor ein paar Jahren Knall auf Fall verlassen. Das war nicht mehr ihr Kreuzberg, wie sie sagte. Ihr Abschied war kurz und schmerzhaft. Sie bezeichnete mich als »Salonfeministin«. Sie hielt mich für jemand, die es sich zwischen lauter Frauen bequem gemacht hatte und dort im Kreise der Vertrauten feministische Worthülsen absonderte, ohne noch für etwas wirklich zu brennen und zu kämpfen.

Das hat mich getroffen. Aber ich war ja nicht die Einzige, die sich mit den Verhältnissen »arrangiert« hatte. Die ganze Truppe wurde älter und etablierter. Die »Rush Hour« des Lebens jagte mich jeden Tag ins Büro. Da tobte ich mich aus. Mein feministischer Aktivismus hatte sich von außen nach innen gekehrt. Ich war Ressortleiterin, bewegte mich nahezu ausschließlich in von Männern dominierten Hierarchien. Mein damaliger Chef hielt große Stücke auf mich, bezeichnete mich bisweilen als »einzigen Mann« zwischen lauter Memmen. Darauf war ich stolz. Ich war morgens die Erste und abends die Letzte, und es wäre mir nicht eingefallen, einen einzigen Tag krankzumachen, selbst als ich eine chronische Magenentzündung entwickelte. Nur die Leistung zählte. Nach zehn Jahren Betriebszugehörigkeit erhielt ich auf der Weihnachtsfeier von meinem Team als Dankeschön einen echten Boxsack aus Leder. Das war eine als Geschenk verpackte Kritik an meinem Führungsstil, und es war ein Lacher. Ich lachte natürlich mit, obwohl es mir bitter aufstieß. Ich las Ratgeber, wie man sich als Frau im Beruf durchsetzt, und kaufte mir tatsächlich, wie darin empfohlen, eine große, grüne Handtasche. Die sollte frau bei Besprechungen und wichtigen Sitzungen erst mal auf den Tisch knallen. Ich tat es. Es wirkte. Und ich stieg weiter auf.

Bis auf den klassischen Demonstrationstermin am 8. März, dem Internationalen Frauentag, war ich kaum noch auf der Straße. Einmal im Jahr kam dann der übliche Reminder, den alle schon singen konnten und der mich auf den Boden der Tatsachen zurückholte: Frauen bekommen nach wie vor weniger Geld als Männer für die gleiche Arbeit, Schwangerschaftsabbruch steht immer noch unter Strafe, die Quotenregelung funktioniert auch immer noch nicht, Frauen werden nach wie vor geküsst, angefasst, belästigt, vergewaltigt oder umgebracht, weil Männer denken, das sei ihr Recht. Kleine Rente, Teilzeit, Minijob und meistens noch alleinerziehend. Alles wie gehabt. Es war niederschmetternd, es war demütigend, aber bevor es mich innerlich auffraß, jagte ich wenigstens meinen eigenen beruflichen Erfolgen nach. Das war ja auch was.

Aber für Ronnie war ich zu normal geworden, hatte mich an diese ungerechte Welt angepasst, und Kreuzberg war ihr inzwischen zu schick. Einerseits zu schick, andererseits beklagte sie die vielen Kopftücher. Es hat sie wirklich belastet, dass inzwischen schon Kindergartenmädchen von ihren türkischen Eltern Kopftücher aufgesetzt bekamen. »Das gibt es nicht mal in der Türkei. Das ist Dressur und Zwangsunterdrückung von Mädchen ohne jede Chance«, behauptete sie.

Sie ging ins Wendland auf einen Bauernhof und schreibt jetzt unter einem Pseudonym radikalfeministische Bücher, die sie im Selbstverlag rausbringt. Da steht zum Beispiel drin: »Ihr tut gut daran, euch auf die größte Krise der letzten Jahrzehnte vorzubereiten! Weder Energie noch Wohnraum werden für die einfache Bürgerin bezahlbar sein, zumal der Zustrom der

Geflüchteten nach Deutschland volle Fahrt aufgenommen hat, und wieder werden vor allem Frauen die Leidtragenden sein. Denkt an meine Worte. Ich bin seit Jahren in der Geflüchtetenhilfe tätig und kämpfe gegen Windmühlenflügel. Es sind vor allem alleinstehende Männer, die zu uns kommen und dieses Land überrollen und destabilisieren, unter anderem weil Frauen in ihren Augen nichts wert sind. Unsere Regierung schaut tatenlos zu …« Sie warnt vor kriegstraumatisierten Männern, vor einer importierten Vergewaltigungskultur und davor, dass es schwieriger wird, das von Frauen erkämpfte Selbstbestimmungsrecht zu verteidigen.

Es regt mich auf, wenn Ronnie diese Thesen in die Welt setzt. Gerade weil sie doch hier gelebt hat und Kreuzberg kennt. Diesen besonderen Reiz, wenn alle mit allen klarkommen müssen, den hat sie doch auch immer sehr geschätzt. Und seit wann ist die Vergewaltigungskultur importiert? Wozu waren wir denn damals beim Rechtsanwalt? Gewalt gegen Frauen haben die Männer in diesem Land schon immer ganz alleine gut geschafft.

In Deutschland versucht an jedem einzelnen Tag ein Mann seine Frau zu töten. An jedem dritten Tag gelingt es. Darauf sollte sie sich mal konzentrieren. Das hat doch nichts mit Religion oder Nationalität zu tun. Männer bringen ständig Frauen um. An jedem dritten Tag. Fünfzig Jahre Neue Frauenbewegung haben nichts daran geändert. Nichts.

Ronnie lag da auf ihrer Pritsche und schlief. Durch ein schmales Fenster kamen frische Luft und ein bisschen Tageslicht. Nur sehr wenige Kellerboxen haben so ein Fenster direkt unter der Decke. Das hat sie unbeabsichtigt tipptopp geplant. Vielleicht hatte sie aber auch schon damals die Absicht, ihren

Keller nicht nur als Abstellraum zu nutzen. Zuzutrauen wäre ihr das.

Ich warf einen letzten Blick auf meine alte Freundin, ließ die Gitterstäbe los, schloss leise meinen Verschlag auf und holte mein Schlauchboot aus der Ecke. Dann klemmte ich es oben auf den kleinen Anhänger an meinem Rad und fuhr rüber zum Landwehrkanal zum Paddeln und Nachdenken. Außerdem war es gerade unheimlich angesagt, mit so einem aufblasbaren Boot gegenüber vom Urban-Krankenhaus auf den Miniwellen zu schaukeln. Hunderte machten das. Man hängt die Boote mit Ketten und Seilen aneinander, und dann treiben riesige bunte Gummiinseln auf dem Wasser, groß wie ein halbes Fußballfeld. Jetzt, wo ich keine Arbeit mehr habe, fällt mir erst auf, wie viel hier los ist. Menschen überall. In den Cafés, auf dem Wasser, auf den Wegen. Kreuzberg boomt. Mal wieder.

An diesem heißen Tag sind so viele Schlauchboote auf dem Wasser, da kommt kein Ausflugsschiff mehr durch. Es ist zu voll. Und die Berliner Sommer haben inzwischen sehr viele, sehr heiße Tage. Viel zu viele. Dann glüht die Stadt, die Bäume werfen schon im Hochsommer wegen Trockenheit und schlechter Luft Blätter und manchmal ganze Äste ab, und rundherum um Berlin brennen die Wälder. Es regnet kaum noch, während Südeuropa in Sintfluten untergeht. Der Pegel der Havel steht so niedrig wie in hundert Jahren nicht gemessen. Aber durch Berlin fließt nicht nur die Havel, sondern bekanntlich immer noch die Spree. Nur dass das Wasser in Trockenperioden inzwischen aufwärtsfließt. Ein Kuriosum. Ich musste erst nachlesen, warum das aufgrund der Hitze physikalisch überhaupt möglich ist. Die Spree fließt aufwärts, wenn die Stauseen austrocknen, sodass das Wasser nicht mehr nach vorne strebt, sondern mit Schwung zurückkommt. Das ist schon ein Ding. Man muss sich über so vieles wundern.

»Wenn die Flüsse aufwärts fließen, und die Hasen Jäger schießen, und die Mäuse Katzen fressen, dann erst will ich dich vergessen.« Die Flüsse fließen bereits aufwärts. Wahrscheinlich werden irgendwo Jäger von Hasen erschossen. Ich bin ein bisschen sentimental in diesen Tagen, in denen ich zurückdenke. Ich habe mein Poesiealbum aus dem Jahr 1973 wiedergefunden. Fünfzig Jahre später ist es eine Entdeckung, ein wahrer Schatz. Es stehen so viele Wahrheiten drin, die sich mir jetzt erst erschließen. Wenn die Mäuse Katzen fressen … Für Kreuzberg kann ich mir das sehr gut vorstellen. Die Ratten sind inzwischen so riesig geworden, da passt auf jeden Fall eine Katze rein. Mindestens eine.

Während ich auf den Wellen treibe, denke ich an Veronika auf ihrer Pritsche. Selbst wenn sie schläft, strahlt sie immer noch eine unglaubliche Power aus. Und sie ist bestimmt schon fünfundsechzig. Ich hätte Lust, noch mal loszuziehen mit ihr. Zurück auf Anfang. Es ist doch sowieso alles egal. Vielleicht schaffen wir es in diesem Leben sogar noch, unser Werk zu vollenden und für Frauen das Selbstverständliche zu erreichen: fünfzig Prozent der Macht. Die anderen würden bestimmt auch mitmachen. Und plötzlich weiß ich, wie ich mir dafür Luft, Geld und Möglichkeiten verschaffe: Ich gehe in den Untergrund. Ich vermiete meine Wohnung und ziehe in den Keller.

Bernd. H

3

bernd

Eigentlich würde ich mich jetzt in Sachen Kellerprojekt und Ronnies Rückkehr gerne mit meiner Vertrauten Gabriele beraten, aber die hat gerade keinen Kopf dafür. Ihr Vater ist da. Sie musste ihn aus Lübeck abholen, sein ambulanter Pflegedienst ist insolvent. Von einem Tag auf den nächsten kam für ihn einfach keine Betreuung mehr. Niemand hatte sie informiert. Irgendwann wurde ihr Vater dann nur mit einer Unterhose bekleidet auf der Straße gesichtet, da hat die Nachbarin bei Gabriele angerufen und es dringend gemacht. Er hatte wohl über längere Zeit seine Medikamente nicht genommen. Und weil das alles so überraschend kam und spontan kein neuer Pflegedienst aufzutreiben war, musste Gabriele ihren Vater erst mal einpacken und mitnehmen nach Berlin.

»Ich habe einen Besichtigungstermin, kannst du mal für eine Stunde auf ihn aufpassen?« Gabriele fragt nicht gerne, denn ihr Vater ist ganz schön anstrengend.

Im Moment für mich kein Problem. Ich habe einen Schlüssel, und ich lasse mich auch ganz gerne volltexten mit Geschichten über seine Hobbywelt der Super-8-Filmtechnik. Er hat ein riesiges Archiv, auf das er unheimlich stolz ist und das er mir einmal ermüdend lang präsentiert hatte bei einem Besuch in Lübeck. Das ist Jahre her. Vielleicht Jahrzehnte. Da lebte ihre Mutter noch. Außerdem liebe ich Gabrieles gemütliche Wohnung. Kurz hatte ich natürlich daran gedacht, sie zu fragen, ob ich nicht bei ihr vorübergehend mit einziehen könnte, aber dann kam ihr Vater dazwischen. In den Regalen stehen Teekannen und Teetassen aus aller Welt in verschiedenen Farben und Formen, die sie in Jahrzehnten auf ihren Reisen – vor allem durch Asien – gesammelt hat. Sie hat ein Händchen für Licht. Teure Leuchten aus buntem Glas versetzen jeden Raum in eine besondere Stimmung. Schlafzimmer, Wohnzimmer, Küche, Bad. Nicht groß, aber schick. Ihren Vater Wolfgang finde ich auch ganz okay. Er liebt es zu tanzen. Man darf ihm nur keinen Alkohol geben, dann wird er ungemütlich.

Diese Zwangslage mit ihrem Vater kommt für Gabriele zur Unzeit. Sie ist im Stress. Der Mietvertrag für ihre Physiotherapie-Praxis am Fraenkelufer ist vor einem Monat ausgelaufen, sie sucht händeringend nach einer Alternative. Ihre alte Praxis wurde unbezahlbar, allein die Miete sollte um fünfzig Prozent steigen. Da sie als Alleinunternehmerin arbeitet, ist das nicht zu stemmen. Gabriele ist Jahrgang 57, sie lebt allein, hat keine Geschwister; sie kann es sich einfach nicht leisten, mit dem Arbeiten aufzuhören. Alles kostet immer mehr Geld. Und vor allem ihr Vater wird jetzt richtig teuer. Gabriele muss sich enorm krummlegen, ohne zu wissen, ob es am Ende tatsächlich reicht. Alles wird immer mehr, und sie wird immer weniger, dabei ist sie eine gefragte und in Fachkreisen anerkannte Atemtherapeutin, und sie liebt ihre Arbeit.

Seit Wochen schon durchkämmt sie das Viertel, hat Zettel

aufgehängt, Anzeigen geschaltet. Sie ist enorm unter Druck, damit ihre Stammkunden nicht abspringen. Aber es ist einfach nichts zu finden in Kreuzberg. Auch nicht in Neukölln, Tempelhof oder in Charlottenburg.

Man sieht ihr mittlerweile an, wie massiv ihre Sorgen sind. Sie hat stark abgenommen. Ihre Haut ist dünn und zu groß geworden für ihren schmalen, sehnigen Körper. Die ganze Gabriele sieht aus, als hätte man sie in ein knittriges Bettlaken eingenäht, das an Armen und Beinen flattert. Geblieben sind ihr wacher Blick in die Welt, ihr Humor, ihr scharfer Verstand und vor allem ihre Unbeugsamkeit. Niemals findet sie sich ab, immer geht sie den Weg bis ganz zu Ende, selbst wenn sie in einer Sackgasse landet. Dann dreht sie um und nimmt eine andere Strecke. Erst wenn sie ihr Ziel erreicht hat, gönnt sie sich Entspannung. Abnutzungserscheinungen wie bei mir habe ich bei Gabriele nie feststellen können.

Während ich mich auf keine Diskussion mehr über den Feminismus einlasse, der sich angeblich längst erledigt habe, weil doch inzwischen Gleichberechtigung herrsche und Frauen tun und lassen könnten, was sie wollten, brennt in Gabriele noch das Feuer. Mir ist es zu mühsam geworden, andere davon zu überzeugen, dass zwölftausend Jahre Männervorherrschaft nicht einfach so abzuschaffen sind. Doch Gabriele ist so wach und angriffslustig wie immer, hat immer alle Zahlen und Beispiele parat. Aber die Situation, in die sie jetzt geraten ist, könnte selbst meine starke Freundin in die Knie zwingen, und das wäre erschütternd. Gabriele erlaubt sich kein Scheitern. Das kommt für sie nicht infrage. Alle Energie produziert sie aus sich selbst heraus. Seit sechsundsechzig Jahren. Sie hat immer alles ganz allein geschafft, Hilfe und Unterstützung abgelehnt. Nie danach gefragt. Wenn sie es nicht allein zuwege brachte, war es für sie nichts wert. Und wenn dieser Mechanismus einmal nicht mehr funktionieren sollte, dann möchte ich nicht in der Nähe sein. Ich möchte nicht sehen müssen, wie sie an sich selbst zugrunde geht. Aus Pietätsgründen nicht.

Dass Gabrieles Vater nun bei ihr wohnt, bedeutet eine große Umstellung. Sie braucht ihren Raum eigentlich für sich selbst. Er ist ihre Aufladestation. Und ihr Vater verlangt sehr viel Aufmerksamkeit. Er rutscht immer tiefer hinein in die Verwirrung. Ist das schon Demenz? Ich kenne mich nicht aus. Als ich ihm einen Kaffee hinstelle, sagt er: »Du stammst von Affen ab, das sehe ich genau. Versuche bloß nicht, mich zu täuschen.«

»Wir alle stammen von Affen ab, Wolfgang«, winke ich ab.

»Du willst mich wohl veräppeln. Du bist ein sprechender Makake. Das sehe ich doch. Makaken sind schlimm.«

Wie er so dasitzt und mich mustert, erkenne ich viel Ähnlichkeit mit seiner Tochter. Er hat die gleichen tiefbraunen Augen, die gleiche hagere Figur und auch die kräftigen Hände mit den schmalen Fingern und dazu diesen typischen, leicht spöttischen Gesichtsausdruck. Trotz seiner achtundachtzig Lebensjahre ist sein Kopf voller weißer und vor allem langer Haare, dazu trägt er einen weißen Vollbart, schön kurz gestutzt. Er ist ein dünner Weihnachtsmann fürs ganze Jahr, der auf der Suche ist nach seinem Schlitten samt Rentier. Alles scheint ihm abhandengekommen zu sein. Er findet sich im Moment einfach nicht zurecht und weiß nicht, wo er gelandet ist. Die Wohnung ist ihm fremd, das Haus natürlich auch und die vielen Frauen sowieso. Er ist verwirrt.

»Makake!«, sagt Wolfgang und prostet mir mit der Kaffeetasse zu.

Makake, dazu fällt mir was ein. Etwas Bekloppptes. »Masturbation im Tierreich«. Makaken benutzen Steine als Sexspielzeug. Das habe ich irgendwo gelesen. Wieder mal typisch, ich merke mir die bescheuertsten Sachen, aber wenn es drauf ankommt, fällt mir die PIN meiner Geldkarte nicht mehr ein.

»Makaken sind schlimm«, sagt Wolfgang und fixiert mich mit einem speziellen, lüsternen Blick, der bei mir ein bisschen in Vergessenheit geraten ist. »Da geht's nur ums Rammeln.«

Ich habe mich wohl verhört. »Nä?«, sagt er noch mal und wartet auf eine Reaktion. »Rammeln ist den Makaken das Liebste. Nä?«

Wir haben jetzt also einen Mann im Haus. Noch einen. Das war eigentlich nicht der Plan. Jetzt sind es schon zwei. Außer Wolfgang gibt es noch den Fall Elli Pyrelli. Sie geht auch schon hart auf die achtzig zu. Elli Pyrelli heißt natürlich anders, aber weil sie in den 1970er-Jahren mal eine längere Affäre mit Udo Lindenberg hatte – jedenfalls sagt sie das –, blieb dieser Spitzname an ihr hängen. Elli lebt die meiste Zeit des Jahres in der Toskana. Dort hat sie ein Haus. Während ihrer Abwesenheit überlässt sie ihre Wohnung einem Kunstmaler aus Brandenburg, der nicht zu übersehen ist, weil er sowohl im Sommer wie auch im Winter einen alten Ledermantel mit langen Fransen dran trägt. Natürlich wurde Elli schon auf ihn angesprochen, denn auch sie hatte unterschrieben, dass das Wohnen in der BURG ausschließlich Frauen vorbehalten ist. »Wohnen. Leben. Frei sein.« So steht es geschrieben. »Er wohnt ja nicht hier.« Damit war für Elli der Fall erledigt.

»Aber er verändert die Temperatur im Haus«, ließ eine der Trauts per E-Mail an alle verlauten. »Temperatur«, ein Wort, das Elli sogar selbst im Zusammenhang mit der BURG geprägt hat. Damit hat sie die Atmosphäre beschrieben, die dieses gemeinschaftliche Wohnerlebnis auszeichnet und die sich einstellt, wenn man eine gemeinsame Geschichte hat, diese spezifische Erfahrung, die man nur teilen kann, wenn man die Siebziger, Achtziger und Neunziger als Frau erlebt hat, als dieses öffentliche Gattungswesen. Mit all diesen standardisierten Rollenklischees vom »schwachen Geschlecht«, die man heute zwar einfach abtun kann, die uns aber alle geprägt haben, ob wir wollten oder nicht, und die sich trotz aller Anstrengungen einfach nicht auflösen wollen. »Frau am Steuer: Ungeheuer« fand ich immer am erstaunlichsten.

Der Fransenmann stammt aus dieser statusfossilen Zeit. Er ist ein lebendiges Erinnerungsstück, das die Welt von draußen in diese Burg trägt. Er ist ein »Bernd«, ein Typ wie mein alter Klassenkamerad, der mein schönes, mit vielen sorgfältigen Zeichnungen verziertes Poesiealbum mit einem hässlichen Mondgesicht verunstaltet hat. Bernd hat mein Album beschmiert und damit deutlich gezeigt, dass es ihm piepegal war, ob es mir etwas bedeutet hat. Ich mochte diesen Bernd eigentlich, wir teilten eine Leidenschaft für Salinos. Ich brachte ihm immer welche in die Schule mit, reichte ihm sogar mein Poesiealbum weiter und wünschte mir, dass auch er eine Seite gestaltete. Das ist fünfzig Jahre her, und ich erinnere mich, wie entsetzt ich über das Ergebnis war und dass ich die hässliche Seite eigentlich sofort rausreißen wollte. Sie ist aber überraschenderweise immer noch drin und gibt Zeugnis davon ab, dass es keine gute Idee war, einem »Bernd« ein Poesiealbum in die Hand zu geben. Er hat ihm diesen fetten Stempel der demonstrativen Gleichgültigkeit aufgedrückt. Für ihn war es einfach nichts wert.

Nun trägt also der Fransenmann das Mondgesicht von Bernd durch den Garten und die Gänge der BURG, und das ist für Elli Pyrelli kein Problem, obwohl er am laufenden Band durch Respektlosigkeiten auffällt. Letzte Woche hat er, ohne zu fragen, Beas heilige Kletterrosen am Gartenhäuschen beschnitten. Die sind ihr ganzer Stolz, und niemand würde es wagen, dort auch nur ein Blatt abzuzupfen, denn alle wissen: Bea hegt und pflegt diese Rosen, Sorte »Dortmund«, mit einer derartigen Hingabe, dass sie sogar einmal im Monat ein Schnäpschen ins Beet gießt, weil ihre »Dortmunderinnen« den Alkohol angeblich so lieben. Aber der Fransenmann war der Ansicht, die Rosen kämen im nächsten Jahr umso schöner wieder, wenn man sie um die Hälfte einkürzt. Und so geschah es. Das anschließende, eilig angesetzte Krisentreffen im Kreis der Hausbewohnerinnen glich einem Schlachtengemälde. In der Mitte lag die schluchzende, untröstbare Bea, umschlungen, gestützt, gehalten und getragen von ihren Nachbarinnen, während sich die Frauen der Traut-Etage wild gestikulierend im Halbkreis um einen Laptop versammelt hatten, um im Namen aller einen Verweis zu formulieren, der dann as soon as possible an Elli Pyrelli per Mail nach Italien geschickt werden sollte.

Heute kam gleich Antwort. Es sei ihr gutes Recht, mit ihrer Wohnung zu machen, was sie will, schreibt Elli. Sie teilt mit, sie stehe im Grundbuch, und der Fransenmann bezahle sie mit Bildern, die eigentlich unbezahlbar seien. Außerdem sei er »ein

Mensch«, die Geschlechterfrage sei doch längst überwunden. »Get over it!«, schreibt sie bastamäßig. Aber der Fransenmann schleicht eben auch recht viel im Garten herum und setzt sich gerne freundlich grüßend mit einer großen Teetasse in der Hand auf die Bank neben die Qigong-Gruppe, um deren fließende Bewegungen zu beobachten.

Er betrachtet die Frauen, die sich am frühen Morgen im Garten des Innenhofs versammeln, mit wohlwollendem, warmem Blick, als käme er zu einer Privatvorführung und macht sich ständig Notizen. Wenn man ihn dann entnervt bittet, den Garten zu verlassen, hebt er entschuldigend die Hände und sagt: »Gemach, gemach, ich gehe ja schon. Ihr macht das so schön.« Dann verschwindet er. Was ihn aber nicht davon abhält, ein paar Tage später wieder mit seiner Teetasse im Garten bei der Qigong-Gruppe aufzutauchen. Hinter den Kulissen eskaliert bereits der E-Mail-Krieg mit Elli Pyrelli in der Toskana. Aber die hat kein Einsehen und schickt immer nur Fotos aus Italien von ihrem Haus und der herrlichen Landschaft zurück nach Berlin und unterschreibt mit »Liebt euch! Gefälligst!«.

Der Fransenmann ist ein Fremdkörper. Er steht entweder am Fenster und schaut hinunter zum Eingangsbereich, wer in das Haus rein- und rausgeht. Oder er steht im Erker von Ellis Domizil und beobachtet die Frauen auf den anderen Balkons und in den Wohnungen und das Treiben im Innenhof. Mich hatte er auch schon im Visier. Und prompt bewegte ich mich nicht mehr selbstverständlich im privaten Umfeld, sondern fing an, mich selbst zu beobachten und zu überlegen, was für ein Bild ich wohl gerade abgab. Es war wie bei mir im Büro. Ich fühlte mich taxiert und eingeschätzt, hatte das Gefühl, nicht ich selbst sein zu können. Im Büro ist das noch okay, aber zu Hause? Es gäbe hunderttausend Häuser in Berlin, wo der Fransenmann seine Studien treiben könnte. Im Gegensatz dazu gibt es in Berlin gerade mal vier Frauenwohnhäuser. Warum ist er also ausgerechnet hier?

Streng genommen müssten wir nun auch recht schnell eine Lösung für Gabrieles Vater finden, denn seine Anwesenheit ist natürlich auch schon aufgefallen. Aber er ist ein Vater. Er gehört zu einer von uns. Er ist alt, krank und braucht schlicht Hilfe.

»Hast du deine Tabletten genommen, Wolfgang?«

»Die hier?« Er zeigt mir die Zuckerdose.

»Nee, die hier!« Ich schiebe ihm die Tablettenbox hin, in der die abgezählten Pillen klappern.

Gabriele ist nicht zu beneiden. Wie soll sie das schaffen? Den muss man eigentlich rund um die Uhr im Blick behalten. Hoffentlich war sie heute erfolgreich und hat etwas gefunden, wo sie künftig arbeiten kann. Dann hätte sie auch wieder Kapazitäten, für ihren Vater in Lübeck eine Betreuung oder einen Heimplatz zu suchen. Ich möchte mir nicht vorstellen, was es bedeuten würde, müsste er ins Pflegeheim. Das ließe sich für Gabriele finanziell im Moment gar nicht machen. Die Preise dafür gehen durch die Decke. Das schafft sie nie und nimmer.

Und der ganze Umstand, die Formulare, die Bürokratie, die Callcenter. Gabriele ist ja selbst offiziell schon in Rente, aber weil es nicht reicht, verdient sie dazu. So was schüttelt auch sie nicht mehr einfach so aus dem Ärmel. Wolfgang hat es auch noch schwer getroffen. Bei einer Schulteroperation vor zwei Jahren entdeckten die Ärzte Krebsmetastasen. Seine Arme sind von Lymphödemen geschwollen. Im Nacken hat er ständig

Schmerzen. Krücken und Gehhilfen kann er wegen der angefressenen Knochen nicht festhalten, sich nicht mehr allein vollständig anziehen. Er ist ein Pflegefall. Grad 3.

Auch einen Pflegedienst muss man sich erst mal leisten können. Aber selbst wenn man das Geld hat und ausgeben will, heißt das nicht, dass es auch klappt. Wolfgangs Pflegedienst in Lübeck hat ihm aus Personalmangel gekündigt. Von jetzt auf gleich. Der Betrieb hat einfach keine neuen Mitarbeiter*innen gefunden und ist in die Insolvenz gegangen. Die Anfragen bei Ersatzunternehmen haben nichts gebracht. Die nehmen zurzeit keine neuen Patient*innen auf, arbeiten alle an der Belastungsgrenze. Dabei ist Wolfgang nur einer von fünf Millionen in Deutschland, die auf Unterstützung angewiesen sind, und jeder Fall ist anders. Dieser Umstand hat Wolfgang nun hierher zu uns geführt. Den alten, kranken Vater. Und nun soll er nach den Regeln der Hausgemeinschaft – am besten – wieder weg. Gabriele weiß, dass bald eine Lösung hermuss. Sie hat mir gesagt, dass sie sich mit dieser neuen Situation überfordert fühlt. Ihre Strategie: ein Schritt nach dem anderen. Ein Tag nach dem anderen.

»Leg noch mal die Platte auf«, sagt Wolfgang und zwinkert mit den Augen. Ich weiß sofort Bescheid: *Wenn die Rosen erblühen in Malaga* von Cindy und Bert. Das liebt er. Jetzt will er mit mir tanzen. Mit dem Handy funke ich die Lautsprecherbox an. Als die Musik loslegt, helfe ich ihm auf die Beine, und Wolfgang nimmt etwas wackelig die Torerohaltung ein: einen Arm zur Seite ausgestreckt, den anderen statisch vor der Brust, soweit ihm das seine defekten Extremitäten erlauben. Er setzt eine todernste Miene auf, schaut in weite Fernen und setzt die

Füße per Paso doble in Gang. Er kennt den Text in- und auswendig. »Das ist der spanische Wein, olé, aus einem spanischen Glas, olé, der fließt beim spanischen Wirt, olé, aus einem spanischen Fass …«

Aber dann strauchelt er, und ich greife ihm schnell kräftig unter die Achseln, habe allerdings Mühe, nicht zusammen mit ihm auf den Teppich zu stürzen. Vom Torero zum Stier braucht er weniger als eine Sekunde. Er senkt blitzartig den Kopf und drückt seinen lappigen Mund auf meinen – mit allem, was sich darin noch befindet. Vor lauter Schreck hätte ich ihn beinahe fallen lassen. Widerlich, ich muss mich schütteln, im Affekt stoße ich ihn zurück in den Sessel und reibe mir mit dem Handrücken den Mund ab. Shocking. Echt. Der hat sie wohl nicht mehr alle.

»Wolfgang! Spinnst du? Das ist ja ekelhaft.« Wusste er, was er tat? Spielt das eine Rolle? »Zieh mir mal die Schuhe aus«, sagt Wolfgang, als er wieder sitzt. Das mache ich natürlich nicht. Aus Rache. Ich bin sauer und sitze von nun an schweigend meine Zeit mit ihm ab.

Eine halbe Stunde später ist auch Gabriele wieder da. Ihre Bemühung war nicht erfolgreich. Es hat auch mit dieser Gewerbefläche nicht geklappt. Ein viel zu kleines Behandlungszimmer, dazu noch ohne Fenster, in einer bestehenden Praxis für 1 200 Euro warm. Das geht nicht. Das ist zu teuer. »Die Preise sind der Wahnsinn«, sagt Gabriele. »Wer kann sich so was leisten? Es ist eine Katastrophe.« Sie ist entsprechend niedergeschlagen.

Über Wolfgangs Ausrutscher verliere ich kein Wort. Wenn es denn überhaupt einer war. Wahrscheinlich ist es ein altes

Programm, das in ihm abläuft, eine Software, bei der ich unbewusst auf Start gedrückt habe. So könnte es gewesen sein. Er hat nicht mehr so lange. Da muss man gnädig sein. Ein altes Muster. Eine alte Gewohnheit. Er kann nichts dafür. Da muss man Verständnis haben. Er kann nicht aus seiner Haut. Darüber muss man hinwegsehen. Ich kann da kein großes Fass aufmachen, er ist der Vater von Gabriele. Es würde sie zu stark belasten, wenn ich ihr davon erzählte.

Am Abend finden sich die Bewohnerinnen zur regulären Hausrunde im Kasino ein. Im Vierwochenrhythmus treffen sich die Eigentümerinnen, um zu besprechen, welche Anliegen, die unser Haus betreffen, einer Klärung bedürfen. Die Teilnahme ist freiwillig, die Beschlüsse sind dann allerdings bindend unabhängig von der Zahl der Anwesenden. Heute sind siebzehn Frauen gekommen. Geleitet wird die Runde wie gewohnt von Ingetraut. Sie präsidiert in einem roten Sessel, der zu einer Sitzgruppe gehört, auf der zumeist die anderen Trauts Platz nehmen. Je nachdem, wie viele Teilnehmerinnen es gibt, verteilt sich der Rest auf den Stuhlkreis. Es gibt Wein und Sekt, der aus der gemeinsamen Haushaltskasse bezahlt wird, und das ist ohne Frage für einige Frauen der Hauptgrund, überhaupt daran teilzunehmen. Manche sind schon betrunken, bevor Tagesordnungspunkt zwei aufgerufen wird. Das ist im Übrigen ein viel zu wenig beachteter Vorteil des fortgeschrittenen Alters: Es reichen schon zwei Gläser.

»Ich begrüße euch«, sagt Ingetraut mit lauter Stimme und wirkt sehr würdevoll, was an ihren flaumigen Haaren liegt, die im Gegenlicht leuchten wie ein Heiligenschein und ihr eine göttliche Aura verleihen. »Bevor wir anfangen, hat Bibi darum gebeten, ein Gedicht vortragen zu dürfen.« Nicht schon wieder, stöhne ich innerlich auf. Auch einige andere verdrehen die Augen, doch Bibi hat sich bereits erhoben. Sie ist eine dicke Frau um die siebzig mit hennarotem Haar in einem voluminösen türkisfarbigen Flatterkleid und mit riesigem Busen, auf dem ein faustgroßer Kristall ruht, der eigentlich Teil einer Halskette ist. Sie räuspert sich und legt los.

»O Wände, die uns umgarnen
O Türen, die uns schützen vor dem Morgen
O Heim, das uns beherbergt seit vielen Jahren
Wir sind hier versammelt, um uns zu verklären
Unser Haus, das voller Leben steckt
Voller Erinnerungen, die nie verweh'n
Voller Geschichten, die wir nicht versteh'n
Sondern im Herzen tragen wie kostbare Feen
Und wir, wir sind die Seele dieses Ortes
Wir sind die Wächterinnen der Tradition
Wir sind die Wärterinnen seiner Geschichten
Seit vielen, vielen Jahren schon.«

Es gibt höflichen Applaus, und ihre kurze Darbietung liefert einen neuen guten Grund zum wiederholten Anstoßen. Es folgt die Anerkennung von Ingetraut, wenn auch sparsam: »Vielen Dank. Das war sehr schön.« Bibi verneigt sich kopfnickend und gibt einen Stapel Zettel in die Runde, auf denen ihr Gedicht abgedruckt und mit allerhand Blumen und Ranken handgemalt verziert ist.

Bibi Blocksberg, die außerhalb des Hauses Birgit Krause

heißt, neigt dem Okkultismus zu. Sie ist die Walpurgisnacht-Beauftragte der BURG. Unabhängig von der obligatorischen Feuerschale, in der traditionell jedes Jahr in der Nacht zum 1. Mai ein Feuer entzündet wird, um das wir uns versammeln und das im Übrigen von Jahr zu Jahr kleiner ausfällt, weil mit der Anzahl der Lebensjahre offenbar auch die Furcht vor Funkenflug steigt, denkt sich Bibi in ihrer Funktion immer schöne Dekorationen für unseren Garten aus. Dieses Jahr hat sie alle Besen aus allen Haushalten eingesammelt und daraus mit Hilfe von Stricken und Klebeband eine bemerkenswerte Skulptur geschaffen, die wie eine zu groß geratene Katze aussah.

Früher war Bibi Abteilungsleiterin in einer großen Versicherung. Mit Zahlen kennt sie sich aus. Immer, wenn ich sie treffe, bietet sie mir an, aus meinem Namen und Geburtsdatum mein Lebensziel zu berechnen. Sie macht das via Kabbala, womit ich mich noch nie beschäftigt habe. Ich denke schon, dass ich ihr Angebot sicher einmal annehmen werde. Vielleicht sogar schon morgen, wenn mein selbst gewähltes Lebensziel, glücklich und zufrieden in angenehmer Umgebung ohne Sorgen langsam und gesund alt zu werden, einen kleinen Umweg über den Keller machen wird.

»Zusatznutzung der Kellerräume, Antrag von Susanne« ist der heutige Tagesordnungspunkt 3. Das wird bestimmt eine längere Diskussion, denn ich werde meine Beweggründe und finanzielle Situation offenlegen müssen, um eine mehrheitliche Zustimmung für meine Idee zu erreichen, und rechne mit einigem Widerstand. Dass Veronika ohne jeden Beschluss der Hausrunde den Keller für sporadische Übernachtungen nutzt, hat einige im Haus erzürnt und könnte auf eine Ablehnung hindeuten. Sollte es dazu kommen, so hatte ich mir vorgenommen, würde ich mich wie Greta Thunberg mit einer Pappe vor der Brust im Eingangsbereich platzieren und eine Open-End-Mahnwache beginnen. »Was ist nur aus euch geworden?« würde da draufstehen. Alternativ könnte ich natürlich zur Methode »Elli Pyrelli« greifen und mich einfach im Keller einnisten. Streng genommen kann mir das niemand verbieten. Aber so weit sind wir ja noch nicht.

Vorher werden Punkt 1 »Legionellenausbruch bei Roswitha, 5. Stock« und Punkt 2 »Omas gegen Rechts, Aktion im September« verhandelt. Ich stelle vorsorglich zwei Flaschen Rosé zusätzlich auf den Servierwagen, damit alles besser flutscht und ich mir hinterher keine Vorwürfe machen muss, dass ich nicht alles gegeben habe. Leider ist Gabriele nicht gekommen, meine feste Stütze. Sie wird ihren Vater betreuen müssen. Aber dafür sind wenigstens Dorothea und Linda dabei. Die werden sich für mich einsetzen, das haben sie versprochen.

Der Legionellenbefall in Roswithas Wasserleitung in der fünften Etage ist schnell abgehandelt. Dorothea wird beauftragt, die Heizkesseltemperatur hochzuregeln, um die Keime abzutöten. »Ihr müsst ein paarmal sehr heiß duschen, dann ist das Problem gelöst«, erklärt Ingetraut.

»Ich werde überhaupt nicht duschen, wenn Legionellen in der Leitung sind«, sagt Waltraut und wirft ihre superlange graue Mähne von links nach rechts. »Das ist schlecht für meine Haare.«

»Dann lässt du einfach nur das Wasser laufen«, sagt Dorothea. »Alle müssen alle Wasserhähne aufdrehen und heißes Wasser laufen lassen.«

»Eine Verschwendung von Ressourcen«, befindet Waltraut und schenkt sich Wein nach.

»Der falsche Zeitpunkt, um am falschen Ende zu sparen«, beendet Ingetraut die Diskussion, und Linda, die heute für das Protokoll zuständig ist, fragt noch einmal nach: »Wann ist die Nachprüfung?«

Während nun die Frauen den nächsten Tagesordnungspunkt diskutieren und festhalten, wer alles als »Oma gegen Rechts« im September auf dem Alexanderplatz demonstrieren wird, welche Plakate noch gestaltet werden sollen und mit welchen sichtbaren Attributen gearbeitet werden soll, beobachte ich mit Sorge, wie schnell die Weinvorräte schwinden. Es ist Waltraut, die immer wieder aufsteht und am Servierwagen zu immer neuen Flaschen greift, um die leeren Gläser, die ihr aus der Runde bereitwillig entgegengestreckt werden, zu befüllen. Inzwischen wird darüber diskutiert, ob man nicht mit einem Sarg, gestützt auf zwei Rollatoren, symbolisch den Feminismus zu Grabe tragen sollte. Das sei doch ein eindrucksvolles Signal. Damit könne man sichtbar machen, dass der Rechtspopulismus den Frauenhass befeuert. Linda fragt: »Muss es denn ausgerechnet ein Rollator sein? Nur wegen der Omas?«

»Es geht doch ums Gesamtbild«, mischt sich Bibi Blocksberg ein. »Der Rollator ist eine Metapher.«

»Wir hatten uns doch darauf geeinigt, möglichst wenige Fremdwörter zu benutzen«, geht Legionellen-Roswitha dazwischen. Die Frauen trommeln zustimmend an ihre Gläser.

»Wir können nicht plakativ genug sein«, sagt Ingetraut. »Wir müssen uns ganz stark, ganz eindeutig positionieren. Wir brauchen den Sarg. Wir brauchen die Rollatoren. Wie viele haben wir im Haus?«

»Zu viele«, lallt Waltraut.

»Was ist, wenn wir angegriffen werden? Wäre ja nicht das erste Mal«, will Legionellen-Roswitha wissen.

»Dann müsst ihr ganz eng zusammenstehen«, sagt Ingetraut, die wegen ihrer Unbeweglichkeit überhaupt nicht mitkann auf die Demo. »Es ist wichtiger denn je, auf die Straße zu gehen und zu zeigen: Wir sind noch da.«

Roswitha lacht schrill auf: »Die Betonung liegt auch auf *noch*. Noch sind wir da. Falls eine umkippt oder niedergeschlagen wird, haben wir den Sarg ja schon mal dabei.« Sie macht eine wegwerfende Handbewegung. Roswitha leidet immer noch an den Folgen der letzten Attacke, als sie von einem Mann mit schwarzer FFP2-Maske und Schirmmütze zuerst angepöbelt und dann heftig geschubst wurde. Sie war hart auf dem Pflaster aufgeschlagen und hat sich das linke Knie verletzt. Auf ihrem Schild stand: »Wer mit Nazis marschiert, hat nix kapiert«. Das ist nun schon sechs Wochen her. Wenn man sie heute fragt, wie es ihr geht, sagt sie: »Voltaren!«, und lacht ein bisschen bitter.

Die Stimmung auf der Straße sei insgesamt erheblich aggressiver geworden, die Töne schriller, es gebe mehr Gewalt. Da sind sich alle einig. Als Oma mit Plakat in der Hand sei man davon nicht ausgenommen. »Bei Twitter werden wir als ›neuwoker Landfrauenverein‹ bezeichnet, habt ihr das schon gelesen?«

»Das heißt jetzt X.« Roswitha zieht ihr Handy aus der Tasche. »Und guckt mal hier!« Sie hält das Display in die Höhe. »Ein Fahndungsplakat der RAF. Könnt ihr das erkennen?« Wie eine Briefmarke so klein erscheint das bekannte Bild mit den vielen Gesichtern und der Überschrift »Anarchistische Gewalttäter«.

»Da hat jemand dazugeschrieben: ›Die Omas gegen Rechts standen früher auf solchen Fahndungsplakaten.‹ Daneben dann ein Kotz-Emoji.«

»Es reicht jetzt«, befindet Ingetraut und versucht, die Diskussion zu beenden. »Ja, wir rücken wieder ins Fadenkreuz. Keine Frage. Das kann man aber auch positiv sehen. Wir lassen uns nicht kleinkriegen.«

Und schon steht Waltraut wieder mit einer Flasche da, und alles läuft aus dem Ruder.

Gesprächsstoff gibt es genug. Es geht um den »Antifeminismus« der rechten Kräfte, die die Uhren zurückdrehen wollen, um die Frauen erneut in alte Rollenbilder zu pressen. Es geht um die eklatanten Rückschritte bei Frauenrechten in Polen, in der Türkei, in Ungarn, in Italien. »Im Iran werden Frauen allein dafür umgebracht, weil ihr Kopftuch nicht richtig sitzt. In der Ukraine sind Massenvergewaltigungen eine Kriegswaffe. In Afghanistan dürfen Frauen nicht mal mehr im Park alleine spazieren gehen.« Roswitha kommt jetzt so richtig in Fahrt. »Nach fünfzig Jahren hat Amerika das bundesweite Recht auf Abtreibungen gekippt. Glaubt ja nicht, dass wir hier ungeschoren davonkommen. Es geht abwärts, Mädels.«

»Schluss jetzt!« Ingetraut klatscht in die Hände, und sofort wird es ruhiger. »Wenn ihr das Unrecht in der Welt beklagen wollt, dann macht das später. Wir haben hier eine Tagesordnung.«

»Es geht abwärts, Mädels.« Roswithas Worte hallen in mir

nach. Abwärts in den Keller. Hoffentlich bin ich nicht so eine Art Vorbotin auf die künftigen Verhältnisse, in denen sich Frauen wieder bescheiden müssen, so eine Art böses Omen.

»Wir behandeln jetzt Tagesordnungspunkt drei«, ruft Ingetraut in den Raum, sichtlich erschöpft. Ich erschrecke, und mir schießt sofort das Blut in den Kopf. Wie ein Roboter mit roten Ohren trage ich sodann meine Situation und meine Argumente vor, betone, dass ich einen Zeitraum von einem halben Jahr ins Auge gefasst habe, dass ich diese Monate als Experiment sehe, dass ich auf die Solidarität der Hausgemeinschaft vertraue, dass das Leben manchmal eben Überraschungen bereithalte. Fertig. Stille. Ich war wahrscheinlich zu schnell.

Bibi räuspert sich und bittet um das Wort. Ihr großer Busen wogt. »Also, ich finde, das ist menschenunwürdig. Das ist ein Rückschritt in Zeiten, aus denen wir rausgewachsen sind.«

»Du brauchst doch ein Badezimmer, wie willst du dich waschen?«, merkt Waltraut an.

»Ich dachte, ich könnte vorübergehend das Bad von Irina in der Gästewohnung mitbenutzen. Das sollte eigentlich kein Problem sein.«

»Wie willst du kochen und wo essen?«, fragt Ingetraut.

Da schaltet sich sofort Dorothea ein: »Ich könnte im Raum, wo die Waschmaschinen stehen, eine provisorische kleine Küche einrichten, mit Wasseranschluss und allem. Wie früher, als wir noch improvisieren mussten in den besetzten Häusern. Die Waschmaschinen benutzt doch sowieso kaum noch jemand.«

»Können wir dich mal besuchen?«

»Jederzeit. Ich würde mich freuen.«

Tatsächlich gibt es im Anschluss keine weiteren Fragen. Zu meiner Überraschung geht der Antrag vollkommen reibungslos durch und wird sogar einstimmig angenommen.

Ingetraut weist darauf hin, dass der Beschluss generell erst mal für ein Jahr und die Genehmigung für alle Verschläge gilt – also auch für Ronnie. Dann meldet sich noch Roswitha und möchte darauf hinweisen, dass »aus gegebenem Anlass« Sorge dafür getragen werden muss, dass meine überirdische Wohnung auf jeden Fall an eine Frau untervermietet werde. »Selbstverständlich«, gebe ich zurück. »Das ist doch sonnenklar.«

»Dann solltest du jetzt wegen des Badezimmers mit Irina eine Vereinbarung treffen«, beschließt Ingetraut das Thema, »damit du deine Idee bald in die Tat umsetzen kannst. Sprich am besten gleich mit ihr.«

»Fürs Protokoll«, ruft Linda, »wann soll es losgehen?«

»In zwei Wochen«, sage ich. »Ich könnte Hilfe beim Umzug brauchen.«

Waltraut klopft mir auf die Schulter. »Das wird eine Erfahrung, die uns allen zugutekommt.«

»Wieso denn das?«, fragt Roswitha.

»Niemand von uns ist auf Rosen gebettet. Das Leben wird teurer.«

Meine anschließende Begegnung mit Irina in der Gästewohnung verläuft dann leider nicht so toptop, wie ich es mir schöngemalt hatte. Auf mein Klopfen hin öffnet sie nicht. Ich lege ein Ohr an die Tür und höre, dass sie in der Küche abspült. Ich klopfe noch einmal und drücke dann auf die Klingel, die niemand gern benutzt, weil sie überall enorm schrill eingestellt ist. Irina reißt die Tür auf.

»What do you want?«, fragt sie barsch mit starkem ukrainischem Akzent, und ich trete sofort einen Schritt zurück.

»Hello Irina, how are you?«, gebe ich leicht irritiert zurück. »I want to make a deal for the bathroom.« Das stottere ich so raus. Es ist wirklich verrückt, dass ausgerechnet jetzt mein Englisch versagt. Es ist wie früher beim Volleyball. Konnte die Gegnerin nicht spielen, habe ich auch keinen Ball getroffen.

»Not possible«, antwortet sie und will schon die Tür wieder zuschlagen.

»What?«

»It is a ritual room for me.«

Was meint sie mit »ritual room«? »But Ingetraut and the rest of the house allowed that I use your bathroom because I now move to the cellar.«

»Not my problem«, sagt sie und wischt sich eine Strähne aus dem Gesicht.

Mit starrer Miene erzählt sie etwas von spiritueller Energie und wichtigen Zeremonien.

»Irina, look, I need your bathroom. I will not disturb you. I have my own key from Ingetraut.«

»No. It would be a violation of my personal boundaries.« Eine Verletzung ihrer persönlichen Grenzen? Ach du Schreck!

»I gave the room a name. It is Javelin. And I need Javelin for myself.«

Sie hat dem Badezimmer also einen Namen gegeben. Wie einem Hund oder einem Auto. Das Badezimmer heißt Javelin, und das ist offenbar der Name eines ukrainischen Schutzheiligen. Und wenn alles stimmt, was sie sagt, ist das in der Ukraine auch der Name einer Panzerfaust mit größter Durchschlagskraft. Irina braucht Javelin als Schutzraum.

»I am safe in Javelin. And I was safe in Javelin in Mariupol, too.«

»But …«

»No!«

Damit ist die Tür zu. Nur steht leider in ihrem Schutzraum meine künftige Toilette. Und duschen möchte ich dort auch. Aber es hat keinen Zweck. Ich komme hier und heute überhaupt nicht weiter.

»Have a good day«, rufe ich noch durch die geschlossene Wohnungstür und nehme mir vor, bei der nächsten Gelegenheit Ingetraut zu bitten, Irina eine deutliche Ansage zu machen, die dann auch zuverlässig wirkt und mir den Zugang ermöglicht. Das ist hier schließlich eine Solidargemeinschaft. Vor allem Irina sollte ja wohl am besten verstehen, was das bedeutet.

Die nächsten Tage sind aufreibend. Gabriele hat mir zwar angeboten, dass ich auch bei ihr jederzeit das Badezimmer benutzen kann, wenn das mit Irina nicht klappen sollte, aber da wohnt ja nun auch Wolfgang, der mich offenbar auf unangenehme Weise in sein Herz geschlossen hat. Das wäre dann wirklich eher Plan Z.

Gabriele hat sich mittlerweile mit Wolfgang einigermaßen arrangiert. Sie kann und will nicht ständig in der Wohnung auf ihn aufpassen. Sie muss Geld verdienen, sie hat Verpflichtungen, ihr Leben darf nicht nur Wolfgang sein. Sie sagt, ihr Vater habe sich schon ganz gut eingewöhnt und kenne sich langsam aus im Haus. Er sei ruhiger geworden und halte sich sogar an

Absprachen. So kann sie häufiger das Haus verlassen und zu ihren Patientinnen und Patienten nach Hause fahren, um sie zu behandeln. Was sie offenbar nicht weiß: dass Wolfgang in ihrer Abwesenheit durch die Flure streift und an Wohnungstüren klopft, um sich einen Kaffee zu erbetteln. Bei mir war er auch schon. Er hat mir den Hintern getätschelt und gefachsimpelt, der sei doch noch ganz gut in Form, wenn man mein Alter bedenke. Dabei ist der wirklich überhaupt nicht gut in Form. Ganz im Gegenteil. Aber Wolfgang kann es natürlich beurteilen. Gerade er. Hoffentlich ist er nicht ähnlich übergriffig, wenn er bei anderen zu Besuch ist. Das würde Gabriele in ernsthafte Schwierigkeiten bringen.

»Dein Vater müsste mal tablettenmäßig noch ein wenig gedämpft werden«, schlage ich vor.

»Er soll doch nicht so viele Medikamente nehmen, das vergiftet ihn auf die Dauer.«

»Er hat mich in meiner Wohnung besucht, er ist ziemlich aufdringlich.«

»Mein Gott, das ist ein alter Mann. Mit dem wirst du doch noch fertigwerden.«

Klar könnte ich mit ihm fertigwerden. Aber ob sie das wirklich will, dass ich mit ihm fertigwerde? Ich sehe ja ihren Zwiespalt. Dabei ist sie eine knallharte »MeToo«-Verfechterin und schon immer kompromisslose Streiterin für die Selbstbestimmung der Frau. Seit ich sie kenne, und das sind ja jetzt schon fast vierzig Jahre, hat sie grundsätzlich davor gewarnt, Übergriffigkeit von Männern zu verharmlosen. »Es ist ein System«, hat sie immer gesagt. »Das System heißt Grenzüberschreitung. Selbstverständliche Grenzüberschreitung. Es wird schlicht erwartet, dass Frauen das erdulden.« Für Wolfgang ist diese ständige Grenzüberschreitung die natürlichste Sache der Welt. Mit seiner gedankenverlorenen Berndhaftigkeit reibt er Gabriele ihr eigenes Versagen wirkungsvoll unter die Nase. Da tut sich zwischen Anspruch und Wirklichkeit eine schmerzhafte Lücke auf.

Wir haben uns über die Jahre verbraucht in immer denselben Scharmützeln. Die Bernds dieser Welt sind leider nicht ausgestorben. Es kommen immer neue nach. Als junge Frauen haben sich Gabriele und ich einen Spaß daraus gemacht, auf der Straße ebenso stur geradeaus zu gehen, wie Männer es ganz selbstverständlich tun. Das ging in den seltensten Fällen ohne Rempler ab. Die Männer waren über die Zusammenstöße nicht wütend, eher verwundert, überrascht, amüsiert oder auch mal erschrocken. Niemand rechnete damit, dass wir als Frauen ihnen nicht ausweichen würden.

Wenn Gabriele und ich heute zusammen die Straße entlanggehen und uns ein Mann entgegenkommt, schlenkern wir kurz. Ganz automatisch. Wir weichen aus. Da denkt man nicht mehr groß drüber nach. Wir haben aufgegeben. »Auf der Straße beginnt die Weltveränderung«, hat Gabriele damals gesagt. Freiwillig würde man uns nichts abgeben, wir müssten es uns schon selbst nehmen und dürften da auch nicht zimperlich sein. Nicht auf der Straße, nicht im Job, nicht in der Familie. Das musste einfach der Anspruch sein: die Hälfte von allem als absolute Normalität.

Ob wir damit weit gekommen sind? Auf der Straße hat sich jedenfalls nichts verändert. Wer von uns heute noch die Kollision riskiert, sollte besser keine Osteoporose haben. Aber mit sechzig rempelt man sowieso keine Männer mehr an. Das Weltwirtschaftsforum hat ausgerechnet, dass es jetzt noch hundertzweiunddreißig Jahre dauert, bis Frauen die gleichen Chancen, Gehälter und Rechte haben. Da bin ich längst vermodert. Im aktuellen Koalitionsvertrag steht abweichend: »Die Gleichstellung von Frauen und Männern muss in diesem Jahrzehnt erreicht werden.« Das könnte ich also noch erleben, falls es gut läuft und nicht wieder was dazwischenkommt wie eine Haushaltskrise, eine Klimakrise, eine Sicherheitskrise, eine Gesundheitskrise, eine Regierungskrise. Bis dahin heißt es: Konzentration! Die Freiräume, die wir uns selbst geschaffen haben, die gilt es jetzt zu erhalten und zu verteidigen. Ingetraut nennt es »Nagelprobe Altersheim«. Da will keine von uns hin. Wir werden uns an der BURG festkleben, komme, was wolle.

Einer »Weltveränderung« kommt das nicht besonders nah. Eher im umgekehrten Sinn. Die »Weltveränderung« gilt es ab nun zu vermeiden, zumindest was das Leben innerhalb der BURG betrifft. Dafür wurde eigens das »Projekt Walhalla« gegründet. Schon bald werde ein kleiner, ausgewählter Kreis zu einem ersten Treffen gebeten. Ob ich Teilnehmerin sein werde, weiß ich noch nicht. Ingetraut will nichts verraten. Aber es soll in vertrauter Runde darüber gesprochen werden, wie im Fall des Falles der Umzug in ein Alters- oder Pflegeheim abgewendet werden kann. Klingt verschwörerisch. Da wäre ich natürlich gern dabei. »Projekt Walhalla«, wer hat sich bloß diesen komischen Namen ausgedacht?

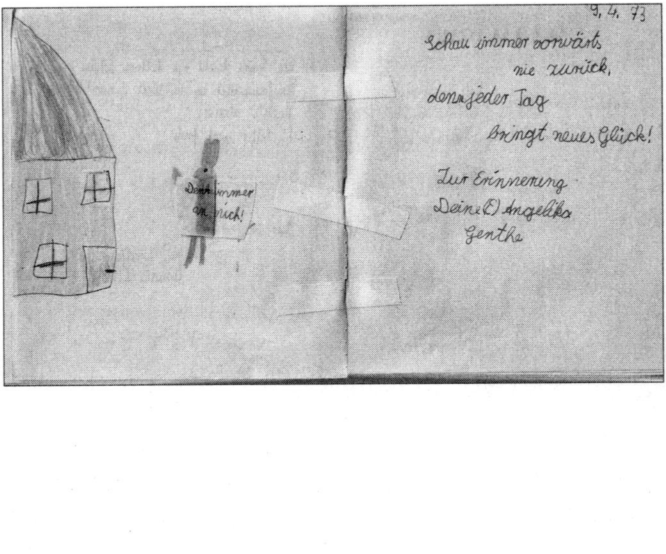
Denk immer an mich!
9. 4. 73
Schau immer vorwärts
nie zurück,
denn jeder Tag
bringt neues Glück!
Zur Erinnerung
Deine(E) Angelika
Genthe

4
vorwärts

Die Welt, wie ich sie kannte, würde am nächsten Sonntag enden. Irgendwann zwischen drei und vier, wenn Linda ihren Mittagsschlaf hinter sich hatte und sich kräftig genug fühlen würde, bei der Kommode mit anzupacken. Die Regale habe ich schon ausgeräumt, die Bücher sind inzwischen in Kisten verpackt. Ich bin erschöpft vom Aussortieren und vom Abschiednehmen. Es hat viel länger gedauert, als ich dachte. Jedes Buch, jede Schallplatte ist wie ein Blick in das Museum meiner eigenen Geschichte.

Der Tod des Märchenprinzen von Svende Merian. Das Buch war ein feministischer Putsch. Daran erinnere ich mich noch. Ich weiß zwar nicht mehr, was drinsteht, aber als ich es in die Hand nehme, ist alles wieder da: Matratzen am Boden, Nägel als Kleiderhaken, Lautsprecherboxen so groß wie Küchenschränke, es riecht nach Patschuli, schmeckt nach Fencheltee und erinnert mich an durchtanzte Nächte. Ich lebte in den Büchern von Djuna Barnes, Sylvia Plath, Alice Schwarzer, Verena Stefan und Kate Millett. Und auch die LPs von Laurie Anderson, Patti Smith, den Rainbirds und Tracy Chapman kommen mir vor wie eine Flaschenpost aus dem letzten Jahrhundert, als ich noch so viel vom Leben wollte. Der Plattenspieler hat schon vor zwanzig Jahren seinen Geist aufgegeben und landete in der Mülltonne. Heute fehlt er mir. Jetzt quäkt die Musik über Spotify nur noch aus dem Handy.

Ich nehme auch die alten Fotoalben an mich. Wahre Schätze. In einem entdecke ich ein typisches Bild meiner Volleyball-Teamfreundin Karen in ihrem roten T-Shirt, auf dem großformatig »Emanze« steht, eine damals überaus machtvolle Selbstbezichtigung, die natürlich überall auffiel. Ihr Blick geht direkt in die Kamera und ist eine einzige Herausforderung. Als wäre sie in jedem Moment bereit, alles zu riskieren. Das wird 1988 oder 89 gewesen sein. Ich muss daran denken, wie sie sich manchmal nach dem Training ein Nasenloch zugehalten und bestimmt fünf Meter bis weit hinter die Mülltonnen gerotzt hat. In ihr war einfach alles: Kraft, Konzentration, Verstand und Verführung. Sie ist Mitte der Neunziger an Krebs gestorben. Ihre Espressokanne hat überlebt. Und die ist sogar noch in Funktion. Das Röcheln und Blubbern begleitet mich in diesen Morgen, an dem sich wie jeden Tag aufs Neue das schillernde Kreuzberg-Panorama vor meinem Balkon in seiner üblichen Üppigkeit entfaltet. Die Kaffeetasse in der Hand, stelle ich mich ans Fenster, und das Schauspiel beginnt.

Es tut weh, sich von diesem Logenplatz verabschieden zu müssen.

Es ist unser ganz persönliches BURG-Theater. Wer auf die Straße tritt, spielt automatisch mit, gehört zum Teil sogar zum festen Ensemble. Als BURG-Bewohnerinnen haben wir Dauerkarten, kennen die Besetzung seit Jahren und sind doch immer wieder überrascht, wie fantasievoll man ein und dasselbe Stück jeden Tag aufs Neue variieren kann, sodass es niemals langweilig wird. Die Bühne darf man sich so vorstellen: In der Mitte ist ein großer freier Platz, umsäumt von ein paar mächtigen Bäumen, rundherum gruppieren sich dazu ein Kindergarten, eine katholische Kirche, ein Café, ein Spätkauf-Kiosk, ein Fünfsternehotel, ein Obdachlosenheim, ein Lidl, die BURG und ein paar Wohnhäuser.

Sehr früh am Morgen, der Kaffee dampft in meiner Tasse, betritt als Erstes eine alterslose Frau die Bühne, »Das Mysterium« genannt. Sommers wie winters ist das Mysterium mit einem luftigen, gräulichen Daunenmantel bekleidet, auf dem Kopf eine schwarze Wollmütze, an den Füßen aufgeschäumte Stiefel, die Neil Armstrong schon 1969 auf dem Mond getragen haben könnte. Der Rest von ihr ist zierlich, und sie schleppt immer zwei schwere Plastiktüten mit sich herum, von denen längst die Farbe abgeblättert ist. Man muss schon sehr genau hinschauen, um diese unscheinbare Frau überhaupt zu entdecken. Es dauert nur einen Wimpernschlag, und dann ist sie plötzlich da.

Den Kopf gesenkt, den Blick auf den Boden geheftet, steht sie regungslos an einer Hausmauer. Wie eine Maus trippelt sie im nächsten Moment eilig an der Wand entlang, um ein paar Meter weiter wieder abrupt zum Stehen zu kommen und in Starre zu verfallen. Liegt ein Steinchen auf dem Weg, hebt sie es schnell auf, huscht ein paar Meter weiter und legt es wieder ab. Sollte sie einem Zweig begegnen, lässt sie ihn in eine ihrer Tüten gleiten. Sobald sich jemand nähert, dreht sie sich mit dem Gesicht zur Wand und erstarrt, bis die Person wieder außer Reichweite ist. Manchmal scheint sie zu bemerken, dass ich sie beobachte, dann dreht sie mir ruckartig den Rücken zu und bleibt so lange in Wartestellung, bis ich das Fenster schließe. Sofort trippelt sie in Etappen weiter und verschwindet schließlich in einer Seitenstraße. »Das Mysterium« bleibt unerkannt. Ich habe noch nie ihr Gesicht gesehen. Vielleicht wohnt sie im Obdachlosenheim, vielleicht im Fünfsternehotel. Vielleicht irgendwo nebenan. Unklar.

Wenn »Das Mysterium« verschwunden ist, fliegt kurze Zeit später ein Schwarm Erzieherinnen auf Fahrrädern ein. Sie tragen Warnwesten in leuchtendem Orange, und meistens gesellen sich sofort ein paar Nonnen in aschgrauen Gewändern mit weißen Hauben hinzu, die in dem Haus neben der Kirche wohnen. Der Pulk verschwindet in der Kindertagesstätte, aus dessen Fenster im ersten Stock eine Regenbogenflagge hängt. Heute ist das Szenenbild neu, denn die Wand der Kirche wurde in der Nacht frisch verunstaltet, dort prangt jetzt in übergroßen Lettern die Parole »Kreuzberg bleibt unhöflich«. Gestern stand da noch »Smash the State or Masturbate«. Beides meint ungefähr dasselbe. Dann geht es Schlag auf Schlag. Eine Armada von Lastenrädern nähert sich aus allen Himmelsrichtungen. Manche sehen wie kleine Raumschiffe aus mit geschlossener Kunststoffkabine, bereit zum Abflug, andere präsentieren sich in bodenständiger Holzoptik mit klassischem Verdeck. Es gibt auch schwere Modelle mit Sitzbank »extralong«, wo mindestens zwei Kinder hintendrauf wie auf einem Motorrad noch Platz finden plus Einkaufskiste. Manche bringen ihren Nachwuchs auch im Rucksack vorbei, dabei stehen sie auf einem Elektroroller.

Im Verlauf des Tages ändert sich das Setting. Touristen prägen immer mehr das Bild. Man erkennt sie daran, dass sie ständig nervös nach links und rechts schauen, als würden sie eine stark befahrene Straße überqueren. Sie machen einen sehr weiten Bogen um den hageren Mann, der hier fast jeden Tag einmal durchmarschiert und ständig kehlige Laute ausstößt, mit einer Stimme, die an Harry Belafonte erinnert. Die Laute klingen wie Befehle, ergeben aber kein mir bekanntes Wort. Die Kapuze seiner Regenjacke trägt er immer auf dem Kopf, der Rest davon baumelt auf seinem Rücken. Vielleicht hat das einen religiösen Grund.

Hin und wieder lassen sich auf den Bänken Grüppchen von Frauen nieder, die in den umliegenden Altbauten wohnen, deren Behausungen dunkel sind, weil sie nur kleine Fenster und keine Balkone haben. Sie sitzen in der Sonne, sprechen türkisch oder arabisch und lachen viel. Etwas abseits, seitlich von der Kirche, stößt man auf alte, bereits ins Endstadium transformierte Männer mit aufgedunsenen roten Gesichtern und kleinen Schnapsflaschen in den Händen, diametral gegenüber sitzen die jüngeren, die ständig die Ausdrücke »Digga« und »Alter« wie Bonbons in die Luft werfen und dabei viel rauchen. Bis dann gegen Abend die jugendlichen Skateboarderinnen und Rollschuhfahrer den Platz erobern mit ihren waghalsigen und gleichermaßen eleganten Sprüngen, beklatscht und bewundert von denen, die von der Arbeit kommen und den Tag in der Abendsonne mit einem Bier in der Hand ausklingen lassen. Manchmal setzt sich auch diese Frau dazu, die zwei hellrosafarbene Schalenkoffer und eine dicke Umhängetasche bei sich hat. Sie macht einen sehr gepflegten Eindruck, hat aber kein Zuhause. Ich habe sie schon länger nicht mehr gesehen.

Vielleicht hat sie inzwischen einen Platz im Wohnheim gefunden oder ist nach Neukölln weitergezogen.

Wer sich hier niederlässt, darf nicht lärmempfindlich sein. Zum einen klappern ständig Flaschensammler*innen mit ihren Einkaufswagen vorbei, zum anderen wird viel Musik gemacht. Gelegentlich wird es richtig laut, dann dröhnt Hip-Hop aus großen Boxen, die die Jugendlichen mitbringen. Manchmal stellt aber auch Waltraut einen Lautsprecher auf den Balkon und beschallt den Platz mit Songs ihrer Doppelgängerin Patti Smith. Zehn Jahre her, dass Patti Smith tatsächlich hier war, höchstpersönlich.

Hier unten, direkt vor unserem Haus, stand sie mit ihrer Gitarre. Das war am Abend des 9. November 2014 zum 25. Jubiläum des Mauerfalls. Sie kam allein, ohne Begleitung, und sang für eine Handvoll Passanten, die sich wohl dachten: »Alle Achtung, klingt ja wie Patti Smith. Und dann sieht sie auch noch so aus.« Waltraut ist durchgedreht, als sie zufällig vorbeikam. Und ich war sauer, dass sie mir nicht sofort Bescheid gesagt hat. Die Godmother of Punk, mein Idol, der amerikanische Superstar, veranstaltete unspektakulär ein kleines Konzert vor unserer Tür, und ich hatte es verpasst. Im Internet fand ich schließlich auch die Bestätigung. »Patti Smith, Setlist, 9. November 2014, Dresdener Straße, Berlin.« Dass sie diesen Ort lange kennt, wusste ich schon. Sie hatte schon zu Mauerzeiten an dieser Stelle häufiger einen Blick rüber nach Ostberlin geworfen und sogar mehrmals im Restaurant Stiege zu Abend gegessen, eine der wenigen typischen Kreuzberger Gaststätten, die bis heute noch im Original ihrer unverwüstlichen Schultheiss-Ausstattung erhalten geblieben sind.

Die »Stiege« wird seit den Siebzigern von einer arabischstämmigen Familie betrieben. Es grenzt an ein Wunder, dass dieser Laden noch da ist, denn der größte Teil von Kreuzberg steht in dem Ruf, inzwischen die teuersten Mieten von ganz Berlin zu erreichen, die nur noch in den Villenvierteln an den Rändern der Stadt übertroffen werden. Vieles, was Kreuzberg über Jahrzehnte ausgezeichnet hat, besondere Kneipen wie der Bierhimmel oder die Kleine Markthalle konnten sich wegen der exorbitant gestiegenen Mieten nicht mehr halten und wurde durch Sushi-Läden und gesichtslose Pop-up-Stores ersetzt. Es liegt aber auch an Leuten wie Patti Smith, dass sich Kreuzberg immer noch rühmen darf, ein Ort der Klassenlosigkeit zu sein mit dieser beflügelnden Energie, die sich aus dem Selbstverständnis der Bewohner*innen speist, den Rest der Welt mit seinen Konflikten einfach ausblenden zu dürfen.

Diese Freiheit nimmt man sich, und so ist Kreuzberg zu einer Art Exil geworden, das abseits liegt von einer Furcht einflößenden Wildnis, in der archaische Machtkämpfe ausgebrochen sind zwischen Linken und Rechten, Männern und Frauen, Moslems und Christen, Reichen und Armen, Westen und Osten, Jungen und Alten, Autos und Rädern. Im Zentrum Berlins findet sich diese Enklave, in der man sich geschützt wähnt vor der tobenden Außenwelt und die man keineswegs verlassen will aus Angst, da draußen geschreddert zu werden. Wie ein altes Zootier verharrt man an der Grenze des geöffneten Käfigs und bewegt sich keinen Millimeter hinaus, während durch die Gitterstäbe von hinten eine Flutwelle aus Geld und Gold anrollt, mit der man ins Ungewisse gespült werden soll.

Am Sonntag geht es für mich runter in den Keller. Im Gegensatz zu damals, als es auch mir beim Einzug in die BURG noch ein Leichtes war, trotz zu schwer gepackter Umzugskiste gleich zwei Stufen auf einmal zu nehmen, muss ich heute schon beim Packen aufpassen, nicht mit dem Kopf voraus in den Karton zu stürzen. Kreislauftechnisch steht nicht mehr alles zum Besten.

»Du hättest für den Umzug die Heinzelmännchen kommen lassen sollen.« Mit Blick auf das Möbel kapituliert Linda bereits an der Wohnungstür.

»Stell dich bitte nicht so an, das ist keine große Sache.«

»Bin ich die Einzige, die dir heute beim Runtertragen hilft? Wo ist Dorothea?«

Linda sieht mich an, als verlangte ich von ihr, im Columbiabad vom Zehn-Meter-Brett zu springen.

»Es ist doch nur eine Kommode. Und wir haben einen Fahrstuhl.«

»Nein!«, sagt Linda. »Ich muss mich klar abgrenzen. Das verstehst du doch.«

»Abgrenzen ist okay. Aber du könntest auch versuchen, die Aufgabe zu visualisieren«, schlage ich vor. »Visualisiere einfach das Runtertragen. Das wäre mir eine wirklich große Hilfe.«

Doch Linda ist nicht umzustimmen. »Nein. Ich habe zu viel Geld ausgegeben, um endlich das Neinsagen zu lernen. Muss ich dir ja wohl nicht erklären, wie schwer es für Frauen ist, Nein zu sagen.«

Ja. Neinsagen ist unheimlich im Kommen. Visualisieren ist out. Es hat keinen Zweck, wir müssen auf Dorothea warten, die sonntags mit Bea und Bibi immer Skat spielt.

Zwei Stunden später ist Dorothea endlich da. Mit den Worten »Wo steht das Klavier?« betritt sie forschen Schrittes die Szene. »Du hast von uns allen doch noch am meisten Muskeln übrig«, entschuldigt sich Linda, die nach eigenen Angaben höchstens noch eine Trittleiter besteigt, weil sie jeder »außergewöhnlichen Belastung« abgeschworen habe. »Aber Taschen tragen, das mache ich natürlich.«

Zusammen mit Dorothea bringe ich die Kommode, in der ich meine persönlichen Habseligkeiten wie Fotos, wichtige Unterlagen und einige Bücher aufbewahre sowie das Zwiebelmuster-Geschirr meiner Oma, bei Gabriele unter. Meine eigenen Kellerkisten und das Schlauchboot passen noch bei Linda in den Verschlag. Das meiste meines Hausrats bleibt aber in der Wohnung, denn meine Untermieterin braucht sie möbliert. Es ist kein großer Umzug, im Grunde habe ich nur die Ausstattung wie für einen längeren Urlaub dabei. Ich nehme nur das Nötigste mit. Denn ich gehe davon aus, dass ich in einem halben Jahr mit Sicherheit wieder Arbeit habe und mich dann bis zur Rente auch wieder finanzieren kann. Ein paar Anziehsachen, meine Lieblingsbücher, darunter auch das alte Poesiealbum sowie das Foto von meiner Mutter und mir bei der Einschulung, das kleine Schild mit meinem Lebensmotto »Revanchier dich! Im Guten wie im Bösen!«, Laptop, Kulturbeutel, Bettzeug, notwendige Medikamente. Seit einer Schilddrüsen-Totaloperation muss ich jeden Tag Tropfen nehmen, »sonst flippen Sie irgendwann aus«, hat die Ärztin gesagt.

All diese Sachen lassen sich gut verstauen. Acht Quadratmeter können schon geräumig sein, wenn man die Fläche optimal ausnutzt. Acht Quadratmeter reichen für ein Bett, einen

Schreibtisch, einen schmalen Schrank und sogar für einen Stuhl. Auf dem Türkenmarkt am Maybachufer hatte ich mir gestreifte Stoffbahnen besorgt, um den kleinen Raum an den Wänden auszukleiden. Türkis und lila, die Achtziger sind wieder da. Kann man mal wieder ein bisschen mustermutig sein. Dorothea hat für mich ein Stromkabel verlängert, sodass alle elektrischen Geräte laufen. Allerdings durfte sie die Kellerbeleuchtung nicht abklemmen. Das hat sicherheitstechnische Gründe. Es geht immer für ein paar Minuten das Licht an, wenn jemand draußen im Treppenhaus den Schalter drückt. Und was ist das bloß für ein Licht? Es ist so gleißend grell wie in einem Operationssaal. Das merkt man erst, wenn man sich hier unten länger aufhält. Und ich habe überhaupt keine Kontrolle darüber. Das Licht geht an und aus, wie es will. Es passiert einfach, ich kann nichts tun. So kann es nicht bleiben.

Es ist nun wirklich nicht das erste Mal, dass ich in eine ungewöhnliche Wohnsituation gerate. Beim Schüleraustausch in England habe ich in einem abgetrennten Verschlag in der Garage meiner Gasteltern geschlafen, wo es außer einer Petroleumlampe kein Licht gab und unter dem Bett säckeweise übel riechendes Hundefutter für deren Beagle-Zucht gelagert wurde. Vor ein paar Jahren habe ich auch mal eine Zeit lang in einem Tipi in den Bergen gelebt und mich mit Regenwasser gewaschen. Das hat mir damals nichts ausgemacht. Im Gegenteil, es war eine Abenteuerreise. Das hat mich gestärkt, ich fühlte mich anschließend unbesiegbar. Aber dieser Keller … Mir kommen langsam Zweifel. Wieso habe ich nicht wenigstens mal probegewohnt? Swosch! Das Licht geht aus. Meine mitgebrachte Schreibtischlampe taucht die Szenerie in einen warmen, gedämpften Schein. Von meinem Stuhl aus schaue ich den langen Gang hinunter wie in eine immer enger und dunkler werdende Röhre, an deren Ende dieses weiß lackierte Rad der U-Boot-Schleuse aufscheint, hinter der sich der alte DDR-Fluchttunnel verbirgt. Das bisschen Tageslicht, das den Keller noch erhellt, fällt durch die schmalen Fenster, die nur Zentimeter unter der Kellerdecke liegen. Es ist still. Gruftig still. In so einer Stille fängt man an zu grübeln. Mein Herz klopft. Ich bin verstaut in einem Kellergeschoss hinten in der Ecke, aber ich bin da.

Eigentlich komme ich jetzt in meine »besten Jahre«, steht in der Zeitung. Ältere Menschen sind glücklicher als Mittvierziger, sagen neue Studien. Die Ansprüche sinken, die Zufriedenheit steigt. Die »Rush Hour« ist überstanden, es folgt die Entspannungsphase, der »Herbst des Lebens«. Es ist Erntezeit. Ich falle wie eine überreife Pflaume vom Baum. Nur eine von mehr als zwanzig Millionen Frauen älter als fünfzig. Wir sind so viele, dass sich das Aufheben gar nicht lohnt. Nur die paar, die noch gut und fit sind, für die findet sich Verwendung im allgemeinen Gesellschaftsgefüge. Mehr geht einfach nicht. Allein rechnerisch nicht.

Wer nur Mindestlohn verdient oder sich wie Dorothea mit wechselnden Jobs über Wasser gehalten hat, wird von der ausgezahlten Rente nicht leben können. Das wird hier in der BURG noch heftig einschlagen. Denn selbst wer fünfundvierzig Jahre voll gearbeitet hat bei einem Gehalt von immerhin 3 600 Euro brutto, wird mit 1 500 Euro Rente definitiv nicht hinkommen. Und das betrifft fast die Hälfte aller vollbeschäftigten Arbeitnehmer und Arbeitnehmerinnen. Bleibt nur die Alternative: gar nicht erst vom Baum fallen. Immer weitermachen. Weitermachen. Das ist der Plan. Ich schreibe mir eine Checkliste: 1. Sport, 2. Arzt, 3. Job, 4. Keine Ausreden.

»Susisahne, du hattest wirklich eine großartige Idee.« Waltraut haut zweimal heftig aufs Lenkrad. »Wirklich fantastisch. Du bist eine Visionärin.« Sie fährt die Seitenscheibe runter, und ihre langen grauen Haare wirbeln durchs Auto. Ich bin noch ganz außer Atem, weil ich vor lauter Umzugsstress beinahe die Abfahrt verpasst hätte. Waltraut packt einmal im Monat ihren Kleinbus voll, dann geht's ab ins Umland zu den Fachärzten, bei denen in Berlin einfach kein Termin mehr zu bekommen ist. Diesen Service bietet sie jetzt seit sechs Monaten an. Sehr praktisch. »Ich weiß nicht, wie ich es sagen soll«, ruft sie in den Wind, »aber es war einfach so sonnenklar. Es war so naheliegend. Da ging ein Ruck durch die Hausrunde. Endlich passiert mal wieder was.« Sie fährt die Scheibe hoch und dreht sich zu mir um.

»Nach vorne gucken!«, brüllt Buchladen-Petra vom Beifahrerinsitz.

Waltraut krallt sich jetzt mit beiden Händen am Lenkrad fest und wirft sich vor und zurück, als wollte sie das Steuer rausreißen. Dieses Wilde, Ungezügelte, das da manchmal aus ihr herausbricht, die langen, knochigen Arme, die schwarzen Klamotten, diese Attitüde der Kompromisslosigkeit, sie sieht nicht nur aus wie Patti Smith, in diesem Moment ist sie Patti Smith. Sie könnte fünfzig sein, sie könnte achtzig sein. Niemand kennt ihr Alter, aber im Kofferraum liegen die neuen Plakate der »Omas gegen Rechts«, obwohl sie keine Enkel hat, nicht mal Kinder. Ganz oben drauf thront die Pappe: »Unglaublich, dass ich immer noch gegen diese Scheiße demonstrieren muss.«

»Diese Scheiße« ist zum Beispiel der § 218, den es tatsächlich immer noch gibt, während sich sogar die katholische Kirche in ihre Bestandteile auflöst. Ein ganzes Frauenleben lang haben wir uns darüber aufgeregt, doch den § 218 gibt's immer noch. »Scheiße, ja!« Waltraut haut jetzt noch zweimal mit ihrer Skeletthand aufs Lenkrad, gleich fliegen alle ihre Knochen durchs Auto. »Susilein, es war einfach so klar. Der Keller. Das ist die Lösung. Downsizing. Reduktion. Schrumpfen, um zu wachsen. Du bist eine Pionierin.« Mit unerhörtem Schwung geht sie viel zu schnell in die Kurve, sodass wir auf den Rückbänken geradezu von den Sitzen gerissen werden und kreischen. Der Wagen ist voll besetzt.

Wir sind auf dem Weg zu Gynäkologe Dr. Latte in die Kleinstadt Rathenow. In meinen wilderen Zeiten hätte ich um einen männlichen Frauenarzt, der »Dr. Latte« heißt, auf jeden Fall einen großen Bogen gemacht, aber mittlerweile gehe ich auch zur Darmspiegelung zu Dr. Loch. Ich nehme, was ich kriegen kann, um behandelt zu werden. Auswahl war gestern. Als Kassenpatientin darf man nicht mehr wählerisch sein. Die ärztliche Versorgung ist auch nicht mehr das, was sie mal war. Die Wartezimmer sind proppenvoll. Jede Patientin über sechzig bedeutet für die Praxen Umsatzeinbußen. Niemand will sich alte Leute ans Bein binden, die ständig wiederkommen, weil sie mittlerweile alles Mögliche haben von Diabetes bis Depression. Dafür gibt's von den Krankenkassen zu wenig Geld. Das lohnt sich nicht. Es ist so entwürdigend, um Termine zu betteln. Als ich neulich diesen fiesen, nassen Ausschlag am Fuß hatte, musste ich bei der Hautärztin hundertfünfzig Euro für die Akut-Behandlung bezahlen und noch mal vierzig Euro für die Salbe. »Das ist normal inzwischen«, hat sie gesagt. »Wenn Sie sofort etwas brauchen, geht es nur noch so.« Ein Segen, dass Waltraut einige Praxen ausfindig gemacht hat, die uns jetzt im Dutzend nehmen. Aber wir sind heute spät dran, Waltraut tritt aufs Gas.

»Hallo! Obacht! Hier ist fünfzig«, sagt Buchladen-Petra streng. »Du bist außerdem schon wieder nicht angeschnallt.«

»Hör auf, meine Mutter zu spielen, Petra. Mein Auto. Meine Regeln. Ich habe sogar meine Brille vergessen und kann nichts sehen. Jetzt biste platt.«

Waltraut ist nicht zu bremsen. »Ah ja, Suselotte, hör mal, du bekommst übrigens Gesellschaft«, ruft sie aus und schlägt die Knochenhand in den Autohimmel, dass es nur so kracht. »Die BURG setzt ein Zeichen gegen den Berliner Mietenwahnsinn, gegen Gentrifizierung und engagiert sich jetzt für aktive Frauenunterstützung in Notlagen. Die BURG startet ein großes soziales Pilotprojekt. Wir bieten dringend benötigten Wohnraum an. Wir geben den Keller frei. Ist das nicht fantastisch? Endlich passiert wieder mal was.«

»Bravo!«, ruft Buchladen-Petra entfesselt von der Seitenlinie und so laut und vollkommen untypisch für die ansonsten so stille Buchhändlerin, dass sich alle im Bus erschrecken. »Bravissimo! Das ist Kreuzberg. Zurück zu unseren Wurzeln!«

Akademikerinnen auf Speed. Buchladen-Petra im Glück. Und ich frage mich ganz ernsthaft, ob »Wir geben den Keller frei« dann auch wirklich bedeutet »Wir geben den Keller frei«.

»Ab wann denn?«, rufe ich von ganz hinten nach ganz vorne.

»Ab sofort«, ruft Waltraut zurück. »Dorothea weiß schon Bescheid. Wegen einer Küche hat Ingetraut schon mit ihr gesprochen. Sie ist dran. Sie baut umgehend alles, was ihr braucht, in die Waschküche ein. Die Kosten trägt die Hausgemeinschaft.«

»Aber es ist doch vollkommen unmöglich, dass da unten mehrere Frauen hausen«, gebe ich zu bedenken. »Wir werden ersticken.«

»Ach, das findet sich schon. Alternative Wohnformen«, jubelt Waltraut. »So wie früher.«

»Ich finde das gut«, knufft mich Felicitas in die Seite. »Sei doch froh. Da kommt Leben in die Bude.« Ausgerechnet Felicitas, die total zurückgezogen lebt und noch nie jemand auch nur einen Millimeter in ihre Wohnung gelassen hat. Ausgerechnet sie, deren geheimnisvolle Behausung mich immer an einen Horrorfilm erinnert, wo alle Gegenstände die Persönlichkeit derjenigen aufsaugen, die darin lebt, und wahrscheinlich dringend einen Exorzismus nötig haben. Sie, auf deren Balkon sich Schränke, Stühle, Fahrräder und was weiß ich stapeln, weil drinnen schon lange kein Platz mehr ist. Sie, die beim Hausflohmarkt immer die Erste ist, die zugreift, wenn es Stehlampen, Teppiche und ausrangierte Skistiefel zum Nulltarif gibt. Sie, Felicitas, die sich mit braunem Filzstift einen Pony auf die Stirn gemalt hat, weil sie findet, dass die Friseurin ihr vorne zu viele Haare abgeschnitten hat.

»Vielleicht richte ich mir meinen Keller auch ein bisschen wohnlich ein und leiste dir ab und zu Gesellschaft. Wär doch nett«, sagt Felicitas. »Wir könnten zusammen Kaffee trinken.«

»Wieso habt ihr mich nicht gefragt, ob ich das überhaupt gut finde? Das ist doch eine vollkommen andere Situation«, will ich von Waltraut und den anderen wissen. Es kommt keine

Antwort. Ich werde einfach überhört. Seit ich bei meinen Eltern ausgezogen bin, hat niemand mehr über meinen Kopf hinweg Entscheidungen für mich getroffen. Damals musste ich das noch hinnehmen.

Das einschneidendste Erlebnis war, dass meine Mutter, als ich ungefähr dreizehn war, ohne vorher die geringste Andeutung zu machen, eigenständig mein Kinderzimmer in ein Jugendzimmer umbauen ließ, während ich in der Schule war. Als ich nach Hause kam, war meine Ritterburg weg, alles neu möbliert und die Hälfte meiner Sachen, auch das meiste, was ich in Schubladen gesammelt hatte, einfach auf dem Müll gelandet. Daraufhin zertrümmerte ich mit einem Vorschlaghammer die Hälfte ihrer Blumenkübel im Garten, was sie ungerührt zur Kenntnis nahm. Anschließend habe ich geheult. Ziemlich genau so fühlt sich für mich die Situation gerade an. Als wäre es unerheblich, wer wie in welcher Form da jetzt im Keller haust, als wäre mein Umzug automatisch mit einer Statusänderung verbunden. Ich steig ab und bin raus?

»Ihr hättet mich wenigstens fragen können.«

»Du hast keinen Sonderstatus«, belehrt mich Waltraut. »Du hast es selbst so gewollt. Inszenier dich hier nicht als Opfer.«

Den Rest der Fahrt erlebe ich wie in Trance und steige zerfahren auf den Behandlungsstuhl von Dr. Latte, höre das ewige »Bitte, können Sie mal weiter zu mir nach unten rutschen« und »Sorry, das Instrument ist jetzt ein bisschen kalt« und »Achtung, jetzt kommt mein Finger« wie durch Watte. Mir ist gerade alles egal. In Gedanken fahre ich wie mit einer Kamera pausenlos an allen Kellerverschlägen vorbei und denke mir: Wie soll das gehen?

»Das wird toll«, sagt Dorothea und bietet mir nach meiner Rückkehr einen Stuhl neben den Waschmaschinen an. Sie klappt den Zollstock ein und zeigt mit dem Holz auf die Wand: »Wasseranschluss da, sogar Starkstrom. Und schau mal hier. Da kommt eine Regalwand hin. Und hier, hier ist sogar noch Platz für einen Tisch.« Sie deutet auf eine Ecke, wo jemand Kartoffeln in eine große Holzkiste geschüttet hat. »Das kommt alles weg. Auch die Waschmaschinen. Da hat ja jede hier im Haus mittlerweile eine eigene.« Über dem Durchgang hängt seit heute Nachmittag ein großes Schild, auf das Dorothea mit bunter Farbe »Kittchen« draufgemalt hat. »Verstehst du?« Sie will sich ausschütten vor Lachen. »Kittchen! Für Küche. Mit Doppel-T. Verstehst du? Kittchen!« Ja. Verstanden. Ja. Irgendwie auch lustig. Aber irgendwie auch nicht. Sie verspricht, am nächsten Tag einen Router anzuschließen, damit hier unten auch Internet funktioniert. »Wird schon«, sagt sie und klopft mir auf die Schulter. Zack, geht das Licht aus, und die Dunkelheit verbreitet eine Illusion von Gemütlichkeit.

Swosch! Ein Blitz, und es ist wieder hell, aufs Hellste erleuchtet, und mit einem Mal steht Wolfgang im Flur. Er schwankt ein wenig, hält sich an der Klinke der eisernen Eingangstür fest und sieht sich panisch um. Er entdeckt uns am Ende des Gangs, mich auf meinem Stuhl sitzend, Dorothea vor dem Gitter, und schon entspannen sich seine Gesichtszüge. Er lässt die Klinke los, und wie ein Kind, das zum ersten Mal mit seinem Rad ohne Stützräder fährt, macht er sich unsicher auf den Weg in meine Richtung. Kann nicht wahr sein. Er trägt Gabrieles Yogashirt mit der goldenen Lotusblüte drauf. Es ist ihm viel zu klein. Quer über den Bauch spannt sich der Schriftzug »Namaste«. Um die

Hüften hat er sich ein Handtuch gewickelt. Auf Pantoffeln taumelt er mir entgegen.

»Kennst du das Gefühl, wenn man einfach so einsam ist?«, ruft er mir zu, noch zehn Meter entfernt.

»Ich weiß genau, was du meinst«, antworte ich schnell und hoffe, dass er damit zufrieden ist.

»Man braucht doch jemand«, sagt er und wirkt sehr bekümmert.

Während er die letzten Meter überwindet, löst sich bei jedem Schritt das Handtuch ein bisschen mehr.

»Weißt du, ich bin schon so lange alleine. Keine Frau will was von mir wissen. Ich bin doch noch fit und agil. Warum laufen alle vor mir weg?«

Ich schlucke schwer und überlege, was jetzt zu tun ist.

»Wolfgang, ich glaube, du solltest dich auf andere Dinge konzentrieren.«

Wolfgang und sein Handtuch befinden sich nun direkt vor mir und in gefährlicher Schieflage. Bevor es zum Äußersten kommt, greife ich nach seiner Hand und helfe ihm, sich auf meine Pritsche zu setzen. Sofort lässt er sich auf die Seite fallen, zieht die Beine an und fällt in einen tiefen Schlaf, Schnarchen inklusive. Er verströmt einen Geruch, als hätte er die ganze Welt aufgegessen. Swosch! Und das Licht geht aus.

Als ich ihn an der Schulter packe und unsanft wach rütteln will, schlingt er blitzartig den Arm um eins meiner Beine und reißt mich auf die Liege. Sofort schaltet sich Dorothea ein. »Moment mal. Moment!« Sie greift beherzt zu und löst seinen Klammergriff, sodass ich wieder auf die Füße kommen kann. »Gibt's doch gar nicht. Mensch, Wolfgang!« Dorothea beugt sich nach unten und rüttelt kräftig an der Liege. Schläft er noch? Tut er so? Seine Augen bleiben zu. Woher nimmt der Mann bloß die Kraft?

»Wolfgang! Hallo!«, ruft Dorothea. Der scheint erst langsam zu sich zu kommen. »Steh auf, geh nach Hause«, fordere ich ihn auf und trete gegen das Bett. Mühsam und in Zeitlupe richtet er sich auf, stellt die Füße auf den Boden und versucht in mehreren Anläufen, in den Stand zu kommen. Gemeinsam greifen wir ihm unter die Arme und ziehen ihn nach oben. »Wolfgang, du kommst nicht mehr hierher. Nicht mehr in den Keller. Verstanden?«, fordere ich ihn auf. Der alte Mann nickt. Dann bugsieren wir ihn in Richtung Ausgang. »Geh nach oben, geh nach Hause«, sage ich noch mal. Im Treppenhaus angekommen, drückt er auf den Knopf vom Fahrstuhl, und ohne sich noch mal umzudrehen, brummt er: »Jaja.«

Auf meinem Kissen ist ein großer, nasser Fleck, wo vorher sein Mund war. Dorothea überprüft noch einmal den Riegel, der das Vorhängeschloss hält. »Wenn du zuschließt, kann er nicht rein.« Ich werfe das nasse Kissen in den Flur und strecke mich auf der Pritsche aus. Das muss ich meiner Mutter erzählen, denke ich. Ach nee. Lieber doch nicht. Sie würde sagen: »Hast du das wirklich nötig?« Und ich möchte nicht sagen: »Ja.«

Ich wäre wahrscheinlich etwas entspannter, wenn sich neben Wolfgang und Irina nicht noch eine weitere Baustelle aufgetan hätte. Und die heißt Sonia. Meine neue Untermieterin. Sie war blitzartig da. Vom Beschluss in der Hausrunde bis zum Telefonklingeln dauerte es nur dreißig Minuten, da hatte ich sie schon an der Strippe. Eine freie Mietwohnung in Berlin ist wie Goldstaub. Es hatte sich in Windeseile herumgesprochen. Immer ist eine da, die eine kennt, die eine kennt, die etwas sucht.

Es fehlen 145 000 Wohnungen in der Stadt. Auf eine reguläre Annonce einer Zweiraumwohnung in Kreuzberg melden sich Dutzende, wenn nicht Hunderte. Es macht überhaupt keinen Sinn, eine Anzeige zu schalten, man wird von der Menge der Anfragen regelrecht erschlagen. Leider gehöre ich auch noch einer Generation an, die sich verpflichtet fühlt, auf jede Anfrage wenigstens kurz zu antworten. Da wäre ich wochenlang beschäftigt. Das ist sinnlos. Mir kam der Anruf deswegen sehr gelegen.

Sonia und ich waren ziemlich schnell auf einer Wellenlänge. Auf einer englischen. Sie kommt aus Sevilla, ist Anfang dreißig, Designerin von Beruf und von der Berliner Kunstszene fasziniert und inspiriert. Sie versprüht internationales Flair. Es ist beeindruckend. Sie entwirft Möbel, Leuchten, Gebrauchsgegenstände und hat mir per WhatsApp gleich Fotos davon geschickt. Eine junge Kosmopolitin ohne Deutschkenntnisse, was in Berlin – außer bei Ämtern und Behörden, wo unerfreulich erzieherisch die deutsche Sprache eingefordert wird – nirgendwo mehr Probleme verursacht. Ich lud sie ein, und sie ließ sich nicht lange bitten.

Sie schwebte über die Asche der vergrabenen Büstenhalter hinweg durch das Eingangstor in die BURG hinein wie ein Filmstar, ihre Hackenschuhe berührten kaum den Boden, die Hände steckten in den Taschen eines raffiniert geschnittenen Trenchcoats mit asymmetrischem Kragen, wie ihn Annalena Baerbock auf Staatsbesuchen trägt. Ihre rostroten Locken wirbelten um ihr Gesicht. Und sie lief lachend auf mich zu und strahlte eine Herzlichkeit und Aufgeräumtheit aus, die mich an ganz alte Zeiten meiner Kindheit erinnerte, weit weg von dieser Stadt, als das Misstrauen noch kein fester Bestandteil der menschlichen Seele war. Sie hatte mir Serrano-Schinken mitgebracht in hauchdünnen Scheiben, was mich überraschte und auch sehr freute, wo doch Kreuzberg nachgesagt wurde, eine einzige, riesige Fleischverbotszone zu sein. Kurzum: Es war ein Match. Und so kam Sonia in unser Haus.

Sie und ich schlossen einen auf sechs Monate befristeten Mietvertrag ab, den ich aus dem Internet runtergeladen und ausgedruckt hatte. Die erste Rate, zwölfhundert Euro inklusive Nebenkosten, legte sie sofort bar auf den Tisch. Damit würde ich nun meine laufenden Kosten decken und hoffentlich monatlich ein Drittel zur Seite legen können, falls die Zeiten noch härter werden sollten. Dieser Deal würde mir erst einmal Luft verschaffen, um aus dem Panikmodus herauszukommen, der meine Existenz bedrohte. Auf staatliche Unterstützung durfte ich nicht hoffen, denn ich war ja selbstständig. Kurze Zeit später zog Sonia ein. Aber es gab doch noch am selben Tag etwas Überraschendes. Sie kam nicht allein. Sie brachte ihren Mann mit. Im Traum wäre ich nicht auf die Idee gekommen, dass sie verheiratet sein könnte. Das gesamte Haus hatte ich ihr gezeigt, stolz seine Geschichte erklärt, ich hatte ihr Nachbarinnen vorgestellt und das Miteinander beschrieben. Mindestens zwanzigmal habe ich das Wort »Frauenwohnhaus« in den Mund genommen, »Women's Residence«. Was daran war missverständlich? »This is an apartment building for women only.« Sonia hatte das nicht weiter kommentiert. Warum auch? Es war ja klar.

Nun stand auf einmal dieser Mann im Flur. Er ist Datenanalyst für eine spanische Telefongesellschaft und mindestens zwei Meter groß. Entwaffnend glücklich und strahlend, geradezu stolz, hat Sonia ihn mir vorgestellt, diesen traurig wirkenden Spanier namens Pepe, mit den Augen von Mesut Özil und der Frisur von Jogi Löw. Als Erstes hat er sich darüber beschwert, dass mein mitvermietetes Bett für ihn zu schmal und zu kurz sei. Ein Meter sechzig in der Breite würde für ein Ehepaar nicht reichen und zwei Meter in der Länge eben auch nicht. Ich war viel zu perplex, um darauf zu reagieren. »Please help to make it more comfortable«, sagte Pepe, und ich antwortete: »Yes, yes.« Dann ging ich schnurstracks zur Rechtsanwältin in den vierten Stock, an die Ronnie damals ihre Wohnung vermietet hatte, um mich kurz von Nachbarin zu Nachbarin beraten zu lassen. Keine Chance. Da ist nichts zu machen. Rein rechtlich darf ich ihr überhaupt nicht verbieten, mit ihrem Mann in meine Wohnung einzuziehen. Ich war schockiert. Wie konnte ausgerechnet mir das passieren?

Die ersten Beschwerden ließen nicht lange auf sich warten. Dorothea hatte sie zusammengetragen auf ihrem täglichen »Marsch durch die Mängel«, wie sie es nannte. Seit unser Hausmeisterservice gekündigt und die Hausverwaltung ganz offiziell kapituliert hat, weil sie seit Monaten nirgendwo einen bezahlbaren Hausmeister, geschweige denn eine Hausmeisterin, findet, hat Dorothea die meisten dieser Aufgaben übernommen, sonst würde hier gar nichts mehr funktionieren. Der Kurzschluss in der Hofbeleuchtung, die verklemmte Jalousie bei Ingetraut, die abgebrochene Klinke am Gartenhaus, das Ablesen der Wasseruhren, Dorothea ist von morgens bis abends beschäftigt. Kommt es einmal vor, dass auch sie eine Disziplin nicht beherrscht, dann sieht sie sich im Internet auf YouTube Tutorials an. Mit dieser Hilfe hat sie sogar meine Waschmaschine repariert. Dorothea legt sich jeden Morgen ihren alten, abgewetzten Handwerkergürtel um, in dem klappernd ihre Werkzeuge drinhängen. Man hört sie schon von Weitem kommen. Und während sie sich dann zum Beispiel bei Bibi unter die Spüle legt und den Abfluss repariert, sammelt sie nebenbei die wichtigsten Neuigkeiten ein.

»Ich glaube, du musst mal rauf zu Bibi Blocksberg, die ist supersauer«, erzählt sie fast beiläufig, als sie die neuen Stoffbahnen im Keller über mir an die Decke tackert. »Dein neuer spanischer Mieter hat sie einen ›fucking German Nazi‹ genannt. Jetzt überlegt sie, ob sie zur Polizei geht.«

»Nicht dein Ernst.« Ich bekomme schlagartig schlimme Kopfschmerzen. »Wieso das denn?«

»Er wollte wohl sein Fahrrad im Durchgang zu den Mülltonnen abstellen. Sie sagt, sie hat nichts weiter gemacht, als ihm höflich die Fahrradständer hinter dem Haus zu zeigen.«

»Und da hat er gleich so heftig reagiert?«

Dorothea zuckt mit den Schultern. »Bibi sagt, dass er sie einfach ignoriert hat. Dann ist sie wohl etwas deutlicher geworden und hat am Gepäckträger gezogen. Dann hat er wohl sein Fahrrad zurückgerissen und ist, wie sie sagt, dann gleich explodiert, hat sie beschimpft, sie wäre typisch German und 'ne fucking Bitch. Ein Haufen solcher Ausdrücke. Sie hat das so verstanden. Am Ende hat er dann fucking Nazi zu ihr gesagt. So in etwa muss das wohl gewesen sein.«

»Oh Mann, echt?« Ich beiße auf meinen Zeigefinger und

überlege, ob ich sofort zu Bibi raufgehe oder erst mal warte, bis sich mein brennendes Schamgefühl verflüchtigt hat, dass ich einen Mann ins Frauenwohnhaus geholt habe, und dann auch noch so einen. Vielleicht ist die Geschichte aber auch anders abgelaufen, und es hört sich dramatischer an, als es ist. Mit Bibi kann man reden. Irgendwas muss ich anbieten, erklären, in Aussicht stellen.

Mit diesem Pepe kann ich bestimmt auch sprechen, aber ehrlicherweise fürchte ich mich natürlich davor. Er könnte zu mir sagen: »Was willst du eigentlich? Was geht dich das an?« Dann müsste ich sagen: »So machen wir das hier aber. Das ist ein Frauenwohnhaus. Wir dulden keine frauenfeindlichen Beleidigungen. Und wir sind das Gegenteil von Nazis.« Dann sagt er vielleicht: »Das ist ja lächerlich. Heul doch. Hol die Polizei.« Und dann? Was dann?

»Er ist wohl ziemlich temperamentvoll, dein neuer Mieter. Vielleicht ist er ganz okay und war nur gestresst.« Dorothea stellt sich breitbeinig vor mir auf, legt die rechte Hand auf den Hammer in ihrem Gürtel wie auf einen Colt. Sie kneift die Augen zusammen und fixiert die Nieten an der Kellerdecke.

»Bibi sagt, sie hätte nur gesagt, er solle sich bitte an die Regeln halten. Er wäre hier Gast. Sonst müsste sie das melden.«

»Wem will sie das denn melden?« Jetzt bin ich endgültig alarmiert. »Seit wann wird hier was gemeldet?«

Dorothea wiegt ihren Oberkörper vor und zurück, immer noch die Hand am Gürtel. »Genau. Das habe ich ihr auch gesagt. Dann hat er sie aber einen ›fucking German Nazi‹ genannt. Und da ist Bibi innerlich ausgeflippt und abgedampft. Vor lauter Wut hat sie dann mit dem Kochlöffel in ihrem verstopften Abfluss rumgestochert und die Dichtung ruiniert. Dann hat sie mich angerufen.«

»Und sie will ihn wirklich bei der Polizei anzeigen?«

»Du kennst ja Bibi. Die befragt vorher immer erst ihr Orakel. Das braucht Zeit.«

Das ist nicht unbedingt beruhigend, jetzt kaue ich mir die Unterlippe ab. Ich muss die Nerven behalten. Ich brauche einen Plan. Ich muss nachdenken. Alles ein bisschen viel auf einmal.

Swosch! Ich muss eingeschlafen sein. Dorothea ist weg. Das Licht geht an, die Eisentür öffnet sich mit leisem Quietschen, und es erscheint Ingetraut in ihrem verschossenen Overall aus dem letzten Jahrhundert, einige Nummern zu groß. Vielleicht hat er ihr früher in den Bauwagenzeiten mal gepasst. Jetzt hängt ihr der Schritt fast in den Knien, die Hosenbeine hat sie aufgekrempelt. Sie stützt sich auf einen Stock und macht sehr kleine Schritte. Im Schlepptau folgt ihr eine junge Frau, höchstens fünfundzwanzig, mit sauber gescheiteltem kurzem Haar. Sie bemerken mich nicht und gehen schweigend den langen Flur entlang. Kurz vor der U-Boot-Schleuse sagt Ingetraut: »Hier ist es.« Sie muss sich tief bücken, um in ihre Hosentasche zu greifen und den schweren Schlüsselbund hervorzuziehen. Sie öffnet den Verschlag. »Das sieht ein bisschen wild aus. Das kommt aber alles raus. Dann ist hier genügend Platz.« Die junge Frau verschwindet im Kellerabteil, und ich höre sie nur sehr leise. »Ist okay«, sagt sie. Mehr nicht. Ingetraut schließt wieder ab und tritt den Rückweg an. »Hier kommt eine komplett neue Küche rein.« Sie fährt den linken Arm aus und zeigt auf die Öffnung in der Wand. »Kittchen«, sagt die junge Frau, »lustiges Schild, wie originell.«

»Toilette und Bad ist dann oben«, beendet Ingetraut die Führung und bleibt, als sie mich entdeckt hat, abrupt stehen. Sie lächelt.

»Susanne«, sagt sie, »na, schon eingelebt?« Sie hebt das Kissen auf, das Wolfgang vollgesabbert hat und das immer noch im Gang liegt.

»Wie man's nimmt«, antworte ich etwas verunsichert.

»Darf ich mal gucken?« Ingetraut tritt näher und wirft einen Blick in mein bisschen Wohnung. »Na, geht doch. Für den Übergang ganz komfortabel. Sogar mit Fernseher.«

»Funktioniert nur leider hier unten nicht. Der kommt wieder raus.«

Sie dreht sich um und bedeutet der jungen Frau, näher zu kommen. »Das ist Leonie«, sagt sie. »Könnte sein, dass sie hier auch einzieht. Sie ist bei der Polizei.«

»Oh!« Jetzt bin ich aber überrascht.

»Ich dachte, das wäre ganz gut, wenn wir die Polizei direkt im Haus hätten.«

»Hallo«, sagt Leonie, »du bist die Einzige hier?«

Ich hebe kurz die Hand. »Manchmal übernachtet hier noch eine andere Frau.«

»Und was das Badezimmer bei Irina betrifft, da habe ich alles geklärt.« Ingetraut hebt beschwörend den Zeigefinger. »Ihr könnt euren Schlüssel benutzen, morgens von acht bis neun, dann mittags von zwölf bis eins und auch am Abend.« Dann würde das Bad aber erst ab zwanzig Uhr für eine Stunde zur Verfügung stehen. »Am besten ihr sprecht euch ab oder macht einen Plan oder so was.«

Im Kopf rechne ich das schon mal durch. Wenn wir zu zweit

sind, haben wir dreimal am Tag eine halbe Stunde. Wenn wir zu dritt sind, nur noch zwanzig Minuten. Das ist knapp.

»Und was die Vermietung deiner Wohnung betrifft und diesen Spanier, der da jetzt wohnt, darüber müssen wir dringend noch mal reden.« Ingetraut schlägt mit ihrem Stock einmal hart auf meinen kleinen Schreibtisch und wendet sich zum Gehen.

»Tschüss«, sagt die Polizistin, »ich denke, wir sehen uns.«

Zwei Stunden später kommt die nächste Interessentin. Sie kommt allein. Es ist eine kräftige Frau im karierten Rock mit einer Playmobilfrisur. Sie sagt, sie komme ursprünglich aus Sachsen-Anhalt, »Mansfelder Land«. Nie gehört. Wochenendheimfahrerin. Vier erwachsene Söhne. Kein Wort zu viel.

»Ach, haste hier schön Muschebubu«, stellt sie fest und zeigt auf meine Schreibtischlampe. »Keine Sorge. Ich mach hier keinen Dreck und keinen Ärger. Ich bin Lehrer und will nur ein Bett und meine Ruhe.«

»Lehrerin«, verbessere ich sie mit etwas sehr lauter Betonung auf der letzten Silbe.

»Ach Gottchen«, sagt sie »für so einen Firlefanz haste Zeit, ja? Ich bin Lehrer. Als Berufsbezeichnung.« Sie kramt in ihrer großen Handtasche und hält mir dann eine Pralinenschachtel hin. »Hier. Haste was zum Freuen. Sekt Orange.« Marke Sladkij Oreschek. Ich nehme die Schachtel widerwillig entgegen, möchte nicht unhöflich erscheinen. »Ich bin Susanne.«

»Doreen. Angenehm.«

Dann geht das Licht aus.

»Es ist nur ein Keller«, sage ich ins Dunkel hinein. »Doreen, dir ist schon klar, was das heißt.« Ich hoffe, dass ihr das Ganze dann doch zu basic sein könnte. »Ach, weißte«, antwortet sie ohne Regung, »ich komme aus der DDR. Mit Badeofen und Hausschlachtung. Das war noch 'ne ganz andere Nummer.« Sie tastet die Wand nach dem Lichtschalter ab, drückt zu und flutet den Keller mit gleißender Helligkeit. »Mit diesen Neonröhren muss aber was passieren«, sagt sie und schirmt ihre Augen mit der Handfläche gegen das Deckenlicht ab. »Mein Sohn ist Elektriker. Den kann ich mal fragen.« Dann breitet sie die Arme aus, als wollte sie ausmessen, wie breit der Flur zwischen Wand und Kellerabteil ist. »Weißte, es gibt ja nischt zu wohnen in Berlin. Nix. Gar nix. Und so ein Haus voller Frauen. Find ich toll. Mal was anderes.«

Ihr gefällt es hier. Sie hat den Tipp von Buchladen-Petra. Die würde ihr den Keller auch vermieten. Für fünfhundert Euro im Monat. »Das kostet ein WG-Zimmer auch«, sagt Doreen, »wenn man denn eins finden würde.«

»Aber da hast du dann wenigstens ein Fenster.«

»Meinste, ja? Glaubste nicht, was ich gesehen habe: Durchgangszimmer, Speisekammern, Schimmelbutzen. Hätt ich ja genommen, wenn sie mich gewollt hätten. Aber denen war ich zu oll. 'ne Mama hamse schon, hieß es dann. Kannste nix machen.«

Genau. Jetzt weiß ich, nach welchem Wort ich gesucht habe. Doreen sagt, sie hätte sich nach dreiunddreißig Jahren »wegen diesem Mamading« von ihrem Mann getrennt. »Für den war ich immer nur Mama. Und er hat mich auch so genannt. Aber ich will nicht als Mama sterben, sondern als Frau. Deshalb Berlin.«

Na, da hat sie sich aber was vorgenommen.

»Ich denke, ich bin hier richtig«, sagt sie. »Nur Frauen, da gibt's kein' Stress. Wenn ich wiederkomme, schmeiß ich 'ne Runde Schierker Feuerstein. Guter Schnaps ausm Harz. Da mach ich dann Einstand.«

Darauf könne ich mich schon mal freuen. Und auf Roy, ihren Sohn, den Elektriker. Zum Ende der Sommerferien hilft er dann beim Einzug. Noch drei Wochen, »dann fliegt sie ein, die Doreen«.

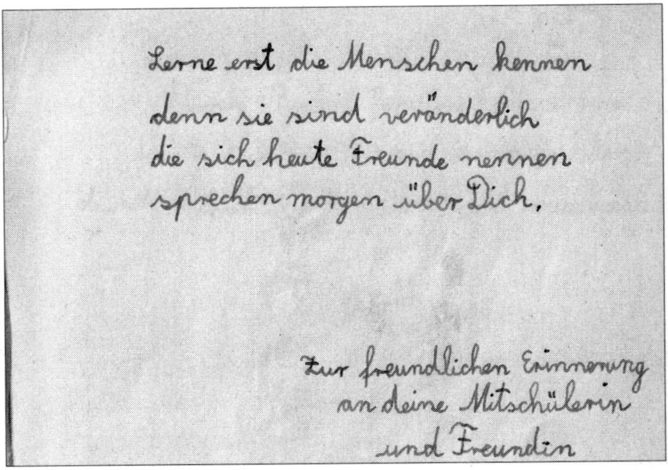

Lerne erst die Menschen kennen
denn sie sind veränderlich
die sich heute Freunde nennen
sprechen morgen über Dich.

Zur freundlichen Erinnerung
an deine Mitschülerin
und Freundin

5

menschen

Ich bin jetzt »Hälfte der Freundinnen nur noch zum Krankheiten-Austauschen treffen und die andere nur noch nachts erreichen, weil sie da nicht schlafen können«-Jahre alt. Mein sechzigster Geburtstag begann reichlich unspektakulär. Die große Party fiel aus. Als Geschenk hatte mir meine Mutter eine Wolldecke geschickt, die mich erst nach langer Odyssee durchs Haus erreichte, weil ich nun schon seit zehn Tagen im Keller bin und keinen Briefkasten mehr habe und mein Name nicht mehr auf dem Klingelschild steht. Er wurde durch ein schmissiges »Camacho« ersetzt. Es heißt, die Hausrunde suche nach einer Lösung, um mich wieder sichtbar und auffindbar zu machen. Vielleicht wird es bald eine kleine Schiefertafel geben, auf die dann mit Kreide oder abwaschbarer Farbe die Namen der Kellerbewohnerinnen geschrieben werden. Bis dahin könne ich mich ja »c/o« setzen lassen, also meine Post zum Beispiel bei Gabriele abholen.

Was aber noch nicht das Problem löst, wie der Keller denn überhaupt angeklingelt werden könnte. »Gar nicht«, beschied Ingetraut. »Keller ist Keller und kein Penthouse. Irgendwo muss auch mal eine Grenze sein.« Da wäre schließlich auch noch das ungeklärte Müllproblem, Stromproblem, Abnutzungsproblem ganz allgemein. »Das muss ja alles irgendwie bezahlt werden. Am besten pauschal. Zeig mal her, deine Wolldecke ist aber schön«, lobte Ingetraut und faltete sie auseinander. »Blaugrünes Karo. Deine Mutter hat Geschmack.«

Die beiliegende Grußkarte zeigte ich lieber nicht vor. Darin gratuliert mir meine Mutter zum »39. Geburtstag«. Das macht sie nun seit zwanzig Jahren schon und findet es immer wieder originell. »Du siehst doch noch gut aus für dein Alter«, steht auch jedes Mal drauf, als wäre das eine besondere Leistung und alles andere eine Schande. Jünger aussehen, als man ist, bedeutet für sie Altsein mit Prädikat. Darauf darf man sich getrost etwas einbilden. Nur was? Ich weiß, sie meint es gut. Sie liebt mich. Oder sie braucht mich wenigstens. Irgendwas dazwischen.

Dorothea war die erste Gratulantin, sie klatschte in die Hände und stimmte ein »Hoch soll sie leben« an, und Ingetraut fiel sofort mit ein, doch bei jeder zweiten Silbe hatte sie einen stimmlichen Aussetzer, was so brüchig klang, als telefonierten wir über eine saumäßige Verbindung. »Sie lehebe, sie lehebe, sie lebe dreimal hoch, hoch, hoch … Sie lehebe, hoch, hoch, hoch!«

Ich wurde so oft hochgelebt, es wurde mir so eingehämmert, dass ich gar nicht anders konnte, als daran zu denken, dass die, die jetzt hoch lebten, nicht ich, sondern die Spanier waren. Aber ich hatte es ja selbst so eingefädelt. Dennoch fühlte ich einen fiesen Stich in meinen Eingeweiden. Ein paar Tropfen Bitterkeit sickerten ein. Ich bereute in diesem Moment, dass ich einem jungen, mir vollkommen unbekannten Paar meinen angestammten Platz in diesem Haus überlassen hatte. »Ohne Not«, würde meine Mutter dazu sagen. Not war für sie etwas anderes. Not war für sie, in einem Keller zu sitzen, während oben die Bomben fielen. Not für mich war, meinen Status, meine Sicherheit und meine selbst gewählte Familie zu verlieren. Deshalb war ich nicht »ohne Not«.

Dorothea riss mich aus meiner Gedankenwelt, drückte mir einen Kuss auf die Wange und lachte: »Auf dich! Auf die Zukunft! Auf unsere Freundschaft! Alles Gute!«

Ich sah sie an und dachte: so viel gemeinsam erlebt, so viel gemeinsam erlitten. Ich war die Erste, die sie anrief, als sie ihre Mutter verloren hatte. Ihre Mutter war gestorben, während Dorothea neben ihr schlief. Dass sie das so mitnehmen würde, hatte ich überhaupt nicht erwartet. Monatelang kam Dorothea nicht darüber hinweg, dass sie nicht wach geworden ist, als ihre Mutter die Welt verließ, dass sie kein Fenster öffnen konnte. Ich sagte immer wieder: »Aber du warst da. Du warst doch bei ihr. Deine Mutter hat eindeutig gewartet, bis du aus Berlin angereist bist.« Aber Dorothea war nicht zu trösten, war nicht mehr dieselbe. Ich kochte literweise Hühnersuppe, weil sie die so gerne mochte. Ohne spürbaren Effekt. Erst nachdem ein Jahr später in der Eifel zum Gedenken an ihre Mutter eine Messe gelesen worden war, wie ich erst dann lernte: das »Jahresgedächtnis«, wurde Dorothea wieder entspannter. Das Trauerjahr war vorbei. Dorothea kam zurück. Und selbst das war schon wieder drei Jahre her.

Wir stießen mit Rotkäppchen auf mein neues Lebensjahr an. Ingetraut war extra auf einen Sprung in den Keller gekommen und stand mit uns im Kittchen, für das eigens ein neuer

Kühlschrank angeschafft worden war, und präsentierte gute Laune. Die Hausgemeinschaft hatte auch eine Mikrowelle spendiert und zwei Herdplatten, die dort eingerichtet worden waren, wo vorher die Waschmaschinen standen. Dorothea hatte außerdem Hängeregale an die Wand gedübelt und Felicitas aus ihrem unüberschaubaren Möbellager in ihrer Wohnung einen ihrer vielen Schränke abgeschwatzt, »ein Sammlerstück«, in dem sich eine Menge Vorräte verstauen ließen.

Ingetraut war angetan und klopfte Dorothea anerkennend auf die Schulter. Doch kaum hatte sie einen Schluck Sekt genommen, klappte sie wie ein Taschenmesser zusammen, ruderte mit den Armen, hustete und würgte, fiel auf die Knie, und ein Schwall spinatgrüner Kotze explodierte aus ihrem Mund, und die Hand, die sie sich im Schock sofort auf das Gesicht presste, ließ den Strahl wie eine Fontäne noch höher sprudeln, als würde man einen Finger auf einen Wasserschlauch drücken, sodass die Suppe nicht nur über unsere Beine und Schuhe, in den Flur, sondern bis an den neuen Kühlschrank und quer über die Sektflasche und die neue Wolldecke spritzte. Dann ging das Licht aus, und es war schlagartig dunkel.

»Happy Birthday!«, rief Dorothea. »Was für eine Party! Wie habe ich das vermisst.« Es war wie ein Vulkanausbruch, bei dem die Lava nicht glutrot, sondern giftgrün in alle Richtungen geschleudert wurde. Und als ich den Lichtschalter drückte und es Knall auf Fall hell wurde, stellte ich fest, dass die grüne Lava sogar immer weiter floss. Immer noch aus Ingetrauts Mund. Ich setzte mich neben sie und strich ihr beruhigend über den Rücken. Sie stöhnte und versuchte kraftlos aufzustehen, was ihr nicht gelang. Sie hatte alles vollgekotzt. Sogar mein Handy, das ich gerade in der Hand gehalten hatte, um von uns dreien ein Selfie zu machen, als es passierte. Selbst die Kellerdecke hatte was abgekriegt und war airbrushmäßig grün besprüht wie bei einem Graffito.

Dorothea kam mit nassen Küchenhandtüchern angelaufen, mit denen wir als Erstes Ingetrauts Gesicht abwischten, ihre Arme und Hände und dann unsere Beine und Schuhe. »War ja wie bei 'ner Schiffstaufe«, sagte Dorothea und zog einen Stuhl heran. Mit vereinten Kräften hievten wir Ingetraut in die Höhe und setzten sie aufrecht. Ihr Kopf hing nach vorne. Lebte sie noch? »Sollten wir sie nicht besser wieder hinlegen und in stabile Seitenlage bringen?«, fragte Dorothea und stellte sich breitbeinig als Stütze an die Seite, damit Ingetraut uns nicht wieder wegkippte.

»Keine Ahnung. Wenn es ein Herzinfarkt ist, muss sie sitzen.« Das war so ungefähr das Einzige, das ich von meinem Erste-Hilfe-Kurs beim Roten Kreuz behalten hatte. »Ich hole Linda«, sagte ich leicht panisch und rannte davon. Ich nahm mehrere Stufen auf einmal, tobte hinauf bis in den dritten Stock, klingelte Sturm. Aber Linda war nicht zu Hause. Wahrscheinlich arbeitete sie wieder als Apothekenvertretung irgendwo in der Stadt.

Auf dem Rückweg begegnete mir Bibi, die walkürenhaft den Flur versperrte. »Stopp!«, rief sie. »Durchatmen. Erden. Versiegeln. Was ist mit dir passiert?« Sie nahm meine Hose ins Visier.

»Ich sehe aus wie ein Schwein.«

»Und du hast dich auch noch bekleckert.«

»Wir müssen einen Krankenwagen rufen. Ingetraut ist zusammengebrochen.«

»112.«

Es dauerte eine gefühlte Ewigkeit, bis endlich Hilfe eintraf. Statt eines Rettungswagens fuhr ein riesiger Löschzug der Feuerwehr vor. »Wo ist der Krankenwagen?«, fragte ich den Mann, der aus der Fahrerkabine sprang und eine schwere Tasche aus dem Fußraum zerrte. »Alle im Einsatz«, sagte er. »Wir haben einfach keine Rettungswagen mehr. Ausnahmezustand. Nichts Neues.«

Wir liefen ins Haus und dann in den Keller, wo Ingetraut immer noch auf dem Stuhl hing und nicht ansprechbar war. »Hat sie Medikamente genommen? Allergien bekannt? Was hat sie gegessen?« Dorothea und ich mussten passen. Wir kannten Ingetraut seit dreißig Jahren und mussten feststellen: Wir wussten gar nichts über sie.

»Sie hat einen Schluck Sekt getrunken, und dann ging die ganze Scheiße los«, sagte Dorothea.

»Aha«, sagte der Mann. »Ist sie Diabetikerin? Alkoholikerin?«

»Keine Ahnung.« Ich starrte in das bleiche, tote Gesicht von Ingetraut und fing an zu schwitzen. War sie Alkoholikerin? Medikamentenabhängig? Was wusste ich schon? Sie war eine Amazone. Sie hatte keine Kinder. Sie hat sich nirgends reinreden lassen, niemand an sich rangelassen. Hatte sie Familie? Jemanden, der ihr nahestand? Ich hatte das Gefühl, ich müsste mich augenblicklich selbst übergeben, so machtlos fühlte ich mich in diesem Moment.

Bums! Das Licht war schon wieder aus. Der Sanitäter sprach Ingetraut an, versuchte, sie wach zu machen, legte ihr das nasse Handtuch in den Nacken, rieb ihre Hände. Nichts half. »Geben

Sie mir mal die Wolldecke«, sagte er betont leise. Er breitete sie auf dem Boden aus, dann halfen wir ihm, Ingetraut hinzulegen. Blutdruck messen, Pupillen anleuchten, Stirn fühlen. »Wir müssen auf Verstärkung warten«, sagte der Sanitäter. Oder war er Notarzt? Er versuchte zu telefonieren. Aber er hatte keinen Empfang im Keller.

»Keine Sorge, keine Sorge, keine Sorge«, sagte er vor sich hin und bohrte Ingetraut eine Nadel in die Armbeuge. Ich musste die Infusionsflasche halten. Dann endlich hörten wir eine Sirene, und Dorothea setzte sich sofort in Bewegung und sprintete nach oben. Nun ging alles zackzack. Trage, Festschnallen, Fahrstuhl, Abtransport inklusive Wolldecke, ohne dass wir gesehen hätten, dass Ingetraut noch mal zu Bewusstsein gekommen wäre. »Krankenkassenkarte? Personalausweis?«, fragte der Notarzt.

»Haben wir nicht.« Dorothea machte ein Gesicht, als hätte sie auf eine heiße Herdplatte gefasst. »Du?«, fragte sie mich. Ich zuckte mit den Schultern. Und dann jagte der Rettungswagen mit lautem Tatütata davon. Danach setzte sich auch der Löschzug schwerfällig in Bewegung.

Am Hauseingang hatten sich inzwischen ein paar Frauen versammelt, die von der Sirene und dem Feuerwehrwagen aufgeschreckt worden waren. Wolfgang war auch da. Er lief schwankend vor dem Tor auf und ab, zählte die Schritte jeweils bis vierzig, bevor er an der Hausecke umdrehte und wieder zum anderen Ende aufbrach. Er trug einen alten dunkelblauen Adidas-Trainingsanzug, der ihm viel zu eng war und der mir ziemlich bekannt vorkam, weil er mal mir gehört hatte, bevor ich ihn an Gabriele verschenkt hatte, die eine Schwäche für Trainingsanzüge aus den Siebziger- und Achtzigerjahren hat und dafür auch immer das Internet durchkämmt. Wolfgang sah ramponiert aus. Er hatte sich seinen trockenen Hals aufgekratzt. Das Blut war aber getrocknet, einiges davon klebte an seinem weißen Stoppelbart, einiges am Kragen. Es schien ihn nicht zu kümmern.

Waltraut war auch da, wie immer ganz in Schwarz. Passend gekleidet für jeden Anlass. Vor allem für diesen. In ihrer Hand hielt sie eine schwarze Sporttasche aus Kunstleder. »Da sind die notwendigsten Sachen für Ingetraut drin«, sagte sie niedergeschlagen.

»Zu spät«, sagte Dorothea.

»In welches Krankenhaus wird sie gebracht?«

Wussten wir nicht.

»Wusstet ihr, dass sie Krebs hat und eine Chemotherapie macht?«

Wussten wir nicht.

»Wusstet ihr, dass sie die ganze Behandlung viel zu lange rausgezögert hat?«

Wussten wir nicht. Wir wussten einfach gar nichts.

Wir wussten auch nicht, dass sie sich selbst noch niemals nackt im Spiegel angesehen hatte, dass sie sich nicht einmal vor ihren Ärztinnen gänzlich entblößen konnte, dass sie nie, nie, niemals in ein Krankenhaus wollte und nach ihrem Tod ohne Tamtam direkt in einen Sarg und ab in die Verbrennung.

Wir wussten auch nicht, dass der Berliner Feuerwehr siebenhundert Leute fehlen und die Leitstelle permanent unterbesetzt ist und dass die Zahl der Einsätze für medizinische Notfälle in Berlin seit 2002 aufs Doppelte, für Nottransporte aufs Vierfache, für dringende Nottransporte um zwei Drittel gestiegen ist und dass alle zweiundsechzig Sekunden in Berlin ein Rettungswagen losfährt, von denen weniger als die Hälfte innerhalb der vorgeschriebenen zehn Minuten am Ziel sind. Wir wussten nicht, dass die Notarztversorgung wegen Personalmangel und Missmanagement kurz vor dem Kollaps stand. Wir wussten vor allem nicht, wo wir anrufen und wie wir überhaupt rauskriegen könnten, wo Ingetraut hingebracht worden war.

Wir starteten eine Telefonaktion, wählten verschiedene Krankenhäuser an und bekamen zu hören, dass aus Datenschutzgründen keine Informationen weitergegeben werden dürften, schon gar nicht an »haushaltsfremde Personen«. Ingetraut war verschwunden. Sie war allein. Irgendwo da draußen. Wir hatten im entscheidenden Moment nicht aufgepasst. Uns fiel nichts anderes ein, als zur Polizei zu gehen. Und zwar aufs neue Revier am Kottbusser Tor, das erst vor kurzer Zeit eingerichtet wurde, um die harte Drogenszene und die Gewalt in dieser Ecke einzudämmen. Jemand hatte gehört, dass in der Kotti-Wache ausschließlich toughe Frauen ihren Dienst versehen, weil die besser deeskalieren können als Männer. Sie würden uns bestimmt weiterhelfen. Dorothea sagte: »Ohne mich. Ich will mit der Polizei nichts zu tun haben. Selbst wenn es Frauen sind.«

Wir waren alle niedergeschlagen, und so wischte ich an meinem sechzigsten Geburtstag anschließend im Keller die grüne Kotze auf, die bis an die Alulatten von Veronikas Verschlag gespritzt war, und reinigte mit einem Schrubber auch die Decke, bevor ich meine Sachen im Kittchen in die Waschmaschine stopfte und zu Irina zum Duschen ging.

Sie war zu Hause. Die Wohnung war nicht abgeschlossen. Aber sie ließ sich nicht blicken. Seit meinem Besuch an ihrer Tür hatte ich sie nicht mehr gesehen, und im Bad war auch nichts Persönliches mehr von ihr zu entdecken. Ich nutzte das Bad regelmäßig wie auf einem Campingplatz, brachte Waschtasche und Handtuch mit, nahm nach dem Duschen den Abzieher für die Fliesen in die Hand und achtete darauf, beim Verlassen der Wohnung wieder alles mitzunehmen. Die Tür zum Wohnzimmer mit der eingebauten Küchenzeile war wie immer verschlossen. Alles ruhig, nichts rührte sich.

Die Überraschung folgte dann nach meiner Rückkehr in den Keller, als ich plötzlich vor einer Polizistin stand, die mit festem Griff einen nervösen Schäferhund am Halsband hielt und offenkundig ebenso erschrocken war wie ich, als wir aufeinandertrafen.

»Sind Sie wegen Ingetraut hier?«, fragte ich verunsichert. »Wird sie schon von der Polizei gesucht?« Der Hund knurrte, fletschte die Zähne und machte ein paar wütende Kopfbewegungen. Die Polizistin rief ihren Hund sofort scharf zur Ordnung: »Mutti! Aus!« Mir fiel sofort die Pistole ins Auge, die wie im Fernsehen an ihrer Taille klebte. Hinter ihr sah ich einen großen Rucksack und mehrere offene Plastiktaschen, und dann machte es klick. Es war diese Leonie, die da vor mir stand, Leonie, die den Keller von Ingetraut abgemietet hatte. In der Uniform war sie eine andere Frau. Respekt einflößend und viel größer, als ich sie in Erinnerung hatte.

»Oh«, sagte ich. »Du bist schon da.«

Leonie beugte sich nach unten, drehte sich zackig zur Seite, griff mit der linken Hand nach dem Halsband des Hundes und streckte mir dann über Kreuz ihre Rechte entgegen, um mich zu begrüßen. »Ja. Heute ist es so weit. Ich hoffe, das ist okay.«

»Okay. Ja.« Was sollte ich auch sagen.

»Es ist ja sonst nichts zu finden. Keine Wohnung. Nirgends. Ich kann mir auch nichts anderes leisten. Hab Verpflichtungen.« Sie zuckte mit den Schultern.

»Irgendwie dachte ich, es gibt vielleicht wenigstens Zulagen für Krankenschwestern und Polizei und so?«

Leonie schüttelte den Kopf. »Habe gerade gelesen, in Berlin liegen 33 000 Wohngeldanträge unbearbeitet auf den Ämtern. Siebzehn Monate Wartezeit. Anderthalb Jahre.«

»Nicht dein Ernst«, sagte ich.

»Wenn ich dienstfrei habe, fahre ich nach Hause zu meinem Bruder. Aber sonst bin ich hier. Ich hoffe, das ist okay.«

»Ist okay. Klar. Aber der Hund?«

»Das ist Mutti. Die ist dabei. Geht nicht anders.« Sie sah den Hund an, als wäre er das größte Wunder der Welt. Ich fragte mich, ob Ingetraut wusste, dass Mutti dabei ist. Gab ja ein Hundeverbot für hier unten.

»Ich hoffe, sie macht keinen Krach«, sagte ich. »Wir haben es hier im Haus gerne ruhig.« Ich hob die Augen zum Himmel und wünschte, ich hätte etwas von mir gegeben, das weniger spießig war.

Genau in diesem Moment flog mit lautem Knall die Kellertür auf, Frauen über Frauen fluteten den Gang, sangen »Viel Glück und viel Segen« im Kanon. Es war ein einziges großes »Hallo« und »Wow, so sieht also der neue Keller aus, mit Küche!« Wunderkerzen brannten, und Gabriele drehte den Gettoblaster auf volle Pulle. »Sechzig Jahre und kein bisschen weise. Aus gehabtem Schaden nichts gelernt.« Curd Jürgens' raue Stimme rollte mit mächtigem Timbre durch alle Verschläge, sodass die Aluplanken zitterten und man sein eigenes Wort nicht mehr verstand. Buchladen-Petra schrie: »Was für ein schreckliches Lied! Das ist sexistisch! Seid ihr bekloppt? Mach das weg!«

Dann ging schon wieder das Licht aus, die Frauen schrien vor Schreck und Vergnügen, und Leonie bahnte sich einen Weg durch die wogende Menge, was dann doch überraschend einfach war, weil man ihr ehrfürchtig eine Gasse frei machte – für sie, die Polizei. Leonie drückte den Schalter und steckte ein Streichholz zwischen Taste und Rahmen. Es war so einfach. Fortan strahlte es so dauerhaft und gleißend von der Decke, dass viele krakeelten: »Licht aus! Licht aus! Das war viel besser.«

Ich musste weinen vor Rührung, als ich im engen Keller von allen umringt wurde und wir uns auf beruhigende Weise erdrückten wie die Kaninchen in ihrem Bau und mir eine nach der anderen um den Hals fiel, als ich mit Luftschlangen behängt wurde, geküsst und umarmt. Als es Konfetti regnete, machte ich mir Gedanken, wie ich das jemals wieder sauber bekommen würde, wo es doch in alle Kellerabteile geweht wurde, aber als Gabriele mir schlussendlich einen Blumenkranz aufsetzte und mir ins Ohr sagte, dass sie stolz auf mich sei, weil ich es bis hierhin geschafft hatte, ohne mich verbogen zu haben, da hatte ich einen schlanken, unbeschwerten, puren glücklichen Moment. Bis hierhin war ich also gekommen. Älter, weiser, stärker geworden. Viel von der Welt gesehen. Beruflich meinen Weg gegangen. Ohne Totalschaden durchgekommen. Und dennoch nicht mehr ganz standfest angesichts der Veränderungen, die sich bereits abzeichneten. Allein würde es nicht gehen. Das wussten alle.

Es knallten die Sektkorken, und es war ausgerechnet die Einsiedlerin Felicitas, die sich anschickte, mit mir zu tanzen. »Wir haben einen Partykeller, ist das nicht toll«, tobte sie los und schüttelte ihre Haare. Dabei stellte ich irritiert fest, dass sie sich offenbar für meinen Geburtstag einen frischen Pony auf die Stirn gemalt hatte. In Rot.

»Felicitas, was ist mit dir passiert? Du bist so anders«, sagte ich verwundert, und sie antwortete: »Ich war schon immer so. Ich habe mich die letzten sechzig Jahre nur verstellt.«

Im Vorbeigehen rief mir Legionellen-Roswitha zu: »Ihre Katze ist tot. Sie ist endlich frei.«

Und erst als der Schäferhund derartig schrill kläffte, dass alle gewahr wurden, dass hier ein gefährliches Raubtier bei uns im Keller war, und plötzlich Angst bekamen, wurde es ganz schnell ganz still, und Leonie sagte in scharfem Ton: »Mutti! Aus!« und führte ihren Hund eng am Oberschenkel hinaus ins Treppenhaus.

»Wer war das denn?«, fragte Gabriele.

»Das ist unsere Zukunft«, sagte ich und deutete schräg gegenüber auf Ingetrauts Kellerabteil. »Sie heißt Leonie und wohnt jetzt bei mir sozusagen nebenan.«

»Kann mal eine die Fenster aufmachen?«, rief Buchladen-Petra. »Wir ersticken.«

»Die Fenster sind auf«, hörte ich Dorotheas Stimme.

Irgendjemand drückte mir eine Riesenschüssel voll mit Tiramisu in die Hand und ein Buchgeschenk. Ich schob mich durch den Pulk Richtung Kittchen und stellte alles dort ab, als ich aus dem Augenwinkel Wolfgang entdeckte, der in meinem Verschlag auf der Pritsche saß und in meinem Poesiealbum blätterte.

Dann schob sich allerdings eine Person ins Bild, mit der ich nicht gerechnet hatte. Ich erschrak, als ich am Ende des Gangs die versteinerte Miene von Ronnie entdeckte. Für einen kurzen Moment trafen sich unsere Blicke. Dann war sie auf einmal weg. Ich bewegte mich schlangenartig in die Richtung, wo ich sie vermutete, schob feiernde Nachbarinnen zur Seite, wollte ihr entgegenkommen, da stellte sich mir auf einmal Legionellen-Roswitha in den Weg. »Wo ist Gabriele?«, sagte sie mit bebender Stimme. »Ich muss sie sprechen.«

»Hier, bei der Arbeit.« Gabriele drehte sich gut gelaunt von der Seite in den Kreis. Roswitha zitterte. Sie zögerte, wirkte zerstreut, schaute auf den Boden, dann schien sie sich zusammenzureißen, hob den Kopf und sagte mit fester Stimme: »Gabriele, dein Vater hat mir gerade übel in den Schritt gefasst. Richtig mit Gewalt.«

Es war wie ein Keulenschlag, ein Temperatursturz um hundert Grad. Gabrieles Augen weiteten sich, Roswitha kämpfte mit den Tränen, raufte sich die Haare, starrte ins Leere, als wäre just in diesem Moment vor ihren Augen ein schwerer Unfall passiert, der ihr noch gar nicht zu Bewusstsein gekommen war. Gabriele war genauso schockiert. Sie hob die Fäuste zum Mund, schlug ihre Zähne hinein und kippte nach vorn. »Entschuldigung! Ich bitte für ihn um Entschuldigung. Das ist schrecklich«, hörte ich sie sagen, »das ist schrecklich.«

»In diesem Haus!«, insistierte Roswitha, bebend vor Zorn, sodass ich ihre schwere Holzkette mit den dicken, bunten

Fischen dran klappern hörte. »Ich hätte nicht übel Lust, ihn anzuzeigen.«

Jetzt wurde es prekär. Das war mir zu privat. Ich drehte mich um und steuerte auf meinen Kellerverschlag zu, sah Wolfgang in seinem Trainingsanzug auf der Pritsche liegen, wo er schlief oder vielleicht auch nur so tat. Ich knallte die Gittertür zu, schob den Riegel vor und hängte das Schloss dran. Jemand reichte mir ein Glas Sekt. Ich trank es in einem Zug aus. Ich schaute über meine Schulter und entdeckte Ronnie. Sie stand regungslos im Dunkel einer hinteren Ecke ihres Kellerabteils wie ein Schatten. Ihre Gittertür war verschlossen. Sie hatte sogar die Kette vorgehängt und sich selbst eingesperrt. Ganz offensichtlich oder demonstrativ wollte sie nicht Gefahr laufen, an einem Initiationsritus für eine Gruppe teilzunehmen, zu der sie nicht gehören wollte und die sie auch nicht brauchte. Sie rührte sich nicht.

Aus dem Gettoblaster dröhnte »Voyage Voyage«, und die Ersten hatten sich schon mit Tiramisu bekleckert, da flog als Nächstes mit einem Knall die schwere Kellertür auf, und Waltraut betrat die Szene. Durch den Dunst kam sie direkt auf mich zu, warf ihre graue Mähne zurück, machte ein ernstes Gesicht und erklärte, dass der Besuch bei der Polizei kein Erfolg gewesen war. Nichts Neues von Ingetraut. Waltraut sagte, die Polizei habe gesagt, es sei noch zu früh, nach ihr zu forschen. »Bis die in die Listen in der Klinik eingetragen ist, das dauert. Und die Polizei ist auch nicht zuständig. Wir sollen es dann über die Krankenkasse versuchen oder noch mal die Krankenhäuser anrufen.«

Was für ein Tag! Waltraut war verständlicherweise nicht

zum Feiern zumute. Das sah man ihr an. Sie stand sperrig wie ein Möbelstück im Weg und fungierte als veritabler Stimmungskiller. »Weißt du eigentlich, dass oben im Hof eine Polizistin sitzt?«, fragte sie mich.

»Mit Schäferhund. Ja. Meine neue Mitbewohnerin. Und Ronnie ist auch da. Da drüben. In ihrem Verschlag.«

»Sieh an!« Waltraut spitzte die Lippen. Sie schaute an meinem linken Ohr vorbei und fixierte Veronikas Schatten. »Sind wir also mal wieder in Berlin.«

Zu vorgerückter Stunde, als der Alkohol ausgetrunken und das letzte bisschen Sauerstoff aufgebraucht war, schnarchte Wolfgang immer noch auf meiner Liege – die Polizistin war nicht wiedergekommen, was niemanden ernsthaft wunderte nach diesem Frontalzusammenstoß mit einer Überraschungsparty wild gewordener Omas –, und wir saßen zu dritt im Kittchen am Tisch. Es war eng.

Ich hatte das Waschbecken im Rücken, Gabriele hockte eingeklemmt zwischen Waschmaschine und Vorratsschrank, eine Kerze warf schummriges Licht in den Raum. Dorothea hatte es sich mit ausgestreckten Beinen im Durchgang auf dem Fußboden bequem gemacht, und dann kam noch Linda dazu, spät, nach einer Doppelschicht in der Apotheke. Ich bot ihr meinen Stuhl an, sie lehnte ab, setzte sich zu Dorothea auf den Boden. Ihr Bier hatte sie sich selbst mitgebracht. Ihr war wohl vorher schon klar gewesen, dass nichts mehr zu trinken da sein würde.

Erschöpft blickte ich auf diese Szene. Es sah aus wie in einem Cowboyfilm, wie in einem alten Western. Vom flackernden Feuerschein beleuchtet, saßen wir mit zerfurchten Gesichtern abgekämpft im Büro des Sheriffs – am Durchgang zu den Gefängniszellen. Gerade waren wir von einer Horde Gesetzloser überfallen worden. Wir hatten sie zurückgeschlagen und erfolgreich verhindert, dass sie unsere Gefangenen befreiten. Wir zählten unsere Knochen.

Die Kellertür fiel geräuschvoll ins Schloss. Aus dem Dunkel tauchte im Gang Pepe auf, der Spanier. »The internet is down. Do something«, sagte er und machte mit der rechten Hand so eine Avanti-avanti-Bewegung in meine Richtung. Ich sah ihn nur an, feindselig, obwohl ich es nicht wollte.

»Fuck off«, sagte Gabriele matt. »Go! Leave!«

Unschlüssig trat Pepe von einem Bein aufs andere und starrte uns an. Hätten wir Colts gehabt, hätten wir ihn jetzt erschossen. Um im Bild zu bleiben.

»Hau ab! Verschwinde!«, sagte eine tiefe Stimme aus dem dunklen Nichts des Kellers. Ronnie hatte gesprochen. Danach Stille. »Fix the fucking internet, puta madre«, zischte Pepe, drehte sich um und ging. Als wenn irgendeine von uns auf die Bandbreite Einfluss nehmen könnte. Schön wär's. Wir wären Millionärinnen. Linda legte den Kopf zurück, schloss die Augen und ließ das kühle Bier, ohne zu schlucken, in einem Rutsch in sich hineinfließen.

»Na, mit dem werden wir noch Spaß haben«, sagte Gabriele.

»Was passiert denn jetzt mit deinem Vater, nach dem Ding mit Roswitha?«, fragte Dorothea.

»Er wird ausziehen. Das habe ich versprochen.«

»Du willst ihn weggeben?«

»Mensch, das ist eine Scheißsituation. Hör auf mich zu löchern! Roswitha kennt die Lage. Sie hat selbst eine demente Mutter.« Gabriele war gereizt.

»Was habt ihr bloß aus diesem Haus gemacht.« Ronnies Ton war eine Anklage und keine Frage. Sie saß wie eine schwarze Gewitterwolke auf ihrer Liege und zündete sich eine Zigarette an.

»Musst du jetzt hier auch noch rauchen?«, fragte Linda und machte sich das nächste Bier auf.

»›Musst du hier auch noch rauchen?‹« Ronnie äffte Linda nach. »Saufen ist noch okay? Rauchen nicht mehr?« Verachtung lag in ihrer Stimme. Sie nahm einen tiefen Zug aus ihrer Zigarette. Der aufglühende Tabak knisterte wie im Kino. Der rotgelbe Punkt brannte sich in meine Netzhaut ein.

»Und jetzt? Sitzt ihr im Keller. Feiert im Keller. Schlaft im Keller. Und selbst hierhin verfolgen sie euch, um euch Ansagen zu machen. Ihr habt es nicht begriffen, oder?« Die letzten Worte waren kaum noch zu hören. Stattdessen stieß Ronnie geräuschvoll den Rauch aus. Sie war noch nicht fertig.

»Die Revolution entmietet ihre Kinder. So sieht's aus.«

»Moment«, meldete sich Gabriele ungewohnt laut. »Wir wohnen immer noch oben. Damit das mal klar ist. Nur Susanne probiert hier mal was Neues aus. Vorübergehend.«

»Und wir haben lange schon nicht mehr so gut gefeiert, war wie früher«, sagte Dorothea. Es klang wie eine Entschuldigung.

»Und der Typ dahinten?« Der glühende Punkt tanzte nach links und deutete Richtung Wolfgang. »Euch ist ja nicht mehr zu helfen.«

»Es reicht«, sagte Gabriele und sprang auf. Ihr Stuhl knallte gegen die Waschmaschine, und sie lief vor zu meinem Kellerverschlag. Doch die Tür war verschlossen. »Den Schlüssel!«, forderte sie kurz angebunden. Ich eilte ihr nach, schloss auf und beobachtete, wie sie behutsam ihren Vater weckte, ihm aufhalf und ihn am Arm zur Tür führte. Er protestierte. Es ging ihm zu schnell, deshalb riss er sich los und fauchte: »Aua! Mein Arm. Lass mich!«, und murmelte noch ein »Du bist zu nichts zu gebrauchen« hinterher.

Ronnie lachte trocken. Es klang wie ein schubweises Keuchen. Keuchend lachen, das kannte ich nur von ihr, und ich hatte es lange nicht mehr gehört.

»Er ist ihr Vater«, versuchte ich zu erklären.

»Ja. Klar. Kennt man doch. Ist doch selbstverständlich. Die Tochter kümmert sich. Und wird zum Dank beschimpft. Altes Muster.«

»Soll ich noch was abwaschen?« Dorothea versuchte einen Themenwechsel.

»Lass uns das morgen machen«, meinte Linda. »Wir kommen wieder und helfen. Versprochen.« Sie blies die Kerze aus und zog Dorothea an den Händen vom Boden hoch.

Eine nach der anderen umarmte mich kurz, dann verschwanden sie nach oben. Es war spät. Ich beschloss, Ronnie zu ignorieren. Die Luft war zum Schneiden, es war heiß, das T-Shirt klebte mir am Körper, deshalb öffnete ich die Kellertür und klemmte den Klappstuhl aus der Küche in den offenen Spalt. Ein kühler Luftzug aus dem Treppenhaus wehte in mein Gesicht und fuhr mir in die Haare. Ich genoss die Frische und atmete die klare Luft. Das war also mein sechzigster Geburtstag. Keine Kaffeetafel, stattdessen immer noch ein Hauch von Anarchie. Bildete ich mir zumindest ein.

Ich spürte immer noch das sirrende Kribbeln des Aufstands in mir, als läge meine Hand auf einem elektrischen Zaun. Und immer noch kämpfte ich mit dem widerstreitenden Wunsch, die Hand einfach zurückzuziehen. Ich war tatsächlich sechzig. Ich war jetzt im Team »Rebellion mit Versicherungspolice« für den nicht unwahrscheinlichen Fall, dass da draußen vielleicht doch mal alles den Bach runtergeht. Politisch. Wirtschaftlich. Menschlich. Ich hatte das dringende Bedürfnis, mich abzusichern. Ich musste vorsorgen. Der Staat funktionierte nicht mehr richtig. Das konnte man gar nicht übersehen. Es zeigte sich im Versagen in den simpelsten Kernaufgaben. In nahezu allen Bereichen waren die Behörden von Partnern zu Gegnern geworden, in Vollzeit damit beschäftigt, sich die Leute vom Leib zu halten, die mit Ansprüchen kamen. Vertagen, Verschleppen, Ignorieren und Weiterleiten hatte sich zur Normalität entwickelt. Klima, Wohnen, Schule, medizinische Versorgung. Das war kein Service, das war ein Ringkampf.

Vielleicht lag es am Alkohol, der dieses Gefühl der Trostlosigkeit in mir auslöste. Vielleicht war es auch diese erschreckende Zahl Sechzig, ein Fanal des Niedergangs, was mir so zusetzte. Im selben Maß wie meine eigene Infrastruktur verfiel, verfiel die Infrastruktur draußen vor der Tür. Immer hatte ich mich von dem Gefühl tragen lassen, für alles sei noch genügend Zeit. Jetzt lief sie mir auf einmal davon. Und ich würde nicht mal mehr miterleben, ob das Selbstverständliche tatsächlich noch Realität werden würde: dass Frauen triumphieren und sich von ihrer Benachteiligung befreien. Ich fühlte mich betrogen.

»Du warst noch nie eine echte Feministin«, sagte Ronnie in die Stille hinein und riss mich aus meinen Gedanken.

»Ach, halt die Klappe, Veronika! Du nervst echt.«

»Guck dich doch an. Bist du etwa zufrieden? Du hättest nie zulassen dürfen, dass dieses Haus,« und sie betonte die nächsten zwei Worte überdeutlich, »*diese Burg* ihre Wehrhaftigkeit verliert, jetzt wird sie von innen zerstört.«

»Da bin ich ja wohl nicht alleine dran schuld.« Ich hatte null Lust, jetzt eine Grundsatzdiskussion zu führen.

»Lass dir sagen: Wir müssen noch einmal in die große Schlacht ziehen. Sonst werden wir alle fallen. Einmal noch alles nach vorne werfen.«

»Du spinnst ja wohl komplett!« Ich zog meine Badelatschen an, raffte meine Kulturtasche und meine Handtücher zusammen, nahm den Badezimmerschlüssel vom Haken und machte mich auf den Weg zu Irina. Mir reichte es. Ich war todmüde. Einmal bettfertig machen, und dann bubu.

Ich schloss leise die Wohnungstür auf, lauschte auf Irina. Aber da war alles ruhig. Ich stand im kleinen quadratischen Flur, rechts von mir waren ein paar Garderobenhaken an der Wand, daneben ein raumhohes Regal. Alle Fächer leer. Links ging es zum Wohnzimmer, die Tür war geschlossen. Vor mir die Tür zum Bad, und als ich die Klinke drückte, knackte es unter meinen Füßen. Ich machte Licht und sah, dass ich auf eine silberne Halskette getreten war. Das schmale, herzförmige Amulett in der Mitte hatte sich unter meinem Gewicht verbogen. Scheiße! Ich konnte die Kette schlecht in diesem Zustand einfach im Regal ablegen. War ja wohl klar, wer das zu verantworten hatte.

»Irina?«, rief ich leise und klopfte zaghaft an die Wohnzimmertür. »Irina, are you at home?« Ich öffnete die Tür einen Spalt und spähte in den Raum. »Irina, sorry to disturb you. Irina?«

Ich machte zwei Schritte nach vorn, und da sah ich sie liegen. Mitten im Zimmer. Neben dem Trampolin. Ihr verschwenderisch floral gemustertes Halstuch aus reiner Seide war in Richtung Fensterfront drapiert, als führe sie in einem Cabrio. Ihre Augen blickten weit aufgerissen ins Leere wie bei einer Schlafpuppe mit Klapplidern, die Haare wirr, Arme und Beine seesternartig weggestreckt. Im ersten Moment dachte ich an eine besondere Art von Meditation. Im zweiten Moment wusste ich: Die ist tot.

Mein Herzschlag beschleunigte sich auf Technoformat. Blitzartig meldete sich mein Darm, ich musste auf die Toilette. Sofort. Jetzt. Es ging nicht anders. Ich sprintete aufs Klo. Mit einem Rutsch war alles weg. Ich blieb sitzen und starrte den Heizkörper an. Durch meine Adern floss Zement. Alle Krimis meines langen Lebens flimmerten gleichzeitig über eine Mattscheibe in meinem Gehirn. Von Erik Ode bis Lena Odenthal sah ich Tausende Bilder. Man würde mich verdächtigen. Ich hatte die Klinke gedrückt. Ich hatte das Klo benutzt. Ich war auf die Kette getreten und hatte sie dann angefasst. Ich hatte den Schlüssel zur Wohnung. Irina mochte mich nicht. Ihretwegen wohnte ich jetzt im Keller, und sie, als Flüchtling bemitleidet, respektiert und durchfinanziert, wohnte oben und sah auf mich herab. Klarer Fall von tiefster Kränkung.

Ich sprang auf, zog die Hose hoch, beugte mich unter den Wasserhahn und ließ den Schwall eiskalt über mein Gesicht laufen. Dann setzte ein bisschen Verstand wieder ein. Irina war einfach so gestorben. Aus eigener Kraft oder wie man das nannte. Sie hatte sich aus Versehen vergiftet. Vielleicht war sie auch gar nicht tot. Ich konnte jedoch nicht noch einmal in dieses Zimmer gehen und genau nachsehen. Es gruselte mich derartig, ich machte sogar einen Riesenschritt, um so wenig wie möglich den Boden des Vorflurs berühren zu müssen, um schnell rauszukommen aus der Wohnung.

Normalerweise wäre ich jetzt zu Ingetraut gegangen. Aber die hatten wir ja heute Morgen abtransportieren lassen. Ich lief hinunter in den Innenhof und setzte mich auf eine Bank. Wolfgang winkte mir von Gabrieles Wohnung aus zu. Ich war zu schwach, konnte keinen Arm mehr heben. Zwei Etagen darüber meinte ich hinter einer Gardine den Fransenmann zu entdecken. Vielleicht war es aber auch nur ein Schatten. Wurde ich beobachtet? Darüber konnte ich mir keine Gedanken machen. Es waren Stunden, die ich dort saß. Vielleicht waren es aber auch nur Minuten. Oder Sekunden. Umgeben von romantischen Rosenbüschen hätte man annehmen können, ich wollte einfach nur in Beschaulichkeit meinen Geburtstag ausklingen lassen. Aber in mir tobte das Chaos. Allein würde ich die Krise nicht bewältigen. Ich hatte noch nie einen toten Menschen gesehen. Das Grauen durchpflügte mich wie ein Mähdrescher. Ich versuchte, normal zu atmen. Dann kam der Schluckauf. Ich musste mich besprechen. Sofort. Die Einzige, die mir einfiel, kaltblütig genug zu sein, um eine solche Situation zu meistern, war Ronnie. Jedenfalls dachte ich das. Als ich im dunklen Keller vorsichtig gegen ihre Gitterstäbe klopfte, knurrte sie: »Was willst du?«

»Ich muss dir was zeigen. Bitte. Komm mit.«

»Hast du Schluckauf?«

»Ronnie!«

Ich steckte meine Nase zwischen die Traillen, presste mein

Gesicht an die kalten Alulatten und begann zu flüstern: »In der Gästewohnung liegt eine tote Frau. Ich weiß nicht, was ich machen soll.«

»What?«

Die Liege knarrte, als sie aufstand. Sie zog sich einen Pullover über, nahm ihre Hose vom Bügel und ließ sich aufreizend viel Zeit, um ihre Turnschuhe zuzubinden.

Ich schickte sie allein ins Zimmer, um Irina zu begutachten. Es dauerte nicht lange, da war sie wieder im Flur.

»Sie ist tot«, flüsterte sie.

»Hatte ich auch schon im Gefühl«, flüsterte ich zurück.

»Hast du was angefasst?«

»Nein. Du?«

Ronnie kratzte sich am Kopf. Ich sah, dass sie sich die Handrücken hatte tätowieren lassen und fragte mich, ob das abgebildete Dornengestrüpp irgendeine Bedeutung hatte und warum das jetzt noch unbedingt nötig war in unserem Alter.

»Ich ruf Andrea an. Ich kenne sie von früher. Also von ganz früher«, sagte Ronnie. »Da war sie noch Antifa.«

»Mitten in der Nacht?«

»Die ist bei der Kriminalpolizei, die geht immer ran.«

Eine halbe Stunde später hielt ein dunkles Fahrrad vor dem Tor. Eine schlanke Frau glitt geräuschlos vom Sattel, das elektronische Schloss machte »Piep!« und »Klack!«, dann stand Andrea vor uns. Ein Meter achtzig, Pferdeschwanz, durchtrainiert, Jeansjacke, Lederhandschuhe.

»Wo geht's hin?«, fragte sie ohne Umschweife.

Bevor sie die Gästewohnung betrat, zog sie sich Plastikschoner über die Schuhe. Ronnie und ich folgten mit Abstand. Zu dritt umkreisten wir die Leiche. Dann kniete sich Andrea neben den Kopf, holte aus der Brusttasche einen Kugelschreiber, der sich als Taschenlampe entpuppte, und leuchtete in Irinas tote Augen. Dann wanderte der Lichtkegel über Hals und Körper. Sie hob das Handgelenk von Irina ein Stück vom Boden hoch, beleuchtete das Halstuch. Ohne sich – wie bei mir längst Standard – mühsam auf allen vieren vom Boden aus in die Senkrechte hochstemmen zu müssen, federte Andrea locker aus der Hocke in den Stand und sah sich aufmerksam im Raum um. Dann wandte sie sich an uns: »Also, das geht jetzt so«, sagte Andrea und steckte die Taschenlampe wieder ein. »Diese Frau ist gewaltsam gestorben. Wahrscheinlich erdrosselt. Sie hat Einblutungen in den Augen und entsprechende Verfärbungen am Hals. Ich müsste jetzt einen Funkwagen rufen. Der würde dann die Kriminalpolizei alarmieren. Dann kommen Spurensicherung und all die anderen.«

Erdrosselt. Das Wort hallte in mir nach. Irina war erdrosselt worden. Dabei hätte sie doch gerade hier bei uns sicher sein sollen. Traf mich irgendeine Schuld? Schließlich hatte ich Irina ihren Schutzraum weggenommen. Ich fühlte mich unsagbar mies. Und dachte auch darüber nach, wer es gewesen sein könnte. Wolfgang? Pepe? Der Fransenmann? Die fielen mir natürlich als Erstes ein. Ich konnte mir schlicht nicht vorstellen, dass irgendeine Frau aus diesem Haus die Kaltblütigkeit besitzen würde, jemanden umzubringen. Aber wen kannte sie eigentlich außer uns? Was für ein Albtraum.

»Die Leichenstarre hat eingesetzt«, sagte Andrea. »Je nachdem, wann sie gestorben ist, dauert das insgesamt so sechs, acht Stunden. Ab dann wird's nass und stinkig.«

Andrea erzählte, dass sie schon lange an keinem Tatort mehr gewesen sei. Seit 2018 arbeitete sie im Innendienst, beschäftigte sich mit der Auswertung von Mordfällen und der ganzen Bürokratie. Man nannte das Tatortgruppe. Noch zwei Jahre, dann würde sie in Pension gehen. »Endlich! Wird auch Zeit. Und was machst du, Ronnie? Lange nicht gesehen. Wieder in Berlin?«

»Nur zu Besuch«, sagte Veronika und drängte uns aus der Wohnung.

»Mensch, du musst deine Sachen aus dem Bad mitnehmen.« Ronnie schubste mich hart in den Rücken. Die hatte ich natürlich im ersten Schock vergessen. Ich raffte alles zusammen und trat vor die Tür. Andrea merkte, dass das nicht der richtige Zeitpunkt war für einen ausgiebigen Wiedersehensplausch. Sie zog sich die Überzieher von den Schuhen und knüllte sie in die Jackentasche. Unten vor dem Tor nickte sie nur noch kurz und entriegelte dann ihr Fahrrad. Bevor sie startete, hielt sie ihre Hand ans Ohr und imitierte mit Daumen und ausgestrecktem kleinem Finger ein Telefon. »Ruf an, wenn du noch was brauchst« sollte das bedeuten.

Wir sahen ihr nach, bis sie rechts in die Oranienstraße abbog und verschwand. Und in die Stille hinein sagte Ronnie: »Wenn wir uns, das Haus und alle Frauen darin schützen wollen, dann müssen wir jetzt so tun, als wenn nichts gewesen wäre.«

Sofort musste ich unglaublich dringend auf Toilette.

Ob steil der Pfad,
Ob schwer die Pflicht,
sage nie –
das kann ich nicht!

Zur Erinnerung
an Deine Schulfreundin

6

pflicht

Die Nacht ging gar nicht. Auch nicht mit drei Paracetamol. Ich traute mich nicht, an den nächsten Tag zu denken, ich traute mich nicht einmal, überhaupt zu denken. Leider ging die Sonne wieder auf. Das Licht quetschte sich durch die schmalen Fensterschlitze, gerade so viel, dass Umrisse erkennbar wurden. Und da war kein Plan außer Kaffee. Ronnie lag vollständig angezogen schnarchend auf dem Rücken. Sie hatte sogar ihre Turnschuhe noch an. In einem Frauengefängnis würde es jetzt nicht viel anders sein. Mir kam die Netflixserie »Orange Is the New Black« in den Sinn, was Ronnies Aura der Gefährlichkeit noch verstärkte. Sie hatte etwas Kategorisches an sich oder in sich, das mir erschreckenderweise ein Gefühl von Sicherheit gab. Ich fühlte den brennenden Wunsch, mir eine Zigarette anzuzünden und ein Bier aufzumachen. Im Kittchen türmten sich Müll und schmutzige Gläser von der überstandenen Überraschungsparty, wir hatten sogar getanzt! Vollkommen antiquiert. Es roch nach Schweiß und Schnaps, und überall lag Konfetti. Die Unordnung war ein einziger Stress.

Seitdem die Welt da draußen vor den Toren der BURG immer abgedrehter wurde, musste in meinem Leben möglichst alles strukturiert und aufgeräumt sein. Draußen war Chaos, was inzwischen als gewöhnlicher Alltag durchging. Vor ein paar Tagen hat ein Unbekannter hier um die Ecke auf offener Straße einen Hund abgeknallt. Zweihundert Meter von hier. Der Hund soll aggressiv gewesen sein, hatte seine Besitzerin angegriffen und gebissen. Sie war am Arm verletzt. Da tauchte aus dem Nichts eine fremde Person auf, erschoss den Hund und verschwand. Einfach so. Die Frage, die sich nun stellte: Wäre es unter Umständen eine gute Idee, sich ebenfalls eine Waffe zu besorgen? Oder war das ganz und gar abwegig? So maßlos zerschmettert, wie ich mich fühlte, hatte ich das Bedürfnis nach kurzem Prozess. Es konnte einfach nicht angehen, dass oben im Haus eine tote Frau lag und Ronnie schlief, als wäre nichts passiert. Da ging die Kellertür auf und Leonie betrat uniformiert die Szene. Und mit ihr unsere erste Pistole.

»Ah, Guten Morgen«, begrüßte ich sie nervös.

»Ich wollte euch gestern Abend nicht stören, konnte bei einer Freundin übernachten.« Leonie schloss mit einer Hand ihr Kellerabteil auf, mit der anderen Hand riss sie ihre Hündin zurück, die offenbar Veronika gewittert hatte und sofort eine Art Hundeschrei ausstieß. Nur einmal. Kurz, trocken und schrill. Jetzt war Ronnie wach.

»Kaffee?«, flötete ich und beeilte mich, in die Küche zu kommen.

Ronnie antwortete aus dem Dunkel mit einem heiseren Husten, das ich als Zustimmung wertete. Wenigstens war sie wach.

»Ich gerne«, sagte Leonie und drehte sich um. »Wo ist das noch gleich, wo man duschen und sich frisch machen kann?«

»Im Moment nicht möglich.« Mir fiel nicht mal mehr eine

halbwegs tragfähige Ausrede ein. Ich stürzte mich auf die Espressokanne.

»Okay. Muss sich erst mal einspielen«, sagte Leonie und verschwand samt Hund aus dem Flur in ihre Zelle.

»Das ist übrigens Veronika«, rief ich ihr nach. »Die wohnt hier nicht. Die übernachtet hier bloß manchmal.«

»Okay«, sagte Leonie, ohne sich noch mal sehen zu lassen.

»Im Moment nicht möglich. Aha. Soso«, hörte ich Ronnies heisere Stimme. »Wie spät ist es denn jetzt?«

»Halb neun.«

»Mach doch mal ein Fenster auf«, sagte Leonie.

»Fenster sind auf!«, krächzte Ronnie zurück. »Gewöhn dich dran.«

Während die Qigong-Gruppe im Garten fließend ihre Bewegungsabläufe wiederholte, tranken Ronnie und ich abseits im Schatten des Apfelbaums auf dem kleinen Bänkchen in Gedanken versunken unseren Kaffee. Ich sah Bea, wie sie auf der anderen Seite des Gartens mit der Schnapsflasche an ihren Rosen hantierte. Die Luft war noch kühl, aber es zeichnete sich schon ab, dass es wieder ein heißer Berliner Sommertag werden würde, denn Roswitha rollte bereits den Schlauchwagen in Position, um den Rasen zu sprengen, wenn die Qigong-Gruppe fertig sein würde. Unter anderen Umständen hätte man die Szenerie idyllisch nennen können.

»Warum hast du deine Hände tätowieren lassen?«, flüsterte ich.

»Mich haben die Altersflecken genervt.«

»Aber diese kleinen roten Rosen sind doch viel auffälliger.«

»Ebend.«

»Versteh ich nicht.«

»Ich habe das noch schnell in Farbe machen lassen, bevor das bunte Tätowieren verboten wurde. Schwarz steht mir nicht.«

Ronnie zündete sich mit ihren kunstvoll verzierten Händen eine Zigarette an. Sie hielt sie zwischen Daumen und Zeigefinger und quetschte den Filter platt. Mit nur einem Zug glühte sie das Ding bis zur Hälfte weg. Sie rauchte definitiv nicht wie die Leute in Charlottenburg, die den Stengel zwischen Zeige- und Mittelfinger halten und aufpassen, dass der Rauch nicht zu tief in die Lunge kommt. Ronnie stieß dampfstrahlermäßig eine giftige Wolke aus und lehnte sich nach vorn. Sie flüsterte, ich solle große, feste Plastiksäcke und dickes Klebeband besorgen.

»Und dann?« Mein Herz schlug bis in den Hals.

»Ich muss einer sechzigjährigen Halbtoten doch wohl nicht erklären, wie man eine Scheißleiche verpackt, oder?«

Mein ganzer Körper war auf einmal unter Strom. Was denkt sie sich eigentlich? Dass ich da mitmache? Ich will das nicht. Ich kann das auch nicht. Auf keinen Fall. Der Schweiß auf meiner Haut wurde zu Eis.

»Ronnie, shit! Echt. Da ist jemand gestorben! Verstehst du nicht? Eine Frau! Eine von uns. Da ist jemand tot!« Den letzten Satz zischte ich derartig fanatisch in die Rabatten, dass er nicht zu überhören war.

Ohne sichtbare Regung trank Ronnie ihren Kaffee aus und stellte den Becher ins hohe Gras. Dann legte sie mir den Arm um den Hals, verpasste mir eine ungesunde Drehung, presste die Stirn an meine Schläfe, platzierte mit eisernem Griff ihre Schnörkelhand in meinem Nacken und machte mir unmissverständlich klar, was Phase war. Inhaltlich holte sie etwas aus, sozusagen für Blöde. Ob ich denn nicht die neuesten Schmierereien am Haus gesehen hätte. »Feminazis« und »Trockenpflaumen« und »Verbrennt die Hexen« würde da stehen. Hatte ich natürlich. Es war hässlich und fies und sorgte im Haus für Unruhe. Dorothea war genervt, weil das eine neue Sorte Farbe war, die sie nicht abwaschen konnte, die sich in die Fassade regelrecht hineinfraß. Sie musste einen Spezialreiniger im Internet bestellen, der zurzeit nicht lieferbar war. Und ja, es hatte vor einiger Zeit auch schon mal einen Strick gegeben, der symbolträchtig am Tor hing. Eine Warnung vielleicht. Oder ein dummer Scherz. Nicht schön, klar. Und es waren auch schon Männer da gewesen, die nachts besoffen vor dem Haus gegrölt haben, wir sollten rauskommen, damit sie es uns mal richtig besorgen könnten. Diese Vorfälle gab es. So was gab es immer wieder. Und okay, die Zwischenfälle waren in letzter Zeit mehr geworden, schleichend, aber zuverlässig schlimmer. Die Diskussionen, wann die Grenze überschritten war und Zeit zum Handeln, dauerten an. Danach würde dann beratschlagt werden, welche Maßnahme die passende wäre. Es zog sich also. Wie alles.

Ronnie hielt immer noch meinen Nacken schraubstockartig fest und flüsterte mir eindringlich ins Ohr: »Wir sind ein Ziel, verstehst du nicht? Wir sind ein Ziel, wir sind das perfekte Feindbild. Alte. Ökos. Feministinnen.« Sie fragte, ob ich nicht mitbekommen hätte, dass auf das Schwule Museum mitten in der Stadt geschossen worden war. Sechs Einschusslöcher in der Hausfront. Und dazu immer häufiger Dresche und öffentliche Erniedrigung gegen Regenbogenleute. Die Zahlen seien sprunghaft angestiegen. Und ob ich nicht die neuesten Statistiken kannte, dass jeder dritte Mann Gewalt gegen Frauen ganz okay finde. Als wäre es ihr gutes Recht, Frauen zu schlagen. Damit die Rangordnung wieder stimmt. Hatte ich natürlich alles mitbekommen.

»Aber die Befragung war wissenschaftlich nicht in Ordnung«, wandte ich ein und versuchte, ihre Hand abzuschütteln.

»Was für ein Quatsch!«, zischte Ronnie. »Alle vergleichbaren Studien sagen dasselbe. Dass es sogar schlimmer wird. In Jahrzehnten haben wir daran nichts, rein gar nichts ändern können. Hätte es irgendeine Regierung in den letzten fünfzig Jahren tatsächlich mal ernst gemeint mit den Frauen, es hätte sich etwas ändern müssen. Hörst du! Müssen! So lange sind wir ja schon dabei. Die Sache hat System«, sagte sie mit einem Anflug von Resignation. Mein Nacken war schon ganz steif, Ronnie drückte mir die Halsschlagader ab.

»Ich pfeif auf diesen Staat«, ätzte Ronnie. »Im Grundgesetz ist das Recht auf körperliche Unverletztheit garantiert. Aber jede Stunde werden in Deutschland fünfzehn Frauen von ihren Männern oder Ex-Freunden plattgemacht, an jedem dritten Tag wird eine umgebracht. Und dann dieses Haus voller alter Schlachtrösser aus der Boomergeneration. Glaub doch nicht, dass sich jemand darum kümmert, ob wir hier Schaden nehmen. Das müssen wir schon selbst machen.«

Ich kannte die Zahlen, ich fürchtete sie auch. Sie waren der Ausweis von tödlicher Machtlosigkeit. Und sosehr ich mich innerlich gegen Ronnies rotzige Wut und ihre kalte Art, damit umzugehen, sträubte: Die Missachtung, mit der sich Frauen schlicht abzufinden hatten, war in der Tat eine Frechheit.

Schwerstelegant tauchte ich unter Ronnies Arm hindurch und schlängelte mich frei, kam aber nicht richtig auf die Füße, weil sich irgendwas in meiner Hüfte verhakt hatte. Es war ein stechender Schmerz, als hätte mich jemand mit der Nagelpistole in die Seite getroffen. Ich ging sofort zu Boden und war davon überzeugt, dass nun tatsächlich der Ermüdungsbruch eingetreten war, von dem meine Mutter behauptete, dass dieser in unserer Familie seit Generationen die Hüftgelenke der weiblichen Mitglieder ruinierte und dem nach ihrer Prophezeiung nicht zu entkommen war. Ich presste die Lippen zusammen und versuchte, nicht zu schreien, während ich mich auf dem Rasen hin und her rollte.

Ronnie warf sich zu mir ins Gras und zischte mir weiterhin ins Ohr: »Wenn wir eine tote Ukrainerin im Haus haben, dann wird hier alles auf den Kopf gestellt. Ich kann dir schon die Schlagzeile sagen: ›Bildschöne Flüchtlingsfrau – grausamer Tod im Emanzenhaus‹. Dann werden wir von Zeitungsleuten belagert. Dann stehen wir am Pranger. Dann gibt es gegenseitige Verdächtigungen, Misstrauen, dann wird die Gemeinschaft in der BURG zerstört. Willst du das?« Ronnie pflanzte schädliche Substanzen in mein Gehirn. Ich hatte ein Déjà-vu. »Mädchen aus Kiel. Du hast echt kein Format. Wo bleibt die Solidarität?«, hatte Ronnie damals in der Kreuzberger Krawallnacht zu mir gesagt und damit mein Leben auf den Kopf gestellt. Das war der Auslöser. Und jetzt sagte sie: »Wir müssen die Ukrainerin verschwinden lassen. Du hilfst gefälligst dabei! Capito?« Dann flüsterte sie mir ins Ohr, was ich an diesem Morgen zu tun hatte.

Als ich meine Augen öffnete, sah ich in das erschrockene Gesicht von Gabriele. Sie fragte: »Was ist passiert?«

Ronnie sagte: »Sie ist verklemmt.«

Stöhnend versuchte ich, ihr meine Schmerzen im Hüftgelenk zu beschreiben. Gabriele drückte mit der einen Hand meine linke Schulter fest in den Boden und mit der anderen schob sie mein rechtes, angewinkeltes Bein vorsichtig nach außen, bis der Schmerz langsam nachließ. »Eine Blockade«, sagte die Physiotherapeutin. »Du brauchst einfach mehr Bewegung. Sonst rostest du ein.« Ich war ihr dankbar. Wir hielten uns gegenseitig am Leben. Dann überlegte ich, wo in drei Teufels Namen die großen Mülltüten waren und ob ich Dorothea nach Panzertape fragen könnte. Mein Instinkt sagte mir, dass ich es am besten gleich über die Bühne brachte, um den Tag anschließend sofort zu löschen.

Ganz hinten im Schuppen bei den Gartengeräten stand die alte Schubkarre. Die war häufig in Benutzung. Meistens wurde sie von der Gartengruppe gebraucht. Aber auch Felicitas transportierte damit ständig Möbel und Gerümpel. Sagenhaft, wie sie das alles noch in ihrer Wohnung unterbrachte. Ich steuerte die alte Karre, deren einziges Rad kaum noch Luft hatte, quietschend den Flur entlang direkt in die Gästewohnung hinein. Ich kam knapp durch die Tür. Eine Rolle Schwerlast-Abfallsäcke, auf denen noch das Preisschild 7,29 € klebte, hatte ich vorher aus dem Regal der Gartengruppe entwendet. Dem Etikett war zu entnehmen, dass es sich um 3-Schicht-Folie handelte, »extrem reißfest, durchstoß- & tropfsicher. Tragkraft 30 kg«.

Als ich das Wohnzimmer betrat, kniff ich meine Augen zusammen, weil ich so wenig wie möglich sehen wollte. Schemenhaft nahm ich wahr, dass Ronnie neben der toten Irina kniete und mich heranwinkte. Ich blieb allerdings im Türrahmen stehen, schwankte zwischen Selbstmitleid und Entsetzen. Mein Kirchenaustritt lag lange zurück, trotzdem würde ich sicher in die Hölle kommen, so oder so, Sektion White Trash. Es war ein Spiegel meiner Oberflächlichkeit, dass ich mir nicht ein einziges Mal die Mühe gemacht hatte, mit Irina wirklich ins Gespräch zu kommen, um sie als Mensch kennenzulernen. Ich schämte mich. Das würde mir eine Lehre sein.

»Ich kann sie nicht anfassen«, sagte ich. »Bitte mach, dass ich sie nicht anfassen muss.« Ronnie schloss die Augen, hob die Arme und schüttelte in Zeitlupe ihren Kopf. Aus ihr sprach stumme Verachtung. Ihre kunstvoll floral tätowierten Hände hatten etwas Feierliches. Jeder Bestatter, jede Bestatterin, sollte solche Hände haben.

»Roll wenigstens die Plastiksäcke aus, schneid sie auf und mach daraus Planen«, wies sie mich an, als wäre für sie all das Routine. Danach ging erstaunlicherweise alles viel schneller, als ich dachte. Ich fand in der Besteckschublade eine Schere und schnitt die Tüten und das Panzertape zurecht, und als Ronnie Irina in die erste Lage Plastik eingerollt hatte, verschwand langsam meine Beklemmung. Schicht um Schicht wuchs die Verpackung, dicker und dicker wurde das Paket. Vor Anstrengung keuchend und schwitzend, sagte Ronnie in einer Art Selbstgespräch: »Es sterben überall so viele Menschen – im Mittelmeer, im Krieg, in der Wüste, an den Grenzen, an Drogen, an Hunger, an Altersschwäche … Fertig!« Ronnie richtete sich auf und betrachtete ihr Werk. Zu ihren Füßen lag die Mumie, ganz in Schwarz.

»Ich habe kein gutes Gefühl«, sagte ich und wollte mich im Grunde nur bei mir selbst dafür entschuldigen, dass all die

Versprechen, die ich mir mal selbst gegeben hatte, diese Krise offenbar nicht unbeschädigt überstanden. Wahrhaftig leben, ehrlich, nach meinen eigenen Bedürfnissen und trotzdem rücksichtsvoll gegenüber allen anderen. In Harmonie mit Mensch und Umwelt. Ja. Ich nutzte jede Gelegenheit, gedanklich aus dieser Situation zu fliehen.

»Wir werden gleich alle Sorgen los sein. Pack mal bitte mit an.« Ronnie griff nach den Schultern, bekam Irina aber nicht zu fassen, weil das Plastik so glatt und ihre Hände so nass waren. Ich bückte mich nach den Waden, sofort war der stechende Schmerz im unteren Rücken wieder da. Ich bekam sie nicht hoch. Wir starteten mehrere Versuche. Ronnie krallte ihre Finger in Irinas Schultern, hatte aber Sorge, das Plastik könnte zerreißen, wenn sie weiter so daran zerrte. Also kam ich auf die Idee, die Schubkarre auf die Seite zu legen und Irina zusammenzufalten und dort hineinzuschieben. Wir gaben alles. Aber es klappte nicht. Irina war zwar halb drinnen, aber immer wenn wir die Karre aufstellen wollten, rutschte sie wieder raus, weil sie so lang und steif war. Ronnie hatte Irina definitiv zu fest eingepackt, und das Panzertape war eben Panzertape. Es gab nicht nach. Wir konnten die Leiche nicht zusammenklappen, wir konnten sie höchstens ein bisschen biegen. Es war einfach ein Scheiß. Alles.

Dann zog Ronnie das Trampolin nach vorne und wies mich an, Irinas Hintern anzuheben. Sie würde auf der anderen Seite dasselbe tun, dann könnten wir das Paket erst mal quer über das Trampolin legen, dann hätten wir Irina schon mal vom Boden weg und wären in der Lage, sie in die Schubkarre zu hieven. Gesagt, getan. Es funktionierte. Wir bekamen sie gut zu fassen und hoben sie auf den rollenden Untersatz. Der Oberkörper lag in der Wanne, die Beine standen stramm nach vorn. So würden wir bestimmt nicht in den Aufzug passen. »Was sagen wir, wenn uns jemand sieht?« Ich malte mir die schrecklichsten Szenen aus. Ronnie war genervt.

»Wir sagen einfach gar nichts. Muss man neuerdings in diesem Haus alles erklären? Ist das inzwischen schon Betreutes Wohnen? Braucht man für alles hier ’ne Genehmigung oder ’nen Plenumsbeschluss?« Ich erschrak über ihre Heftigkeit. »Verdammt noch mal! Das Haus ist doch deswegen gebaut worden, damit jede so bleiben kann, wie sie ist, und leben kann, wie sie will. Das geht die anderen doch gar nichts an, was wir machen.« Sie holte das Federbett aus dem Schlafzimmer, warf es über die Schubkarre, und dann ging’s raus auf den langen Flur Richtung Fahrstuhl. Als es »Piep!« machte und sich die Türen des Aufzugs zur Seite schoben, war klar, das würde nichts werden. Da passten wir nicht rein. Ich hatte es gewusst. »Feste schieben!«, fauchte Ronnie. Ich packte die Griffe mit meinen Fäusten, als wollte ich sie zerquetschen und schob das Ding mit Karacho nach vorn. Die Beine rammten den Spiegel. Es klappte nicht. »Fester!« Mit vereinten Kräften zwangen wir die Schubkarre in die Kabine, sodass Irinas Beine quietschend Richtung Decke am Spiegel aufwärtsrutschten und sie sich ganz insgesamt gefährlich aus der Wanne hob. Aber dann waren wir tatsächlich drin, hinter uns schlossen sich die Türen. Es ging abwärts. Im Keller angekommen, schoben wir die Karre wie verabredet in den von außen nicht einsehbaren Hohlraum unter der Treppe, wo im Winter alle Frauen ihre Balkonpflanzen abstellten. Ich war echt alle. Ich fühlte mich wie nach vier Stunden Berlin-Marathon. Ich brauchte eine Pause.

Als wir in die Küche kamen, saßen dort Leonie und Dorothea und unterhielten sich gut gelaunt. Der Abwasch war gemacht, alles war aufgeräumt, der Hund lag zusammengerollt in einer Ecke. Ich legte den Schlüssel für die Gästewohnung auf den Tisch. »Hier, du wolltest dich doch frisch machen. Du hast freie Bahn.« Leonie tippte mit dem Zeigefinger an eine nicht vorhandene Mütze. Sie hatte offenbar schon länger auf uns gewartet.

Dorothea zog Leonie am Arm. »Komm, ich zeig dir, wo die Wohnung ist. Damit du weißt, wo du hinmusst.« Im selben Moment, als Leonie aufstand, war auch der Hund schon an ihrer Seite. Mutti folgte ihr auf Schritt und Tritt.

Als die schwere Kellertür ins Schloss fiel, trieb mich Ronnie zur Eile, steuerte sofort auf die U-Boot-Schleuse zu und machte sich an dem großen Rad zu schaffen. Es war ihre Idee gewesen, Irina im angrenzenden DDR-Fluchttunnel zu parken, dort würde sie niemand suchen. »Endlich macht das Ding mal Sinn«, sagte Ronnie und lief rot an bei dem Versuch, den Eisendeckel aufzukurbeln. Das Rad hing in Brusthöhe, und es bewegte sich keinen Millimeter. Es ließ sich einfach nicht drehen. Ich versuchte zu helfen und hängte mich mit meinem ganzen Gewicht an eine der Speichen, Ronnie zog mit Macht am äußeren Ring. Nichts tat sich. In fünfundzwanzig Jahren hatte sich hier nichts bewegt.

Wäre es nach Ronnie und ihren Mitstreiterinnen gegangen, hätten wir hier gar keine Öffnung, dann stünden wir an einer glatten Kellerwand ohne diesen Durchbruch. Ich erinnerte mich gut, wie sie damals beim Bau des Hauses lautstark dafür plädiert hatte, den Tunnel zuzumauern. Sie argumentierte im Plenum für einen radikalen Neuanfang: DDR-Diktatur weg. Mauer weg. Stasi weg. Bloß keine Erinnerungskultur pflegen. Was vergangen war, war vergangen. »Befreiung bedeutet Loslassen. Befreiung bedeutet in erster Linie von der Erfahrung befreit werden.« Deshalb: Weg mit dem Tunnel. Das sah ich anders. Ich hatte mich damals der Fraktion »Wenn wir nicht wissen, woher wir kommen, wissen wir nicht, wohin wir gehen« angeschlossen.

Während Ronnie den harten Kern der ehemaligen Bauwagenfrauen um sich geschart hatte, tat ich mich mit den »angezogenen Handbremsen« zusammen. Dieser Spott war fies. Denn es ging uns doch überhaupt nicht ums Zaudern oder Rumeiern. Es sollte einfach ein wichtiges und sichtbares Stück Berliner Nachkriegsgeschichte erhalten bleiben. Als unwiderlegbarer Beweis dafür, was Menschen alles zu riskieren bereit waren, damit sie leben konnten, wie sie wollten. Und nun nutzten wir den Tunnel tatsächlich wieder als unwiderlegbaren Beweis dafür, was Menschen alles zu riskieren bereit waren, damit sie so leben konnten, wie sie wollten.

Ein leises Knacken gab uns das Signal, dass die Mechanik langsam nachgab und sich der Verschluss tatsächlich aufkurbeln ließ. Erst ein Quietschen, dann ein Schmatzen, und plötzlich öffnete sich ein Raum ins große Dunkel. Eine Wolke modriger Schleimigkeit wehte in den Keller hinein.

»Gib mir mal 'ne Taschenlampe«, sagte Ronnie.

»Hab ich nicht. Und hör auf, mir ständig zu sagen, was ich tun soll.«

Sie nahm ihr Feuerzeug und leuchtete in das schwarze

Nichts hinein. Es war ein nach hinten offenes Loch. Am Boden war eine kleine Pfütze, es lagen ein paar Backsteine herum, die Seiten waren mit verschimmelten Holzlatten ausgekleidet. Das erinnerte doch stark an den gruseligen Kriechkeller unter dem Haus meiner Oma, in dem die vielen Weckgläser aufbewahrt wurden und in den sie mich immer runtergeschickt hatte, um eingemachtes Gemüse oder Obst zu holen, weil ich als Kind schön klein war und sie als Erwachsene da unten nicht so gut klarkam. Im Küchenboden war eine Holzklappe eingelassen, die meine Oma jeden Tag anhob, und dann musste ich runter in diese Höhle und dabei ständig aufpassen, nicht auf den glitschigen Dielen auszurutschen. Ich bettelte jedes Mal, da nicht runterzumüssen, denn dort warteten gefährliche Tiere auf mich, die nur in diesem Keller existierten und von denen meine Oma behauptete, sie lebten nur in meinem Kopf.

»Wir müssen uns beeilen«, drängte Ronnie, »hol mal die Schubkarre.« Ich stürmte in den Flur, Ronnie hielt die Tür auf. Es kostete dann doch unheimlich viel Kraft, die Tote in den Tunnel zu wuchten. Füße voran schoben wir Irina durch die Öffnung hinein in den Schlamm. Ronnie schlug den Eisendeckel zu und verriegelte die Schleuse. Ich fror mein Unbehagen ein. Ich würde es später wieder auftauen, wenn es besser passte. Die Schubkarre ließ ich erst mal stehen.

Ronnie schlug vor, zur Ablenkung ins Prinzenbad zu gehen und ein paar Runden zu schwimmen. »Da kannst du auch gleich alles abduschen und dir die Haare föhnen.«

»Ich föhne mir schon lange nicht mehr die Haare«, war alles, was mir dazu einfiel. Ich wollte nicht mit.

»Komm schon«, nervte Ronnie, »da sind jetzt viele Frauen,

die ›oben ohne‹ schwimmen. Das ist jetzt in Berlin erlaubt. Wir kommen voran in kleinen Schritten.«

»Dieser Fortschritt kommt für mich zu spät.«

Ronnie ging allein.

Dorothea war schon von Weitem zu hören. Mit den schweren Schuhen donnerte sie durchs Treppenhaus, daneben schepperte ihr Werkzeugkasten. »Willkommen im einundzwanzigsten Jahrhundert«, rief sie, als die Tür aufging, »freut euch, hier gibt's gleich Internet!« Sie hatte ein paar kleinere Kartons dabei und schüttelte sie triumphierend im Vorbeigehen. Im Kittchen packte sie alles aus. Ich lag auf der Pritsche und wünschte mir ein paar Minuten Ruhe. »Waltraut ist immer noch auf der Suche nach Ingetraut«, hörte ich Dorothea sagen, »die Krankenkasse hat gemeint, sie soll die Leitstelle von der Feuerwehr anrufen. Das hat sie gemacht. Aber die brauchen das exakte Geburtsdatum, sonst gibt es keine Auskunft. Weißt du, wann sie geboren ist? Also das Jahr?«

»Nee, ich weiß nicht mal den Tag.«

»Was macht die Schubkarre hier?«

Dann kam Leonie herein, duftend, in Zivil, sie trug einen selbstbewusst hässlichen Lothar-Matthäus-Fallschirmseide-Blouson, dessen Schnitt und lilagrünes Farbdesign ich schon gehasst hatte, als Leonie noch gar nicht auf der Welt war. »Da oben stand so ein alter Mann«, berichtete sie und band den Hund fest, »der hat mich Zuckermäuschen genannt.«

»Das ist Gabrieles Vater«, tönte es aus der Küche. »Kümmer dich einfach nicht drum.«

»Er hat mich gefragt, ob wir Rotkäppchen und der böse Wolfgang spielen wollen.«

»Ein Idiot«, rief Dorothea.

Leonie fragte mich, ob sie da was falsch verstanden habe, weil es doch ein Haus nur für Frauen sei. Ich grinste schief. »Er ist bald wieder weg. Gabriele ist schon auf der Suche nach einem Heimplatz.«

»So!« Dorothea legte den Schraubenzieher weg und betrachtete zufrieden ihr Werk. »Jetzt habt ihr Internet und drei tippitoppi Mesh-Repeater. Probier mal.«

Ich kann das abkürzen. Funktionierte natürlich nicht. Never ending story. Woran es liegen konnte? Im Zweifel erst mal einen QR-Code scannen. Dann war man endgültig im Nirwana.

Dorothea zog von dannen, irgendwann kam die Nacht, und Leonie, Ronnie und ich lagen in der Dunkelheit auf unseren Pritschen. Ein schwacher Lichtschein der Gartenbeleuchtung fiel von oben durch Ronnies Fenster in den Keller. Es war ganz still zwischen uns. Jede wusste, dass die andere vollauf mit ihren Gedanken beschäftigt war. Nur Mutti war unruhig und knurrte die ganze Zeit den Verschluss der Schleuse an. Sie stand am Ende des Gangs gespannt wie ein Flitzebogen vor der Wand. Vollkatastrophe. Weil sie nicht aufhörte, geriet ich innerlich in Aufruhr. Leonie war ebenfalls gestresst und versetzte dem Hund per Fernbedienung bei jedem lauten Knurren einen heftigen Stromschlag. Dann jaulte Mutti vor Schmerzen auf und fuhr zitternd zusammen.

»Hör auf damit!«, sagte Ronnie mit fester Stimme. »Lass das! Diese Stromschlag-Halsbänder sind verboten. Bist du nicht bei der Polizei?«

»Sie ist noch in der Ausbildung.«

Leonie stand irgendwann auf und zerrte die widerspenstige Mutti in ihre Zelle.

»Wieso hast du deinen Hund Mutti genannt?«, fragte ich in die Stille hinein.

»Lange und unschöne Geschichte«, kam zurück. »Ich wollte, dass das Wort Mutti wieder etwas Gutes ist in meinem Leben.«

Sie fand, dass wir uns noch nicht gut genug kannten, als dass sie uns ihre Geschichte anvertrauen konnte. Sie sprach von einer großen Enttäuschung und von Wut, und sie sprach davon, dass sie noch nicht wirklich drüber weg war. »Ich habe ihr vertraut. Sie ist ja meine Mutter. Aber das war falsch. Als Kind weiß man so was nicht.« Mehr sagte sie nicht.

Später, ich musste eingeschlafen sein, spürte ich eine Hand auf meinem Rücken und erschrak. »Rutsch mal«, flüsterte Ronnie. Für einen Moment wusste ich nicht, wo ich war und was geschah, drehte mich dann aber auf die Seite und rückte ganz nah an die Wand des Verschlags, bis meine Stirn eine kühle Latte berührte. Ronnie schob sich dicht an meinen Rücken und streckte sich aus. Ich konnte nicht mal mehr meine Knie beugen, so eng war es auf der Pritsche. Hundertdreiundzwanzig Jahre drängten sich auf schmalen siebzig Zentimetern. Ich spürte ihren heißen Atem im Nacken, eine aufregende Mischung aus Pfefferminz und Zigaretten. Ihre Arme fühlte ich nicht. Sie waren nicht da. Ihre Hände berührten mich nicht. Und trotzdem war sie mir noch nie so nah gekommen. Ronnie war in voller Länge an meiner Rückseite angeschweißt. Sie schluckte schwer und zitterte am ganzen Körper, gezwungenermaßen zitterte ich mit. Immer wieder hielt sie für einige Sekunden die Luft an und schluckte alles runter, was da hochkommen wollte.

Es war ein stummes, verzweifeltes Weinen, mit dem sie mich ansteckte und das mich wehrlos mitriss in ihren Abgrund. Sie machte es mir unmöglich, die Verbindung zu ihr zu kappen, mich umzudrehen, um ein wenig Abstand zu gewinnen, damit ich sie trösten konnte, ohne ein Teil dieser Implosion werden zu müssen. Stattdessen zog sie mich mit sich hinab in die Tiefe, als wären wir gemeinsam von einer Klippe in den Ozean gestürzt, eng aneinandergefesselt, zum gemeinsamen Ertrinken verurteilt. Keine konnte sich freischwimmen, keine aus eigener Kraft wieder an die Oberfläche gelangen. Wir gingen zusammen unter.

Ich bekam keine Luft mehr. Mit einem kräftigen Stoß rammte ich sie mit meinem Hintern von der Pritsche. Ronnie knallte mit dem Kopf gegen den einzigen Stuhl und blieb am Boden liegen. Mutti knurrte. Ich sparte mir jeden Kommentar. Ich wollte, dass Ronnie weggeht. Wenn sie jetzt die Nerven verlor, dann kam auch ich endgültig unter die Räder.

Ich hatte Pflichten. Dem Haus und den Frauen gegenüber und mir gegenüber. Außerdem war Ronnie nicht zu trauen, sie hatte ihre eigene Agenda. Sie verfolgte ihre eigenen Interessen. Wie jede von uns. Die BURG half uns, diese Interessen zu sichern. Wir lebten in einer geschlossenen Gemeinschaft, wir lebten in unserer eigenen Demokratie, die im Kern darauf ausgelegt war, zunächst uns selbst und dann die Gemeinschaft zu schützen. Fast alle von uns hatten ja nicht mehr so lange. Da konnte man auch mal eine andere Gangart einlegen. Deshalb war Schutz und Sicherheit das A und O. Dem wurde alles andere untergeordnet. Wir waren aufeinander angewiesen. Wieso Ronnie so neben der Spur war, wollte ich gar nicht mehr wissen. Sie sollte sich einfach nur zusammenreißen. Mein Maß an Erschütterungen war voll.

Unglücklicherweise ließ sich Leonies Schäferhündin auch in den folgenden Tagen nicht beruhigen. Bei jeder Gelegenheit kläffte sie die Schleuse an. Ich hätte deswegen gern mal tausend Volt über das Stromhalsband in die Mutti gejagt, aber ich wusste nicht, wie man das mit der Fernbedienung hätte anstellen sollen. In einem unbeobachteten Moment untersuchte ich die Steuerung. Aber die Handhabung war irgendwie nicht selbsterklärend oder »intuitiv«, wie das inzwischen heißt. Intuitiv legte ich sie wieder weg, bevor Leonie den Keller betrat. Mutti immer an der Seite. Die Polizistin Leonie war eine angenehme Mitbewohnerin. Sie stellte keine Fragen, das war gut. Sie konnte super Witze erzählen, das war noch besser. Sie ging regelmäßig arbeiten und war danach angenehm erschöpft. Und sie ging abends öfter aus, wenn sie keinen Spätdienst hatte und verstand sich am allerbesten mit Dorothea, weil diese eine der wenigen war, die noch harte Drinks vertrug und nicht nach drei Whiskey Sour eine Magentablette einnehmen musste.

So unproblematisch es mit Leonie lief, so anstrengend war es mit ihrer Hündin. Auch deshalb war glasklar, dass wir Irina nicht ewig in dem Fluchttunnel aufbewahren konnten. Ich hatte neuerdings krude Albträume, in denen ich meistens rasend schnell meine Koffer packen musste und einfach nie richtig fertig wurde, weil immer etwas fehlte und ich nicht mal wusste, was. Hatte ich es mal geschafft, suchte ich draußen auf der dunklen Straße fieberhaft nach Wolfgang, der mich mit seinem Auto mitnehmen wollte. Er war nie da, und ich lief verzweifelt auf der regennassen Straße unter den Yorckbrücken herum, um ihn zu finden.

Irina musste hier raus. So oder so. Spätestens in dem Moment, als Iba Hairani auf den Plan trat, wurde es richtig dringend. Iba Hairani war Fluch und Segen zugleich, nur konnte das zu diesem Zeitpunkt niemand ahnen. Dorothea brachte diese junge Frau in den Keller mit, gerade als ich loswollte, um mit Waltraut und ein paar anderen ins Krankenhaus zu fahren. Ingetraut hatte sich angefunden, in Berlin-Buch, am anderen Ende der Welt, im Onkologie-Zentrum. Wir wollten sie besuchen und dort klären, wann wir sie wieder mitnehmen konnten.

Nun stand aber plötzlich Iba Hairani im Raum und stellte sich als Reporterin vom *Tagesspiegel* vor. Dorothea hatte sie am Tor aufgegabelt und in den Keller geschleust. Die Reporterin hatte über drei Ecken von einer entfernten Bekannten erfahren, dass bei uns Frauen im Keller hausten und sich spontan auf den Weg gemacht. Eine »disruptive Sensation, krasse Scheiße«, entfuhr es ihr, kaum dass die Kellertür hinter ihr ins Schloss fiel.

»Voll der Chip, die krasse Wohnungsnot in der Hauptstadt auf diese krasse Weise zu bekämpfen. Darf man das überhaupt?«, schoss sie auf mich los. »Ich feiere so was. Ich feiere euch total. Ich bin auch Feministin.« Iba Hairani hielt schon das Handy in der Hand und schwenkte, ohne eine Sekunde zu verschenken, filmend die Verschläge ab. Dann schaltete sie um und huschte an meine Seite, sodass ich auf einmal ihr selbstbewusst lächelndes Gesicht im Display sah und in der baufälligen Ruine daneben mich selbst erkannte.

»Berlin hat ein Problem«, sagte Iba Hairani in die Kamera, »und neben mir steht die Lösung.«

»Stopp!« rief ich. »Nein.« Ich sprang aus dem Bild. »So können wir das echt nicht machen. Moment mal.« Ich fühlte mich an meine Anfänge als Reporterin erinnert, als ich der Züchterin bei der Rassehundeschau sofort das Mikro vor die Nase gehalten hatte. Immer drauflos, das brachte die besten Geschichten. Aber nun war ich auf der anderen Seite. Daran musste ich mich erst mal gewöhnen.

Eigentlich war mir die junge Frau auf Anhieb sympathisch gewesen, wie sie da forsch mittenrein platzte in die Situation, ohne das übliche höfliche Geplänkel. Aber ihr Überfall war einfach ein paar Nummern zu stürmisch. Iba Hairani war kurz irritiert, ließ den Arm sinken und sah mich entgeistert aus tiefschwarzen Augen an, als wollte sie mir sagen: Wieso jetzt ein Problem? Sie hatte Wimpern wie Flaschenbürsten. Dazu saftige schwarze Haare. Ihre makellosen Zähne waren schneeweiß. Sie war unheimlich groß, überragte mich bestimmt um zehn Zentimeter. Entweder war sie fast eins neunzig, oder ich war schon geschrumpft wie meine Mutter. Sie war erschreckend lebendig. Sie trug so eine Hose aus Wolle mit Gummizug in Hellbeige, in die ein Zopfmuster eingearbeitet war. Sie könnte im Gegensatz zu mir auch Breitcord tragen, ohne wie eine Tonne auszusehen, aber es war definitiv nicht der richtige Moment für kleidungstechnische Trauerarbeit.

»Es ist eine Notlösung. Ich wohne hier nur vorübergehend«, sagte ich entschuldigend. Alles war mir peinlich in diesem Moment vor dieser jungen, elastischen Frau. Das verblichene T-Shirt, die offene Kekspackung auf dem Schreibtisch, die Paracetamol, die ungebügelte Bettwäsche, die abgestoßene Thermoskanne, meine Frisur. Der Gesamtauftritt musste ärmlich auf sie wirken. Ich wollte alles wenigstens ein bisschen herrichten. Im Gegensatz zur funkelnden Iba Hairani war hier einfach keine Farbe. Die Reporterin starrte fasziniert auf mein schmales Bett, den kleinen Schreibtisch und vor allem auf die Fußmatte vor der Lattentür, wo draufsteht: »Die ganze Welt ist ein Irrenhaus, aber hier ist die Zentrale«.

»Das ist ein Geschenk meiner Mitbewohnerin. Sie findet das witzig«, versuchte ich mich aus der Affäre zu ziehen. »Es ist so schwer, Geschenke wegzuwerfen. Ich hatte gerade Geburtstag.«

»Oh«, sagte sie. »Herzlichen Glückwunsch. Das ist doch nett.«

Nett.

Ich schaffte es, sie aus dem Keller heraus ans Licht zu führen, um mit ihr im Garten ein vernünftiges Gespräch zu führen. Aber ich dachte nicht nach. Es ging alles zu schnell. Ehrlich gesagt, ich fühlte mich auch ein bisschen geschmeichelt, dass meine Idee nun auf einmal als »fortschrittlich und modern« in die Zeitung kommen sollte.

Ein paar Tage später erschien zuerst online im *Tagesspiegel* ein Artikel mit der Überschrift »Sozialer Sprengstoff«. Der war mit einem Foto von der BURG illustriert. Dazu ein Bild vom Kittchen und eins von Leonies Schlafbox, weil sie so schön aufgeräumt war. Hätte ich wohl auch so gemacht. Einen Tag später war die Geschichte dann in der Papierzeitung. Iba Hairani nahm in »Sozialer Sprengstoff« den verhängnisvollen Wohnungsmangel in der Hauptstadt ins Visier, »welcher zerrüttete Ehen in eine Gewaltspirale zwingt, Normalverdiener zu Leistungsempfängern macht und Studentinnen sexuellen Übergriffen aussetzt«. Als Beispiel für eine intelligente Kreativleistung der Zivilgesellschaft wurde das Kellerwohnen in der BURG präsentiert. Ich las: »Erst das Staatsversagen, dann der Zusammenbruch des Wohnungsmarkts, und jetzt nimmt die Bevölkerung ihr Schicksal selbst in die Hand. Es ist zwar illegal, aber Sozialsenatorin Cansel Kiziltepe wird mit Genugtuung zur Kenntnis nehmen, dass die Zukunft in Berlin noch eine Adresse hat. Eine klar feministische.«

Dann folgte eine Beschreibung des Kellers und ein Kurzabriss der Geschichte der BURG einschließlich eines Hinweises auf die von Frauen besetzten Häuser der Achtzigerjahre als Vorläufer des Projekts. »Eine Bewohnerin, die ihren Namen nicht in der Zeitung lesen will, erklärte, alleinstehende Frauen seien von der Wohnungsnot in besonderem Maße bedroht, weil sie in der Regel weniger Einkommen und kleinere Renten haben.« Vermietet würden die Kellerverschläge nun auch an »Frauen, die nichts anderes finden und natürlich an Schutzsuchende«. Und dann wurde ich noch anonym mit den Worten zitiert: »Männer sollen bitte draußen bleiben. Wir haben mit uns selbst genug zu tun.«

Gut, dass kein Foto von mir in der Zeitung war. Denn kaum war die Geschichte in der Welt, brach der Teufel los. Nicht nur dass unzählige, tief gekränkte Männerseelen in Onlinekommentaren ihren Frust loswerden mussten (»gefährliche Spaltung der Gesellschaft«, »Feminismus ist eine menschenfeindliche Ideologie«), Iba Hairani schickte unsortiert schon am nächsten Morgen achtundvierzig E-Mails mit Mietgesuchen an mich weiter, und jeden Tag kamen Dutzende dazu. Frauen auf

Wohnungssuche strömten zum Haus und klingelten penetrant jede Bewohnerin in den Wahnsinn, handgeschriebene Bittbriefe landeten in den Postkästen. Eine ältere Frau ohne Deutschkenntnisse campierte mit Sack und Pack und drei kleinen Kindern schon seit mehreren Tagen im Eingangsbereich.

»Die müssen wir reinlassen«, sagte Bibi Blocksberg, »das sind doch Schicksale. Da müssen wir helfen.«

»Und dann alle in den Keller?« Ich sah mich bereits im Untergeschoss in einer Art Notbaracke bei voller Besetzung ersticken. »Bitte nicht. Nein! Das wird zu voll.«

»Wir müssen Nothilfe leisten. Das siehst du doch. Was bist du nur für ein Mensch? Das ist doch unsere moralische Pflicht.« Bibis Busen bebte, ihre Nasenflügel blähten sich unnatürlich auf wie kleine Ballons. Unschwer zu übersehen, sie war erzürnt.

»Bibi, nein. Selbst wenn wir welche aufnehmen, wen denn? Wer soll denn darüber entscheiden und nach welchen Kriterien?«

Bibi hatte sich gerade mit Luft vollgepumpt, um mich hinfortzublasen, da wurden wir jäh unterbrochen, weil direkt über uns Spanier Pepe aus seinem Badfenster, das eigentlich meins war, mit halber Körperlänge heraushing und rief: »Stop that fucking noise! What the hell is going on here? I have to work. Damn! Do something! At least finally fix the internet! It is too slow. Stop the fucking noise! We will not pay any rent, if you do not stop that fucking noise! Bastards. German fucking Bastards.« Dann knallte er das Fenster wieder zu.

Langsam verließen mich die letzten Kräfte. Selbst Dorothea

und Gabriele nahmen mir schwer übel, was ich mit diesem Artikel ausgelöst hatte.

»Wir brauchen einen Krisenstab«, sagte Gabriele. »Uns wächst das alles über den Kopf. Das sind doch viel zu viele. Mein Vater hat schon Interessentinnen durchs Haus geführt. Sogar durch mein Apartment.«

»Wir brauchen einen Beschluss, die Hausrunde muss entscheiden. Sofort«, befand Dorothea und winkte hektisch Waltraut herbei, die sich gerade ihren Weg durch die Menschenmenge am Eingangstor gebahnt hatte.

»Ich hatte gerade einen Anruf«, keuchte Waltraut vollkommen außer Atem, »Sahra Wagenknecht will vorbeikommen und sich von unserem Haus und dem Keller ein Bild machen. Ihr Referent findet, hier könnte sich die soziale Frage entscheiden. Was sagt ihr nun? Ist das toll, oder ist das toll?«

Ich schwieg darüber, dass sich per WhatsApp auch noch die *rbb-Abendschau* bei mir gemeldet hatte. Iba Hairani war so freundlich gewesen, meine Nummer weiterzugeben. Ohne mich vorher zu fragen. Ich schrieb das ihrer Jugend und Unerfahrenheit zu. Denn unter professionellen Gesichtspunkten ging das natürlich überhaupt nicht. Wem hatte sie noch alles meine Nummer gegeben? Waltraut klopfte mir mit ihrer Knochenhand auf die Schulter.

»Mensch, das ist doch super. Du hast uns wieder ins Gespräch gebracht. Wir machen Politik. Wie früher. Es geht noch mal los.« Sie war gar nicht zu bremsen. »Der Referent war auch ganz elektrisiert, dass wir schon eine Ukrainerin aufgenommen haben. Sahra Wagenknecht möchte gern Irina treffen und mit ihr über die Russlandpolitik diskutieren.«

Ein kalter Schauer lief mir über den Rücken. Wo war Ronnie? Sie war verschwunden. Ich hatte sie seit zwei Tagen nicht gesehen. Vielleicht hatte sie die Stadt verlassen. Wenn nicht, wusste ich, wo ich sie höchstwahrscheinlich finden würde.

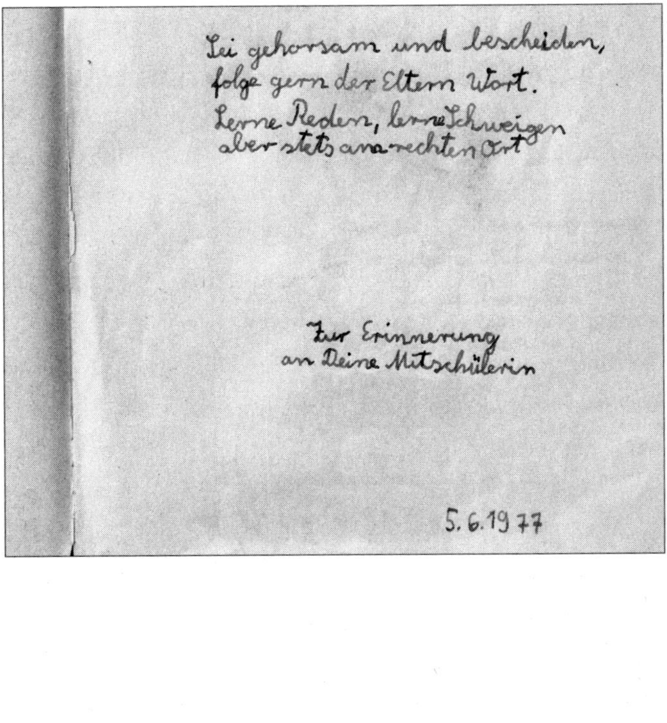
Sei gehorsam und bescheiden,
folge gern der Eltern Wort.
Lerne Reden, lerne Schweigen
aber stets am rechten Ort
Zur Erinnerung
an Deine Mitschülerin
5.6.1977

7
reden und schweigen

Am hellen Nachmittag steige ich in ein dunkles Loch. Dort ist es Nacht. In der Roten Rose ist es immer mitten in der Nacht. Draußen kann die Sonne noch so knallig scheinen, in dieser Kneipe, an einer der belebtesten Ecken der Oranienstraße, dauert die Nacht grundsätzlich vierundzwanzig Stunden. Rund um die Uhr hat die Rote Rose geöffnet. Seit Jahrzehnten gibt es hier in diesem kleinen Lokal schon keine anderen Tageszeiten mehr, dafür einen Tresen und eine Jukebox. Hier wird getrunken, geredet, geschlafen, getanzt und immer gern über die Stränge geschlagen. Das letzte Mal, das ich hier war, liegt sehr, sehr lange zurück und meine Erinnerungen daran sind außerordentlich verschwommen. Anfühlen tut es sich noch genauso. Denn Ronnie ist noch da.

Vollkommen betrunken tanzt sie zu dem Schmachtfetzen »Dreams Are My Reality« mit geschlossenen Augen auf der Stelle, wiegt sich in den Hüften, fährt sich durch die Haare und lässt dann die prachtvoll tätowierten Hände über ihr T-Shirt gleiten. Ihr Kopf hängt hinten im Nacken, rhythmisch rollt sie ihn von einer Schulter zur anderen, streicht sich über die Brust und greift sich in den Schritt. Es ist nur eine Frage der Zeit, dass sie sich selbst dabei auf die Finger haut. Niemand kümmert ihre Darbietung. Zu dieser Uhrzeit sind nur wenige Gäste im Lokal.

Als Ronnie die Augen öffnet und eine Ahnung davon bekommt, wer vor ihr steht, schreit sie auf und jubelt, als hätte sie mich jahrelang nicht gesehen. Sie schlingt die Arme um meinen Hals und versucht, mich mit ihrem Blick zu fixieren. Ihre Pupillen scheinen sich im Rhythmus der Musik zu weiten und zu verengen, obwohl das anatomisch gar nicht möglich ist.

»Deine Perücke ist verrutscht«, lallt sie.

»Schon länger.«

»Komm!« Sie zieht mich zum Tresen und bestellt zwei Tequila. Im Regal schräg gegenüber stehen ein Plastik-Schneewittchen, fünf Zwerge und ein Kaninchen.

»Hast du Geld?«, fragt sie. »Ich hab meins verloren. Oder kann es nicht finden.« Sie klopft ihre Hosentaschen ab, vorn und hinten. Offenbar findet sie da nichts.

»Vielleicht geklaut«, versucht sie zu ergründen, scheint es aber im selben Moment zu vergessen.

Ronnie schwankt erheblich und ist schon im Fallen, als sie doch noch mit einer Hand meine Schulter erwischt. Beinahe reißt sie mich vom Barhocker, würden meine Füße nicht noch am Boden kleben. Die Rote Rose ist keine Kultbar, wie man vielleicht annehmen könnte, noch nicht mal ein Absturzschuppen. Es ist ein Laden für private Räusche aller Art, die man für sich allein genießt. Oder auch erleidet, je nachdem. Kurz gesagt: Es gibt angenehmere Lokale in der Gegend, um vierundzwanzig Stunden durchzumachen.

Wir trinken zwei Tequila auf ex. Und dann noch zwei. Ich

bin jetzt eine Frau mit Tagesfreizeit. Warum nicht ausnutzen. Als kehrte ich in eine Welt zurück, die ich vor dreißig Jahren verlassen habe, schiebe ich die Gläser mit dem Handrücken zur Seite. Macht man das noch so? Mir fehlen Dekaden des Kneipenbesuchs. Ich könnte nicht mal mehr sagen, wann ich damit aufgehört hatte. Nicht einmal, *dass* ich damit aufgehört hatte. Die Berufstätigkeit hat ein großes Loch in mein Privatleben gerissen, ohne dass es mir bewusst geworden wäre. Es fühlt sich an, als schlösse ich nahtlos an alte Zeiten an, aber natürlich liegen Jahrzehnte PowerPoint, Selbstbeherrschung und Mineralwasser dazwischen. All das wird mir in diesem einzigen Moment bewusst. In der Ecke sitzt ein alter Mann, der uns feindselige Blicke zuwirft, ganz so, als wären wir amerikanische Touristinnen, die sich voyeuristisch das echte Eckkneipen-Berlin zumuten wollen.

»Das Glück ist sehr zerbrechlich«, nuschelt mir Ronnie ins Ohr und schenkt mir ein zaghaftes Lächeln. Sie bestellt zwei Bier. Ich trinke nur einen Schluck davon. Man muss nicht jedes Bier austrinken, das vor einer steht.

»Komm, Ronnie, wir gehen. Wir gehen nach Hause. Ich brauche dich da.« Behutsam ziehe ich sie vom Hocker. Die Rechnung hält sich in Grenzen. Zweiundsiebzig Euro. Das sind ein Euro fünfzig für jede Stunde, die Ronnie in dieser Kneipe war. Wer weiß, wen sie noch eingeladen hat. Ich lege achtzig Euro auf den Tresen und schleife Ronnie hinter mir her nach draußen auf die Straße.

Die Sonne scheint so hell, dass die Umstellung von Nachtbetrieb auf Tagesprogramm eine Minute dauert, in der wir auf dem belebten Gehweg von den vielen Menschen, die hier unterwegs sind, an die Hausmauer gedrückt werden. Halbwüchsige Schüler*innen auf Klassenfahrt aus der Provinz schieben sich an uns vorbei, immer darauf achtend, zusammenzubleiben und nicht zurückzufallen und dabei trotzdem noch cool auszusehen. Ein Kleinkind im Batman-Kostüm wirft sich schreiend neben uns auf den Gehweg, um seine Mutter zu zwingen, ihm bei »Wonder Waffel« nebenan ein Eis zu kaufen.

Ich zerre Ronnie hinter mir her, um ihr ein paar Häuser weiter einen Döner zu holen. Sie verschlingt ihn angelehnt an eine Fahrradleiche, an der Sattel und Räder fehlen. »Ich habe noch viele gute Zähne«, brüstet sich Ronnie zwischen zwei großen Bissen. »Ich habe ein Bonusheft ohne Lücken. Da war ich immer sehr gewissenhaft. Aber mein Zahnfleisch geht zurück.« Bevor sie mir noch erzählt, dass ihr Zahnersatz wegen des Bonushefts irgendwann mal von der Krankenkasse höher bezuschusst wird, ziehe ich sie weiter. Sie stolpert hinter mir her und beschwert sich über ihre Turnschuhe, aus denen angeblich jemand die Schnürsenkel geklaut hat. »Kann ja gar nicht anders sein. Wer geht ohne Schnürsenkel aus dem Haus.«

An der BURG stecke ich den Schlüssel ins elektronische Schloss, und das Tor schwenkt automatisch auf. Untergehakt nehmen wir die Treppe nach unten. »Trink das!« Eine Flasche Sprudel in einem Zug könnte ein wenig Erleichterung bringen. Aber Ronnie schiebt meinen Arm mit der Flasche zur Seite und wirft sich auf ihre Pritsche. Die Schuhe gehen leicht von ihren Füßen. Tatsächlich fehlen die Schnürsenkel. In Kreuzberg kann man wirklich alles brauchen.

»Bisschen zu tief ins Glas geschaut?« Ich fahre herum und blicke in das gütige Gesicht von Lehrerin Doreen. Sie lächelt milde und schwebt wie ein Engel an mir vorbei in die provisorische Küche, tränkt ein Küchenhandtuch mit kaltem Wasser und schwebt zurück in den Verschlag von Ronnie, die kurz aufstöhnt, als Doreen ihr den kalten Umschlag auf die Stirn legt. Doreen riecht so frisch und grün wie eine just gemähte Sommerwiese. Der angenehme Duft verteilt sich im gesamten Keller wie ein Raumspray. Sie trägt ein luftiges Sommerkleid und Sandalen mit kleinem Absatz und hat ihre halblangen, sehr dünnen, hellblonden Haare mit zwei bunten Spängchen über den Ohren befestigt, wie sie sonst nur Kinder in Heile-Welt-TV-Serien tragen.

»Ich bin da«, sagt sie. »Dorothea hat mir schon alles gezeigt.«

Über dem Haken neben der Kellertür, an dem der Schlüssel für das Bad in der Gästewohnung hängt, klebt nun eine Postkarte, die ein Flusspferd zeigt, auf dessen Kopf ein kleiner weißer Vogel sitzt.

»Ich fand das hübsch«, sagt Doreen, als sie bemerkt, dass ich irritiert etwas anderes suche, was ich anstarren kann, um nicht Doreen weiterhin wie eine Außerirdische zu betrachten. »Wir wollen es uns hier ja etwas gemütlich machen.«

»Schön«, sage ich und setze die Mineralwasserflasche an, um sie nun selbst in einem Zug auszutrinken.

»Nächste Woche geht die Schule wieder los. Im Moment laufen die Vorbereitungstage. Ich richte mich hier ein«, sagt Doreen.

»Schön.«

»Ich habe einen Zettel ans schwarze Brett gehängt und alle im Haus für heute zu einem kleinen Umtrunk eingeladen, damit ich mich vorstellen kann. Das ist doch in Ordnung, ja?«

»Schön«, sage ich und denke, dass das hier unten bald eine Eins-a-Partylocation wird.

Es geht nicht anders, ich muss ein paar Klamotten in die Waschmaschine werfen. Ich habe nichts mehr anzuziehen. Der Alltag fordert seinen Tribut.

»Oh nein«, murmelt Ronnie, als das Wasser geräuschvoll in die Maschine gezogen wird. Sie dreht sich auf die Seite. Das Handtuch rutscht auf den Boden. Und noch einmal: »Oh nein.«

»Geht doch schnell«, beruhigt Doreen. »Ist doch Programm ›Pflegeleicht‹, oder nicht?« Sie klopft aufmunternd an die Aluplanken von Ronnies Kellerabteil.

»Keine Ahnung«, antworte ich leicht weggetreten. Buntwäsche oder Weißwäsche. Ist mir doch egal. Mit der Flasche in der Hand verlasse ich den Keller, wandere durch das Treppenhaus nach oben in den Garten und setze mich auf die Bank.

Der Apfelbaum ist dicht belaubt, spendet angenehm Schatten, hängt voller Früchte. In einem Monat wird gemeinsam geerntet und danach gerecht verteilt. Der Termin steht fest. Die Gartengruppe wacht über die Einhaltung der Vereinbarung. Es muss alles seine Ordnung haben, damit sich niemand ungerechtfertigt bereichert. Das ist ein Beschluss der Hausrunde. Niemand darf hier einen Apfel pflücken, bevor die Zeit offiziell reif ist. Angetrunken von zwei Tequila und erschöpft von all den Ereignissen der letzten Tage, überfällt mich ein Gefühl der Traurigkeit. Ich weiß gar nicht, warum. Ich will es auch gar nicht herausfinden, deshalb greife ich zum Telefon.

»Mama«, sage ich bedrückt, als sie tatsächlich am anderen Ende der Leitung abhebt.

»Ja?«

»Mama«, schluchze ich leise und muss mich erst mal finden.

»Wer ist da?«, fragt meine Mutter kurz angebunden. Im Hintergrund höre ich Stimmen.

»Ich bin es.«

»Mein Kind?«

»Ich wollte mich mal melden. Ich …«

»Du, das ist gerade ganz schlecht. Ich muss dich zurückrufen.«

»Mama«, sage ich noch einmal etwas eindringlicher.

»Jetzt sei nicht albern mit diesem Mama-Ding. Erzähl mir das alles später, ja? Ich mach jetzt Schluss. Halt die Ohren steif.« Dann legt sie auf. Sekundenlang sitze ich noch da, die Hand am Handy, das Handy am Kopf, in mir ein einziger Wunsch nach Trost und Halt, aber als ich hochschaue, bleibt mein Blick an Felicitas hängen, die sich wie eine Katze schleichend mit gesenktem Kopf vorweg durch das hohe Gras auf mich zubewegt. Ihr selbst gemalter Pony ist etwas ausgeblichen, anscheinend hat sie ihn noch nicht aufgefrischt.

»Du, entschuldige«, sagt sie, als sie schon ganz nahe gekommen ist, »geht es dir gut?«

»Na ja«, gebe ich zurück und zeige mit der inzwischen leeren Flasche auf den freien Platz neben mir auf der Bank.

Bevor sie sich setzt, wischt sie mit einem Papiertaschentuch die saubere Sitzfläche noch sauberer. Angesichts ihrer total zugerümpelten Wohnung, in der das Putzen unmöglich geworden ist, kommt mir das doch etwas seltsam vor. Oder vielleicht auch gerade nicht.

»Mir ist da eine Idee gekommen«, startet sie ihren Vorstoß. »Kennst du die Fitness-Oma aus dem Internet?«

»Was für eine Fitness-Oma?«

»Die ist dreiundachtzig und Sport-Influencerin. Die verdient richtig Geld mit ihren Fitness-Videos. Das wäre doch auch was für dich. Du bist doch so sportlich. Das Internet. Das ist doch die Zukunft.« Und dann schwärmt sie mir von dieser Erika Rischko vor, die sich entschieden hat, ihr Bauchfett im hohen Alter gegen ein Sixpack zu tauschen. Zunächst habe sie lediglich ein bisschen Bewegung in ihr Leben bringen wollen, doch jetzt sei sie eine lebende Sportlegende, berichtet Felicitas. »Immer wenn ich sie sehe, muss ich an dich denken.«

»Du machst Sport mit der Fitness-Oma?« Jetzt bin ich aber wirklich überrascht.

»Nein. Ich sehe nur zu. Aber die macht das gut.«

»Sehr schöne Idee, nur so weit bin ich noch nicht«, lüge ich mich aus der Situation. Aber wo Felicitas schon mal da ist: »Sag mal, ich wollte dich noch mal nach diesem Sarg fragen für die Demo. Du hast wirklich einen bei dir stehen?« Zwischen all den Schränken, Leuchten und Koffern, die sich über die Jahre bei ihr angesammelt haben, so meine ich mich zu erinnern, hat Felicitas auch von einem Sarg gesprochen.

»Du meinst den für meine Mutter? Den habe ich noch. Wunderschön ist der. Schneeweiß.«

»Und als sie ihn gesehen hat, wollte sie doch nicht mehr sterben?« Felicitas Gesicht nimmt eine rote Farbe an, und die Taktlosigkeit tut mir sofort leid.

»Nein. Sie ist tot.« Felicitas Augen füllen sich mit Tränen, die sie mit dem zerknüllten Taschentuch verreibt, das sie immer noch in der Hand hält. »Mein Bruder hat gesagt, unsere Mutter würde sich im Grab umdrehen. Er hat mein Konzept nicht verstanden. Mein Bruder wollte Eiche. Er hat mich nicht respektiert. Noch nie. Nur über seine Leiche, hat er gesagt. Dabei hatte ich den Sarg schon gekauft. Ich konnte ihn nicht zurückgeben. Du kannst ihn gern mal ansehen.«

Von welchem Konzept spricht sie hier?

Als Felicitas ihre Wohnung aufschließt und mich gleich hinter der Tür ein riesiges Aquarium empfängt – mit blinden Scheiben ohne Wasser und ohne Fische, so groß wie die Verkaufstruhe im Eisladen an der Admiralbrücke –, entschuldigt sich Felicitas bereits zum elften Mal für die Unordnung. Zehnmal auf dem Weg durchs Treppenhaus und jetzt noch einmal aktuell beim Eintritt. Sie hat mir nicht zu viel versprochen. Innerhalb ihrer Wohnung sind nur noch schmale Wege begehbar zwischen raumhohen Regalen, senkrecht aufragenden Sofas, verglasten Medizinschränken aus Metall und alten, lederbezogenen Sprungkästen aus den Turnhallen meiner Jugend. Da ist kein Müll oder Unrat, kein Geruch von Verwesung, stattdessen atme ich Möbelpolitur. Alles glänzt. Felicitas lebt in einem Einrichtungshaus, in das kein Tageslicht mehr fällt. Kurz vor ihrem Schlafzimmer ist die Schneise so eng, dass ich mich nur noch seitlich zwischen zwei kunstvoll handbemalten Bauernschränken durchquetschen kann, um dann in ein helles und sauberes und bis auf ein Bett angenehm leeres Schlafzimmer zu treten. An der Wand lehnt aufrecht das Unterteil des weißen Sargs, verschwenderisch ausgeschlagen mit Satin oder Seide in Regenbogenfarben. Die Größe müsste passen.

»Ich weiß nicht, ob du das weißt, aber ich bin studierte Textilingenieurin«, sagt Felicitas und lässt ihre Hand über den leuchtenden Stoff gleiten. »Ich habe genau diese Faser ausgesucht und speziell dieses Tuch in dieser Qualität und in diesen Farben daraus weben lassen. In Italien. Es ist Seide. Es war eine Spezialanfertigung.«

»Und du bist ganz sicher, dass du den Sarg für die Demo zur Verfügung stellen möchtest? Er könnte verloren gehen. Vielleicht werden wir ihn bemalen. Was weiß ich.«

Voller Hingabe liebkost Felicitas die aufgerüschte Innenausstattung und zeigt dann auf die Beschläge an der Seite des Sargs. »Messing«, sagt sie. »Sie sind geformt wie Eichenblätter. Siehst du? Wenn man ihn schließt, wird er mit diesen Haken verschraubt. Wie bei einem Schiff.« Sie klappt ein Scharnier von der Seite nach vorn, das mich an die Verschlussriegel eines Lkw-Anhängers erinnert.

»Sehr auffällig. Da könnte man ja eine Königin drin bestatten.« Ich überlege gerade, wie es wohl wirken mag, wenn eine größere Gruppe alter Frauen mit einem weißen Sarg mit Messingbeschlägen – geformt wie Eichenblätter – zur Protestdemo gegen den »Marsch für das Leben« aufbricht. Vermutlich müssten wir unsere Botschaft sehr, sehr deutlich kenntlich machen, um nicht missverstanden zu werden.

»Gut«, sage ich zu Felicitas. »Ich denke, das passt. Und du kannst dich wirklich von diesem Sarg trennen?« Vielleicht will sie ja selbst irgendwann mal darin bestattet werden.

»Ich habe meinen Frieden damit gemacht. Es ist an der Zeit«, sagt sie, während sich die Tränen wieder hinauf in ihre Augen kämpfen. Sie atmet lange und hörbar aus. »Meine Mutter ist schon zwölf Jahre tot. Und seit fünfzehn Jahren steht dieser Sarg schon hier. Irgendwann ist auch mal gut.«

»Und von welchem Konzept hast du eben gesprochen?«

Felicitas hebt beide Hände, setzt sich auf die Bettkante und stöhnt. »Ist nicht so wichtig. Das war eine Kopfgeburt. Ich, ich …« Sie ringt nach Worten. »Das war dieses Ding mit dem ›weißen Feminismus‹. Du weißt schon. Ich als privilegierte weiße, feministische Frau, die das Patriarchat auf perfide Weise fortsetzt … Das ist doch dieses Ding. Schon damals. Die Beisetzung sollte was Symbolisches werden. Ich wollte mich vom feministischen Rassismus befreien.«

Ach du Scheiße. Da wollte Felicitas gleich alles in einem Rutsch aus der Welt schaffen: ihre tote Mutter und den weißen Feminismus gleich mit.

»Okay, okay. Lass uns den Sarg mal runterbringen in den Keller.« Dieses Gespräch kürze ich ab. Der weiße Feminismus ist ein Riesenthema, zu monströs für diesen anstrengenden Nachmittag. Das gesamte Haus ist vollgestopft mit weißen, privilegierten Frauen. Sich das jetzt selbst und auch gegenseitig vorzuwerfen, müssen wir vertagen. Da fällt mir sofort die Frau ein, die kein Deutsch kann und mit ihren drei Kindern immer noch vor dem Tor sitzt und rein will in die BURG. Aber darum sollen sich jetzt bitte mal andere kümmern.

»Los, Felicitas, pack mal mit an!« Doch als Felicitas und ich den Sarg von der Wand holen wollen, stellen wir fest: Der ist zu schwer. »Wir könnten die Schubkarre holen«, sagt Felicitas. »Nein, nein«, winke ich ab, »lass uns den anderen Bescheid sagen. Wir müssen durchs Treppenhaus. Wir passen nicht in den Fahrstuhl.«

Ein Anruf, und Waltraut und Gabriele stehen bereit. Mit vereinten Kräften schleppen wir den Sarg durch das Treppenhaus drei Etagen bis hinunter in den Keller, wo uns Doreen die Tür aufhält. »Hoppla. Ist jemand gestorben? Mein erster Tag und gleich ein Sarg. Wie darf ich das verstehen?« Sie lacht übertrieben gut gelaunt, winkelt keck ein Bein an und klopft aufs Holz.

»Wer bist du denn?«, fragt Waltraut irritiert.

»Ich bin die Neue, ich bin die vom Schwarzen Brett, die euch heute zum Willkommensschluck eingeladen hat.«

»Das heißt bei uns nicht ›Schwarzes Brett‹«, koffert Waltraut zurück. »Das ist unser antirassistisches Aushangbrett. Merk dir das!«

»Das ist Doreen«, presse ich heraus, während wir den Sarg im hinteren Gang unter der Schleuse vorsichtig auf den Boden herablassen. »Buchladen-Petra hat ihr ihren Kellerverschlag vermietet.«

»Angenehm«, sagt Doreen. Ihre Wangen sind fett aufgeblasen, glänzen, und dann glühen sie auch noch rot. »Fällt euch denn nichts auf?« Sie platzt fast vor Aufregung.

»Nee«, sagt Waltraut. »Hier stinkt's nach kaltem Rauch und Kneipe.«

»Das ist Ronnie. Sie war länger unterwegs.« Mit dem Kopf deute ich in die Richtung, woher die Schwaden kommen.

»Fällt euch gar nichts auf?« Doreen ist völlig aufgekratzt, zieht mich sogar total unpassend am Ärmel.

Sofort herrsche ich sie an. »Was soll denn das? Doreen, bitte!«

»Nun schaut doch mal richtig hin! Wir haben eine neue Beleuchtung. Mein Ältester war da. Roy, der Elektriker. Du erinnerst dich?« Sie deutet auf die Decke, von der vier Reispapier-Lampions baumeln. In Reihe gehängt. »Sogar mit LED. Die sind auch dimmbar. Für romantische Stimmung.«

»Willkommen in den Siebzigern.« Waltraut lässt sich auf

einen Stuhl im Kittchen fallen. »Und übrigens«, sagt sie, während sie sich kühlende Luft auf die zerschundenen Handflächen bläst, »morgen Mittag, Punkt zwölf, kommt tatsächlich Sahra Wagenknecht und möchte sich den Keller ansehen und sich mit uns unterhalten.«

Doreen ist aber noch nicht fertig, sie drückt mir eine Fernbedienung in die Hand. »Wir können sogar verschiedene Farben anwählen. Drück mal auf Grün. Hier.«

»Jetzt nicht, Doreen. Wir haben hier was zu besprechen.«

Stimmt ja auch. Sahra Wagenknecht kommt morgen. Die hatte ich ganz vergessen. Ich bin überhaupt nicht vorbereitet. Die Zeit wird knapp. Normalerweise braucht es ein Papier mit allen Daten und Fakten und Kontaktadressen der Ansprechpartnerinnen. Dazu wäre natürlich eine Internetseite perfekt, auf der man die Entstehung der BURG nachvollziehen könnte. Und wenn man keine Wünsche offenlassen möchte, dann müsste ich das Besuchsprogramm noch schriftlich zusammenfassen. Nichts davon liegt vor. Es gibt nur diesen *Tagesspiegel*-Artikel von Iba Hairaini. Keine Frage, ich muss alles nachliefern. Sonst wird der Besuch verpuffen.

Der Morgen nach Doreens »Willkommensschluck« beginnt entsprechend katastrophal. Hämorrhoidensalbe habe ich nicht. Linda hat auch keine, obwohl sie Apothekerin ist. Solch eine Salbe soll helfen, wenn die Augen geschwollen sind und aufgedunsene Tränensäcke das Gesicht verunstalten. Im Spiegel erkenne ich mich selbst nicht wieder. Statt Hämorrhoidensalbe nehme ich einen Esslöffel, den ich vorher ins Eisfach gelegt habe. »Viel zu kalt«, schreit Doreen, »du bekommst Gefrierbrand im Gesicht.« Sie hat recht. Es brennt wie Feuer. Im Gegensatz zu mir ist Doreen heute taufrisch. Im taubenblauen Stretch-Hosenanzug verlässt sie gut gelaunt den Keller und strebt Richtung Schule.

Nach ihrem Einstand, zu dem sie gestern Abend hier in den Keller eingeladen hatte und der dann doch in eine Art Neue-Bundesländer-Oktoberfest ausgeartet ist mit dem Unterschied, dass es statt Bier literweise Asti Spumante gab, sind wir alle angeschlagen. Ich werde bei change.org eine Online-Petition starten mit dem Ziel, Asti Spumante verbieten zu lassen. Aber der eigentliche Killer war am Schluss dieser likörartige Schnaps »Schierker Feuerstein«, mit dem früher die »Scheiterhaufen zur Hexenverbrennung angefacht worden sind«, wie Buchladen-Petra heute mutmaßt. Sie fühlt sich vollkommen verkohlt und schielt. Im Buchladen hat sie sich krankgemeldet. Doreen hat auf unser aller Gesundheit einen Anschlag verübt und verlässt den Tatort wie eine Unschuldige, die nicht weiß, wovon wir reden. Und dann hat sie offenbar noch meine Wäsche im Garten aufgehängt. Meine Unterhosen und T-Shirts flattern im Wind. Niemand sonst würde sich an meiner Wäsche vergreifen.

Ich dusche lange und kalt. Das einzig Positive an meinem Zustand: Ich bin heute ohne jede Beklemmung in das Bad der Gästewohnung eingetreten. Ich habe nämlich meinen Verstand verloren. Noch drei Stunden, bis Sahra Wagenknecht die BURG betritt. Noch drei Stunden, bis ich ihr ein Konzept zur Lösung der deutschen Wohnraumkrise vorstellen darf. Jedenfalls hatte ich mir das in meinem Kopf schon mal zurechtgelegt: Berlin braucht unkonventionelle und unbürokratische

Lösungen, um dem Wohnungsmangel zu begegnen. Was wäre, wenn man die vielen High-Tech-Tiefgaragen umfunktioniert? Autos parken warm und trocken, während sich Hunderttausende die Hacken ablaufen, um irgendwo unterzukommen? Zugegeben, die Idee ist noch nicht ganz ausgereift. Aber wir beweisen doch jetzt schon, dass das Wohnen im Keller eine Option ist. Und selbst wenn es keine politische Unterstützung gibt, so wäre der Verzicht auf die Verhinderung bereits ein Schritt nach vorn. Das Treffen mit Frau Wagenknecht ist ein Testlauf. Ein schlüssiges Konzept muss ich noch erarbeiten. Liefere ich dann mit den Kontaktadressen und Fakten zur BURG nach. Nehme ich mir vor.

Als ich den Garten passiere, ruft Bibi Blocksberg sehr laut vom Balkon: »Sind das deine Klamotten? Diese Verwahrlosung! Wäsche im Garten! Was kommt als Nächstes? Dixie Klos?« Dann knallt sie ihre Balkontür zu.

Ronnie liegt auf ihrer Pritsche und raucht eine Zigarette nach der anderen. Sie hat gestern den Asti Spumante übersprungen und ist gleich zum Schierker Feuerstein übergegangen. Dann ist sie allerdings mitten im Tohuwabohu früh eingeschlafen. Sie hat den Hund nicht gehört, wie er vor der Schleuse geheult hat, sie hat nicht mitbekommen, wie Leonie aufgestanden und mitten in der Nacht mit Mutti spazieren gegangen ist. Sie ist nicht mal aufgewacht, als Legionellen-Roswitha gestolpert und mit großem Getöse in den Sarg gefallen ist. Immerhin ist Ronnie heute Morgen einigermaßen wiederhergestellt, räumt sogar die Küche auf und hat versprochen, keine radikalstressigen Störungsaktionen zu starten, damit dieser Tag einigermaßen unfallfrei über die Bühne geht.

»Sind wir jetzt eine Delegation?« Gabriele gefällt sich in ihrer Rolle als Repräsentantin im dunkelblauen Kostüm. Bei offiziellen Anlässen trägt sie tiefes Dunkelblau. Manchmal auch sehr tiefes Dunkelblau. Aber sehr tiefes Dunkelblau wäre für heute dann doch zu offiziell gewesen.

Wir stehen zu dritt seit einer halben Stunde im Toreingang und warten auf die Vorfahrt einer dunklen Limousine, der dann Sahra Wagenknecht mit ihrem Tross entsteigen möge. Waltraut hat sich extra Patti-Smith-mäßig in ihren schwarzen Hosenanzug geworfen, der aussieht wie ein Smoking, weil die ausladenden Revers mit Samt bezogen sind. Meine Schottenkarohose fällt ganz klar dagegen ab, und die rote Seidenbluse ist mir zu eng. Dabei hat sie mir noch vor ein paar Wochen gepasst. Rot erscheint mir immer noch angemessen, wenn Sahra Wagenknecht zu Besuch kommt. Gabriele sieht ganz verändert aus. Sie ist dezent geschminkt und hat sogar Lippenstift aufgelegt.

Das ist also unser großer Tag. Ich vermute, dass sich noch viele andere die Ankunft von Sahra Wagenknecht nicht entgehen lassen wollen und oben hinter den Fenstern warten. Das Programm hat Waltraut mit ihrem Büro abgesprochen. Zuerst folgt eine kurze Führung durch den Keller, und für ein Uhr Mittag ist dann noch ein dreißigminütiges Treffen mit den Hausbewohnerinnen im Kasino geplant. Wer Lust hat, darf teilnehmen und mitdiskutieren. Es kommt ja nicht so häufig vor, dass sich eine Bundespolitikerin, und dann auch noch diese, für die BURG interessiert.

Ich frage mich, wo die Frau mit den drei Kindern abgeblieben ist, die hier ihre Zelte aufgeschlagen hatte. Der Eingangsbereich ist leer und aufgeräumt. Genau in dem Moment, als ich feststelle, dass nun auch noch die Schulternaht meiner Bluse aufgegangen ist, sehe ich Sahra Wagenknecht die Straße hochkommen. Zu Fuß! Man erkennt sie sofort in einem für sie typischen Kostüm, Jacke und Rock in auffälligem Barbie-Pink, schwarze Pumps. Insgesamt wirkt sie als Person viel kleiner und zierlicher als im Fernsehen, geradezu zerbrechlich. Ihre schwarzen Haare sind hochgesteckt, so wie man es kennt. Sie lächelt, winkt sogar kurz. Neben ihr ein junger Mann mit Krawatte, der unter einem Arm zwei Aktenordner trägt und unter dem anderen eine Ledertasche. Die Sorte Mann, von dem man sich vorstellen kann, dass er jeden Freitag mit dem Auto in die Waschanlage fährt und den Innenraum aussaugt.

Die Begrüßung fällt herzlich aus, sodass sofort alle Anspannung von uns abfällt. »Sie sind die Burgherrinnen?«, scherzt Sahra Wagenknecht und drückt allen mit festem Druck die Hand. »Glauben Sie's, oder glauben Sie's nicht, ich war noch nie in einem Frauenwohnhaus«, sagt sie. »Ich bin jetzt sehr gespannt. Wollen wir?«

»Ich geh mal vorneweg.« Waltraut ergreift sofort die Initiative und steckt den Schlüssel ins Schloss.

Das Tor schwingt auf, und kaum biegen wir um die Ecke, steht uns Wolfgang im Weg in diesem viel zu kleinen Trainingsanzug. »Enchanté Madame«, sagt er und macht eine tiefe Verbeugung. »Oh«, sagt Frau Wagenknecht. Gabriele geht sofort dazwischen: »Papa! Hör auf damit!« Sie schiebt ihn zur Seite. »Ach, Männer gibt es auch?«, fragt die Politikerin. »Nur vorübergehend«, sagt Gabriele fast entschuldigend.

Als wir das Treppenhaus passieren und dann die Kellertür

erreichen, bedaure ich einen Moment lang, dass Ingetraut nicht dabei sein kann, aber sie hat sich noch nicht wirklich erholt, seitdem sie aus dem Krankenhaus zurück ist. Sie ist zu schwach. Waltraut wird ihr sicherlich berichten.

Wir treten ein, und mir fällt ein Stein vom Herzen. Der Keller ist gelüftet und aufgeräumt, auf dem kleinen Tisch im Kittchen stehen sogar Blumen. Ronnie ist nirgendwo zu sehen, der weiße Sarg lehnt aufrecht an der Wand neben der Schleuse. Das Licht brennt. Alles macht einen gepflegten Eindruck. »Ja. Aha«, sagt Frau Wagenknecht und lässt ihre linke Hand im Vorbeigehen Abteil für Abteil an den Aluplanken entlanggleiten. Sie trägt einen einzigen goldenen Ring. Am Mittelfinger. Ihr Ehering, wenn es denn ihr Ehering ist. Sahra Wagenknecht wendet sich an Gabriele, die direkt hinter ihr geht: »Und das ist jetzt Ihr Refugium?«

»Nein, ich«, krächze ich von der Eingangstür aus und winke. Meine Stimme ist weg. Ich muss mich räuspern. »Wir sind zu viert«, reiche ich nach.

»Interessant«, antwortet die Politikerin.

Waltraut kommt mit der Espressokanne um die Ecke. »Kaffee?«, fragt sie.

»Gern«, sagt der junge Mann im Schlepptau. Bislang hatte er noch überhaupt nichts gesagt. Wir quetschen uns gemeinsam an den kleinen Küchentisch. Sahra Wagenknecht blickt sich um, mustert die Einrichtung mit großem Interesse, wendet sich dann direkt an mich und macht ein bekümmertes Gesicht: »Sie wissen schon, dass dieser Keller die Voraussetzungen für Wohnzwecke nicht erfüllt. Oder haben Sie einen Notausgang?« Sie deutet auf die Schleuse. »Ist das ein Fluchtweg?«

»Nein!«, platzt es aus mir heraus. Bloß nicht. Aber sofort nehme ich mich zurück: »Ich meine ja! Ja, das ist ein ehemaliger Fluchttunnel.«

»Spannend. Ein echter Fluchttunnel. Zur Not könnte man da ja raus. Das könnte doch ein Notausgang sein. Und die Lüftung. Das ist bestimmt auch nicht legal. Wissen Sie«, und jetzt faltet sie die Hände über ihrem Schoß, »die Bauvorschriften, die Bürokratie … die Politik verhindert Lösungen, wo Pragmatismus walten sollte. Das ist eine Unkultur.«

Waltraut schiebt die Zuckerdose über den Tisch. »Meine Rede«, sagt sie.

»Wissen Sie«, Frau Wagenknecht spricht mich jetzt ganz direkt an, »viel zu viele haben das Gefühl, es lässt sich nichts verändern. Das ist eine selbsterfüllende Prophezeiung. Sie beweisen hier unten, dass Sie sich selbst helfen. Hoffentlich macht Ihnen das System keinen Strich durch die Rechnung.« Ihr Referent schreibt eifrig mit. »Die Wohnungsnot ist das eine. Das andere ist natürlich die Altersarmut. Wahrscheinlich müssen bald noch viel mehr deutschlandweit in die Keller umziehen. Das Alter findet dann im Untergrund zusammen. Es sind ja jetzt schon zwanzig Prozent aller Rentner von Altersarmut betroffen. Das wird ein Massenphänomen. Eine Schande.«

»Meine Rede«, sagt Waltraut. »Und die Frauen sind besonders betroffen. Eine Schande. Wirklich. Dafür haben wir nicht gekämpft.«

»Die Untervermietung könnte eine Art Lebensversicherung sein für ältere Leute, besonders für Frauen, wenn das Geld nicht reicht«, schalte ich mich nun endlich in das Gespräch ein. »Wir machen es schon mal vor. Und ich finde, die Politik sollte

Anreize schaffen, den Kellerausbau zu fördern, wo es denn möglich ist. Entweder man zieht selbst nach unten oder lässt eben andere dort einziehen. Es muss doch eine Lösung her für die Wohnraumkrise und die Armutskrise. Das wären doch zwei Fliegen mit einer Klappe.«

»Ich bin mir nicht sicher, ob das Konzept wirklich trägt«, gibt die Politikerin zurück. »Stellen Sie sich vor, oben in die größeren Wohnungen ziehen zum Beispiel Geflüchtete ein, und die angestammte Bevölkerung muss in den Keller. Das gibt einen Aufschrei.«

»Wieso denn das?«, will Waltraut wissen. »Damit wäre doch allen geholfen.«

»Nein, das ist nicht vermittelbar.« Sahra Wagenknecht wird ganz steif im Kreuz. »Das wäre dann ja so: Die Kommunen mieten auf Steuerzahlerkosten Wohnungen an, die sich die Steuerzahler selbst nicht mehr leisten können. Bedürftige Familien wohnen dann in den schönen Wohnungen, während die Eigentümer im Keller sitzen. Denken Sie an die Symbolik.«

»Aber Geflüchtete in den Keller zu verfrachten, wie so Untermenschen, ist ja auch keine schöne Lösung«, gibt Gabriele zu bedenken.

»Das ist absolut richtig. Eigentlich sollte niemand im Keller wohnen müssen«, sagt die Politikerin.

»Sollte, müsste, dürfte … Ich kann es nicht mehr hören«, rutscht es mir daraufhin raus. »Ob schön oder nicht schön – es ist eine Lösung. Guckt euch doch Doreen an. Und Leonie. Beide arbeiten voll. Im öffentlichen Dienst. Die finden einfach nichts. Nichts, was nur einigermaßen bezahlbar wäre.«

Frau Wagenknecht lässt sich von Waltraut Kaffee nachschenken. »Schöne Lösungen wird es nicht mehr viele geben. Auf die Gesellschaft rollt eine Armutswelle zu. Besser, man benennt das ganz klar. Das betrifft tatsächlich in erster Linie Frauen, von denen viele im Niedriglohnsektor beschäftigt sind. Nach seriösen Berechnungen müsste man zweiundsechzig Jahre ohne Unterbrechung arbeiten, um neunhundert Euro Rente zu bekommen. Davon kann niemand leben.«

»Wollen wir?« Der junge Mann drängt zum Aufbruch. Es soll nun im Kasino in größerer Runde weitergehen. Aber Sahra Wagenknecht bremst und möchte sich noch meine Zelle ansehen. »Geräumiger, als ich dachte«, sagt sie, nachdem ich den Riegel zur Seite geschoben und die Tür geöffnet habe. Sie wirft einen Blick auf die Fußmatte. »Die Welt ist ein Irrenhaus. Da haben Sie recht.« Im Gehen streift ihr Blick den Sarg an der Wand. »Und wenn ich mal nachfragen darf, wozu brauchen Sie den denn?«

»Der ist für die nächste Demo«, antwortet Gabriele und wirkt gut gelaunt angriffslustig. »Wir tragen unsere Zukunft zu Grabe. Es ist noch nicht so genau ausdefiniert. Wir haben eine Menge zu verlieren. Wir beerdigen symbolisch unsere Ansprüche.«

Da muss Sahra Wagenknecht lachen. »Das dürfen Sie niemals tun!«

Das Kasino ist gerammelt voll, als wir eintreten. Es sind bestimmt hundert Leute da, definitiv nicht nur Hausbewohnerinnen, sehr wahrscheinlich hat sich bei Freundinnen und Bekannten herumgesprochen, dass sich in der BURG etwas tut. Jedenfalls scheint es Dorothea einige Mühe gekostet zu haben, fünf Stühle frei zu halten, damit wir alle noch einen Platz bekommen. Sie schien nichts anderes zur Hand gehabt zu haben, sodass die Sitzflächen mit einer Rohrzange, einer Bohrmaschine, einem Werkzeugkasten und zwei Metallsägen dekoriert sind. Ein Raunen geht durch den Raum, als Sahra Wagenknecht nach der Bohrmaschine greift, um ihren Stuhl frei zu machen. Dorothea taucht sofort mit großem Ausfallschritt – im halben Spagat – vor ihr auf und nimmt ihr demutsvoll das Werkzeug aus der Hand. Waltraut hat sich schon in der Mitte aufgebaut.

»Ruhe, bitte Ruhe!«, ruft sie in den Raum, bewegt ihre knochigen Arme auf und ab, als wollte sie gleich losflattern. »Danke, dass ihr alle gekommen seid. Um es gleich klarzustellen: Das hier ist keine politische Kundgebung. Es wird kein Vortrag gehalten. Das ist eine Fragestunde. Eher eine halbe Fragestunde. Das ist ein Informationsbesuch von Sahra Wagenknecht. Herzlich willkommen!«

Wilder Applaus brandet auf, die Politikerin erhebt sich und sagt: »Ein schönes Haus haben Sie hier. Danke für die Einladung!«

Und da legt Buchladen-Petra schon los. Bleich und verschwitzt, noch angeschlagen von der letzten Nacht, schraubt sie sich aus einer der hinteren Reihen empor. »Frau Wagenknecht, wir brauchen Ihre Hilfe. Unsere Ladenmiete soll um das Doppelte steigen. Wir sind seit mehr als dreißig Jahren in dem Geschäft. Wir müssen den Buchladen zumachen, wenn uns niemand hilft. Das ruiniert uns. Die ganze Lebensleistung.«

Waltraut übernimmt. »Okay, Moment, alles klar. Wir sollten die Themen erst mal sammeln und dann zusammenfassen.

Dann sehen wir, wie die Sache hier laufen kann. Ja. Schlimm. Danke, Petra. Ist notiert.«

Nun ergreift Bibi Blocksberg das Wort. Mit donnernder Stimme und wogendem Busen wirft sie sich nach vorn: »Frauen sterben doppelt so oft an einem Herzinfarkt wie Männer. Wussten Sie das?« Bibi dreht sich um und schmettert ihre Frage noch einmal in die hinteren Reihen. »Wusstet ihr das? Weil die Symptome anders sind als bei Männern. Wenn Frauen einen Herzinfarkt haben, bekommen sie nachweislich erstens seltener eine Druckmassage und zweitens schlechtere Medikamente. Sie werden seltener operiert und sterben doppelt so häufig an einem Herzinfarkt wie Männer. Wusstet ihr das? Das ist doch nicht in Ordnung!«

Während Bibi wie ein dampfendes Ausrufezeichen im Raum steht, betrachte ich ihre einschüchternde Oberweite und überlege, wo ich denn bei ihr im Fall des Falles mit der Druckmassage ansetzen könnte und ob sie dann sterben müsste, weil ich gar nicht dicht genug an ihre Rippen käme. Und ob ein großer Busen der Grund ist, warum Frauen eher an Herzinfarkten sterben.

»Sehr gute Frage«, antwortet Sahra Wagenknecht.

»Okay, wir sammeln. Das auch«, entscheidet Waltraut und sieht sich kurz nach uns um, aber Gabriele schreibt geistesgegenwärtig mit.

»Mein Herzmedikament ist nicht mehr lieferbar«, ruft eine Frau dazwischen, »das macht mir richtig Angst. Haben Sie diese Pharmazie-Professorin im Fernsehen gesehen? Sie hat gesagt: China braucht gar keine Atombombe mehr, um uns auszulöschen. China liefert einfach keine Antibiotika mehr. Ich brauche meine Medikamente unbedingt. Und die sind nicht lieferbar.«

»Notiert.«

Jetzt meldet sich Legionellen-Roswitha zu Wort. »Frau Wagenknecht, ich weiß, Sie persönlich können da gar nichts dafür. Aber wenn Sie bitte mal an geeigneter Stelle hinterlegen könnten, dass das neue Scheidungsrecht Frauen konsequent benachteiligt. Meine Bekannte ist nach dreißig Jahren Ehe von ihrem Mann verlassen worden. Sie hat sich während der ganzen Ehejahre um die Familie gekümmert, hat keine eigene Berufskarriere aufgebaut und ist jetzt Ende fünfzig. Sie ist ein Sozialfall. Tun Sie etwas gegen dieses Frauen-Wegwerf-Gesetz. Das geht so nicht. Ich verstehe nicht, warum Frauen in diesem Staat systematisch und offenbar absichtlich benachteiligt werden. Ich will das auch einfach nicht verstehen. Ich verstehe da die Politikerinnen auch nicht. Wir sind doch keine Minderheit.«

»Es ist immer eine Frage von Macht und Geld«, sagt Sahra Wagenknecht. »Frauen lassen sich da zu oft die Butter vom Brot nehmen.«

»Ach, jetzt ist das wieder unsere Schuld«, brüllt Bibi.

»Bibi!« Waltraut wird ungehalten. »Wir können doch jetzt nicht Sahra Wagenknecht für alles verantwortlich machen, was schiefläuft. Sie ist doch hier. Sie ist gekommen. Sie hört uns zu.«

»Aber wenn sie schon mal da ist«, knallt Legionellen-Roswitha zurück. »Wir sind wütend. Wohin können wir uns wenden? Wer nimmt uns denn ernst?«

Waltraut nickt und macht Gabriele ein Zeichen, alles aufzuschreiben, um dann noch einmal einen Versuch zu starten, die

Situation zu befrieden: »Ihr habt recht. Wir müssen jetzt strukturiert vorgehen. Unsere Anliegen sind wichtig. Wir werden sie politisch vertreten.« Wieder brandet Applaus auf.

»Also jetzt mal ernsthaft«, ertönt auf einmal eine tiefe, männliche Stimme, »über Ihre Russlandtreue wollen wir heute gar nicht reden. Wie hat Gregor Gysi Sie noch mal genannt? ›Njet-Maschine‹!«

Die Worte schweben durch den Saal, ohne sich aufzulösen. Die Szenerie friert augenblicklich ein. Sahra Wagenknecht reckt den Hals, um herauszufinden, woher die Stimme kommt. Da erhebt sich am Rand des Saals in Zeitlupe der Fransenmann in seinem fleckigen Old-Shatterhand-Ledermantel, stemmt die Hände in die Hüften und neigt den Kopf zur Seite. »Wo Sie nun schon mal da sind. Als Starpolitikerin. Warum werden Männer neuerdings immer schlechtgemacht? Was haben wir den Frauen getan? Sagen Sie mir das bitte.«

Waltraut versucht augenblicklich, den Fransenmann zu stoppen: »Moment mal. Das geht jetzt zu weit. Das ist unsere Veranstaltung.«

»Eben«, sagt der Fransenmann. »Das macht ihr so super: konsequente Abwertung, Ausgrenzung, Realitätsverleugnung. Was haben wir euch getan, dass ihr Männer so hasst?«

»Die Frage können Sie sich doch selbst beantworten«, sagt Sahra Wagenknecht ungerührt. »Hier auflaufen, die Fragerunde kapern, keinen Respekt zeigen. Bitte setzen Sie sich wieder hin. Sie sind nicht dran.«

»Entschuldigung! Ich habe das Recht, hier zu reden, wie jeder andere auch. Ich habe mich intensiv mit dem Feminismus beschäftigt. Ich habe das Buch *Der gekränkte Mann* gelesen und stecke tief drin in der Thematik. Es gibt nun mal einen Unterschied zwischen Männern und Frauen. Wir sind nicht alle gleich. Den Unterschied kann man nicht wegdiskutieren. Die einen haben Eier. Die anderen keine. Das macht einen doch nicht zu einem schlechten Menschen. Ich erwarte auch Respekt für meine Existenz.«

»Das wird ja immer besser«, gibt Sahra Wagenknecht zurück. »Suchen Sie sich einen Sportverein. Und jetzt bitte weiter.« Sie wirkt ungeduldig, lässt sich von ihrem Referenten die Uhrzeit ins Ohr sagen. Im Saal rumort es. Unruhe macht sich breit. Vereinzelt werden die Stimmen auch lauter. »Heul doch!«, »Was fällt dem denn ein?« und »Geh nach Hause!« ist zu hören. Doch der Fransenmann will sich nicht setzen und auch nicht das Feld räumen. Mit dem Zeigefinger schiebt er seine Nase nach oben. »Ihr seid ja so schlau. Merkt ihr nicht, dass ihr die wahren Spalter der Gesellschaft seid? Ihr seid doch nichts Besseres. Ständig fordert ihr Rücksicht ein auf eure Bedürfnisse. Wann darf denn ich mal erzählen, wie ich mich als Mann in einem feministischen Frauenwohnhaus fühle?«

»Kein Interesse.« Waltraut macht jetzt kurzen Prozess: »Entweder du hältst jetzt die Klappe, oder du verschwindest. Entscheide dich.«

»Wenn ich etwas falsch gemacht habe, dann sagt mir bitte was!« Seine Tonlage wechselt von Dur zu Moll. »Ich fühle mich doch jetzt schon wie im Knast. Ihr habt mich längst verurteilt. Aber weswegen?«

»Ich schreib dir ’ne Postkarte«, faucht Bea ihn an. Ihre massakrierten Rosenbüsche lassen grüßen. Dass er ihre vergötterten Dortmunderinnen gekillt und unseren Garten um seine

Attraktion gebracht hat, wird sie dem Fransenmann nie verzeihen.

Und er setzt sich tatsächlich und verzichtet auf das letzte Wort.

»Eins möchte ich vorwegschicken«, setzt nun Sahra Wagenknecht an, und Waltraut nimmt geräuschlos neben ihr Platz. »Ein Mann, der ausrastet, gilt als tough und stark. Eine Frau, die ausrastet, nennt man hysterisch. Das ist mir wohl bewusst. Deshalb bleibe ich meistens sachlich und ruhig. Aber zurück zu unseren Themen. Ich bezeichne mich nicht als Feministin. Aber ich sage: Feminismus muss ein Anliegen sein, das sich um die Lebensverhältnisse aller Frauen kümmert. Da bin ich dabei. All Ihre Themen sind bei mir gut aufgehoben. Man kann auf bessere Zeiten nicht hinquatschen. Man muss aktiv etwas tun. Was wir gerade erleben, ist ein von der Politik herbeigeführter Wohlstandsverlust. Ob absichtlich oder fahrlässig, sei dahingestellt. Das System produziert Altersarmut. Und Sie betreiben hier alternative Altersvorsorge mit Ihrem Kellerprojekt.«

»Das bauen wir noch aus«, brüstet sich Waltraut.

»Hört! Hört!« Das ist unverwechselbar Ronnies Stimme. Nur sehen kann man sie nicht.

»Danke für Ihr Vertrauen«, sagt Sahra Wagenknecht und steht auf. »Ich werde alles Gesagte mitnehmen und mich noch einmal bei Ihnen melden. Wenden Sie sich mit Ihren Themen auch gern noch an mein Büro.«

Kaum hat sie zwei Schritte Richtung Ausgang gemacht, wird sie allerdings schon umringt von Frauen, die gern noch einmal persönlich ihr Anliegen loswerden wollen. Waltraut bahnt sich einen Weg durch die Menge.

»Ich möchte jetzt gern noch mit der Geflüchteten aus der Ukraine sprechen«, höre ich Sahra Wagenknecht sagen. Und mir wird auf der Stelle schlecht, und ich muss sofort auf die Toilette.

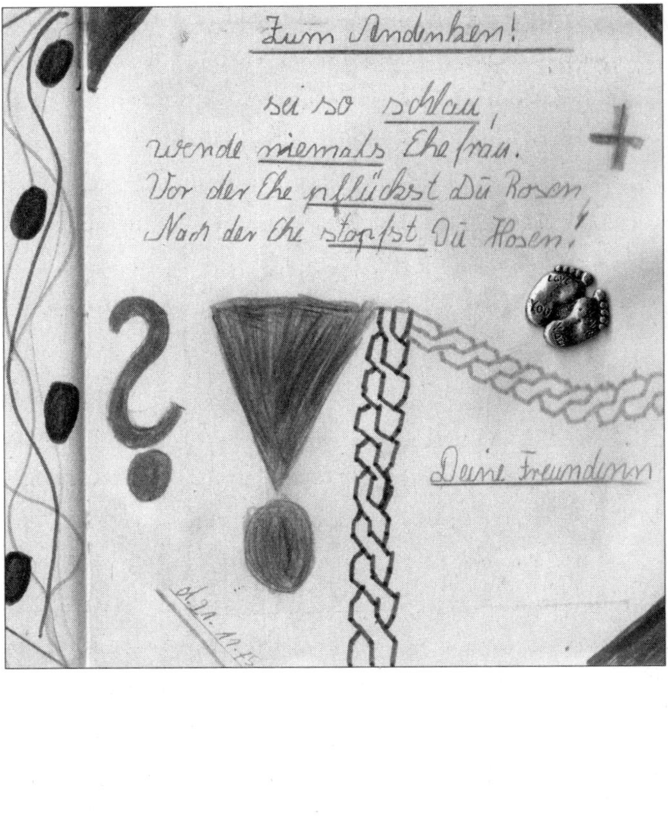
Zum Andenken!
sei so schlau,
werde niemals Ehefrau.
Vor der Ehe pflückst Du Rosen,
Nach der Ehe stopfst Du Hosen!
Deine Freundinn

8
rosen und hosen

Irina war nicht auffindbar, das hatte im Haus jedoch keine größere Irritation ausgelöst. Allein Gabriele machte sich ernsthaft Gedanken, wo sie wohl abgeblieben sein könnte. Sahra Wagenknecht verließ die BURG ohne weiteres Gespräch.

»Möglicherweise ist Irina für einen Besuch zurück in die Ukraine gereist, vielleicht will sie auch ihre Mutter abholen.« Dorothea stellte ein paar Überlegungen an.

»Aber sie hätte uns doch sicher Bescheid gesagt.« Gabriele schien irritiert zu sein, hakte jedoch nicht weiter nach, wohl weil Irina noch nie wegen irgendetwas Bescheid gesagt hatte.

Nach dem Besuch von Sahra Wagenknecht haben sich ein paar von uns für eine kurze Nachlese im Keller zusammengesetzt. Ich kämpfe mit dem Schlaf, und mein Kopf senkt sich langsam auf einen Stapel Bücher ab, den Buchladen-Petra auf dem Küchentisch geparkt hat, offenbar von der Überzeugung getragen, dass es keinen besseren Ort für eine hausinterne Tauschbörse gibt als unseren Keller. Es dauert sicherlich nicht lange, bis hier als Nächstes ein Rollständer reingefahren wird, auf dem die Bewohnerinnen ihre abgelegte Kleidung parken, falls sie jemand noch anziehen möchte. Es darf bloß nichts weggeworfen werden, was für andere noch von Nutzen sein könnte. Verschwenderisch zu sein ist anstößig. Das will sich niemand nachsagen lassen. Verschleudern war gestern.

Ich denke an den Champagner, der im Haus kursiert. Die Flasche Veuve Clicquot, im hübschen Schmuckkarton mit floralem Design, die ständig weiterverschenkt wird. Alle denken wohl, das fällt nicht weiter auf. Ich habe sie auch schon einmal von Legionellen-Roswitha überreicht bekommen. Sie hat sie als Gastgeschenk zu einer kleinen Frühstücksrunde mitgebracht, zu der ich vor ein paar Monaten anlässlich des Internationalen Frauentags eingeladen hatte. »Aufmachen«, rief Dorothea damals ganz euphorisch. »Wo sind die Gläser?« Ich schätze, sie wollte der Kreislaufwirtschaft endlich ein Ende setzen. Doch ich blockte das ab: »Später«, sagte ich, »die Flasche muss erst gekühlt werden.« Aber in Wirklichkeit befürchtete ich, dass der Champagner längst schal geworden war, und verschenkte ihn bei nächster Gelegenheit an Bibi weiter. Mittlerweile muss der Flasche etwas zugestoßen sein, denn an meinem Geburtstag ist der inzwischen schon etwas angeschmuddelte Karton nicht mehr aufgetaucht.

Über solche Sachen denke ich nach, während ich auf dem Bücherstapel liege und mich die vertrauten Stimmen in den Schlaf murmeln. Ich träume mich zurück in die Jahre, in denen Großzügigkeit noch eine Tugend war, in denen man gedankenlos anderen teure Geschenke machte, die noch nicht in wiederaufbereitetes Weihnachtspapier eingewickelt waren, weil das noch da war und verbraucht werden musste, und in denen sich die Beschenkten noch richtig freuten und sich nicht darüber ärgerten, dass man für ein sinnloses Irgendwas so viel Geld ausgegeben und außerdem Tesafilm verwendet hatte, weil es erstens Plastik war und zweitens das Papier ruinierte, sodass man es nicht noch einmal bügeln und für ein anderes Geschenk benutzen konnte. Im Überfluss zu schwelgen und sogar noch davon zu schwärmen bleibt eine schöne Erinnerung an Zeiten, von denen wir immerhin behaupten können: Wir haben sie noch ohne Scham erlebt. Öffentlich sagen werde ich das natürlich nicht.

Mein Kopf ruht auf einer Abbildung der kapitalen Schwanzflosse von *Moby Dick*, dem weißen Wal. Der Buchdeckel ist hart, und ich merke nicht, wie sich der beschichtete Papierumschlag dieses Klassikers der Weltliteratur von Minute zu Minute immer enger an meinem rechten Ohr festfrisst. *Moby Dick* hatte ich schon mit fünfzehn gelesen und war damals vollkommen fasziniert von Kapitän Ahab, der nur noch ein Bein hatte, weil ihm das andere von Moby Dick abgerissen worden war. In seinem Hass auf den Wal opferte Ahab seine Mannschaft, sein Schiff und sein eigenes Leben. Selbstsüchtig und verblendet verfolgte er nur sein eigenes Ziel, egal was es kostete.

Das Buch findet sich vollkommen zu Recht in der legendären *ZEIT-Bibliothek der 100 Bücher* wieder, einer Sammlung der weltweit wichtigsten Werke der Literatur. Neunundneunzig Bücher davon haben Männer geschrieben. Die einzige Frau auf dieser Liste ist Anna Seghers mit *Das siebte Kreuz*. Die Jury, die diese hundert Bücher ausgewählt hatte? Nur Männer. Sie waren schon immer die Welterklärer. Und mit der Bibel fing es an. Wie anmaßend. Auch bei *Moby Dick* ist mir erst sehr viel später aufgefallen, dass da gar keine Frau mitspielt. Außer Mrs Hussey. Sie hat einen kleinen Auftritt als Wirtin eines Gasthauses für Walfänger. Und sie ist nicht gerade eine Sympathieträgerin, denn sie sieht das Unheil schon heraufziehen.

Im Halbschlaf registriere ich, dass meine Hüfte wieder anfängt zu schmerzen. Ich liege einfach zu verdreht auf dem Tisch. Der Ärmel meiner roten Bluse hat sich schon weitgehend von der Schulterpartie gelöst. Bei dem Versuch, mich noch einmal aufzurichten und mit dem Arm auf der Tischplatte abzustützen, reißt der Ärmel vom restlichen Stoff vollständig ab und gleitet hinunter auf mein Handgelenk. Gedanklich treibe ich nun ab Richtung Imbissbude Curry 36, der Weihestätte für Berliner Gastrokultur am Kreuzberger Mehringdamm, wo die Warteschlange lang und die Entscheidung, ob »mit Darm« oder »ohne Darm« eine Frage der Weltanschauung ist. Ich lasse es gern knacken. Und so sehe ich diese begehrenswerte Wurst vor mir, mit Darm – also mit Pelle, ich meine, die extrascharfe Soße auf der Zunge zu schmecken, dazu die knusprigen Pommes und eine Flasche eiskalte Coca-Cola. Es war schon immer so, dass ich nach einer langen Nacht erst gegen drei am Nachmittag zusammenklappte.

Das Halbdunkel des Kellers gaukelt mir Geborgenheit vor, die vertrauten Stimmen geben mir das Gefühl, zu Hause zu sein. Die Worte rauschen an mir vorbei, als benutzten die Stimmen eine mir unverständliche, fremde Sprache. Ich will auch etwas beisteuern. Ich will etwas sagen: »Übrigens, wenn ihr Irina sucht, die liegt da hinten.« Ich will das belastende Geheimnis loswerden, mich erleichtern, den Druck auf mehrere Schultern verteilen. Doch ich sage kein Wort. Ich bin nicht sechzig geworden, um mir den Luxus, anderen meine Probleme aufzuhalsen, noch zu leisten. Luxus ist Vergangenheit.

»Vielleicht ist sie ja auch nach Mallorca oder nach Kroatien, einfach in den Urlaub«, höre ich dann doch auf einmal in klarem Deutsch Bibi sagen, die mit ihrer Körperfülle das halbe Kittchen besetzt hält. »Dürfen denn Geflüchtete einfach so wegfahren und machen, was sie wollen?«

»Doch, klar kann sie überallhin, sie ist doch Ukrainerin«, gibt Felicitas noch ihren Senf dazu. Ich bemerke, dass ihr Filzstift-Pony heute in sozialistischem Rot leuchtet, und eine Welle aus Sympathie und Zuneigung rollt angenehm durch meinen Körper. Felicitas rührt mich, und ich kann mir kaum erklären, warum ich sie früher eher abschreckend fand. Ihr Leben im Möbellager war mir fremd gewesen, ich hielt sie für eine Messie und blieb auf Abstand. Heute fühle ich mich von ihrer Verschrobenheit angezogen. Sie lebt zwar im Chaos, aber dieses scheint auf eigenartige Weise strukturiert zu sein. Ihre Unordnung hat System. Es ist nur anders als jedes, das ich kenne. Nicht schlechter. Nur anders. Das habe ich leider viel zu spät erkannt. Und ja. Sie ist eine Messie und hätte bestimmt das Zeug dazu, Vorsitzende des Bundesverbands der Wohnchaotinnen zu sein, wenn sie sich nur einen Tick besser verständlich machen könnte.

»Ich habe irgendwo gelesen, dass Leute aus der Ukraine im Gegensatz zu anderen keinen Asylantrag stellen müssen und auch sofort arbeiten dürfen. Warum wird hier eigentlich unterschieden?«, will Felicitas wissen.

»Keine Ahnung«, sagt Bibi. »Es gibt eben solche und solche Kriegsgeflüchtete. Da wird es irgendeine Verordnung geben. Die Welt ist sehr kompliziert geworden.«

»Hat sie denn überhaupt eine Aufenthaltsgenehmigung? War

sie bei der Ausländerbehörde?« Durch meine halb geöffneten Augen sehe ich, wie Bibi ihre Stirn in Falten legt, und es macht den Eindruck, als dächte sie scharf nach. Aber in Wirklichkeit hat sie auch keinen Durchblick. Will sie diese Diskussion jetzt wirklich führen? Über die Ausländerbehörde? Mir kommen die zehntausend Menschen mit ihren Anträgen und Anliegen in den Sinn, die allein in Berlin auf Bearbeitung warten. Und bei diesen zehntausend Menschen handelt es sich sogar nur um Facharbeiter*innen und Student*innen, um Leute, die schon lange hier sind, alle anderen sind noch gar nicht mitgerechnet.

Gerade erst hat der Behördenleiter in einer Mischung aus Frust und Schicksalsergebenheit den Kollaps des Einwanderungsamts verkündet. In seiner Sprache heißt das »die Grenze der Dysfunktionalität ist erreicht«. In meiner Sprache heißt das »Ich komm nich klar, kommste mit«. Bei der Wartezeit auf einen Termin ist man dort mittlerweile bei sechs Monaten angekommen. »Wenn Sie sehen, dass Sie, egal wie viel und wie engagiert Sie arbeiten, am Ende einer Woche immer einen größeren Berg an offenen Mails haben als zu Beginn, macht das auf Dauer krank«, hat er gesagt. Um den Berg der Anträge einigermaßen unter Kontrolle zu bekommen, müsste die Behörde drei Monate lang schließen.

Weil das nicht geht, kann man Termine inzwischen im Internet kaufen. Nicht bei der Behörde, sondern auf dem Schwarzmarkt. Wenigstens dort ist die Digitalisierung der Verwaltung einen großen Schritt vorangekommen. Da laufen Programme, die jeden Termin sofort abgreifen, sobald er freigeschaltet wird. Dieser Service kostet derzeit zwischen vierzig und hundert Euro und macht namenlosen Privatunternehmern die Taschen voll.

Das darf man sich wirklich mal genüsslich auf der Zunge zergehen lassen. Brutto für netto wird dort eine staatliche Leistung verkauft, die mit Steuern finanziert wird und die deswegen normalerweise nichts kosten darf. Der Staat als Beute. Meine Mutter würde jetzt sagen: »Was ist bloß aus Deutschland geworden?«

»Ist noch was vom Schierker Feuerstein da?« Es ist unverkennbar Ronnie, die das fragt. Sie muss sich irgendwie reingeschlichen haben.

»Ronnie, setz dich zu uns. Lange nicht mehr so viel Spaß mit dir gehabt wie gestern«, sagt Gabriele.

»Wieso? Ich war doch gestern Abend gar nicht wirklich dabei.«

»Eben!«, sagt Gabriele gereizt und dreht Ronnie den Rücken zu.

Das finde ich fies, und es macht mich endgültig wach. Ich hebe ruckartig den Kopf und reiße dadurch ein untertellergroßes Loch in den Umschlag von *Moby Dick*. Das brüchige Papier bleibt an meiner Ohrmuschel kleben. Ich zupfe es nur notdürftig ab, um nicht auch noch meine Haut zu verletzen. »Ronnie, komm her!«, fordere ich sie auf. »Wir können zu zweit auf meinem Stuhl sitzen.« Ronnie zündet sich eine Zigarette an und quetscht sich zu mir auf die kleine Sitzfläche.

»Bitte hier nicht rauchen«, beschwert sich Bibi, »bitte überhaupt nicht rauchen.«

»Ich rauche gegen die Rente«, hustet Ronnie über den Tisch. »Ich plane in sehr kurzen Zeiträumen.«

»Womit wir beim Thema wären«, sagt Waltraut und klopft sich Ronnies Asche vom Samtrevers ihres Blazers. »Projekt Walhalla.«

»Wer hat sich eigentlich diesen bescheuerten Namen ausgedacht? Projekt Walhalla?«, fragt Gabriele und sieht auf die Uhr. »Oh Scheiße, mein Vater ist schon zwei Stunden über die Tabletten drüber. Ich muss nach oben.«

»Zwei Stunden oder drei Stunden, was macht das schon?«, behauptet Bibi.

Gabriele macht eine wegwerfende Handbewegung. »Auch wieder wahr.«

»Projekt Walhalla!«, verschafft sich Waltraut jetzt noch mal etwas lauter Gehör. »Ihr habt ja wohl mitgekriegt, dass der Bundestag schon wieder die Reform zur Sterbehilfe abgelehnt hat«, beginnt sie ihren Vortrag.

»Nein, habe ich nicht«, sagt Bibi.

»Egal«, sagt Waltraut. »Es gibt jetzt das Projekt Walhalla. Jedenfalls für uns. Für uns im Haus.«

»Sterbehilfe?« Felicitas macht ein Gesicht, als wollte sie sagen: Respekt, gutes Thema, erstaunlich, enorm.

»Ich mache es kurz: Linda hat sich angeboten, die notwendigen Medikamente bereitzustellen, falls jemand aus der BURG nicht mehr will oder nicht mehr kann.«

»Das ist hochanständig«, sagt Felicitas.

»Gab es einen Anlass?«, erkundige ich mich.

»Das nicht gerade. Aber Ingetraut hat vor ein paar Tagen Linda zu sich gerufen, ob sie nicht als Apothekerin gewisse Vorkehrungen treffen könnte, Mittel bereithalten, wenn die Schmerzen unerträglich werden. Und – so offen darf ich hier ja sein – deshalb werden nun Möglichkeiten geschaffen, die alle in Anspruch nehmen können, wenn sie es wollen.«

Ronnie wirft ihre Zigarette in eine leere Mineralwasserflasche. »Ach, glaubt sie, niemand will sich um sie kümmern? Das ist doch wieder so ein typisches Frauending, bloß niemandem zur Last fallen zu wollen. Dann lieber aussteigen. Frauen denken immer, sie dürften keine Zumutung sein.«

»Was ist denn daran so verkehrt?« Ich verstehe überhaupt nicht, was Ronnie an der Idee falsch findet. »Ich möchte auch am Ende für niemanden eine Zumutung sein.«

Ronnie lacht trocken. »Ausgerechnet du.«

Das macht mich richtig sauer. »Hör doch mal auf mit dem Quatsch, Ronnie. Willst du auf jemand anders angewiesen sein? Also, ich bestimmt nicht. Stell dir vor, du müsstest dich irgendjemandem ausliefern.«

Waltraut knallt entnervt einen Schnellhefter auf den Tisch und fängt an, durch die Seiten zu blättern. »Fakt ist, dass das Bundesverfassungsgericht entschieden hat, dass jeder Mensch das Recht hat zu sterben, wann sie oder er will. Das war aber schon 2020. Bis heute hat es der Bundestag aber nicht geschafft, dazu ein Gesetz zu machen. Die gute Nachricht: Sterben darfst du, wenn du willst. Es darf dir nur niemand aktiv dabei helfen.«

»Macht sich Linda denn dann strafbar, wenn sie die Mittel bereithält?«, fragt Felicitas.

»Frag nicht nach«, sagt Waltraut. »Alles irgendwie Grauzone. Ich wollte euch nur wissen lassen, dass Vorkehrungen getroffen sind, dass niemand hier zu nichts gezwungen wird. Auch nicht zum Weiterleben.«

Für mich klingt das alles nach einem deutlichen Hinweis, dass Ingetraut im Begriff ist, sich zu verabschieden und uns zu verlassen. Das finde ich mutig und, so, wie ich sie kennengelernt habe, auch konsequent. Aber gleichzeitig kommt es mir vor, als besprächen wir hier einen Geschäftsvorgang, als ginge es hier um eine stinknormale Kündigung. Schon seltsam, wie nah der Tod auf einmal an mein Leben herangerückt ist. Im Grunde von jetzt auf gleich. Seit meinem sechzigsten Geburtstag. Seitdem sehe ich in der Zeitung nur noch Traueranzeigen von Leuten mit meinem Geburtsjahrgang. Gut, dass wir jetzt diese Medikamente haben werden. Dass das mal ein beruhigendes Gefühl sein könnte, hätte ich auch niemals gedacht.

»Wenn ich dann mal balla balla bin, sagt mir bitte Bescheid«, witzelt Dorothea, »also, wenn ich das selbst nicht mehr checke.« Sie tippt sich mit dem Finger an die Schläfe und lacht.

»Bescheid«, gibt Waltraut zu Protokoll und muss auch lachen. »Aber im Ernst, jede von euch wird schon selbst merken, wenn es zu mühsam oder zu verwirrend wird. Dann wendet euch an Linda. Sie macht es möglich.«

»Gilt das schon, wenn man nicht mehr klarkommt mit dem Fahrkartenautomaten? Die haben da was umgestellt, und ich verstehe das System nicht mehr. Echt nicht. Ich wusste nicht mehr, was ich drücken sollte.« Jetzt müssen alle lachen, aber Dorothea meint das gar nicht als Scherz. »Nee, wirklich. Das ist nicht witzig. Ich habe auch ein Problem mit dem Fingerabdruck. Die Haut an meinen Fingerkuppen hat kaum noch Linien. Im Ernst. Ich kann mich damit nicht mehr ausweisen. Das ist bei vielen Älteren so.«

»Ich muss jetzt dringend zu meinem Vater«, sagt Gabriele und steht auf.

»Was ist eigentlich mit dem? Wie lange willst du das noch aushalten? Wie lange ist er noch hier?«, fragt Waltraut.

»Was soll ich sagen …« Gabriele sucht nach Worten. Sie stützt sich auf der Stuhllehne ab und sieht niedergeschlagen aus. »Die Heime sind voll. Der Eigenanteil für die Betreuung liegt im Schnitt bei 2 500 Euro. Seine Rente gibt das nicht her. Das Sozialamt muss den Rest bezahlen. Ich lebe im Moment von meinen Ersparnissen, weil ich keine Praxisräume finde. Seine Medikamente sind teuer. Ständig muss ich mit ihm zum Arzt. Es wächst mir alles über den Kopf. Das Schlimmste ist eigentlich, dass man bei diesen ganzen Verordnungen nicht durchblickt, was wem wie und wann zusteht. Ich bin ja nicht blöd. Aber das ist alles vollkommen unverständlich.«

Ich stehe auf, trete an ihre Seite und nehme sie in den Arm, um ihr das Gefühl zu geben, dass sie nicht allein ist mit ihren Sorgen. Aber Gabriele ist kalt und steif. »Lass mich!«, herrscht sie mich an und macht sich los. »Ich werde damit schon fertig. Es würde mir allerdings helfen, wenn mein Vater ab und zu, wenigstens stundenweise, bei euch im Keller sein könnte. Dann hätte ich etwas Luft.«

Ich erstarre.

»The winner takes it all«, sagt Bibi. »Das war doch klar. Der zeckt sich hier ein.«

»Das ist unfair«, zischt Gabriele.

»Das ist ABBA«, antwortet Bibi ungerührt.

Gabriele ist in Schwierigkeiten und bittet tatsächlich um Hilfe. Das habe ich eigentlich noch nie erlebt. Unmöglich, ihr die Bitte abzuschlagen. Aber genauso unmöglich ist es, Wolfgang hier einzuquartieren. Nicht mal, wenn wir ihn einsperrten. Ich werfe Ronnie einen verzweifelten Blick zu, wie im Kino, bevor man aufsteht, um gemeinsam die Vorführung zu verlassen, weil der Film so schlecht ist. Aber sie reagiert nicht.

»Wollten wir nicht eigentlich über Sahra Wagenknecht sprechen?« Waltraut wechselt elegant das Thema.

Ich nutze den Moment, um nach dem Schlüssel für Irinas Badezimmer zu greifen, und schwanke wie eine Matrosin auf hoher See mit rollender, schmerzender Hüfte zur Tür. Zunehmend finden alle wichtigen Besprechungen im Keller statt. Ich kann keine Tür mehr hinter mir schließen und für mich sein. Das wird langsam zum Problem. »Bin gleich wieder da«, rufe ich und schleppe mich die Stufen hinauf an die Luft. Ich brauche ein paar Minuten für mich.

Draußen atme ich einmal kräftig durch und blicke in das, was man in Berlin für Himmel hält, diese Mischung aus Abgasen, Staub und Zigarettenasche, dahinter schimmert es blau, dann gehe ich über den Hof und lasse mich auf die Bank unter dem Apfelbaum fallen. Über mir hängen die reifen Früchte, und ich wünschte, es wäre schon Erntezeit und das Kollektiv hätte die Äpfel freigegeben. Es ist früher Abend. Die Sonne steht tief, der Garten liegt schon im Schatten. Jemand hat den Rasensprenger angestellt. Der warme Regen, der in Wellenbewegungen auf mich zufliegt, trifft beinahe meine Füße. Hier funktioniert auch endlich mein Handy wieder. Ich habe Verbindung zum Netz. Gedankenverloren checke ich die Nachrichten. Meine Banking-App zeigt an, dass mir Sonia und Pepe für den aktuellen Monat zweihundert Euro zu wenig Miete überwiesen haben. Als Überweisungszweck steht dort: »Snail Internet«, Schneckeninternet.

Ich starre auf das Handydisplay und frage mich allen Ernstes, ob ich am Tag meines Jobverlusts irgendwo vorbeigekommen bin, wo mich jemand mit einem Fluch oder einem Bann belegt hat. Zweihundert Euro Abzug, weil das Internet zu langsam ist? Bin ich Vodafone oder die Telekom? Das ist Betrug. Betrug an meinem guten Willen und an meiner Arglosigkeit. Das kann man mit mir nicht machen. Aber sie tun es einfach. Und letztlich werde ich gegen diese Ungerechtigkeit nicht viel ausrichten können. Weil ich nämlich auf meinem Weg in die Bedeutungslosigkeit schon viel zu weit vorangekommen bin, ohne es wirklich gemerkt zu haben. Je älter, desto weniger Respekt.

Ich bin mit dem aktiven Teil der Welt nicht mehr auf Augenhöhe. Mein Selbstbewusstsein ist dahin, seitdem ich das Korsett des aufreibenden Berufsalltags abgelegt habe. Das Korsett war zwar recht eng, aber es bot Halt, Schutz und Stabilität. Ich war mal jemand in der Welt da draußen. An meinem Schreibtisch wurde entschieden, welche Themen in Zeitungen, in Fernsehen und Radio stattfinden sollten. Aber am Ende verschwand ich sang- und klanglos in der Versenkung, ohne mein großes Ziel erreicht zu haben: Ich wollte in der Medienbranche unter den Ersten sein, die absolut gleich verdienen, ich habe selbstverständlich alle gleich behandelt und deshalb auch erwartet, gleich behandelt zu werden.

Dieses spektakuläre Finale, auf das ich mein Leben lang hingearbeitet habe, ist allerdings ausgefallen. Auch ich musste irgendwann feststellen, dass mein Gehalt geringer war, die Vertragslaufzeiten kürzer, das Büro kleiner als bei männlichen Kollegen, die den gleichen Job machten. Am meisten schmerzt mich, dass es von Anfang an ein Trugbild war und ich dennoch bis zum Schluss dachte, ich könnte es schaffen.

Jetzt sitze ich hier unter diesem Apfelbaum und muss erkennen, dass ich die Ziellinie nie überschreiten konnte, weil sie überhaupt nicht existiert. Es war nie geplant, dass Frauen dasselbe Geld, dieselben Möglichkeiten, den ihnen zustehenden Anteil an Macht, Schutz und Einfluss erhalten. Selbst der Weg dorthin, die Zielgerade, war ein großer Schwindel. Alles Fake. Sogar die vielen klatschenden Menschen rechts und links am Zieleinlauf, die mich antrieben – Kolleginnen und Kollegen, Vorgesetzte, Familie, Freundinnen und Freunde … Letztlich haben wir uns doch alle auf die Versprechen der Politik verlassen. Und auf den gesunden Menschenverstand. Aber das war eine Täuschung. »Nicht aufgeben! Weiter!« Eine einzige große Verarsche. Das Patriarchat ist wie Moby Dick. Unbezwingbar.

Obwohl es inzwischen alles Mögliche gibt: Frauenbeauftragte, Gleichstellungsabteilungen, eine antifeministische Meldestelle, sogar eine eigene Bundesministerin – schon seit den 1980er-Jahren. Dennoch ist der Frauenanteil im Bundestag sogar zurückgegangen und ist gegenwärtig der niedrigste seit mehr als zwanzig Jahren. Nur jede zehnte Frau verdient heute netto mehr als zweitausend Euro, während es bei Männern fast die Hälfte ist – bei gleicher Qualifikation. Ich war mir so sicher. Doch zum Durchbruch ist es nie gekommen.

Und es geht immer weiter mit den Versprechungen und den klitzekleinen Fortschritten, die in Wirklichkeit eine Kette von Demütigungen sind. Es sind Zugeständnisse. Mühsam abgetrotzt. Ich bin inzwischen sechzig. Und ich werde sterben, ohne jemals erlebt zu haben, wie es sich anfühlt, wirklich gleichwertig zu sein. Das muss ich jetzt erst mal verarbeiten. Was für eine Pleite.

Ich strecke die Hand aus, fahre durch die Blätter und pflücke mir einen Apfel vom Baum. Als Protest. Als Akt der Selbstermächtigung gegen das Verbot. Gegen alle Verbote. Ich muss mir nehmen, was ich will. Zurückhaltung ist kein Konzept. Ich schlage meine Zähne in den Apfel. Er schmeckt süß und fruchtig. Was habe ich noch zu verlieren? Nun ist doch irgendwie auch alles egal.

Worauf warte ich hier eigentlich? Dass sich die Dinge von ganz allein regeln? Das wird nicht passieren. Meine Geduld hat jetzt ein Ende. Ohnehin habe ich viel zu lange Feigheit mit Geduld verwechselt. Denn dieser Moby Dick lebt immer noch, erfreut sich bester Gesundheit und beherrscht wie eh und je den Ozean. Angriffe pariert er mit der Schwanzflosse. Und er ist jederzeit bereit, uns zu verschlingen. Also, Frauen! In die Boote! Der Mut der Verzweiflung ist allemal besser als gar kein Mut. Bringen wir es endlich zu Ende! Und lassen wir uns nicht ablenken. Schon gar nicht von dieser Bugwelle aus Regeln, Erlassen und Verpflichtungen, die er vor sich herschiebt.

Man verkämpft sich jeden Tag in unzähligen Scharmützeln mit Ämtern, Behörden, Paketdiensten, Versicherungen, Krankenkassen, Banken, Online-Bezahldiensten, Bahn, Stromanbietern, Energieversorgern, Callcentern und Selbstbedienungskassen. Einmal vertippt in der Navigator-App der Bahn, weil man vielleicht nicht mehr so gut sieht? Bye-bye, fünfzig Euro. Und hat man den Alltag endlich mal sortiert und die Dinge laufen einigermaßen, startet Windows unter Garantie urplötzlich irgendein Update, und man findet sich auf dem eigenen Computer nicht mehr zurecht. Das ist kein Service mehr. Das ist ein Schlachtfeld.

Als besonders schmerzhaft empfinde ich übrigens, dass es ausgerechnet meine Generation ist, die auf den Barrikaden war und doch bis heute für Frauen erschreckend wenig erreicht und zusätzlich diese ausufernde Bürokratie hervorgebracht und in Beton gegossen hat, sodass es nun einer Sprengung bedarf.

Dabei sind doch die Boomer die erste Generation überhaupt, in der sich Frauen auf breiter Front auf den Weg gemacht haben, die Berufswelt zu erobern. »Vor der Ehe pflückst du Rosen, nach der Ehe stopfst du Hosen.« Das war schon 1973 eine deutliche Warnung in meinem Poesiealbum. Hosen stopfen? Nein. Das wollte keine, die ich kannte. Gut ausgebildet und voller Tatendrang schoben sich die Boomerfrauen in großer Zahl in den Arbeitsmarkt. Für den Preis, dass fast die Hälfte der westdeutschen Akademikerinnen meiner Altersgruppe ohne eigene Kinder ist, weil der Beruf immer im Vordergrund stand. Und wer Kinder bekam, konnte in den allermeisten Fällen die Topkarriere knicken. Wenn Frauen ihren Posten verlieren, dann nennt man sie gescheitert, und sie fühlen sich auch so. Bei Männern wird es nicht so eng gesehen, da hat es dann mit der Aufgabe oder der Chemie einfach nicht gepasst.

In gutem Glauben habe ich immer darauf vertraut, dass sich das Selbstverständliche durchsetzen werde, dass den Frauen in Politik, Wirtschaft, Wissenschaft, Justiz, Polizei, Lehre, Medien, Kultur, Gesellschaft und Verwaltung der Durchbruch gelingt. Perfide wurden wir eingewoben in ein System aus Aufstiegsversprechen und Appellen an die Vernunft, den Bogen bitte nicht zu überspannen. Alles mit »zu« war zu vermeiden. Nicht zu laut sein, nicht zu leise, keine Sexbombe, aber auch kein Rührmichnichtan, nicht zu selbstbewusst, aber auch nicht zu zaghaft, nicht zu ambitioniert und nicht zu ehrlich. Zu emotional oder zu dominant kann ebenso ein Karrierekiller sein wie zu präsent oder zu empathisch. Sehr unangenehm fühlte sich auch zu unweiblich an. Und bloß nicht alles besser wissen, denn wenn man es besser wusste, dann war das sehr schlecht fürs Fortkommen. Ich habe noch meine Mutter im Ohr: »Steck den Kopf nicht zu weit aus dem Fenster raus, sonst wird er dir abgeschlagen.« Inzwischen ist die Rübe runter. Ich bin jetzt wieder etwas mit »zu«. Ich bin zu alt.

Dass nun viel zu viele der zehn Millionen Boomerfrauen und die Generation danach in die Altersarmut rutschen, soll nun auch noch deren eigene Schuld sein. Das hätten sie doch verhindern können und müssen. Selbst schuld, wenn sie nicht genügend eingezahlt und vorgesorgt haben. Selbst schuld, dass sie einen sozialen Beruf, einen »Frauenberuf«, gewählt haben, sich in den Dienst der Gesellschaft gestellt haben. War doch klar, dass so was schlecht bezahlt wird. Das war doch alles abzusehen.

Was wurde Frauen in den letzten dreißig Jahren nicht schon alles in Aussicht gestellt und zugesagt, zum Beispiel der Rechtsanspruch auf einen Kitaplatz, aber – seien wir ehrlich – niemals war ernsthaft geplant, das auch einzulösen. Sonst wäre alles längst da.

Dabei hatte ich im Grunde mein ganzes Leben lang die romantische Vorstellung, wenn es denn Zeit ist – im Alter, nach schweren Stürmen und Untiefen am Ende einer lebenslangen Reise –, wie die Passagierin eines festlich geschmückten Kreuzfahrtschiffs begleitet von Blasmusik in den malerischen Hafen einzulaufen und dort an Land zu gehen, wo mir jemand eine Blumenkette umhängen und mich anschließend in einer Sänfte in den Sonnenuntergang tragen würde. Nun aber fühle ich mich wie Kapitän Ahab, dem schon ein Bein abgerissen worden ist und der dennoch gegen Moby Dick noch einmal aufs Meer muss. In einem nicht besonders seetauglichen Gefährt. Die Mannschaft würde ich wohl trotzdem zusammenbekommen. Bisschen betagt vielleicht, aber kampferprobt. Doch vorher muss ich noch etwas erledigen.

Ich erhebe mich von der Gartenbank, schlage mir rechts und links mit der flachen Hand ins Gesicht, strecke meinen Rücken durch, dass es nur so knackt, gehe kurz in die Hocke, um meine lädierte Hüfte aufzuwecken und streiche dann meine Hosenbeine glatt. Ich nehme die Schultern zurück und mache mich auf den Weg in den dritten Stock.

Als ich vor der Tür meiner eigenen Wohnung stehe, schließe ich kurz die Augen, atme tief ein und dann lang und vollständig wieder aus. Danach drücke ich mit Schmackes auf den Klingelknopf. Erst in diesem Moment wird mir klar, dass an meinem Handgelenk immer noch der Ärmel meiner roten Seidenbluse baumelt. Ich reiße ihn ab und werfe ihn auf den Boden. Es dauert nicht lange, bis Sonia die Tür öffnet. Sie erschrickt, als sie mich sieht. Ohne ein Wort lässt sie die Türklinke los und verschwindet im Innern der Wohnung.

Drei Sekunden später baut sich Pepe vor mir auf. Er ist unrasiert und trägt ein dunkelblaues T-Shirt, auf dem in Schwarz »Einzelstück« aufgedruckt ist. Man muss schon genau hinsehen, um das zu erkennen. Er ist so lang und groß, dass er den Kopf einziehen muss, um mit dem oberen Türrahmen nicht zusammenzustoßen. Er mustert mich von Kopf bis Fuß mit einem so durchdringenden Blick, dass ich beginne, meine immer feuchter werdenden Hände an den Seiten der Hosenbeine trocken zu reiben. Aha, er geht taktisch vor, denke ich mir und setze als Antwort sofort mein Businessgesicht auf: Lippen nach vorn, V-förmige Stirnfalten, aufgeblähte Nasenflügel. Mit Begrüßungsformeln halte ich mich gar nicht erst auf. »I want my money«, haue ich raus, die Augen fest auf seine Brust gerichtet, wo das Einzelstück durch sein tiefes, tiefes Einatmen in die Breite gezogen wird.

»Look at you«, sagt Pepe und stößt einen kurzen Pfiff aus. In seinem Gesicht lese ich Herablassung. Er schlenkert mit seinen langen Armen, hebt dann die linke Hand und zeigt auf sein Ohr.

»I want my money«, sage ich erneut mit deutlich mehr Nachdruck. »You owe me two hundred Euros. I want my money now!« Ich verzichte darauf, mit dem Fuß aufzustampfen, obwohl ich dazu große Lust hätte.

Pepe wedelt mit der Hand an seinem Ohr herum und sagt: »Are you serious?«

In der Tat. Es ist mir ernst. Doch dann fällt mir ein, dass an meinem rechten Ohr immer noch ziemlich viel Papier klebt, und ich komme mir lächerlich vor als Geldeintreiberin in roter Bluse mit einem nackten Arm und einem zerfledderten *Moby Dick*-Cover am Kopf. Ich werde etwas nervös und versuche, das Papier loszuwerden, aber es geht und geht nicht ab.

Pepe beugt sich zu mir herunter und wechselt jetzt die Tonart. Sehr freundlich und ölig, mit der samtweichen Stimme von Julio Iglesias, spricht er durch das Papier in mein Ohr:

»Listen, old fucking bitch, you are bothering me. Don't do that again.«

Dann macht er einen Schritt zurück und schlägt kalt lächelnd die Tür zu.

In diesem Moment setzt bei mir im Gehirn etwas aus. Oder vielleicht auch ein. Ich wanke. Ich zwinge mich, stehen zu bleiben, während ein unerträglich schriller Ton mein Gehör blockiert und aus der Tiefe meines Leibs eine ätzende Säure emporsteigt wie eine brennende Lunte. Ich stütze mich an der Wand ab und beginne zu hecheln, wie ich es beim Yoga gelernt habe. Danach halte ich mir beim Ein- und Ausatmen abwechselnd die Nasenlöcher zu, um mich zu beruhigen. Es funktioniert. Noch fünf Sekunden, dann vier, drei, zwei, eins. Doch es ist wie der Countdown vor einer Bombendetonation. Ich breche in Tränen aus, und eigentlich ist es das, was mich am Ende am wütendsten macht.

Ich hebe den roten Ärmel auf, wische mir das Gesicht ab und putze mir damit die Nase. Für solche Zwecke ist Seide nicht wirklich zu empfehlen, das sei nur am Rande erwähnt. Aus den Augenwinkeln sehe ich durchs Flurfenster, wie Leonie nach Hause kommt und mit Mutti den Hof betritt. Das ist die Gelegenheit. Ich schalte blitzschnell um und schlage ein paarmal hektisch auf die Fensterscheibe. Aber Leonie hört mich nicht. Ich sause zum Treppenhaus. »Leonie!«, rufe ich die Stufen hinab. Echoartig breitet sich der Schall in allen Etagen aus. »Leonie, hörst du mich? Ich brauche dich hier oben!«

Mutti stößt im Erdgeschoss einen Hundeschrei aus, der irre laut durch das Treppenhaus schallt. Ich höre Leonies Schritte, dann setzt sich der Fahrstuhl in Bewegung. Sie hat offenbar auf den Knopf gedrückt. »Welche Etage?«, ruft sie von unten.

»Hier oben. Dritter Stock.«

Als sich die Fahrstuhltür zur Seite schiebt, öffnet sich ein Vorhang, und mir klappt die Kinnlade runter. Es ist wie im

Friedrichstadtpalast, wenn die große Show beginnt. Eine Respekt einflößende Polizeibeamtin in voller Montur steht breitbeinig vor mir, beleuchtet von unzähligen LED-Lämpchen, die vom Kabinenhimmel auf sie niederstrahlen. Fehlt nur noch das große Orchester. Den Kopf gesenkt, das Gesicht vom Schirm der dunkelblauen Basecap verdeckt, knallen mir übergroß die Buchstaben POLIZEI entgegen. Der prachtvolle Schäferhund an ihrer Seite ist bereit zum Sprung. Angriffslustig fixiert er meine Hände. An Leonies himmelblauem, kurzärmligem Hemd prangt das Stadtwappen mit dem Berliner Bär. Und über der Brust spannt sich eine eng anliegende Schutzweste mit breiten Klettverschlüssen, als wäre sie jede Sekunde bereit für einen Fallschirmsprung. An der Seite ihres breiten Einsatzgürtels hängt ein Schlagstock. Handschellen sehe ich auch. Dazu einen Schlüsselbund und Pfefferspray.

»Was geht?«, fragt Leonie, hebt den Kopf und reißt im selben Moment Mutti zurück, die an meiner Hose schnuppern will. »Wie siehst du denn aus? Bist du verletzt?« Ich fasse an mein Ohr mit dem raschelnden Papier und entscheide mich gegen eine Erklärung.

»Kannst du vielleicht einfach hinter mir stehen bleiben? Du musst gar nichts machen. Nur so vorschriftsmäßig wirken wie jetzt auch. Einfach mal eben mitkommen bitte.« Ich will sie gar nicht in Gewissensnöte bringen. Ich will nur, dass sie da ist, wenn ich noch einmal Pepe zur Rede stelle.

Leonies Gesicht ist ein einziges Fragezeichen, aber sie zuckt mit den Schultern und folgt mir mit Mutti die paar Meter bis kurz vor meine Wohnungstür. Dann drücke ich noch mal auf den Klingelknopf. Als Pepe die Tür aufreißt, kann ich den

Schock durch seinen Körper rasen sehen. Als wären wir bei der Passkontrolle sieht er zuerst mich an, dann Leonie, dann wieder mich und dann den Hund. Er öffnet den Mund, aber es kommt nichts raus.

»I will stay here, until you give me my money. I want it now!« Und als wäre ich noch mal fünfundzwanzig, stoße ich mit dem Ellenbogen die Wohnungstür so heftig auf, dass Pepe die Klinke geradezu aus der Hand fliegt.

»Now!«, schleudere ich ihm entgegen. Pepe dreht seinen Kopf Richtung Wohnzimmer, als müsste er sich erst einmal rückversichern. Dann aber wendet er sich der Garderobe zu und sucht in den Jacken nach seiner Geldbörse. Ein Gefühl des Triumphs breitet sich in mir aus. Er findet das Portemonnaie und übergibt mir schweigend vier Fünfzigeuroscheine.

»You pay me my rent. Every month. This is our deal.« Um diesen Vertrag noch einmal zu besiegeln, strecke ich ihm meine Hand hin, aber er ergreift sie nicht. Stattdessen versucht er, die Tür zu schließen. Energisch stelle ich meinen Fuß dazwischen, sodass ein größerer Spalt offen bleibt, und nutze den Moment: »And never ever, never ever, you call anybody in this house a fucking Nazi.«

»Nazi?« Jetzt schaltet sich Leonie doch noch ein und drängt sich direkt neben mich. »Wieso Nazi?«

Pepe ist durch den Türspalt nur noch schemenhaft zu erkennen.

»Niemals Nazi«, sagt Leonie und zeigt mit dem Zeigefinger auf den Polizei-Schriftzug auf ihrer Mütze. »Nein, nein Nazi! Comprende?«

Im Halbdunkel kann man sehen, wie Pepe nickt und abwehrend die Hand hebt, als wollte er sagen: Ich weiß Bescheid, alles klar.

»Nichts für ungut«, sagt Leonie, und ich ziehe meinen Fuß zurück, Pepe schließt die Tür.

»Du sprichst Spanisch?«, frage ich verdutzt.

»Ich kann kein Englisch«, sagt Leonie. »Ich fand das blöd in der Schule. Thank you very much. Englisch lern' ist Quatsch.«

»Aber Spanisch?«

»Spanisch habe ich mal in der Volkshochschule versucht. Aber das kann ich auch nicht.«

Schweigend fahren wir mit dem Fahrstuhl ins Untergeschoss. Die Küchenrunde hat sich aufgelöst. Bis auf Doreen ist niemand mehr da. Sie sortiert ihre Kleider, die sie auf verschiedene Haken in ihrem Verschlag verteilt. »Hallo zusammen. Was für ein Tag. Ihr habt nicht zufällig ein Bügelbrett?«, fragt sie. Ich ignoriere die Frage und lasse mich auf meine Pritsche fallen. Es riecht nach Kohl. Aus der Küche vernehme ich ein leises Blubbern. »Wenn ihr Hunger habt, es gibt Pichelsteiner Eintopf. Allerdings aus der Dose.«

Ich höre ein Geräusch, und als ich die Augen öffne, sehe ich Doreen direkt über mir. In den gütigen Ausdruck ihres Gesichts hat sich Besorgnis gemischt. »Komm mal her«, sagt sie und hilft mir auf. Mit Sonnenblumenöl und einem weichen Lappen bearbeitet sie mein Ohr und löst vorsichtig Fetzen für Fetzen von der Haut ab. »Was hast du da nur wieder gemacht?«, murmelt sie vor sich hin. »Man kann euch wirklich keine Sekunde allein lassen.«

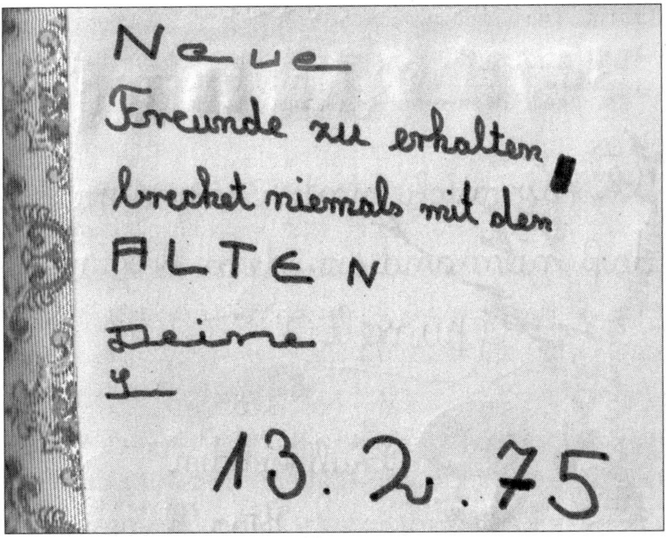
Neue
Freunde zu erhalten!
brechet niemals mit den
ALTEN
Deine
13.2.75

9

neue und alte

So geht denn alles verloren. Die Taue sind morsch. Sie werden zerfallen. Dann ist nichts mehr da, was uns hält. Brennt die Wunde aus. Wappnet euch. Löscht das Licht. Ingetraut macht Schluss.

Als sich die Tür zum Raum leise öffnet, treten wir schüchtern an ihr Bett. Die Beleuchtung ist spärlich, ein Strauß Lilien verströmt seinen Duft. Die Sterbende liegt still, ihr Gesicht vom Schmerz gezeichnet, die Augen schwarz. Ihre Hände aber schimmern türkisblau und leuchten wie das Wasser der Adria an einem Sommertag. Ihre Arme wirken wie von transparentem Reispapier umwickelt, wie weiche vietnamesische Frühlingsrollen. Sie sieht so zart und zerbrechlich aus. Sie lächelt.

»Es ist gut«, flüstert sie kaum hörbar.

Genau da setzt Bibi an:

»Und jede Hürde, jeder Stein, scheint größer noch als wir zu sein.
In jedem Satz, in jedem Streit, da trug sie ihre Worte weit.
Die Fahne hoch, für gleiche Rechte, für unsre Ziele, stets gerechte.«

Bibi kommen die Tränen, während sie ihr Gedicht vorträgt.

»Blödsinn«, flüstert Ingetraut abgenervt und sucht den Blick von Waltraut, die ihr tröstend die Hand auf den Arm legt.

»So mancher Traum blieb doch verwehrt, ihr Weg, ein Kampf, nun ist's zu spät. Doch lebt ihr Geist in uns noch weiter, in unser'n Liedern, hyper, hyper.«

»Du meinst sicher *heiter, heiter*«, spricht Gabriele Bibi leise ins Ohr. Tadel liegt in ihrem Blick, als sie Bibi ein Taschentuch reicht.

»Wieso heiter? Wer ist denn hier heiter?«, fragt Bibi und putzt sich geräuschvoll die Nase.

Ich stehe regungslos an der Bettkante, links und rechts neben mir die anderen vier: Linda, Gabriele, Waltraut und Bibi. Mein Blick ist fest auf das Fußende gerichtet und klebt an Ingetrauts Steppdecke. Ich wage nicht hochzuschauen und sie anzusehen. Zu privat. Dass ich hierher eingeladen wurde, hat mich erstaunt. Waltraut hatte mir einen Zettel aufs Bett gelegt, auf dem nur eine Uhrzeit stand und die Wörter »Ingetraut« und »Abschied«. Ich fand das makaber. Ich wurde zu einer Trauerfeier eingeladen, bei der die Tote noch lebt. Andere Zeiten.

Müsste ich jetzt nicht etwas sagen? »Ein letzter Gruß« nicht nur schnöde auf die Trauerschleife gedruckt, sondern live und in Farbe vorgetragen? Soll ich sie zum Abschied umarmen? Ich gehöre doch gar nicht zu Ingetrauts engstem Kreis. Ich habe sie nicht ein einziges Mal besucht, nicht in der Klinik und nicht, seitdem sie aus dem Krankenhaus zurück ist. Außerdem stürzen mich Trauerfeiern immer in eine Krise, weil der Tod so endgültig ist. Nun eröffnet sich die Gelegenheit, vor diesem endgültigen Ende all das sagen, was es noch zu sagen gäbe. Aber ich habe gar nichts zu sagen.

Ich habe keine Worte für diese Frau.

»Vorbild«, »Ikone«, »Pionierin«. Das ist alles so platt. »Lebende Legende«, »Anführerin«. Alles wahr, wenn man mal beiseitelässt, dass sie in Kürze eine tote Legende ist. In Wirklichkeit weiß ich nicht, wer sie ist. Sie entzieht sich jeder Zuschreibung. Es war schon immer so: Kaum hatte ich Eindrücke und Erfahrungen zusammengetragen, und in meinem Kopf festigte sich ein Bild, riss sie es wieder ein. Mit Absicht. »Weil Zuschreibungen Gefängnisse sind, in die Menschen andere Menschen einschließen«, wie sie immer sagte, »unschuldig im Knast.« Ingetraut ist einfach das, was sie ist. Eine unverfälschte Person. Punkt. Und das ist das Beeindruckende an ihr.

Ja. Das wäre natürlich ein ganz guter Text. Aber sollte man so was zum Abschied sagen?

»Können wir noch etwas für dich tun?«, fragt Gabriele mit gedämpfter Stimme.

»Blödsinn«, flüstert Ingetraut.

»Du hast keine Schmerzen, oder?« Linda – ganz Apothekerin – sortiert die Pillenschachteln auf Ingetrauts Nachtschränkchen. Wir stehen alle dumm rum. Ich bin offenbar nicht die Einzige, die mit der Situation nichts anzufangen weiß. Vorsichtig blicke ich mich um. Das Schlafzimmer ist klein. Alles ist schneeweiß, als wären wir schon im Himmel. Selbst die wenigen Möbel sind weiß. Es steht noch ein schmaler Kleiderschrank im Raum, kaum breiter als ein Meter. Im Wohnzimmer hängt alles voller Bilder, hier zieht rein gar nichts den Blick an, wenn man mal von dem verrosteten Ritterschwert absieht, das in einer Ecke lehnt. Scheint eine Antiquität zu sein. Wenn überhaupt so was, dann hätte ich eher eine Doppelaxt erwartet. Bibi hat wieder angefangen zu weinen, und nun bin ich es, die ihr meinen Arm auf die Schulter legt, für sie offenbar ein Startsignal, laut loszuschluchzen.

Ingetraut, umgeben von sanften Klängen klassischer Musik, sieht mich mit ihren tiefschwarzen Augen an. Ihr Blick ist ruhig, aber entschlossen. Die leise Stimme, kaum noch hörbar, trägt trotz allem die Stärke einer ganzen Bewegung. »Denke daran, dass der Wandel Zeit braucht. Bleibe mit den anderen vereint und stark. Lass nicht nach. Du bist noch jung.« Meint sie mich? Ich stutze, schaue nach links und rechts, tippe mir mit dem Zeigefinger aufs eigene Brustbein und frage sie mit Blicken: Ich?

Ingetraut nickt kaum wahrnehmbar. Sie ist zu einem ganz kleinen, zerbrechlichen, vogelartigen Menschen geschrumpft. Mit einer spitz herausstehenden Nase, schwarzen Knopfaugen und weichen, flaumigen Federn auf dem Kopf.

»Komm her«, flüstert sie. Die anderen weichen geradezu ehrfürchtig zurück und machen den Weg frei, damit ich an ihre Seite treten kann. Ingetraut seufzt, jedes einzelne Wort fällt ihr schwer. »Vierzig Jahre. Weißt du«, sagt sie und atmet, »das ist die Zeitspanne für Ende und Neubeginn.« Pause. »Schon in der Bibel.« Da lacht sie heiser und muss husten. Sie tastet nach meiner Hand und hält sie fest. »Lassen wir die Bibel weg. Vierzig Jahre … 1949 Gründung der DDR. 1989 Ende.« Sie schließt die Augen. Man hört nur noch ein leises Pfeifen. Ihre Hand ist kühl und trocken. War es das jetzt? Verabschiedet sie sich mit einem Rätsel? Doch auf einmal ist sie wieder da. Sogar mit Schwung in der Stimme: »Die Zahl Vierzig. Lies das mal nach. Vierzig Jahre war das Volk Israel in der Wüste. Vor vierzig Jahren wurde zum ersten Mal in einem Ort in Deutschland mehr als vierzig Grad Hitze gemessen. Und dann die Waltraud Schoppe mit ihrer Skandalrede. War auch vor vierzig Jahren. Der große Tumult im Bundestag, weil sie über Sex und Macht gesprochen hat. Niemals vorher und niemals danach gab es im Parlament etwas Vergleichbares. Sie hat damals die Strafbarkeit von Vergewaltigung in der Ehe gefordert. Sie wurde im Parlament laut ausgelacht. Sie wurde Hexe genannt. Alle haben nur gejohlt. Und jetzt ist es wieder Zeit. Die vierzig Jahre sind um.« Die letzten Worte kommen nur noch schwach.

»Und konkret?«, frage ich beklommen.

»Und konkret?«, äfft sie mich nach und klopft auf meine Hand, was sich eher wie ein Streicheln anfühlt. »Ich möchte, dass du für den Vorsitz in der Hausrunde kandidierst. Vielleicht wirst du gewählt. Du hast das Zeug dazu. Vierzig Jahre. Alles beginnt wieder neu. Bildet Banden. Ihr müsst noch mal los.« Sie schließt die Augen und lässt ihren geschrumpften Kopf tiefer in die Kissen sinken. Sie drückt meine Hand einmal kurz und fest, als hätte sie nun alles gesagt.

»Mach keine Demos«, flüstert sie noch, »das bringt nichts. Mach was Neues.«

Ich nehme zögernd meine Hand an mich und drücke sie an die Brust, als wäre es gar nicht meine. Ich starre auf Ingetraut, die mir so, wie sie daliegt, überhaupt nicht mehr bekannt vorkommt. Sie sieht aus wie meine Großmutter, als sie starb. Sie hat sich selbst so leicht und so klein wie möglich gemacht, um tunlichst schnell von dieser Erde fortzukommen.

»Und finde eine Lösung für dein Tunnelproblem«, gibt sie mir noch mit auf den Weg. Da hat Waltraut uns aber schon mit sanftem Schub Richtung Ausgang bugsiert, sodass mein Erschrecken über diesen letzten Satz gar nicht auffällt. Woher weiß sie davon?

»Es ist so traurig. Ich konnte gar nichts mehr sagen«, beklagt sich Bibi auf dem Weg durchs Wohnzimmer nach draußen.

»Du hast doch dieses schöne Gedicht vorgetragen«, wird sie von Waltraut getröstet. »Damit hast du ihr eine Freude gemacht.«

»Seid ihr eigentlich ein Paar, du und Ingetraut?«, will Linda von Waltraut wissen und stellt die Frage, die uns alle schon seit Jahren brennend interessiert.

»Ganz, ganz lange her«, sagt Waltraut, »und jetzt raus mit euch!«

Das war das letzte Mal, dass ich Ingetraut lebend gesehen habe. Sie ist zwei Tage nach unserem Besuch gestorben. Ob mit oder ohne Hilfe, weiß ich nicht. Auf jeden Fall ist seitdem einiges passiert.

Wolfgang schläft nun zweimal in der Woche, dienstags und donnerstags, in Gabrieles Kellerabteil, das sich ganz am Ende des Gangs, direkt neben der Schleuse befindet. Die Geräuschbelastung hält sich erstaunlicherweise im Rahmen. Betreut wird er an diesen beiden Abenden von Doreen, von der man sich im Umgang mit Renitenz einiges abschauen kann. »Der kann doch nicht anders«, sagt sie immer und lässt ihm auch einiges durchgehen. »Aber er will auch nicht anders«, sage ich dann. Wenn er keine Ruhe gibt und so richtig neben der Spur ist, wenn er sie bedrängt und nicht von ihr ablassen will, wenn er schlüpfrige Bemerkungen macht oder wenn er gar seine Hose runterzieht, dann verwandelt sich Doreens Gutmütigkeit in kalte Grausamkeit: »Wolfgang, Schluss! Sonst hole ich die Polizei.« Dann ist er jedes Mal vollkommen schockiert und gibt sofort Ruhe. Denn an die Polizei hat er keine schöne Erinnerung.

Die Idee zu diesem Kniff hatte verblüffenderweise Doreen selbst. Zuerst hielt ich es für einen Spaß, aber sie meinte es ernst. »Mach es«, sagte sie. »Jetzt oder nie! Leonie ist zum Bowling. Los!« Ich nutzte die Gelegenheit. Leonies Zelle war nicht abgeschlossen. Ich griff nach dem Bügel mit ihrer Uniform und nahm mit den Augen Maß. Das wird nicht ganz reichen, dachte ich mir, aber einen Versuch war es wert.

»Oh, er ist im Anmarsch«, hörte ich Doreen sagen, da hatte ich aber schon die blaue Cargohose an, deren Reißverschluss ich nur hochziehen konnte, weil ich die Luft anhielt und mit Macht den Bauch nach oben geschoben hatte. Sie saß wie eine Wurstpelle. Auch das hellblaue, kurzärmlige Hemd, auf dem am Oberarm das Berliner Stadtwappen prangte, war über Brust und Bauch viel zu eng. Es spannte derartig, dass ich befürchten musste, die Knöpfe würden gleich abspringen und wie Geschosse durch den Keller knallen. Dass das Hemd so knapp war, sah man aber nicht, weil ich noch diese schwere, schwarze Schutzweste drüberzog, die wegen der breiten Klettverschlüsse an den Seiten passend gemacht werden konnte. Vorn über meinem Brustbein leuchtete nun in großen weißen Buchstaben das Wort POLIZEI.

Die klobigen schwarzen Schuhe, die aussahen, als könnte man mit dem Auto drüberfahren, ohne dass irgendwas kaputtgehen würde, waren mir zwar zu eng, aber ich musste sie ja auch nur zehn Minuten tragen, das würde schon gehen. Am Ende band ich mir noch diesen fetten Einsatzgürtel um, an dem ein Schlagstock hing, und das Holster für die Schusswaffe, die ich allerdings nirgends finden konnte. Ich wollte auch nicht alles durchwühlen. Wahrscheinlich durfte Leonie ihre Waffe gar nicht mit nach Hause nehmen. Ich zögerte kurz, ob ich tatsächlich mit dieser leeren Pistolentasche am Gürtel losmarschieren sollte, letztlich würde man aber wohl kaum sehen, dass da gar keine Waffe drin war. Das letzte Mal, dass ich einen Revolver am Hosenbein hatte, war sehr lange her, beim Kostümfest im Sportverein. Ich ging natürlich als Cowboy und nicht, wie meine Mutter wollte, als gute Fee. Zum Schluss nahm ich noch das Basecap aus dem Regal, auf dem ebenfalls POLIZEI gut lesbar eingestickt war.

Während ich mich in die Uniform zwängte, fing ich innerlich schon an zu kochen, denn ich hörte, wie Wolfgang in den Keller schlurfte und sich sofort bei Doreen nach ihrer BH-Größe erkundigte. »D oder Doppel-D, das ist hier die Frage«, versuchte er sich an Shakespeare und tänzelte klapprig, mit eckigen Bewegungen vor ihr herum. Durch die Fugen des Verschlags konnte ich auch sehen, wie Doreen missbilligend den Kopf schüttelte. »Wolfgang, lass es!«, sagte sie. Sie trug ihren türkisfarbenen Jogginganzug mit den gelben Rallyestreifen, saß in ihrer Zelle bei trübem Licht an einem kleinen Schreibtisch und korrigierte Klassenarbeiten. »Ich bin Experte«, sagte Wolfgang in einem merkwürdigen Singsang und schwankte auf sie zu.

»Meine Hand ist bereits vorgeformt für ein perfektes D. Lass mich doch mal prüfen.«

In dem Moment, als er die Hand nach ihr ausstreckte, sprang ich polternd in den Gang und brüllte: »Polizei! Polizei! Keine Bewegung!« Doreen erschrak dermaßen, dass sie mit den Knien ihren Schreibtisch umwarf und ihre Arme im Reflex gegen die Zellentür schlugen. Wolfgang fuhr der Blitz in alle Glieder, er sank auf die Knie. Zitternd hielt er seine dünnen Arme in die Luft gestreckt, als erwartete er jeden Moment einen heftigen Schlag. Ich stellte mich breitbeinig vor ihm auf und dröhnte: »Sie sind verhaftet. Wegen Nötigung und wegen sexueller Belästigung. Sie behandeln Frauen ohne Respekt. Es liegen schon mehrere Anzeigen gegen Sie vor. Sie wandern für lange Zeit in den Knast. Sie haben es zu weit getrieben.« Ich riss den Schlagstock aus dem Gürtel und drosch mit Getöse auf die Aluplanken des Kellers neben mir ein. Der gehörte, wenn ich mich recht erinnerte, Bea mit den Kletterrosen. Ich schlug einige Beulen in die Tür und fragte mich, ob sie sich überhaupt noch öffnen ließ. Wolfgang heulte hemmungslos. Doreen saß mit weit aufgerissenen Augen schräg hinter ihm und machte mir Zeichen, ich solle aufhören. Aber ich war derartig in Rage und die Uniform gab mir ein viel zu selten erlebtes Gefühl von Macht und Stärke, dass ich mich sogar hinreißen ließ, ihn an seinen wenigen Haaren zu packen und daran zu rütteln. Ich zischte: »Mitkommen!« Autorität ist ganz offensichtlich auch eine Frage der richtigen Montur. Ich beschloss, mir bei nächster Gelegenheit eine Kapitänsmütze zu kaufen.

»Nein, nein«, jammerte er. Und Doreen sprang vom Stuhl auf und sagte: »Genosse. Bitte.« Ich ließ seine Haare los. Augenblicklich kippte Wolfgangs Kopf nach unten auf sein Brustbein. »Bitte«, sagte Doreen in flehentlichem Ton, »ich sorge dafür, dass es nicht mehr vorkommt. Bitte lassen Sie ihn gehen. Ich verbürge mich für ihn.«

Sie half dem schlotternden Wolfgang auf die Beine, und ich senkte den Kopf wie zum Gruß, um hinter der Schirmmütze mein Gesicht zu verbergen. Doreen führte den alten Mann langsam zur Tür, nahm den Schlüssel für das Badezimmer vom Haken, und beide verließen den Keller.

Seit diesem Zwischenfall ist Wolfgang sexismustechnisch deutlich unauffälliger. Ab und zu höre ich noch, dass Doreen ihm leise, aber entschieden mit einem Polizeieinsatz droht, wenn er nicht gehorcht oder wenn es ihn wieder übermannt. Sie bringt die Polizei aber auch ins Spiel, wenn er nicht ins Bett will, obwohl Doreen längst gesagt hat, dass er schon über die Zeit ist. Die Wirkung ist frappierend. Es funktioniert super. Und es ist eine Erleichterung für alle, denn Wolfgang war für die BURG schlichtweg untragbar geworden.

Der Druck, ihn endlich anzuzeigen, lastete schwer auf mir. Die Hausrunde hatte bereits einen entsprechenden Beschluss gefasst, »Auszug oder Anzeige«, der Gabriele noch tiefer in die Krise stürzte. Wohin mit ihm? Mit Rücksicht auf ihre Umstände erbat ich von den anderen noch eine Gnadenfrist von zwei Wochen, aber natürlich hatte ich keine Argumente und war auf das Entgegenkommen der Hausgemeinschaft angewiesen. Wie konnten wir einerseits für »MeToo« auf die Straße gehen und andererseits das Bilderbuchexemplar eines Frauengrapschers in einem feministischen Frauenwohnhaus beherbergen? Das konnten wir niemandem erklären, am wenigsten uns selbst.

Gleichzeitig wollten die wenigsten einen alten, kranken Mann vor Gericht zerren. Doreen löste das Problem mit schwarzer Pädagogik und nahm damit den Dampf aus dem Kessel. »Manchmal muss es eben Mumm sein«, sagte sie. Damit war für sie der Fall erledigt. Irgendwann später werde ich sie mal fragen, ob es auch noch eine andere – ebenso wirkungsvolle, aber weniger brutale – Methode gibt. Sie ist schließlich Pädagogin.

Ich war nun tatsächlich Vorsitzende der Hausrunde. Ich hatte kandidiert und wurde ohne Gegenstimme gewählt. Es hatte sich herumgesprochen, dass Ingetraut mir die Nachfolge angetragen hatte. Mit Applaus wurde ich ins Amt gehoben. Aber noch vor dieser entscheidenden Sitzung, zu der sich bis auf wenige Ausnahmen wirklich alle Bewohnerinnen angemeldet hatten, sogar Leonie und Doreen, fing mich Bibi Blocksberg im Hausflur ab.

Sie stand mir plötzlich im Weg wie ein Erdrutsch auf der Brennerautobahn. Sie meinte, es sei für die Kandidatur schlichtweg unerlässlich, mir endlich aus den Buchstaben meines Namens und aus dem Geburtsdatum das Potenzial für meine Zukuft auszurechnen. »Vergiss alles, was du über Horoskope weißt. Was ich dir zeige, wirst du dringend brauchen. Ich rechne dir aus, wer du wirklich bist. Du kannst nicht den Vorsitz in der BURG übernehmen und nicht wissen, wer du bist.«

Es passte mir gar nicht. Ich hatte überhaupt keine Zeit dafür und wollte noch schnell seitlich an ihr vorbeiflutschen, aber sie stemmte mit Entschiedenheit die Fäuste in ihre fleischigen Hüften, und dann kam ich einfach nicht mehr durch. Ich traute mich nicht, ihr zu sagen, dass ich gar nicht wissen wollte, wer ich wirklich war. Denn es bestand immerhin die Gefahr, dass ich sechzig Jahre lang geglaubt hatte, ich sei jemand anders. Die nächsten und letzten zwanzig Jahre meines Lebens mit so einer Erkenntnis klarzukommen, stellte ich mir anstrengend vor. Und auch wenn ich an diese Spielart von Erleuchtung nicht glaubte, würde sich die ein oder andere Offenbarung aus meinem Gehirn nie wieder löschen lassen.

Aber Bibi ließ mich nicht entkommen und schleppte mich in ihre Höhle. Dort hingen viele lange Seidenbahnen mit chinesischen Schriftzeichen an der Wand. Ein Zimmerspringbrunnen gurgelte am Fenster vor sich hin. In einem Regal über dem Sofa waren drei Klangschalen aus Messing der Größe nach aufgereiht. Ich war nicht zum ersten Mal in ihrer Wohnung. Aber sie hatte ihre »Schaltzentrale«, wie sie es selbst nannte, erheblich aufgerüstet. In einer Ecke des Wohnzimmers stand ihr riesiger Schreibtisch mit inzwischen drei überdimensionalen Monitoren darauf. Man hätte annehmen können, sie arbeitete im Homeoffice für ein Callcenter. Aber der Grund für diese technische Extremausstattung war schlicht ihr Faible für Programme, Zahlen und numerologische Geheimnisse. Als Versicherungskauffrau war sie bereits früher in Rente gegangen, hatte sich mit allen möglichen und unmöglichen Policen selbst abgesichert, um jetzt ihren privaten Leidenschaften nachgehen zu können. »Kreative Kalkulationen« nannte sie das. Bibi war wirklich die einzige Frau, die ich kannte, die Esoterik und Spiritualität mit knallhartem Finanzmanagement verband.

Sie hatte bereits einiges vorbereitet. Den Einführungskurs

in Kabbala und Numerologie sparten wir uns aus Zeitgründen. Nur so viel war entscheidend: Mit Hilfe eines Schlüsseltableaus wurden den Buchstaben meines Namens Ziffern zugeordnet, daraus mehrfach die Quersumme gebildet, und aus dem Ergebnis ließen sich dann Rückschlüsse auf Charakter, Lebensziele, spirituelle Gesetze und ihre physische Manifestation herleiten. Ich musste Bibi zusätzlich mein Geburtsdatum nennen, denn auch das spielte eine wichtige Rolle. »Aha«, sagte Bibi, »das ist ja interessant.« Sie zündete eine Kerze an, gab mir Ingwerstäbchen zu essen und nahm eine Lupe aus dem Regal, um in einem zerfledderten alten Buch etwas zu überprüfen.

Ich war eine Zehn. Mein Geburtsdatum war eine Zehn. Und mein Name war auch eine Zehn. »Oh. Das ist sehr selten«, sagte Bibi und überprüfte erneut ihre Berechnungen. »Durchgängig eine Zehn. Das hatte ich noch nie.«

Sie zog hektisch ihre Schuhe aus, als wären ihre Füße schlagartig angeschwollen. »Ich habe so doll Wasser in den Beinen«, sagte sie beiläufig, dann räusperte sie sich und fiel stimmlich eine Oktave tiefer.

»Zehn biblische Plagen, zehn Gebote, zehn Eier in der Schachtel, zehn Schokoladenrippen in der Kinderschokolade. Die Zehn ordnet unser Leben. Die Zehn ist die Grundlage des Dezimalsystems. Zehn ist die Rückennummer der Spielmacher auf dem Fußballplatz, der normale Mensch hat zehn Finger, von der Zehn wird der klassische Countdown abgezählt, die Zehn ist das römische X, das für Absolutheit steht. Die Zehn ist die Zahl der Vollkommenheit. Sie bedeutet die Aufgeräumtheit der Welt.«

»Das klingt doch gut«, sagte ich und war erleichtert.

Bibi sah mir direkt in die Augen, und dann eröffnete sie mir: »Nimm das nicht auf die leichte Schulter. Du bist eine alte Seele. Du hast schon viele Leben auf höchstem und auf niedrigstem Niveau hinter dir. Das kabbalistische Symbol der Zehn ist der Baum des Lebens mit seinen zehn Zentren des Lichts. Das bedeutet Verantwortung.«

»Aber die Quersumme wäre dann wieder eins«, warf ich ein.

»Und das ist dann mindestens genauso gut«, sagte Bibi und legte eine Spielkarte auf den Tisch. Es war eine Tarotkarte. »Der Magier«, sagte Bibi und klopfte mit dem Finger auf seinen Kopf. »Im Zentrum des Universums steht diese Figur. Sie hält den Zauberstab hoch in den Himmel, mit der anderen Hand weist sie zu Boden. Diese Geste entspricht der magischen Formel: wie oben, so unten. Diese Figur weiß um die Gesetze des Lebens. Sie bringt Himmel und Erde zusammen.«

Ich aß die Ingwerstäbchen, die unglaublich scharf in meinem Mund brannten.

»Und was kann ich daraus jetzt ableiten? Also ganz praktisch.«

»Du bist der Neubeginn.«

Ehrlich gesagt, dafür hätte ich Bibi jetzt nicht unbedingt gebraucht. Aber es war gut zu wissen, dass ich keine Null war.

Mit diesem Rüstzeug stellte ich mich in der Vollversammlung zur Wahl. Es reichte die einfache Stimmenmehrheit. Waltraut fand anschließend ein paar Worte, die mich erstaunten. Sie sagte sinngemäß, ich hätte das Haus neu aufgeweckt, das Gemeinschaftsgefühl belebt und mit dem Kellerwohnen für alle eine neue Perspektive eröffnet, um die für viele zu erwartenden finanziellen Engpässe zu überstehen. Sie sagte, dass aus dieser Symbolik des lebendigen Untergrunds eine neue Strategie erwachsen könnte. Sie sagte, wir müssten die aktuelle Publicity sinnvoll nutzen und uns noch mit weiteren Politikerinnen vernetzen, um auf das Problem des krassen Wohnraummangels vor allem für alleinstehende Frauen intensiver hinzuweisen.

»Wir müssen eine Arbeitsgruppe gründen, die die Pressearbeit macht«, rief Felicitas in die Runde.

»Das entscheide nicht ich«, sagte Waltraut in ruhigem Ton. »Darüber abzustimmen und so was dann ins Werk zu setzen, das obliegt unserer neuen Vorsitzenden.«

»Hat sich denn Frau Wagenknecht noch mal gemeldet?« Felicitas hatte ganz offensichtlich viele Fragen.

»Nein«, gab ich zurück. »Wir haben sie angeschrieben, angerufen und nachgefragt. Aber da kam bislang keine Reaktion.«

»Typisch«, sagte Felicitas schnippisch und gab dann Ruhe.

»Wir haben bislang alle Pressevertreter und -vertreterinnen vertröstet. Das ZDF hat angefragt. Und natürlich die Berliner Abendschau. Ich werde dafür ein Pressekonzept entwickeln.«

»Wie gehen wir mit den vielen Anfragen um? Es kommen immer wieder Frauen ans Tor, die bei uns einziehen wollen. Die können wir doch nicht einfach so abwimmeln.« Diesmal war es Bibi. Ihr Lieblingsthema. »Die Frau mit den Kindern vor unserer Tür, da hat sich die Kirche eingeschaltet. Die ist jetzt in Spandau untergekommen. Aber wenn sich immer neue melden?«

Waltraut übernahm noch einmal. »Auch da werden wir ein

geordnetes Verfahren entwickeln.« Der Keller sei jetzt Partyraum, Unterschlupf und vor allem Schutzraum, den Frauen heute dringender bräuchten als in all den Jahren zuvor. Sie sprach davon, dass die Zeiten nun andere wären und gerade alle Sicherheiten zerfallen und man mit allem, wirklich allem, rechnen müsse. Sie sagte, dass wir fest zusammenhalten müssten und aufeinander angewiesen seien. Sie sprach von Grausamkeiten – nicht nur im Krieg, sie sprach von Frauen als Beute, sie sprach vom Hass auf Frauen als Racheakt. »Zielscheiben« nannte sie das. Alle vier Minuten werde irgendwo in Deutschland eine Frau körperlich, psychisch oder sexuell angegriffen. Alle vier Minuten. Es sei unerträglich. »Wir sind die Hälfte der Welt. Wir sind kein Schlachtvieh.« Sie sprach von Neubeginn.

Dann verließ sie kurz das Kasino und kam mit dem verrosteten Schwert aus Ingetrauts Schlafzimmer zurück. Etwas Feierliches lag in ihrem Blick. Ich befürchtete schon, ich müsste mich nun hinknien und irgendeinen schrägen Initiationsritus über mich ergehen lassen. Aber dann drückte sie mir mit einem Augenzwinkern das schwere Ding einfach in die Hand. »Das soll ich dir von Ingetraut geben. Es stammt noch vom Bauwagenplatz, als die BURG noch nicht mal in Planung war.« Und dann raunte sie verschwörerisch: »Man sagt, es habe magische Kräfte«, um daraufhin gleich laut loszulachen. Allgemeine Heiterkeit war die Folge. Dorothea rief: »Amazone, ich schleif dir dein rostiges Schwert wieder blank.«

So stand ich dann – gestützt auf dieses alte Eisen, zuerst verunsichert, dann immer entschlossener – und richtete das Wort an die vertraute Runde und sprach allen meinen Dank aus.

»Wir müssen noch mal los«, sagte ich dann, »Ingetraut hat uns auf den Weg geschickt. Ich übernehme das jetzt. Wir müssen alle wieder ins Geschirr. Trainiert eure morschen Knochen! Wir haben unsere Ziele noch nicht erreicht.«

»Welche Demo diesmal?«, fragte Legionellen-Roswitha.

»Keine Demo«, antwortete ich. »Demos bringen nichts. In Berlin finden an jedem einzelnen Tag sechzehn Demos statt. Wir müssen was ganz anderes machen. Wir fangen noch mal von vorne an. Ich habe da schon eine Idee.«

Ich rollte mein Konzept aus, und so wurde diese Vollversammlung zur Geburtsstunde von »Kommando Inge Traut – wir verlieren die Beherrschung«. So ganz ohne Parolen ging es nicht. Das war klar. Was politische Kommunikation betraf, da brachte ich ja einiges mit an Erfahrung. Aber bitte keine Abzählreime wie »Wir sind jung, wir sind laut, weil ihr uns die Zukunft klaut«. »Bazooka«, »Wumms« und »Doppelwumms«, »Deutschlandtempo«, »You'll never walk alone« und all diese leeren Phrasen hatten alle vollkommen satt.

»Weg mit dem Dreck!«, entfuhr es Buchladen-Petra in ungewohnter Lautstärke. Und damit setzte sie den Ton. »Weg mit dem Dreck!« war auf Anhieb mehrheitsfähig. Die alten Machtstrukturen, an die sich die meisten Männer immer noch klammerten, mussten endgültig auf den Müllhaufen der Geschichte. Wir brauchten eine Entrümpelungsaktion. Wie Bibi schon ganz richtig festgestellt hatte, war das ja vollkommen im Einklang mit meinem dritten Auge, der Aufgeräumtheit der Welt. Wir würden ausmisten. Wir würden das Gerümpel, das sich überall in Kreuzberg und in der ganzen Stadt verteilte, die vielen Matratzen, Kühlschränke, Couchgarnituren, die Schlafzimmerschränke, Kinderbetten, Küchenstühle, Waschbecken und Toiletten nutzen, um »reinen Tisch« zu machen.

Als Erstes gestalteten wir das Kasino in eine Plakatwerkstatt um, wo sich abends diejenigen trafen, die als Kreativkräfte angeheuert hatten und große Schilder malten, auf denen Sprüche standen wie »Das Zuhause kann die Hölle sein. 240 000 Frauen haben sie letztes Jahr erlebt« oder »Zwei Drittel aller Vergewaltigungen finden zu Hause statt«. Darunter jeweils in kleinerer Schrift: »Kommando Inge Traut«.

Ich selbst übernahm die Abteilung »Stadtmöbel«, in der sich alle einfanden, die noch gut zu Fuß und auch sonst körperlich in der Lage waren, mindestens zwei Kisten Wasser auf einmal gut zwanzig Meter weit zu tragen. Und zwar Glasflaschen! Dafür hatten wir eine Art Hindernisparcours aufgebaut, der auch über eine kleine Wippe und ein in Wadenhöhe gespanntes Seil führte. Den Test bestanden leider nicht besonders viele. Erstaunlicherweise war Buchladen-Petra darunter, offenbar gut trainiert durch ihr tägliches Hantieren mit schweren Bücherkisten. Selbst Felicitas hatte ungeahnte Kräfte, was allerdings niemand wunderte angesichts ihrer umfangreichen Möbelsammlung. Bibi schied gleich am Anfang aus, sie ließ sich schon seit Jahren alles Mögliche inklusive ihrer Einkäufe direkt an die Wohnungstür liefern, was sofort eine hitzige Diskussion über ihren CO_2-Fußabdruck zur Folge hatte. Mühelos passierte Dorothea den Parcours, obwohl sie ja eher klein ist. Auch Gabriele hatte als Physiotherapeutin keine Probleme.

Es waren natürlich am Ende eher die Jüngeren, fünfundsechzig minus, die überwiegend ins Ziel kamen. Ich selbst war definitiv nicht unter den ersten drei. Eher unter den ersten zehn, was mich mehr wurmte, als ich bereit war zuzugeben. Ich lebte offenbar schon länger in selbstbetrügerischer Fehleinschätzung, was meinen körperlichen Verfall anging. Umso deutlicher musste ich mich also auf anderen Feldern der Leistungsfähigkeit beweisen.

Der erste Einsatz ging gleich schief, weil sich unter der fauligen Matratze, die wir nachts aus einer dunklen Ecke zum Wrangelbrunnen schleppen wollten, ein Rattennest befand. Die Tiere flohen in alle Richtungen. Schreiend! Wir aber auch. Danach hat Dorothea beim Griechen in der Weltlaterne ein paar Ouzo ausgegeben. Wir mussten uns erst Mut antrinken, bevor wir weitermachen konnten. Wir hoben die Gläser und tranken in einem Zug. Dorothea bestellte mit ihren drei Fingern sofort eine weitere Runde. »Der geht auf mich. Zum Gedenken an Frau Hartmann, die gute Seele von der Admiralbrücke. Möge sie in Frieden ruh'n.«

Wir waren vorhin an der improvisierten Gedenkstätte für Emma Hartmann vorbeigekommen. Ein kleines Plakat am Brückenpfeiler mit einem Foto von ihr, ein Grablicht, eine frische Rose, ein schmutziger Teddybär. Ganz Kreuzberg kannte Emma Hartmann, aber die wenigsten kannten ihren Namen. Sie saß selbst bei klirrender Kälte am Rand der Brücke und verkaufte Zeitungen. Sie sah immer aus, als wäre sie gerade aus den Kulissen des Weltkriegdramas *Die Flucht* gesprungen, mit Kopftuch, zerlumpten Klamotten, viel zu großen Stiefeln und einem Gebiss, das ständig verrutschte und in dem ein Schneidezahn fehlte. Und sie sprach ein urtümliches Deutsch: »Eine schene Tag. Gott behiete dich.« Sie war ein Internetstar, seitdem sie dabei gefilmt worden war, wie sie einen ausgewachsenen Schwan beherzt und vollkommen angstfrei an den Flügeln packte und über das Geländer der Admiralbrücke in den Landwehrkanal schleuderte. Er hatte sich verirrt. Und ein Schwan kann ja nicht einfach so losfliegen. »Frau wirft Schwan« gibt es immer noch bei YouTube. Wir tranken auf Frau Hartmann, und Dorothea sagte: »Die Gutste.«

Danach nahmen wir einen zweiten Anlauf. Fünfzig Meter von Frau Hartmanns Stammplatz entfernt klebten wir unser erstes Schild auf ein rotes Schlafsofa: »Zwei Drittel aller Vergewaltigungen finden zu Hause statt. Was wissen wir über dieses Sofa?«

Ein paar Meter weiter, auf dem Gehweg in der Nähe der Brücke, richteten wir eine faulige Matratze auf und lehnten sie an eine kaputte Waschmaschine. Daran befestigten wir mit Panzertape das nächste Plakat: »Eine Matratze kann für Frauen ein lebensgefährlicher Ort sein.«

»Wow, das schockt«, sagte Gabriele. Offenbar fiel sie zurück in den Jargon der Achtziger. Subversiv auf der Straße. Ich fühlte das Adrenalin wie damals. Dabei war es so lange her.

Von da an waren wir ungefähr zweimal pro Woche unterwegs, erschufen auffällige Installationen mit künstlerischem Charakter. Wir richteten Wohnungen unter freiem Himmel ein, machten den privaten Raum öffentlich, lenkten den Blick auf das Elend hinter verschlossenen Türen. Auf einen alten Schreibtisch am Engelbecken stellten wir einen schrottreifen Computermonitor, daneben fünf leere Bierflaschen. Dahinter, an die Mauer, platzierten wir ein schrottreifes Küchenbüfett, in das eine Spüle eingebaut war. Felicitas rollte einen Kinderwagen dazu, den sie in einer Nebenstraße aufgegabelt hatte und dem ein Rad fehlte. Wir bestückten ihn mit einer schmutzigen, nackten Barbiepuppe, der – sicherlich von einem Kind – die Haare abgeschnitten worden waren. Am Ende stellten wir noch einen durchnässten Maxi Cosi dazu. Auf dem Küchenschrank platzierten wir ein Schild mit der Aufschrift »Geht's euch gut? Und eurer Nachbarin auch?«.

Die Aktion zog weite Kreise. Ich traute meinen Augen kaum. An Brücken, auf Verkehrsinseln, selbst auf dem Hermannplatz entstanden wahre Kunstwerke aus Stadtgerümpel. In der Körtestraße vor der Bäckerei entdeckte ich eine alte Badewanne, in der ein blauer Müllsack lag, auf den jemand mit schwarzem Edding »Frau Kowalczyk, dein Leben will ich nicht geschenkt haben« geschrieben hatte. Auf dem Bahnsteig am Kottbusser Tor baumelte an einer Pyramide aus sechs Einkaufswagen ein Zettel mit der Aufschrift »Für Mutti«. Ich war sprachlos. Die ganze Gegend hatte sich in eine feministische Freiluft-Kunstausstellung verwandelt. So berichtete Gabriele, dass sie auf dem Weg zum Görlitzer Bahnhof einen Sperrmüllhaufen gesehen hatte, auf dem ein großer Spiegel lag. Da hatte jemand mit rotem Lippenstift etwas in Türkisch draufgeschrieben. Gabriele brachte ein Foto davon mit. Per Google-Übersetzer fand Dorothea heraus: »Bruder, behandle deine Frau nicht wie diesen Müll hier.«

Kurze Zeit später berichtete zuerst die *taz*, dann das Fernsehen über diesen, wie sie es nannten, »Aufschrei 2.0«. Eine Reporterin mit ARTE-Mikrofon stand am Landwehrkanal, deutete auf die Reste eines Schlafzimmerschranks, an dem ein Schild baumelte mit der Aufschrift »MeToo. Das Private ist politisch« und sagte: »Ist das Kunst, oder kann das weg?« Am selben Abend waren wir sogar in den *Tagesthemen*. »Die Frauen, die Gewalt und der Müll« hieß der Beitrag, der sich auch mit ein paar Fakten und Zahlen zum Thema Häusliche Gewalt beschäftigte. Man sprach darin vom »Kommando Inge Traut« und von »Kunst im öffentlichen Raum« und vermutete eine Werbeagentur als Urheberin, beauftragt von der BSR. Die Berliner Stadtreinigung ließ aber sogleich verlauten, dass sie mit der Dekoration von Sperrmüll nichts zu tun hatte. Ihr Slogan »We kehr for you« habe keine politische Komponente. Nein, die BSR war es nicht.

Erstaunlicherweise hielten alle Bewohnerinnen der BURG dicht, nichts drang nach außen. Mit dem »Kommando Inge Traut« kam eine öffentliche Debatte in Fahrt. Dass pro Stunde in Deutschland vierzehn Frauen von ihren Männern schwer misshandelt werden, war plötzlich wieder Thema. »Häusliche Gewalt ist Alltag in Deutschland. Niemand darf die Betroffenen damit alleinlassen«, verkündete Innenministerin Nancy Faeser, »wir müssen helfen, das Schweigen zu brechen.« Und die Frauenministerin Lisa Paus schloss sich an: »Die deutlich gestiegenen Zahlen zeigen die traurige Realität. Gewalt gegen Frauen ist ein gesamtgesellschaftliches Problem.« 240 000 geprügelte, gestalkte, erniedrigte Opfer im Jahr, eine schier unfassbare Zahl. Aber dann folgte leider wieder nur das übliche leere Gerede über die Notwendigkeit der Verbesserung von Hilfsangeboten. »Es muss sich was ändern«, »Es darf so nicht bleiben«, »Es sollte etwas getan werden«. Es wäre erforderlich, dringend geboten, man müsste und sollte. Alles wie immer. Trotz stetig steigender Opferzahlen. Diese Tatenlosigkeit war schon erschütternd. Es sah danach aus, als würden wir das nun selbst in die Hand nehmen müssen.

Politisch war die BURG also wieder in der Spur. Aber zum Durchatmen kam ich kaum. Ständig flatterten mir Einladungen zum Kaffeetrinken in die Zelle, oder die Frauen kamen einfach im Keller vorbei zum Plaudern. Tausend Ideen, viel gute Laune, neuer Kampfgeist. »Was machen wir als Nächstes?«, war die mir am häufigsten gestellte Frage.

Als Nächstes, so dachte ich still bei mir – mit deutlichen Anzeichen einer dräuenden Magen-Darm-Verstimmung –, musste ich eine Leiche aus dem Tunnel holen. Und ehrlich gesagt, das musste jetzt schnell passieren, damit ich es schnell wieder vergessen konnte. Ich wählte Ronnies Nummer und hielt mein Handy fest, als versuchte ich seine Einzelteile zusammenzuhalten. Aber eigentlich war es umgekehrt.

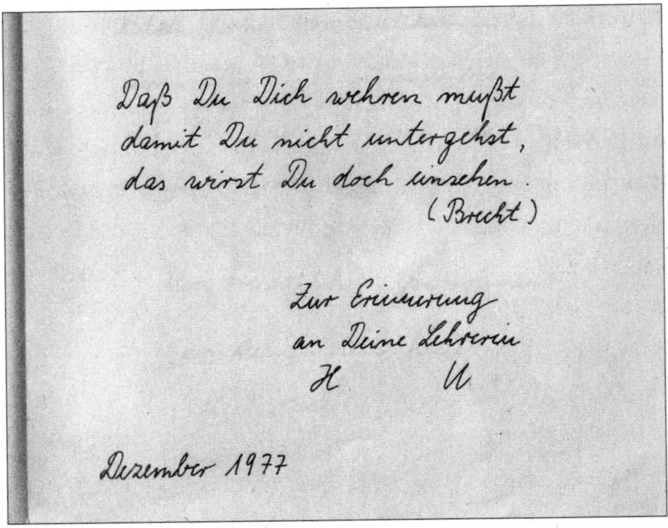
Daß Du Dich wehren mußt
damit Du nicht untergehst,
das wirst Du doch einsehen.
(Brecht)

Zur Erinnerung
an Deine Lehrerin
H U

Dezember 1977

10
einsehen

Es ist noch dunkel, aber ich bin schon wach. Weil es so stinkt. Es ist kein lustloser, flacher Geruch wie das nachträglich behandelte Gummi aus Wolfgangs Schuheinlagen. Es ist penetrant und gehört definitiv nicht hierher, aber es ist auch nicht komplett abstoßend. Eine Mischung aus Zahnarztpraxis, Enzianhütte und dem Geruch, den meine frühere Sportlehrerin verströmt hat. Es riecht eingekocht nach einem Konzentrat. Nichts aus der Natur. Aber es riecht auch nicht wie der Innenraum eines neuen Autos. Eigentlich bin ich nicht sonderlich empfindlich, was Gerüche angeht. Aber dieser ist so aufdringlich, es brennt mir direkt in der Kehle. Wie ein Schmierfilm liegt diese Essenz auf meinen Mandeln und lässt sich nicht runterschlucken. Es schmeckt ein wenig nach Fernet Branca gemischt mit Multi Sanostol.

»Riechst du das auch?«, frage ich in den Keller hinein, gerade so laut, dass Doreen mich hören können müsste, wenn sie denn wach ist. Und gerade so leise, dass es sie nicht aufwecken dürfte. »Ist da irgendwas Verdorbenes in der Küche, das wir vergessen haben wegzuschmeißen?«

»Mach die Fenster auf!«, möchte ich noch rufen. Sage aber

keinen Piep. Denn die Fenster sind offen. Die sind immer offen. Was könnte es sein, das hier die Luft verpestet? Ich stelle mir eine Reithose vor, die von einer jungen Frau nach einem längeren Ausritt ausgezogen wurde, nachdem ihr Ledersattel vorher ausgiebig mit einer Flüssigkeit gepflegt worden war, die überwiegend aus kostbarem Walöl bestand, das Kapitän Ahab mit an Land gebracht hatte. Irgendwie so was.

»Retterspitz«, höre ich eine raue Stimme sagen. Sie gehört eindeutig zu Ronnie.

»Was ist Retterspitz?«, frage ich leise.

»Eine Tinktur zum Einreiben. Gegen alle Beschwerden. Auch nach Amputationen. Geschwollene Gelenke, Arthrose. Und es desinfiziert. Ich habe es mitgebracht, weil wir es brauchen. Am besten du reibst dich auch damit ein.«

Ronnie ist zurück. Mein Anruf hat gewirkt. Ingetraut ist seit vier Wochen tot, und Ronnie war kurz danach abgereist, ohne sich zu verabschieden. Und jetzt haben wir schon fast Oktober. Richtig vermisst habe ich sie nicht. Aber ihre Anwesenheit ist in gewisser Weise eine Beruhigung. Wir haben etwas zu erledigen, und wir schweigen, bis es hell wird.

»Was riecht denn hier so komisch?«, fragt irgendwann Doreen, nachdem ihr Wecker geklingelt hat.

»Ronnie ist wieder da und hat irgendwelche Beschwerden«, gebe ich zurück.

»Ach, ist die Gute wieder da von ihrem Ausflug aufs Land und wieder in ihrer Furzmulle?« Doreen schält sich aus ihrem Verschlag und stellt Kaffee auf. Sie macht sich in Windeseile fertig, um nicht zu spät in die Schule zu kommen. »Kannst du mir bitte mal den Reißverschluss zumachen? Ich komme da nicht mehr ran. Wir sind ja nicht mehr aus dem Frühbeet«, sagt sie und stellt sich demonstrativ mit einem klaffenden Spalt auf der Rückseite ihres Kleides vor meiner Zelle auf.

Leonie und Mutti haben Urlaub und sind schon seit einer Woche verreist. Wenn Ronnie und ich es heute nicht machen, dann weiß ich auch nicht.

Hustend kommt sie aus ihrem Verschlag. Sie hat sich die Haare schneiden lassen. Oder besser: rasieren lassen. Sie trägt jetzt Irokese. Die Bürste oben rötlich eingefärbt wie Sascha Lobo. Das sieht bei ihr absolut lächerlich aus. Als ich sie kennenlernte, waren ihre Haare auch rot, aber doch nicht so! »Findest du nicht, du bist ein bisschen zu alt für so eine Frisur?«

»Du bist so eine Spießerin, hatte ich dir das schon mal gesagt?«

»Veronika!«

»Wenn schon, dann bitte Vroni! Für ›Veronika‹ bin ich zu jung«, lacht sie und haut auf den Tisch. »Und für ›Ronnie‹ bin eigentlich zu alt.«

»Verstanden. Vielen Dank. Wieso bist du abgehauen? Du bist einfach weggefahren, ohne Bescheid zu sagen, und hast mich mit allem hier sitzen lassen.«

»Ich musste mir über ein paar Dinge klar werden. Also reg dich ab. Du kommst hervorragend ohne mich klar, große Vorsitzende.« Ronnie zieht geräuschvoll die Nase hoch, nimmt sich in der Küche einen Stuhl, gießt Kaffee ein und zündet sich eine Zigarette an.

Doreen sagt noch: »Tschüssikowski, bis baldrian«, und macht sich auf den Weg.

Ronnie trinkt den heißen Kaffee in großen Schlucken. »Und wie hast du dir die Sache nun gedacht?«

Ich trete ein paar Schritte zurück, denn Zigarette, Rotz und Retterspitz sind so früh am Morgen eine echte Herausforderung. Ich senke automatisch die Stimme.

»Wir legen Irina in den Sarg, verschließen alles vorschriftsmäßig. Und wenn es dunkel wird, begraben wir sie im Garten hinter den Fahrradständern.«

»Du meinst wie damals unsere BHs? Fällt dir nichts Besseres ein?«

»Wir können wohl schlecht mit dem Sarg durch die Stadt fahren.«

»Es wäre unauffälliger, wenn wir die U-Bahn nehmen und dann einfach aussteigen.«

»Erzähle nicht so einen Quatsch. Die U-Bahn.« Ich stelle mir das gerade vor: wir zwei mit einem Sarg in der U-Bahn, und kann mir das Lachen kaum verkneifen.

»Nein, im Ernst. Du weißt doch, die Leute nehmen da einfach alles mit und niemanden interessiert's. Motorräder. Waschmaschinen. Die Leute machen ganze Umzüge mit der U-Bahn. Neulich hatte jemand sogar ein echtes Pony dabei. Ich würde echt die U-Bahn nehmen.«

»Auf keinen Fall. Warum nicht unser Garten?«

Ronnie tippt sich an die Stirn, als wäre ich ein bisschen plemplem.

»Dann können wir auch gleich die Schleuse zuschweißen. Das ist nichts anderes.«

»Landwehrkanal! Da haben wir es auch nicht weit.«

»Damit der Sarg dann an allen vorbeischwimmt? Erst Ankerklause, dann Club der Visionäre und schließlich zum Badeschiff in der Spree? Ich glaube nicht.«

»Was ist denn dein Problem? Im Landwehrkanal geht alles unter.«

Ronnie kneift die Augen zusammen und massiert offenbar zum intensiveren Nachdenken rhythmisch mit beiden Händen die Bürste auf ihrem Kopf, die in der Folge mehr und mehr ihre Standhaftigkeit verliert.

»Sag bloß, du hast Penatencreme genommen.«

»Bullshit. Gibt's die immer noch?« Langsam kippt ihre Frisur zur rechten Seite.

»Ich glaube, ich habe eine Idee«, sagt Ronnie. »Aber ich muss das noch mal sacken lassen. Es soll ja auch etwas Dauerhaftes sein. Und es muss auch passen.« Etwas scheint in ihr zu zünden. Sie springt auf und boxt mich in die Seite.

»Reib dich mit dem Zeug ein«, fordert sie mich auf, »mit dem Retterspitz. Das neutralisiert alle anderen Gerüche. Für alle Fälle. Und schließ ausnahmsweise mal die Kellertür ab.«

»Das macht uns voll verdächtig.«

»Nee. Du bist die Vorsitzende. Das wird jede verstehen, wenn du mal deine Ruhe haben willst.«

Während ich die Kellertür verriegle, macht sich Ronnie an der Schleuse zu schaffen und hängt sich mit vollem Gewicht an das Schwungrad, um den Verschluss aufzukurbeln. »Übrigens«, presst sie zwischen ihren zusammengebissenen Zähnen hervor, »was ich noch wissen wollte. Jetzt, wo du diese ganze Verantwortung hast, willst du echt im Keller wohnen bleiben?«

Ich hänge mich mit ihr an die Speiche. Das Rad bewegt sich

quietschend. »Ja«, keuche ich, »es sind noch drei Monate. Aber dann reicht es auch.«

Und schon ploppt die Schleuse auf, und ich werde fast ohnmächtig, weil ein barbarischer Gestank wie eine regenschwangere Wolke über uns hinweg in den Keller quillt. Ich möchte mich auf der Stelle übergeben, da gießt mir Ronnie mit einer schwungvollen Bewegung Retterspitz über den Kopf, und ich rieche nur noch etwas Scharfes mit süßsaurer Soße.

»Komm, du musst ziehen«, fordert sie mich auf. Und wir beide greifen in das dunkle Loch hinein. Ich taste nach dem Plastik und bekomme etwas Schwammartiges zu fassen. Sehen kann ich gar nichts. Es ist noch glitschiger und nasser als beim letzten Mal. Ich weiß nicht mal, welches Körperteil ich gerade anfasse. Unmöglich, die Leiche auf diese Weise aus dem Tunnel zu ziehen. Ronnie holt einen Stuhl. Sie hat dieses Mal eine Taschenlampe dabei, die sie sich jetzt in den Mund steckt, um beide Hände frei zu haben. Sie greift in das Loch. Sie schlängelt sich mit ihrem Oberkörper in die Öffnung hinein. An ihrer Hüfte vorbei kann ich in den Tunnel schauen. Im tanzenden Lichtkegel erkenne ich die eingepackte Tote. Sie liegt im Schlamm und formt ein Fragezeichen. Erschreckend zu sehen, dass die Plastikfolie an manchen Stellen aufgeblasen ist wie ein Luftballon.

»Scheiße«, ärgert sich Ronnie und ist wegen der Taschenlampe in ihrem Mund kaum zu verstehen. Sie beugt sich immer tiefer hinein in den stinkenden Hohlraum. Intuitiv schlinge ich meine Arme um ihre Beine, um ihr mehr Standfestigkeit zu geben. An meiner rechten Wange kann ich fühlen, wie ihre gut trainierten Beinmuskeln hart werden und sich die Anspannung durch ihren gesamten Körper zieht. Sie sollte eigentlich Handschuhe tragen, um keine Spuren zu hinterlassen, aber jetzt ist es zu spät. Ronnie zerrt mit ruckartigen Bewegungen das große Plastikpaket aus dem Tunnel, geht dafür ächzend und stöhnend tief in die Knie, um die Hebelwirkung zu verbessern. Das ist schwer hexenschussverdächtig. Sie muss sich weit nach hinten beugen, um den schweren Sack zur Öffnung zu ziehen. In diesem Moment verliert sie das Gleichgewicht, fällt rückwärts vom Stuhl, und wir stürzen gemeinsam zu Boden. Der schwere Plastiksack rutscht aus der Öffnung und klatscht volle Lotte auf uns drauf. Direkt auf meinen Solarplexus. Meine Atmung setzt aus. Dann ist es still.

Übergossen von Schlamm und stinkendem Schleim krauche ich unter dem Sack hervor. Dreckklumpen hängen an meinem Sweatshirt wie dicke Mistkäfer. »Scheiße«, sagt Ronnie. »Wenigstens haben wir sie jetzt rausgeholt.«

Die weiße Wand unter der Schleuse ist mit Dreck besudelt, übel riechende Spritzer sind überall verteilt und in die hintersten Ecken verschiedenster Kellerabteile geflogen. Immerhin. Wir haben sie draußen.

Nun helfe ich Ronnie, den Sarg, der schon viel zu lange an der Kellerwand lehnt, in den Gang zu schleifen und zu öffnen. »Donnerwetter«, entfährt es Ronnie, »ein Interieur in Regenbogenfarben. Nobel, nobel.«

Im Gegensatz zum letzten Mal greife ich nun viel beherzter zu. Entweder ist Irina leichter geworden, oder ich habe neuerdings mehr Kraft. Gemeinsam hieven wir sie in die Kiste. Um den Deckel besser schließen zu können, sticht Ronnie die Luftblasen auf. Der bestialische Gestank ist kaum auszuhalten. Wir setzen den Deckel drauf und verschrauben die Messingverschlüsse.

»Gibt's hier irgendwo einen Staubsauger? Als Geruchskiller«, sagt Ronnie, und ich deute auf Gabrieles Kellerabteil, wo noch ein ausrangiertes Modell neben Wolfgangs Pritsche vor sich hin gammelt.

Die nächste Stunde schrubben wir den Keller, gießen eimerweise Lauge aus, verhindern mit einem Schneeschieber, dass das dreckige Wasser in die Verschläge läuft. Ronnie bringt den Sarg noch auf Hochglanz. Den Geruch endgültig zu vertreiben, gelingt uns nicht. Als ich die Kellertür öffne, entweicht er ins Treppenhaus und verteilt sich über alle Stockwerke. Danach gehe ich duschen und werfe anschließend meine stinkenden Klamotten in den Müllcontainer.

Am Abend schicke ich der Stadtmöbel-Gruppe eine WhatsApp, dass ich Hilfe benötige, um den Sarg für den nächsten Einsatz in mein Auto zu schleppen. Dorothea ist sofort zur Stelle, auch Felicitas und Buchladen-Petra bieten sich an. »Was stinkt denn hier so?«, fragt Dorothea, als sie den Keller betritt.

»Meine Ischiassalbe«, knurrt Ronnie.

»Ist ja ekelhaft. Hoffentlich hilft sie wenigstens.«

Als dann auch noch Legionellen-Roswitha und Gabriele erscheinen, können sie zu sechst den Sarg durch das Treppenhaus zur Schubkarre schleppen. »Der war beim letzten Mal doch nicht so schwer«, sagt Dorothea. »Was ist da drin?«

»Kann ich mitkommen und mich dann noch vom Sarg verabschieden?«, fragt Felicitas.

»Nur Ronnie und ich«, antworte ich kurz angebunden. »Es passen nur zwei Leute ins Auto.«

Felicitas legt beide Hände auf den Sarg, als fiele es ihr schwer, ihn gehen zu lassen. »Ich kann mich einfach nicht von ihm trennen. Ich kann mich von gar nichts trennen«, sagt sie mit einem Anflug von Verzweiflung.

»Sieh es doch mal so«, versuche ich die Situation zu retten. »Wenn er dir wirklich fehlt, legen wir zusammen und kaufen einen neuen.«

»Habt ihr ein Schild?«, will Gabriele wissen.

»Alles an Bord.«

Als wir die Kiste ins Auto schieben, wird schnell klar, der Sarg ist zu lang. Ich hatte zwar schon die Rücksitze umgelegt, aber es fehlt mindestens ein halber Meter. »Passt nicht«, sagt Ronnie.

Während Buchladen-Petra sorgfältig meine alte Picknickdecke über dem Sarg ausbreitet, durchwühlt Dorothea ihre vielen Taschen in Weste, Jacke und Hose. »Kein Problem, wir machen ein Gummiband dran und hängen eine Warnweste drüber.« Sie findet tatsächlich einen Expander und verbindet mit dem elastischen Strick Heckklappe und Stoßstange.

»Uno momento«, sagt Ronnie und läuft noch mal ins Haus, um zwei Minuten später mit zwei Schaufeln aus dem Gartenhaus zurückzukommen.

»Schaufeln?«, fragt Gabriele.

»Man weiß ja nie«, antwortet Ronnie knapp und schiebt sie in den Kofferraum.

»Was passiert, wenn der Sarg rausrutscht? Und überhaupt, wie wollt ihr den zu zweit wieder aus dem Auto kriegen?« Gabriele stellt die entscheidenden Fragen.

Buchladen-Petra ist irritiert: »Wollten wir den Sarg nicht zur nächsten Demo mitnehmen? Diese Rollator-Sache?«

»Demos machen wir erst mal nicht mehr. Weißt du doch. Jetzt läuft das ›Kommando Inge Traut‹.«

Bevor die Diskussion weiter ausufert, schmeiße ich den Motor an, winke noch einmal aus dem Fenster, und dann setzen sich Ronnie und ich langsam in Bewegung.

»Wo fahren wir überhaupt hin?«, frage ich Ronnie.

»Richtung Mariannenplatz.« Ronnie deutet mit beiden Armen und ausgefahrenen Zeigefingern nach vorne. »Drück mal aufs Gas!« Im Rückspiegel sehe ich, wie uns die anderen nachwinken.

Es ist ein kühler Septemberabend. Rosenduft liegt in der Luft, als wir mit dem Wagen übers alte Kopfsteinpflaster am Leuschnerdamm rumpeln. Ist mir noch nie aufgefallen, dass man die Rosen tatsächlich riechen kann, die nach der Wende unten am Teich angepflanzt wurden. Möglicherweise hatte ich auch nie darauf geachtet. So hoch konzentriert, wie ich heute bin, nehme ich offenbar alles intensiver wahr. Wir umkurven das Engelbecken und biegen auf den Bethaniendamm ein. Tempo 30 kommt mir schon sehr schnell vor. Rasend schnell irgendwie.

»Was ich dir noch sagen wollte«, Ronnie greift in die Innentasche ihrer Jacke und holt ein Päckchen Zigaretten heraus, klappt den Deckel auf und stoppt in der Bewegung.

»Was ist?«

»Die ganze Zeit schon wollte ich dir das sagen.« Sie starrt angestrengt nach vorn durch die Scheibe auf die dunkle Straße und lässt mindestens eine weitere Minute verstreichen.

»Was denn?«

»Es geht um Irina. Als wir sie gefunden haben, an deinem

Geburtstag, da war ich schon vor dir in ihrer Wohnung. Ich wusste schon, dass sie tot war.«

»Wie bitte?«

Ronnies Blick klebt jetzt auf dem Armaturenbrett. Sie zerpflückt die Pappe ihrer Zigarettenschachtel.

»Sie war untenrum nackt.«

»Das ist nicht dein Ernst.«

Ronnie kaut jetzt jedes Wort erst mal richtig durch, bevor sie es ausspricht: »Sie war nicht nur untenrum nackt. Sie hatte auch männliche Geschlechtsorgane.«

Noch während sie diese Worte sagt, kann ich sehen, dass sie sie am liebsten zurückgenommen hätte, aber es ist zu spät. Ich trete hart auf die Bremse, sodass der Sarg von hinten gegen unsere Sitze knallt.

»Irina war ein Mann?« Fassungslos werfe ich einen Blick in den Rückspiegel, als könnte mir der Sarg bestätigen, was mir Ronnie gerade offenbart hat.

»Nein, sie war eine Frau mit männlichen Geschlechtsorganen«, sagt Ronnie, während ich wie ferngesteuert den Wagen im Schneckentempo auf die Fahrradspur lenke, damit das Auto von der Fahrbahn runterkommt. »Ich habe sie wieder angezogen. Ich wollte ihr Geheimnis bewahren.«

»Und du hast sie dann so merkwürdig sternförmig hingelegt?«

»Frag mich nicht, warum ich das gemacht habe. Irina war tot. Ich dachte, sie hätte sich vielleicht selbst umgebracht. Ich wollte nicht, dass man sie so findet.«

»Vielleicht wurde sie umgebracht, weil sie keine richtige Frau war.«

»Woher soll ich das wissen? Was ist denn eine richtige Frau?«

Ich sehe Ronnie an, die mit ihrer merkwürdigen Frisur, ihrer Lederjacke und den tätowierten Händen auch nicht aussieht wie eine richtige Frau. Aber auch nicht wie ein Mann.

»Meine Herren«, sage ich. »Das ist echt ein Hammer.«

»Wir hätten vielleicht doch die Polizei holen sollen.«

»Na toll. Du warst es doch, die das auf keinen Fall wollte und mich da gleich mit reingezogen hat. Ich konnte ja gar nicht mehr nachdenken.«

Wir sitzen schweigend. Ronnie reicht mir eine Zigarette und gibt mir Feuer. Dann steckt sie sich selbst eine an. Wir rauchen bis in die Lungenspitzen und sind derartig in Gedanken versunken, dass keine auf die Idee kommt, mal Luft ins Auto zu lassen.

Ich finde meine Sprache wieder: »Sie hatte bestimmt Angst, entdeckt zu werden. Deshalb wollte sie mit niemandem im Haus sprechen.« Mir fällt die Sache mit dem Badezimmer wieder ein, ich erinnere mich daran, wie sie die Tür zugeschlagen hat. »Vielleicht hat sie sich ja auch bei uns vor irgendwem versteckt. Vielleicht wollte sie nicht eingezogen werden zum Krieg. Vielleicht leben Transfrauen in der Ukraine gefährlich.« Ich versuche, Teilchen für Teilchen in meinem Kopf zu einem Puzzle zusammenzusetzen.

»Vielleicht war es auch ganz anders. Wir wissen es nicht. Ende.« Ronnie stößt derartig viel Rauch aus, dass sie neben mir verschwindet.

»Hast du dich denn nie gefragt, wer es gewesen sein könnte?«, bohre ich weiter. »Ich hatte ja mal Wolfgang in Verdacht.«

Ronnie antwortet nicht.

»Hast du denn nie darüber nachgedacht, wer es war?«

»Wozu?«, fragt sie zurück. »Ehrlich gesagt, wundere ich mich, dass du noch nicht auf mich gekommen bist. Da würde doch alles passen.« Sie lacht ihr heiseres Lachen, das wie üblich in einen schlimmen Husten übergeht. Sie greift in ihre Jacke, holt ein Taschentuch heraus und wischt sich den Mund ab. »Und hier kommt die Geschichte: Ich traf Irina am Eingang, fand sie attraktiv, wir plauderten, dann gingen wir zu ihr in die Wohnung, sie stellte sich als Mann heraus, das hat mich schockiert, da habe ich ihn erwürgt. Anschließend bin ich auf deine Geburtstagsparty gegangen.«

»Du verarschst mich. Oder?«

»Hast du keinen Aschenbecher?« Ronnie sucht mit den Augen die Mittelkonsole ab. »Kein Auto hat heute mehr einen Aschenbecher, aber mal im Ernst …«

Auf einmal klopft jemand an die Seitenscheibe. Ich erkenne durch den Nebel eine Uniform und eine Hand. Die macht eine Kurbelbewegung. Ich drücke auf den Knopf und fahre die Scheibe runter. Ein Polizist beugt sich zur Öffnung, wirft neugierige Blicke in das Innere des Wagens und fragt: »Probleme?«

»Nein. Wir unterhalten uns.«

»Mitten auf der Straße?«

»Ja. Tut mir leid. Musste sein.«

»Ihr Kofferraum geht nicht zu.«

»Ist für einen Umzug«, sagt Ronnie, die als Erste von uns schaltet.

»Papiere, bitte.«

Ich durchwühle das Handschuhfach nach meinem Fahrzeugschein und fingere zittrig und zunehmend aufgeregt meinen Führerschein aus dem Geldbeutel. Der Beamte leuchtet mit einer Taschenlampe zuerst die Ladefläche aus und dann meine Papiere an. Nach ein paar Sekunden gibt er sie mir zurück.

»Oh, Sie sind gerade sechzig geworden. Herzlichen Glückwunsch nachträglich«, sagt der Polizist. »Heute auch schon gefeiert?«

»Schön wär's. Ich vertrage leider keinen Alkohol mehr. Ist nicht mehr wie früher«, entgegne ich mit einem krampfigen Lächeln.

»Jaja«, sagt der Polizist amüsiert. »Das geht meiner Mutter genauso. Die hat auch große Probleme mit der Magensäure. Die verträgt auch keinen Kaffee mehr. Nur noch entkoffeiniert.«

»Ich bin schon bei Kamillentee«, versuche ich noch eine passende Antwort.

»Altwerden ist eben nichts für Feiglinge – und nichts für Kassenpatienten«, sagt der Polizist lachend. »Dann weiterhin gute Fahrt. Und denken Sie dran, auf dem Fahrradweg dürfen Sie nicht stehen bleiben.«

Ich lasse den Motor an, setze links den Blinker, mache vorschriftsmäßig einen Schulterblick und fahre los. Die Polizei ist immer noch hinter uns. Als ich hinter der Kirche rechts abbiege, fährt der Streifenwagen geradeaus. Wir sind wieder allein.

»Sollen wir es wirklich machen?«, frage ich Ronnie.

»Sollen wir den Sarg wieder mitnehmen?«, fragt sie zurück.

An der nächsten Ecke steht ein alter Röhrenfernseher. »Stopp, hier ist es«, sagt Ronnie.

»Hier?«, frage ich ungläubig. »Am Baumhaus an der Mauer?«

»Genau hier. Im Niemandsland.«

Ich biege gleich hinter dem Fernseher in eine ruhige Seitenstraße ein. Sie grenzt direkt an das kleine Grundstück, auf dem eine aus Sperrmüll, alten Brettern und wertlosen Bauabfällen zusammengezimmerte Hütte steht. »Das Baumhaus an der Mauer« ist nicht viel größer als eine Schrebergarten-Laube, aber inzwischen eine Touristenattraktion. Alles wirkt improvisiert und unfertig. Seitenteile von Kinderbetten dienen als Geländer für den schmalen Balkon, ein zerlegter Wohnzimmerschrank bildet einen Teil der Fassade, ein Plastiktrichter ersetzt den Ablauf der Regenrinne, eine deutsche und eine türkische Fahne hängen aus den morschen Fenstern. Es ist eine einzige Bruchbude.

Im Jahr 1983 hatte sich ein türkischer Gastarbeiter an dieser Stelle im Schatten der Berliner Mauer einen Gemüsegarten angelegt und Zwiebeln angepflanzt. Damals war es das Ende der westlichen Welt. Der Grund und Boden gehörte sogar zur DDR, die aus Kostengründen beim Mauerbau auf diese Enklave verzichtete und sie dem Westen überließ. Selbst nach dem Mauerfall blieb die türkische Familie unbehelligt, weil lange nicht klar war, wem das Grundstück eigentlich gehört, welcher Bezirk, welche Behörde dafür zuständig ist.

Und so entstand im Laufe der Jahre erst ein Regenschutz, dann eine Hütte und letztlich ein zweigeschossiges, zusammengenageltes Gebäude. Und das steht nun hier. Seit mehr als zwanzig Jahren. Kurioserweise mittlerweile im Zentrum der Weltstadt Berlin. Immer noch betreut von derselben türkischen Familie. Wohnen tut hier niemand. Ein morscher Zaun grenzt den Garten vom Gehweg ab. Und die Ostseite des Grundstücks liegt abgeschieden und nicht einsehbar im Dunkeln. Da muss ich Ronnie recht geben. Es ist im Grunde ideal. Obwohl sich in direkter Nachbarschaft Wohnhäuser und eine Kirche befinden, ist man hier vollkommen ungestört.

Ronnie holt die Schaufeln aus dem Auto, öffnet die Gartenpforte und macht mir ein Zeichen, ihr zu folgen. Ganz kurz zögere ich, als sie mit dem Spaten die Umrisse der Grube in den weichen Boden zeichnet.

»Ist das wirklich so eine gute Idee? Was ist, wenn man sie hier findet?« Ich spreche tonlos.

»Dann findet man sie eben. Aber das wird nicht passieren«, zischt Ronnie zurück.

Also wühlen wir los wie zwei Wildschweine. Bringen wir es hinter uns. Egal. Ich mache es jetzt. Doch es ist irre anstrengend, eine Grube auszuheben. Wir sind noch nicht mal zehn Zentimeter tief, und ich habe überhaupt keine Kraft mehr und eine fette Blase in der rechten Hand. Meine Hüfte schmerzt wie nie. Ich muss die Zähne zusammenbeißen.

Nach zwei Stunden haben wir erst einen Meter in die Tiefe geschaufelt. Ich kann nicht mehr. Ich werfe mich auf den Rücken in die angrenzenden Beete und will nie wieder aufstehen. »Ich habe so Durst«, jammere ich. »Hast du kein Wasser mitgenommen?«

»Nee. Du ja auch nicht.« Ronnie kniet sich neben mich. Sie ist auch fix und fertig. »Der eine Meter muss reichen«, flüstert sie. Sie lächelt. »Gleich haben wir es geschafft.« Ihr Irokese ist nur noch ein Streifen Haare von der Stirn bis zum Nacken und flattert formlos im Abendwind.

Zurück am Auto setzen Ronnie und ich die Kapuzen unserer Hoodies auf und versuchen, den Sarg aus dem Kofferraum zu ziehen. Keine Chance. Er lässt sich nur ein paar Millimeter bewegen. Am Fußteil ist kein Griff, sonst könnten wir uns an der Stoßstange abstützen. So wird das nichts. Das Ding muss erst mal aus dem Wagen.

Da kommt mir die Idee mit dem Abschleppseil. Ich fahre den Wagen rückwärts bis zur Gartenpforte. »Mach mal fest!«, sage ich zu Ronnie und werfe ihr das eine Ende zu. Sie läuft zum Haus und schlingt den Strick um einen Pfeiler. Währenddessen ziehe ich das andere Ende durch die Messing-Griffschlaufen links und rechts und knote alles fest zusammen. Dann starte ich den Motor und lasse ganz langsam die Kupplung kommen. Sanft setzt sich der Wagen vorwärts in Bewegung. Zuerst spannt sich das Seil, es gibt einen kleinen Ruck, und danach bewegt sich die schwere Kiste tatsächlich in Zeitlupe ins Freie. Als der Sarg schon fast von der Ladefläche gekippt ist, reißt mit einem Krachen zuerst meine Stoßstange ab, dann schlägt das Holz hart auf der Gehwegplatte auf. Da liegt er dann, der weiße Sarg. Mitten auf dem Fußweg. Gemeinsam zerren wir die Kiste am Seil auf das Grundstück bis hin zur Grube und lassen sie hineinrutschen.

Es kostet uns noch eine halbe Stunde, dann haben wir das Loch wieder zugeschaufelt. Den Rest der Erde verteilen wir über die Beete. Es sieht wild aus. Aber nicht wie ein Grab. »Da werden sie sich wundern«, sage ich zu Ronnie. Die hebt ihre schmutzverklebten Hände und winkt ab.

»Das ist eben Kreuzberg. Da wundert sich niemand.« Sie wirft Abschleppseil, Schaufeln und Stoßstange ins Auto und haut die Heckklappe zu. Ich will schon einsteigen, da melden sich auf einmal meine Innereien.

»Wir können doch nicht einfach so ohne Abschied gehen! Wir sollten noch was sagen.«

»Werd bloß nicht sentimental.« Ronnie greift in die Innentasche ihrer Jacke und sucht nach ihren Zigaretten. »Sie wäre bestimmt jetzt lieber in der Ukraine, da bin ich mal sicher.« Ronnie lässt die Flamme des Feuerzeugs aufleuchten. »Aber nun liegt sie genau zwischen Ost und West. Wir sollten jetzt gehen, bevor ich auch noch weich werde.«

»Weißt du, mein Großvater ist in der Ukraine gefallen. So heißt es. Er kam nicht mehr aus dem Krieg zurück. Wir wissen nicht, wo er abgeblieben ist. Es gibt kein Grab, wo meine Oma hätte hingehen können. Daran muss ich jetzt denken.«

»Lass uns was trinken gehen«, sagt Ronnie.

»Lass uns lieber im Keller ein Bier trinken. Ich will nicht mehr unter Leute.«

Gleich am nächsten Morgen reist Ronnie wieder ab. Sie will zurück aufs Land. Sie will nicht sagen, wann und ob sie überhaupt wieder in die BURG zurückkehrt. Sie wird mir fehlen, aber das sage ich ihr natürlich nicht. »Kannst du mir noch etwas in mein Poesiealbum schreiben?«, frage ich Ronnie, als sie schon fast aus der Tür ist. »Ich habe mir überlegt, auf den vielen, noch leeren Seiten im hinteren Teil einen neuen Anlauf zu starten.«

»Auf keinen Fall«, sagt sie, »das fand ich früher schon bescheuert.« Aber dann nimmt sie mir das Büchlein aus der Hand und wirft einen Blick rein. »Ich habe überhaupt keine schöne Schrift«, behauptet sie. »Und ich kann auch nicht malen.«

Aber sie setzt sich trotzdem an den Küchentisch und blättert durch die Seiten.

»Ist ja irre«, entfährt es ihr. »Das hat deine Lehrerin geschrieben? Schon 1977? *Dass Du dich wehren musst, damit Du nicht untergehst, das musst Du doch einsehen.* Was hattest du denn für eine Lehrerin?«

»Sie war ein Skandal. Wir durften sie duzen. Sie war jung, trug nur Hosen und hat in der Oberstufe Philosophie unterrichtet. Ich fand sie toll, aber sie hat es an unserem Gymnasium nur zwei Jahre ausgehalten. Ich weiß nicht, was aus ihr geworden ist.«

Aus der Innentasche ihrer Lederjacke zaubert Ronnie einen Kugelschreiber hervor, legt ihre bunten Hände auf den Tisch, schließt für einen kurzen Moment die Augen, senkt den Kopf und fängt an zu schreiben. Ein kurzer Satz nur, dann klappt sie das Album zu und lässt es auf dem Tisch liegen. Sie erhebt sich, sieht sich noch einmal gründlich im Keller um, als würde sie überlegen, vielleicht doch ein bisschen länger zu bleiben. Sie ringt sich noch ein Lächeln ab, dann schüttelt sie den Kopf und geht zur Tür. Ihr Abschiedsgruß fällt sehr knapp aus. »Hau die Hühner«, sagt sie und verschwindet.

Womöglich werde ich schon bald nicht mehr an sie denken. Habe ich ja die letzten Jahre auch nicht gemacht. Im Haus stehen so viele Entscheidungen an. Ich werde keine Zeit haben, sie zu vermissen. Auf meinem improvisierten Schreibtisch liegt ein Schuhkarton voll mit Zetteln. Lauter Anträge von Bewohnerinnen für die nächste Hausrunde. Von Toilette bis Schneeglätte ist alles dabei. Ob wir angesichts des Klimawandels den Winterdienst noch brauchen oder das Geld besser sparen sollten, das wird zu besprechen sein. Dann möchte Ingrid aus der dritten Etage auf Gemeinschaftskosten für die BURG neue Toiletten anschaffen. Die Tiefspüler sollen weg und gegen Flachspüler ausgetauscht werden. »Beim Tiefspüler ist immer alles sofort versenkt. Da kann man keine Vorsorge betreiben«, schreibt Ingrid. »In unserem Alter wird eine gründliche Stuhlkontrolle immer wichtiger. Ich versichere: Das ist gut angelegtes Geld und eventuell auch Dünger für den Garten.«

Waltraut bittet mich per WhatsApp um ein Gespräch wegen Ingetrauts Testament. »Stell dir vor«, schreibt sie, »Ingetraut hat ihre Wohnung einem gemeinnützigen Verein vermacht, den es noch gar nicht gibt. Den sollen wir jetzt gründen«, schreibt sie weiter, »und die Wohnung dann ausschließlich an Frauen unter dreißig vermieten. Du sollst die Mieterinnen aussuchen. Damit wir nicht aussterben«, schreibt Waltraut. »Kümmerst du dich darum?«

Ja, ich kümmere mich darum. Selbst wenn der in Deutschland mittlerweile wahnhaft betriebene Entscheide-du-das-Bürokratismus in allen Ämtern diese Angelegenheit schmerzhaft verzögern wird.

»Tut es doll weh? Kommst du klar ohne Ingetraut?«, schreibe ich zurück. Seit Tagen schon habe ich Waltraut nicht gesehen. Sie hat sich zum Trauern zurückgezogen. Damit ich die Nachricht abschicken kann, muss ich zum Fenster gehen, die Hand in die Höhe strecken und mich auf die Zehenspitzen stellen. Sonst habe ich keinen Empfang. Dorothea hat für spätestens Ende des Monats im Keller Internet fest versprochen. Ich habe ihr noch einmal ganz deutlich gesagt, dass ich diesen Vorsitzendenjob nicht machen kann, wenn ich kein Netz habe.

Dorothea will nun auch ihren Kellerverschlag vermieten. Alles sei so teuer geworden. Und sie habe doch null Rente. Sie habe extra jemand ausgesucht, die wenig Ansprüche stellt. Eine Studentin aus Afghanistan. Sie soll gehörlos sein, auf der Flucht verletzt. Schon morgen will sie sie mir vorstellen. Das nimmt hier größere Formen an. Wir müssen dringend etwas mit der Lüftung machen.

Die Kellertür öffnet sich mit einem Schmatzen, und Wolfgang wackelt herein. »Na du?«, sagt er zu mir und eiert zielstrebig Richtung Schleuse in sein Kabuff. »Heute ist nicht Donnerstag«, rufe ich ihm nach. »Und auch nicht Dienstag.«

»Nur 'ne halbe Stunde, bis die Luft wieder rein ist. Oben ist die Polizei. Die suchen nach der Russin.«

Mir bleibt das Herz stehen, und ich muss mich setzen.

»Was haben sie gesagt?«

»Weiß ich nicht«, sagt Wolfgang. »Die stehen da mit der Dicken.«

»Kommen sie runter?«

»Weiß ich nicht. Die wollen den Schlüssel für die Wohnung.«

Ich starre auf das Poesiealbum, das vor mir liegt, ohne es wahrzunehmen. Ich starre ins Leere. Vielleicht ist jetzt bald alles zu Ende. Vielleicht ist es sogar ganz gut, wenn alles rauskommt. Vielleicht bleibt auch alles, wie es immer war: Der Polizei sagen wir wie immer gar nichts.

Gedankenverloren schlage ich das Album auf. Mir fällt ein Foto entgegen. Es ist ein Bild von Ronnie und mir, das an meinem ersten Tag in Berlin aufgenommen wurde, am 1. Mai 1987, dem Tag, an dem wir uns kennenlernten. Ronnie steht mit Zigarette und Lederjacke vor der zerklüfteten Fassade des besetzten Hauses, das ich an diesem Tag zum ersten Mal betreten hatte. Wir sehen unfassbar jung aus, wie Kinder. Ronnie unzähmbar und wild. Sie reckt die Kippe hoch, als hielte sie die Fackel der Freiheitsstatue. Ich stehe daneben, schüchtern, mit vom Tränengas rot geweinten Augen und angeklatschten Haaren. Ich sehe aus, als wäre ich gerade von Ronnie wie eine Trophäe ins Bild gezerrt worden. Ronnie lacht triumphierend mit weit aufgerissenem Mund, als wollte sie sagen: Seht her, und macht euch auf was gefasst.

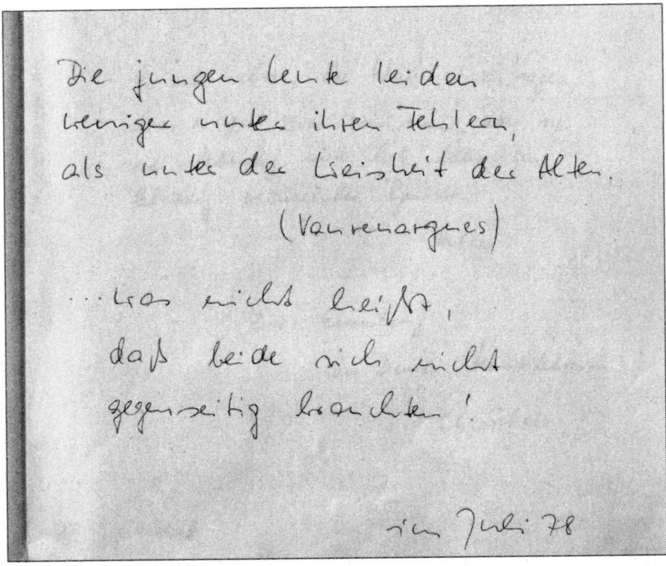

Die jungen Leute leiden
weniger unter ihren Fehlern,
als unter der Weisheit der Alten.
(Vauvenargues)

...was nicht heißt,
daß beide sich nicht
gegenseitig brauchten!

im Juli 78

epilog

Nun ist es schon recht kalt geworden. Es ist Herbst. Uns fliegen überall die Blätter um die Ohren. Aus der grünen Stadt ist eine braune geworden, und es dauert nicht mehr lange, dann wird sich das berühmte schmutzige Berliner Wintergrau schwer auf alle Dächer legen und von dort hinab auf die Straßen tropfen. Dann wird wochenlang einfach alles nur grau sein.

So berauschend, strahlend und energiegeladen, wie sich Berlin im Sommer präsentiert, so abgefuckt ist die Stadt im Winter.

»Selbst das Wetter ist bei euch radikal«, sagt meine Mutter. »Entweder schrecklich oder schön. Berlin ist immer so extrem. Das hat schon auf alle abgefärbt. Du bist das beste Beispiel dafür.« Mit Schmeicheleien hält sie sich gar nicht erst auf. Als Motivationstrainerin ist sie ein Ausfall. Schwäche und Scheitern mag sie nicht. Eigentlich ist sie viel radikaler als ich. Das darf ich aber nicht sagen. Sie würde es aufs Energischste bestreiten und mich beschimpfen. Sie ist im Zweiten Weltkrieg geboren, auf einem Küchentisch. Darauf spricht man sie besser nicht an. Auch nicht darauf, wie sie aufgewachsen ist, wie wenig sie hatte. Sie will nicht darüber sprechen.

Ihr Vater starb in der Ukraine und kam nie wieder nach Hause. Nicht mal tot. Ihre Mutter zog sie und ihren Bruder alleine groß. Befindlichkeiten spielten keine Rolle. Sie lernte einen Beruf, Reisebürokaufmann, und verdiente immer ihr eigenes Geld. Jetzt ist sie schon lange in Rente. Und nach meinem Empfinden fallen ihre Urteile umso knapper und härter aus, je älter sie wird. Als könnte sie auf diese Weise Zeit sparen und dadurch länger leben. »Keine Arbeit? Kein Geld!« »Keine Kinder? Keine Familie!« »Keine Leistung? Keinen Anspruch!« »Keine Hoffnung? Keine Zukunft!« Sie spricht von Naturgesetzen, die niemand brechen könne, auch wenn die Zeiten heute andere seien und wenn sich einige Politiker noch so heftig bemühten.

Und nun meldet sie sich überraschend aus Berlin. Sie ist tatsächlich in der Stadt. »War mühsam, Kind. Der durchgehende Eurocity ist ausgefallen. Streik, Schienenbruch, Personalmangel … was weiß denn ich? Irgendwas wieder.« Sie musste am Hamburger Hauptbahnhof umsteigen. Sie sagt, sie habe versucht, mich anzurufen. Aber ich würde mir wohl nicht mehr die Mühe machen, ans Telefon zu gehen.

»Mama, das hätte ich doch gesehen.«

»Nein«, belehrt sie mich und wird kategorisch, »hören hättest du es müssen. Hören!« Jetzt sitzt sie im Hotel Bristol und ist unzufrieden. »Es ist eben nicht mehr das Kempinski. Das Kempinski gibt es nicht mehr. Es ist geschlossen und verkauft. Alles Schöne wird abgeschafft. Hätten sie nicht warten können, bis ich tot bin?«

Sie ist spontan nach Berlin gefahren, um das KaDeWe noch einmal zu durchschreiten, »bevor es abgewickelt wird«. Der

Besitzer, »dieser Milliardär aus Österreich«, sei bekanntlich pleite. In der Zeitung habe sie zwar gelesen, dass es das KaDeWe trotzdem noch in hundert Jahren geben werde, »aber das glaube ich nie und nimmer. Ich glaube an gar nichts mehr. Auch nicht mehr ans KaDeWe.«

Nach Kreuzberg möchte sie nicht kommen, es ist ihr zu weit weg und zu gefährlich, aber sie lädt mich auf ein Glas Sekt in ihr Hotel am Ku'damm ein. Doch als ich die Lobby betrete, ist sie nirgends zu entdecken. »Hier!« Eine kleine Hand reckt sich in die Höhe. Es muss ihre sein. Auf einem Sofa in der Nähe des Schaufensters finde ich meine Mutter, die mittlerweile so klein und dünn geworden ist, dass sie aufpassen muss, nicht in der Lücke zwischen den fulminanten Sitzpolstern zu verschwinden. Sie hat sich in Schale geworfen, trägt eine bunt gemusterte Seidenbluse, auf der goldene Hufeisen abgebildet sind, dazu eine lange Perlenkette, und empfängt mich mit den Worten »Hättest du dir nicht ein bisschen mehr Mühe geben können?«. Sie greift nach meinem Hosenbein, um daran zu rütteln. »Gibt es kein Bügeleisen in eurem Haus? Wie läufst du wieder rum?«

»Ich freue mich auch, dich zu sehen, Mama«, antworte ich und drücke ihr einen Kuss auf die Wange. Sie lächelt, und etwas Schalkhaftes liegt in ihrem Blick. Ich mag diesen Ausdruck sehr an ihr, weil ich darin auch immer ein bisschen Stolz entdecke, eine erwachsene Tochter zu haben. Denn eigentlich liebt sie mich.

»Wie läuft es ohne Arbeit?«, fragt sie und reckt noch einmal ihre kleine Hand in die Höhe, um dem Kellner ein Zeichen zu geben.

»Alles okay. Ich habe eine kreative Pause eingelegt.«

»Aha, soso. Dann läuft es also nicht besonders gut?«

Sie schiebt mir die kleine Silberschale mit den Erdnüssen über den Tisch. Der Kellner bringt Sekt.

»Doch. Stell dir vor, ich habe ein neues Angebot bekommen.«

»Von wem?« Ihre Stimme klingt schrill und schüchtert mich sofort ein. Das konnte sie immer schon gut. Mir zu signalisieren, dass sie nicht mit jeder Antwort einverstanden sein würde.

»Was für ein Angebot?« Meine Mutter trinkt einen Schluck Sekt, ohne mich auch nur für den Bruchteil einer Sekunde aus den Augen zu lassen.

»Von einer jungen Frau, die dir sehr gefallen wird. Sie arbeitet in einem Buchverlag. Ich werde sie dir mal vorstellen.«

Meine Mutter würde Iba Hairani spannend finden. Da bin ich mir sicher. Sie mag junge Frauen, die etwas bewegen wollen und zielstrebig sind. Die sich herausgearbeitet haben aus einfachen Verhältnissen. Iba Hairani stand letzte Woche auf einmal bei mir im Keller und wollte mich sprechen.

»Keine Angst, ich bin nicht mehr beim *Tagesspiegel*«, sagte sie lachend zur Begrüßung.

»Ach ja, warum?«, fragte ich kühl und bemerkte im selben Moment, dass ich schon genauso klang wie meine Mutter.

»Ich hab's nicht mehr gefeiert, war zu stressig«, sagte Iba und zog sich die fette weiße Daunenjacke und den grellpinken Pullover aus, ohne ihre megalangen künstlichen Wimpern nur ansatzweise zu beschädigen. Es war heiß im Untergeschoss wegen der Heizungsrohre an der Kellerdecke.

»Ich bin jetzt bei einem Verlag, der Bücher macht. So richtig mit Drucken. Finde ich akkurat. Ich bin da für neue Impulse.

Ist nicht so schnelllebig wie die Zeitung. Arbeiten auch viele Frauen da. Eigentlich fast nur, wenn ich das richtig überlege. In allen Abteilungen.« Sie sprudelte geradezu über und war gar nicht zu stoppen.

»Sie haben mich im Verlag gefragt, was mich interessiert, worüber ich so nachdenke, was ich lesen will. Ich habe gesagt, ich denke die ganze Zeit über dieses Haus nach, in dem nur Frauen wohnen. Die ihr Ding machen. Die alle schon total alt sind. Das ist doch spannend. Darüber sollte man mal ein Buch schreiben. Fanden die im Verlag auch. Könntest du dir so was vorstellen?«

Ich?

»Du?« Meine Mutter verschluckt sich.

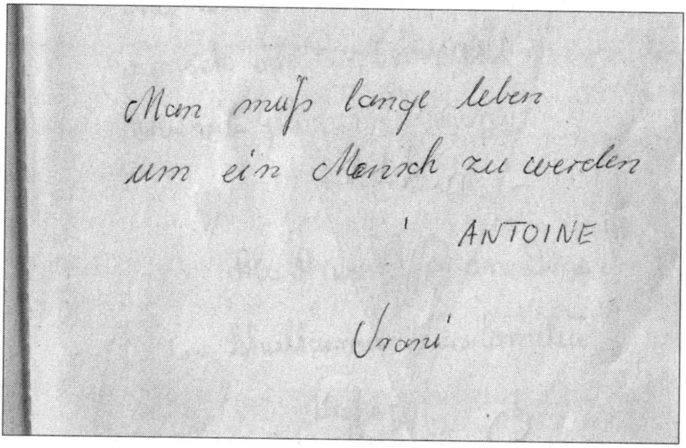
Man muß lange leben
um ein Mensch zu werden
ANTOINE
Vroni

danksagung

Ich danke von Herzen für die konstruktiv kritische und stets ermunternde Begleitung: Katrin Fieber, Kristine Kress und Katja Strauch. Bildet Banden.

impulsgeberinnen

Alice Schwarzer
Annette Humpe
Asha Hedayati
Beatrice Frasl
Bettina Gaus
Christina Clemm
Constanze Brinckmann
Dorothea Schmitz
Elisabeth Niejahr
Gabriele Härtig
Herta Däubler-Gmelin
Hildegard Hamm-Brücher
Ingrid Matthäus-Maier
Jagoda Marinić
Jutta Allmendinger
Jutta Kämper
Luise F. Pusch
Manuela Kay
Maren Kroymann
Melanie Amann

Regine Hildebrandt
Rita Süssmuth
Silke Burmester
Tijen Onaran
Tissy Bruns
Verena Altenberger
Verena Pausder
Waltraut Schoppe

Eine ganz normal verrückte Kindheit auf Sylt

Sonne, Freiheit, Champagner: In den Siebzigerjahren lassen Stars, Politiker und Industriegrößen des Wirtschaftswunderlands, aber auch viele andere Inselurlauber, den Alltag am Strand hinter sich – und findige Sylter Unternehmer legen den Grundstein zu sagenhaftem Reichtum. Für Susanne Matthiessen ist das Sylt ihrer Kindheit ein faszinierender, aber auch gefährlicher Abenteuerspielplatz, bevölkert von außergewöhnlichen Menschen, in vielem typisch für diese Zeit. Von all diesen Begegnungen, aber auch dem schmerzhaften Verlust der Heimat erzählt die Autorin mit großer Leichtigkeit, scharfem Blick und Humor.

Susanne Matthiessen
Ozelot und Friesennerz
Roman einer Sylter Kindheit

Taschenbuch
Auch als E-Book erhältlich
www.ullstein.de